U0938228

漢甫英

宮彥甲 著

開明書店

言
道
語言
哲學

目　錄

上　卷

名：哲學

道：哲學

觀：文化

羅緝辭 logic

神話

下　卷

上卷

簿 BOOK

名：哲學

初

道者，陰陽也。
道可道，非常道。常道在陰，非常道在陽。
道生一，一生二，二生三，三生萬物。
一者，元也。one，一也。元，始也。
二者，陰陽也。陰陽玄旋，始生元。
三者，天，地，人；淆，元，易；無窮變化也。
故曰：萬物皆陰陽。無陰不陽，無陽不陰。

名者，明也、命也。
名可名，非常名。常名在陰，非常名在陽。
無名，天地之始；有名，萬物之母。
故曰：萬物皆可名。名者，辭匯也。夫名，循道則立，背道則廢。

道者，言也。言者，語也。
文字有陰陽，語言之載體也。
陰者，隱也，音也。陽者，顯也，形也。
陰陽合，萬物生；音形合，義乃生。
故曰，文字之要素有三：一曰音，二曰形，三曰義。

象形文字曰字，拼音文字曰芓（zi）。
象形文字，主形，隱音，音形相蓋而生義。陰陽兼顧矣。
拼音文芓，主音，失形，後衍人為定義。陰陽失調矣。
拼音文芓，拆音而解構；象形文字，切音而建構。

釋名

書名

《廣韻》：甫，始也。

甫語：Proto-Indo-Europian，簡稱 PIE，原始印歐語，簡稱甫語。

Proto-，甫頭也。原始印歐語，今西方拼音文字，皆出此源。

甫語語系支脈甚廣，最括亞歐大陸，衍生出八大語支：

一曰希臘語支；二曰拉丁語支；三曰德語支；四曰凱爾特語支；

五曰印波語支；六曰斯虜語支；七曰 Anatolia 語支；八曰吐火羅文。

甫語（原始印歐語）語系，有方言 400 餘種。

本書正名《漢甫英》。漢，漢語。甫，甫語，原始印歐語。英，英語。

作者：甲子。甲乙丙丁之甲，子丑寅卯之子。

體

本書分為上下兩卷：上卷曰簿（book），下卷曰典（dictionary）。

簿卷：

《廣韻》：簿，籍。

簿，book，bible，babel，babylon，多辭或同源。簿卷按義排列。

簿卷分三部：名，道，觀。

名卷：名，mean，明釋也。釋名，釋音，釋形，釋義，釋語，釋譯。

道卷：道，δόξα（dogma），tao，tas，道哲學，語言，字符，文化之基礎。

觀卷：觀，gaze，觀後而有道。觀有三分：天觀世界觀，地觀價值觀，人觀人生觀。

另有英文造設羅組辭匯，列於後。

另有《神歌》（Theogonia）諸辭，一併列於後。

典卷：

《說文》：典，大冊也。

典，dictionary，按音序排列。

典卷前有前綴後綴，以供造詞之用。

字符大小寫：本書不嚴格區分字符大小寫。

標點符號：僅為閱讀方便之用，不必然作為分辭斷意的基礎。

特殊標識

甫語：* 甫語 -。

芓根：* 芓根。

複雜字:【宀子】，字也。無法輸入之複雜字，以【 】標註。

釋音

音

音，隱也。《說文解字》：聲也。

文字之義，隱於音，顯於形。

音有兩類：口誦音（輔音），謂音（元音）。

誦音中有子類：一曰丫音，二曰中宮音簇，三曰濁音簇，四曰混音簇。

音，生自口腔共振。

口腔，立體空間有三維。

舌，佔一維。

脣，佔一維。

鼻，佔一維。

故曰：發音有六維。腔，舌，脣，鼻，四者變換組合，可生無窮變化。

echo，音重也。回聲謂之音重。

sound，聲也。

hymn，韻也。hy 讀若 yu。

song，頌也。歌。

voice，謂聲也。

vowel，謂也。謂音，通稱元音。

consonant，口誦念也，簡曰口誦音。口誦音，通稱輔音。

音的分類：按性定名

口誦音（consonant）：bpmf，dtnl，gkhc，wvrs

口誦音，決定語義之最重要音。稱作輔音，不妥，改之。

s 為超級拆音。

中宮音簇：u，w，o，v

戊（w，u）《說文》：中宮也。

o，u，w，v 互為近音，曰中宮音簇。

濁音簇：j，q，z，x

濁音，可拆音。

j，象形，亅（jue）也。《說文》：亅，鈎逆者謂之亅。

q，象形，乞之簡化。乞，字符，乾也，氣也。

z，象形，子之簡化。

X 混音簇：淆（x），巳（s），癸（g），凵（k）

X 為超級混音。任意兩首音相切，可為 X。

x，像癸。見甲骨文。

x，有近音 s，g，k。

x（淆），s（巳），g（癸），k（凵）常互變。
凵（kan），坎也。

x 可拆分為若干混音：kw kn th st sk sp sq sc tr dr。

鼻音：m，n，ng

m，n，輕鼻音也。
ng，重鼻音也。
輕鼻音有：an，en，in，on，un；em，im；ne，me 等。
重鼻音有：ang，eng，ing，ong，gn 等。
英語中常有鼻重讀現象，不譯。
如：enemy，夷蠻也。-ne-，鼻音重讀，不譯。

謂音（vowel）：a，e，i，o，u

《廣雅》：謂，說也。《廣韻》：告也，言也。
在拼音文字中，元音為決定字義之次要音，故改稱謂音。

謂音互為近音，彼此之間常互變。
謂音可雙疊：ai，ei，ui，ao，ou，iu，ie，ue。

ablaut，謂音變換

ablaut，爾變諒也。即謂音變換。謂音之間可變換。
e 規等（e-grade）：（full vowel）*bher-。
o 規等（o-grade）：（full vowel）*bhor-。
無規等（zero-grade）：（no vowel）：*bhr̥-。

丫音：y

Y，象形，丫也。表兩可之音，曰丫音。可作誦音，可作謂音。
ya，a 近音；
ye，yi，e，i 近音；
yo，yu，o 近音。
yu，hy，ü 近音。
r ≈ y。

例：do	d	o
古称	声	韵
通称	辅音	元音
英语称	consonant （口诵音）	vowel （谓音）
按位称呼	首音	谓音

主音（音節）：按位定名

首音謂音相拼，曰主音。古稱聲韻。
《說文》：韻，和也。《玉篇》：聲、音和，曰韻。

主音，確定的發音組合，亦稱音節。
音節，可有四種音組成。
如：word，w 為首音，o 為謂音，r 為助音，d 為半音。

syllable，聲韻連並也。音節謂之聲韻連並。
s-，聲之首音；-y-，韻之首音。

首音

首音，第一音也。音位於首者，曰首音。
首音定義。
凡首音，有近音若干。

謂音（元音）

謂音可變。

助音

音文，綴於主音前後者，作輔助標識者，曰助音。
一些助音常為相鄰字，詁訓字首音。
無實義助音，可不譯。

半音：標識作用

半音，通常在辭尾的單個字符，起標識作用，也稱標識音。如：word 中的 -d；look 中的 -k；surf 中的 -f。
半音，通常與詞源文字相關。
半音，可譯，可不譯。从最小原則。

主音數

核心主音：一首音（輔音）配一謂音（元音）。
核心主音，凡 100 餘。理論上，有 21 * 5 = 105 個。

多數主音，可增鼻音 m，n，重鼻音 ng。
少數主音，可變拉長音、雙元音。
主音數:理論上，核心主音 *(輕鼻音 + 重鼻音 + 雙元音）= 420 個。
現代漢語，主音，凡 379 例。

釋形

天干地支

天干：甲乙丙丁，戊己庚辛，壬癸。(首音：j e b d w j g x r g)
地支：子丑寅卯，辰巳午未，申酉戌亥。(首音：z c y m c s w v s y x h)
八卦：乾坤震巽，坎艮離兑。(首音：q k c x k g l d)
天干地支，有二十二字符。元始字符，有二十二符。
天干地支八卦，覆蓋二十二音符。缺：P（π，片），A（尔），N（乃），F（阜）。

符 form

符，符號。《說文》：信也。漢制以竹，長六寸，分而相合。
拉：formare，符模也。
form，符也。

formal，符模也。

formation，符模形也。形成謂之符模形。

formula，符模理也。公式謂之符模理。

conform，共符也。符合，遵守謂之共符。

deform，灃符也。畸形，變形謂之灃符。

perform，片符也。表演謂之片符。

reform，易符也。改造，改革謂之易符。

transform，傳符也。變形謂之傳符。

uniform，元符也。相同，形狀一致謂之元符。

inform，言咐也。告知謂之言咐。

cuneiform，刻泥符

拉：cuneus，刻泥也。本義：刻泥。

拉：forma，符也。本義：符。

cuneiform，刻泥符也。刻在泥板上的拼音字符。本義：蘇美爾文字。

cu-，刻也；-nei-，泥也；-form，符也。

hieroglyphs，皇聿卦符

《說文》：聿，所以書之。

《說文》：掛，畫也。卦，筮也。

希：ἱερογλυφικά（ieroglyphika），皇聿卦符刻也。

hieroglyphs，皇聿卦符也。舊譯：聖書體。本義：古埃及文字。

hieros-，皇聿也。本義：sacred，holy。

-glyph，graph，卦符也。本義：刻畫。

Phoenician，諷念師

《說文》：諷，誦也。

希：φωνή（phone），諷也。

phone，諷也。風也。手機謂之諷。

phonics，諷念也。拼讀法。

phonemics，諷念鳴也。音位學。

phonetics，諷念道也。語音學。

phonetician，諷念道師也。語言學家謂之諷念道師。

Phoenician，諷念師也。首先發明拼音字符之語言學家。

phonetician，Phoenician，二詞或同源同義。腓尼基人即語言學家。

腓尼基字符

腓尼基字符，或諷念師（Phoenician）字符，或 Paleo-Hebrew 字符，有 22 個字符，與天干地支數量相同。
漢字參見甲骨文。

𐤀，a，ʾālep，像犁。

𐤁，b，bēt，柄也。像把柄。

𐤂，g，gīmel，戈矛也。像戈。

𐤃，d，dālet，石（dan）粒也。像石頭。

𐤄，he，hē，亥也。

𐤅，w，wāw，像戊，像大斧。

𐤆，z，zayin，斤也。像斧頭。像之。

𐤇，h，ḥēt，戶也。像門扇。

𐤈，t，ṭēt，田也。

𐤉，yōd，又也。像手。

𐤊，kāp，凵（kan）也。像張口。

𐤋，lāmed，了也。

𐤌，mēm，丏也。一筆連。

𐤍，nūn，乃也。

𐤎，sāmek，卅也。側轉。

𐤏，ʿayin，口眼也。像圓形。

𐤐，pē，丿也。

𐤑，ṣādē，像尸。

𐤒，qōp，像叩。一筆連。

𐤓，rēš，肉也。見甲骨文。

𐤔，šīn。

𐤕，tāw，像斗。

古希臘字符

A，α，尔，Alpha，尔凡

A，像尒。“小”字簡化為一横。爾，又寫作尒。本書中，指代 A 的象形体，从尔。

a，像凡，一筆連。

Alpha，尔凡也。

B，β，丙，Beta，丙對

丙，見甲骨文。

B，β，丙也。側轉。古字形，丙上不出頭。

Beta，丙對也。ta-，two 也。

Γ，γ，戈，Gamma，戈矛

戈，見甲骨文。

Γ，γ，象形，戈也。

Gamma，戈矛也。

Δ，δ，石，Delta，石拓

石（dan），計量單位，常表計量差。見甲骨文。

Δ，δ，象形，石也，連筆、翻轉。

Delta，石（dan）拓也。

E，ε，乙，Epsilon，乙系連

乙，見甲骨文。

E，ε，象形，乙也，上横彎。

-psilon，系連也。系連，聯繫也。ps 讀若 x。

Z，ζ，Zeta，之

之，見甲骨文。

Z，ζ，之也。

H，η，Eta，互

H，η，象形，互也。側轉。

Θ，θ，Theta，夕

夕，見甲骨文。

Θ，θ，象形，夕也。

I，ι，Iota，一

I，ι，象形，一也，豎立。

K，κ，凵，Kappa，開闔

K，κ，象形，凵也。凵，古同坎。

Λ，λ，了，Lambda，了不得

了，象形，見甲骨文。

Λ，λ，象形，了也，側轉。

Lambda，了不得也。

M，μ，My/Mu，卯

卯，象形，見甲骨文。

M，μ，象形，卯也，連筆。

N，ν，Ny/Nu，乃

乃，象形，見甲骨文。

N，ν，象形，乃也。

Ξ，夕，ξ，习

夕，見甲骨文。

Ξ，象形，夕也。

ξ，象形，习也。習之一羽。

O，o，Omicron，囗密孔

囗（wei），象形。《說文》：回也。

O，o，象形，囗也。

Omicron，象形，囗密孔也。

-micron，密孔也。密閉圓孔。

Π，π，Pi，片

片，見甲骨文。

Π，π，象形，片也。順時針側轉。爿也，逆時針側轉。

π，p 也。

P，ϱ，rho，肉

肉，見甲骨文。

P，ϱ，象形，肉也。

Σ，σ，ς，Sigma，玄弓

玄，見甲骨文。

旬，見甲骨文。

Σ，象形，玄也。玄，弦之古字。

σ，象形，旬也。

Sigma，玄弓也。玄弓，弦也。-gma，弓也。

T，τ，Tau，丁

丁兼祧二音，t，d 可互變。

T，τ，象形，丁也。

Y，υ，Ypsilon，丫系連

《廣韻》：丫，象物開之形。

Y，υ，象形，丫也。

-silon，系連也。系連，聯繫也，表對稱。si 讀若 x。

Ypsilon，丫系連也。

Φ，φ，Phi，丰

丰，見甲骨文。

Φ，φ，象形，丰也，三橫匯一圓。

X，χ，癸，Chi，叉

癸，見甲古文。

《說文》：叉，手指相錯也。

X，χ，象形，癸也。

chi，叉也。

Ψ，ψ，Psi，辛

辛，象形，向下插入也。

Ψ，ψ，象形，辛也。

Ω，ω，Omega，囗沒關

Ω，象形，O 下開口。

ω，象形，兀也。一筆連。

Omega-，囗（wei）沒關也。

-mega，沒關也。

英文字符

A，像亼（ji），集合也。

B，像丙，二相竝也。

C，像丑。一筆連，翻轉。紐系也。

D，像甲骨文丁，實也。

E，像乙，易也。

F，像阜，像阝。

G，像戈。

H，像互，側轉，和也。

I，像甲骨文寅，陰也。

J，像亅（jue），甲也，陽初也。

K，像凵，側轉。

L，像了。
M，像卯。
N，像乃，陰陽連也。

O，像口（wei），圓也，元也，陰陽合也。
P，π，像片。
Q，像乞。
R，像甲骨文人。
S，像巳，玄轉也。
T，像丁。

U，像兀。凸出也。
V，像未之首筆。
W，double U。
X，像甲骨文癸，淆也，陰陽交也。
Y，像丫，二分也。
Z，像之，像子，折也。

譻文：鍵盤

《說文》：譻（ying），聲也。
以字表音者，曰譻。譻，會意，一目表字，一目表音。
譻文，多來源於天干地支，有變易，有簡化，有補充。

天干地支近似版：

A（尔）B（丙）C（辰）D（兌）E（乙）F（阜）G（庚），
H（亥）I（寅）J（甲）K（坤）L（了）M（卯）N（乃），
O（口）P（片）Q（乾）R（壬）S（巳）T（丁）
U（午）V（未）W（戊）X（癸）Y（酉）Z（子）。

象形簡化版：

A（尔）B（丙）C（丑）D（石）E（乙）F（阝）G（戈），
H（互）I（一）J（亅）K（凵）L（了）M（卯）N（乃），
O（口）P（片）Q（乞）R（人）S（巳）T（丁）

U（午）V（未）W（兀）X（癸）Y（丫）Z（子）。

譻文鍵盤重新設計排佈：

上：Q乾，K坤，L了，D石，V未，O口，A尔，P片，N乃，Ü亏。

中：J甲，E乙，B丙，T丁，U兀，W午，F阝，G戈，X癸。

下：Z子，C丑，I一，M卯，S巳，Y丫，R人，H互。

釋義

義

入字為意，出字為義。音形相蓋生義。

主觀曰意，客觀曰義。

文字之義，简体字為义，可比喻文字三要素：一丿表音，一㇏表形，一點生義（义）。

文，紋也，簡筆劃也。

故曰：望文生義，意在想像。

無形文字（words），其義可變。如沙之丘，音與日變，義與日弛，經年累月，語義發生流變。

is，*es-，意，義，-s，是

義，理也。

仁義之義，曰義；意義之义，曰义。本版本皆为繁体，从義。

辭之原意，曰意；辭生之義，曰義。

甫語：*es-，義也。

西語：es，義也。意思也。

法語：est，義也。意思也。

德語：ist，義也。意思也。

英語：is，義也，意思也。

esse，意思也。義是也。

拉：sum，是也。

-s，是也。

etymology，ety-，意統也。辭源謂之意統理經。

are，*er-，爾

爾，《廣韻》：詞之必然也。

甫語：*er-，爾也。

are，爾也。

文：形生文

《說文》序曰：依類象形，故謂之文。

《說文》：文，逪畫也。逪，偏離也。

抽象之相，曰相；具象之象，曰象。

文有兩種：一曰象文，一曰音文。

象形文字，簡曰象文。

拼音文字，簡曰音文。

象形文字，主形，隱音，音形相蓋而生義。

拼音文芓，主音，失形，後衍人為定義。

文字之要素有三：一曰音，二曰形，三曰義。

漢字造字規則曰六書。

六書：象形，指事，會意，形聲，轉注，假借。

此六書可歸為音，形，義三類：

一，象形，

二，會意：指事，會意，歸於會意；

三，諧音：形聲，歸於諧音；

假借，轉注，造衍生字，不論。

故，漢字造字根本規則，只有三種：象形，諧音，會意義。

字：文生字

象文之字，曰字。文生字。
獨體為文，合體為字。

《說文》：文，遺畫也。
word，文也。
words，文字也。
wor-，文也；-ds，字也。

芓：拼音生芓

音文，單音節曰芓，多音節曰詞。
芓，音文之字也。字符拼芓。
音文之字：芓根 + 助音 +（芓綴），造芓。

甫語

象文去形注音，成甫語。
甫語者，拼音文字之芓根也。

芓根

甫語之拉丁字符表達，得芓根。

助音

附於芓根前後，起標識作用者，曰助音。
助音常為相鄰訓字之首音。

芓綴

芓綴：綴於拼音文芓前後者，曰字綴。
prefix，朴附也。前綴，綴於字根之前，有固定含義。
suffix，續附也。後綴，綴於字根之後，有固定含義。

謂音前綴多屬陰。
後綴，進行時屬陽，過去時屬陰。主動態屬陽，被動態屬陰。

詞：字／芓組詞

象文，多字組合為詞。

音文，多音節（多芓）組合，曰詞。

辭

辭，文、字、芓、詞之總稱。

辭，有名辭，動辭，形容辭等。

釋語

語言

道者，言也。道即語言。

口說謂之言，論書謂之語。《說文》：直言曰言，論難曰語。

語言系統兩要素：口說系統，書寫系統。

書寫系統有兩類：象形文字系統，拼音文芓系統。

原始印歐語：Proto-Indo-European，簡稱 PIE，甫語。

陝南字符（通譯：西奈，示拿，閃）：Proto-Sinaitic script。

諷念字符（通譯：腓尼基）：Phoenician script。

刻泥符（通譯：楔形文字）：cuneiform，蘇美爾字符。

皇聿掛符（通譯：聖書體）：hieroglyph，古埃及字符。

古易卜字符（通譯：希伯來）：Paleo-Hebrew Aleph Bet。

古希臘語：Ancient Greek，Greek，或 Hellene，簡稱希。

拉丁語：Latin，簡稱拉。

語言的發明

主音數

核心主音：一首音（輔音）配一謂音（元音）。

核心主音，凡 100 餘。理論上，有 21 * 5=105 個。

多數主音，可增鼻音 m，n，重鼻音 ng。
少數主音，可變拉長音、雙元音。
主音數:理論上，核心主音 *(輕鼻音 + 重鼻音 + 雙元音）=420 個。
現代漢語，主音，凡 379 例。

象形文字語音系統的構建

一個主音，填一名辭，填一動辭，個別主音可填形容辭。
約 400 主音 * 2.5 辭 = 1000 字。可得約 1000 左右基礎文字。

一個音節，可有平上去入四調。
基礎文 * 四調 = 4000 字。可得 4000 左右基本文字。形成語音系統。

象形文字，通過創造同音不同形的字，擴展文字辭匯。

甲金文有 4500 餘字，常見 1500 餘字。
先秦“十三經”有單字 6544 個。
漢《說文解字》，收錄文字 9353 個。
南朝《玉篇》，收錄文字 16917 個。
宋《集韻》，除去異體字，收錄文字 32381 個。
清《康熙字典》，收錄文字 47035 個。

象形文字，由音衍義，字義與發音匹配。
漢語文字系統音義關係，由腔舌脣鼻會意所得。如：喉舌齒脣。
後衍文字，讀音由字義限定。

拼音文字語音系統的構建

拼音文字，單音節辭匯量：
100 核心主音 * 16 半音（標識音）= 1600 基礎芓根（辭

滙）。
半音（標識音），通常不使用濁音。
如《Dictonary of Indo-European Roots》，作者 Calvert Watkins，有甫語（原始印歐語，PIE）芓根（辭滙）1400 左右。

通過首音疊加，謂音疊加，助音變化等，可得 4000~10000 左右基礎辭滙。
首音疊加：如 k^W，g^h，br，cl，cr，st 等。
謂音疊加：如 au，ei，oo，ou，eu 等。
拼音文字，通過前綴，後綴，以及多音節芓根無限拼接，可得無窮數量辭滙。

任何活的語言系統，需 4000 以上基本辭滙。
在前印刷術時代，該辭滙量為普通人所能掌握的上限。

甫語：Proto-Indo-European，原始印歐語

《簿錄．甲世紀》（通譯：聖經．創世紀，Bible Genesis）曰：
起初，天下只有一門語言，人類全說同樣的話。
後來，他們遷徙到了，東方。
在 Shinar（陜南。本義：中原。舊譯：示拿。）發現一片平原，
便住下了。一塊兒蓋帶座高塔的，城。
Yehweh（Ye 炎，hweh 黃，舊譯：耶和華）走下天庭，
說：原來他們抱團成了一個民族，說的是同樣的語言！
才起頭，就造這個，將來只怕沒有他們做不成的事了。
快，讓我們去攪亂他們的語言，叫他們一個聽不懂一個。
說罷，Yehweh 將造城的人拆散了，分遣各地；城，也停建了。
它因此得了簿簿錄（babel，bab-ilu，舊譯：巴別塔，巴

比倫）的名。
因為在那裏，Yehweh 攪亂了人類的語言，
另他們散開，去了世界各地。

甫語辭匯，有效孛根數千。甫語，無 c，h，i，j，q，x，z 為首音的辭匯，（幾乎無）u 首音辭匯。無成文文獻。故非活的語言。

活的語言，至少需要辭匯兩到四千，且主音均勻分佈，無重大內部衝突。
活的語言，有成文的文獻。

元始甫語字符中，e 與 he 混同。
甫語 PIE 字符中：
h_1=ə；
h_2=a；
h_3=o。

漢字有六維

一曰首音，
二曰謂音，oeiua，可疊加；
三曰鼻音，n，m，ng 等，可分輕鼻音，重鼻音；
四曰聲調，平升入仄輕；
五曰象形，
六曰會意，可疊加。

音文有三維

一曰主音，分為首音和謂音；
二曰助音，常見有 r，s 等；亦有半音輔助；
三曰孛綴，分為前綴，後綴。

三維音文表義能力不足，另以二維補之：

一曰羅緝，（logic，理據也）；羅緝辭有代辭，介辭，連辭等。

二曰語法，（grammer，規命也）。

語言辭匯

語言：language，誏詁集

誏，通朗讀，嘮嗑，聊天。《廣韻》：誏，言之明也。

《博雅》：詁，言也。《說文》：訓故言也。

嘮，方言，嘮嗑，嘮咕，叨咕，說話聊天也。

《說文》：嗑，多言也。

甫語：*dn̥-ǵ^{h}wéh_{2}s-，叨咕也。

拉：lingua，誏詁也。

lingo，誏詁也。嘮咕也。語言謂之誏詁。

lingual，誏聒也。《說文》：聒，歡語也。

language，誏詁集也。語言謂之誏詁集。

linguistics，誏詁知也。語言學。

bilingual，並誏詁也。雙語謂之並誏詁。

multilingual，茂誏詁也。多語謂之茂誏詁。

tongue，叨咕

tongue，叨咕也。語言，說話謂之叨咕。

-logue，嘮咕

希：legien，嘮咕也。

拉：loqui，嘮咕也。

dialogue，對嘮咕也。對話謂之對嘮咕。

apologue，爾譬嘮咕也。寓言謂之譬嘮咕。譬，諭也。

epilogue，尾（yi）配嘮咕也。後記謂之尾配嘮咕。

monologue，枚嘮咕也。獨白謂之枚嘮咕。

prologue，甫嘮咕也。前言謂之甫嘮咕。

-loqu-，嘮嗑

colloquial，口嘮嗑也。口語謂之口嘮嗑。

colloquy，共嘮嗑也。會談謂之共嘮嗑。

eloquent，愛嘮嗑也。雄辯，口才謂之愛嘮嗑。

loquacious，嘮嗑秀也。健談謂之嘮嗑秀。

obloquy，牾背嘮嗑也。譴責謂之牾背嘮嗑。

soliloquy，單（shan）零嘮嗑也。自言自語謂之單零嘮嗑。

locution，嘮嗑術也。管用語謂之嘮嗑術。

circumlocution，圐圙嘮嗑術也。委婉的表達謂之圐圙嘮嗑術。

elocution，易嘮嗑術也。演講技巧謂之易嘮嗑術。

interlocution，央之嘮嗑也。對話謂之央之嘮嗑。

prolocutor，卜嘮嗑者也。議長謂之卜嘮嗑者。

book，簿

《廣韻》：簿，籍。

book，簿也。

babylon，簿簿錄

《說文》：錄，刻木錄錄也。

bab-ilu，簿路也。錄，諧音路。本義：通神之路。

希：biblion（βιβλίον）：簿錄也。

Bibylon，簿簿錄也。通譯：巴比倫。

Babel，簿錄塔。通譯：巴別塔。

Babel，Babylon，Bible，三詞或為同源。

vocabulary，謂辭簿錄也。

read，閱讀

read，閱讀也。r 讀若 y。

rea-，閱也。-d，讀也。

text，謄

《說文》：謄，移書也。

text，謄也。西方謂文曰謄。

Testament，謄著銘也。新舊約書謂之謄著銘。

context，共謄也。上下文謂之共謄。

pretext，朴謄也。藉口謂之朴謄。

letter，隸謄

隸書，古字體。《說文》：隸，附箸也。

《說文》：謄，移書也。《正韻》：移書傳抄也。

拉：litera，隸謄也。本義：written character，document。

letter，隸謄也。

literal，隸謄言也。書文，字面謂之隸謄言。

literacy，隸謄閱習也。讀寫能力謂之隸謄閱習。

write，文謄

write，文謄也。寫。

writer，文著也。作者謂之文著。

grammer，規命

grammer，規命也。語法即語言之規則與命令。

-fix，附

附，附加。《玉篇》：依也。

-fix，附也。芓綴謂之附。

prefix，朴附也。前綴謂之朴附。

suffix，隨附也。後綴謂之隨附。

釋譯

譯者，易也。《說文解字》：譯，傳譯四夷之言者。

譯之以音，曰音譯。本書不作音譯。

譯之以義，曰義譯。
音義兩全而傳譯，曰對譯。

譯有三律

以發音對齊為根本原則的對譯，有三律：
一，單音獨字：音文一音節，對應象文一漢字。
二，首音對應：首音首音相匹配，近音之間可互通。
三，助音不譯：助音不譯。半音可譯可不譯。鼻音忽略。平翹舌不分。

單音獨字律，簡曰賏（ying）律。
首音對應律，簡曰諳（ruan）律。
助音不譯律，簡曰槑（mei）律。

近音律

口腔的靈活性決定了發音常有若干近音。
發音接近的近音之間，常互相通用。
a，e，o 近音。
b，p 近音。
c，k，g 近音。ch，q 近音。
d，t 近音，常混同。
e，i，yi 近音。
f，p 近音。
he，e，ə 近音。
j，g 近音。dʒ 發音介於 j，g 之間。
k，x 近音。
l，n 近音。
o，u，v，w 近音，為同音簇。
qu，k 近音。
r，y 近音。r 常作 y。
s，z，x，th，θ 近音。

x，k，g 近音。

ya，a 近音；ye，yi，e，i 近音；yo，yu，o 近音；yu，hy，ü 近音。

切音律

拼音文字，將複雜發音拆音。如濁音，捲舌音等。

依漢語發音習慣，將多誦音切音。

本部分切音律為英漢對應特色。

tr 讀若 c，ch。

dr 讀若 z，zh。ds 讀若 z。

th 讀若 s，sh，x。

kn 切，讀若 q。

sc 切，sk 切，sw 切，讀若 q。

sl 切，sm 切，sn 切，sp 切，讀若 x。

st 切，讀若 z，zh，x。

str 切，讀若 zh。

道：哲學

道

《道德經》曰：道生一，一生二，二生三，三生万物。

甫語：*dek-，道也。

希：δοχα（dogma），道學也。

希：δοκεῖν（dokein），道看也。

拉：docere，道釋也。

do-，-dox，tao，道也。

dogma，道銘也。教義，信條謂之道銘。銘，銘文。

doctrine，道傳也。教義，主義，學說謂之道傳。

decree，道規也。法令謂之道規。

orthodox，元始道也。正統謂之元始道。

paradox，悖道也。悖論謂之悖道。

document，档刊目也。文档謂之档刊目。

varitas，唯易道也。真理謂之唯易道。

say，說也。

tell，談也。兑也。《說文》：兑，說也。

chat，嘁也。嘁嘁喳喳。

spell，訓也。拼音謂之訓。訓，詁訓，註釋音義也。sp切，讀若 x。

speck，�也。說。《說文》：譩（xi），說也。

speech，譩詞也。話。

phone，諷也。風也。《說文》：諷，誦也。

*loque，嘮嗑也。

eloquent，愛嘮嗑也。雄辯，口才謂之愛嘮嗑。

dialogue，對嘮咕也。對話謂之對嘮咕。

language，詖詁集也。語言謂之詖詁集。

陰陽

陰（阴）者，如月晦明，吸收能量；陽（阳）者，如日在天，釋放能量。

陰陽之道，負陰抱陽，強則趨之；當陽向陰，弱則用之。

陰：in，en

陰乃陽之對，常無形，隱於內。

in-，en-，陰

以前綴表陰，有 a，e，i，o，u 五種變化。

in-，il-，im-，en-，em-，陰也。

a-，為 in-，en-，之變化。

un-，勿也。

ob-，牾背也。忤悖也。

-en，陰

以後綴表陰：

-en，陰也。本義表過去時態。

-ed，地

地屬陰，表被動，表過去。

-ed，地也。本義表被動。

-ed，地也。本義表過去時態。

in，陰

以介辭表陰：

in，陰也。入也。內。

陽：-ing，-ion

陽乃陰之對。常有形，顯於外。

-ing，陽

以後綴表陽：
-ing，陽也。本義表進行時態。

-ion，陽

-ion，陽也。本義表顯性，顯型。
變形：-tion，-sion。

淆之道：有或無

淆者，陰陽混淆也。

淆之道，陰陽之道也。

有

《老子・道德經》：天下萬物生於有，有生於無。有無相生。
有，有無之有，真實也，存在也。
甫語：*res-，有也。r 讀若 y。
拉：realis，有了也。
real，有也。實際存在謂之有。
really，有了也。真正，確實謂之有了。
realize，有理解也。認識到謂之有理解。
surreal，盛有也。超現實謂之盛有。

What is reasonable is real; and what is real is reasonable，元生即有，有即元生也。通譯：存在即合理。

或

《小爾雅》：或，有也。
或，讀作 yu，域之本字。《說文》：於逼切。
或，讀作 guo，國之本字。g，從戈。《說文》：邦也。

或，讀作 huo，惑之本字。《廣韻》: 疑也。
have，has，had，或也。有。
here，或也。這裏謂之或。

realm，域也。領域，王國謂之域。

reign，禦也。君。王。《韻會》: 凡天子所止曰禦。
foreign，藩域也。外國謂之藩域。藩，外域也。藩國。
sovereign[1]，戍衛域也。主權國家謂之戍衛域。
sovereign[2]，戍衛禦也。君主，元首謂之戍衛禦。
region，域界也。地域，領域謂之域界。
area，一域也。區域謂之一域。
rural，野域也。鄉村謂之野域。

無

無，沒有。《老子・道德經》: 天下萬物生於有，有生於無。
空，虛也。
拉：vacuus，無空也。
拉：vanus，無匿也。
void，無也。
avoid，爾無也。避。
devoid，遞無也。缺。

vacant，無空態也。空。
vacuum，無空也。真空謂之無空。
vacate，無空退也。騰空，撤出謂之無空退。
vacation，無空假（xia）也。度假（jia）謂之無空假。
假，閒暇。

vanish，無匿失也。消失，絕跡謂之無匿失。
vanity，無匿態也。虛榮，空虛謂之無匿態。

元之道：拼音文字哲學史

一即元（元，從一從兀），元即本。《爾雅》：道，一達謂之道。
追問萬物本元的哲學，曰，元之道。

拼音文字與西方哲學

語言之道，音為陰，形為陽。音形相蓋，而生義。
失形者，失陽，故失本體。
故拼音文字，失形而失本體，語義必以外物補之。

西方哲學依附拼音文字，為拼音哲學。萬變不離拼音。
拼音字符，元始語音系統，移自甫語。留音去形。
故，西哲始生即追問，形何在？何為存在？何為本體？
此終極追問，發展階段有三：一曰本體論，二曰認識論，三曰語言論。

本體論：道

本體：存在，本質，元，一，萬物，象，維，色，核，皆表本體。
ontology，元體理經也。本體論謂之元體理經。
on-，one，元也。
essence，一是實也。本質謂之一是實。
exist，一在也。存在謂之一在。
thing，形也。事也，實也。事物。本體。存在。實在。

認為無需補形（經驗），而由拼音語言獨自生義者，曰先驗。
prior，朴元也。先驗謂之朴元。（先驗，康德哲學）

認為需借藝術，哲學，宗教而補形者，曰絕對精神。
德語：geist，覺知也。（絕對精神，黑格爾哲學）

道生元。《老子·道德經》：道生一。
第一性原理，道也。道理道理。
故曰：道即本體。

認識論：道

自笛卡爾，轉向認識論。曰：我思故我在。
思，意也，認識也。在，存在也。
故，認識論稱：認識決定存在。

唯心者在陰，唯物者在陽。陰陽和合，亦不能外。
認識：認知，思維，相，觀，想，悟，皆表認識。
認識論，必借設語法，定羅組，給意定義。方見存在。

Cogito，ergo sum。考覺通，而故在。通譯:我思故我在。

《增韻》：認，辨識也。
Epistemology，意辨識態理經也。認識論謂之意辨識態理經。

道，會意，首之行也。首之行，所思所想，認識也。
故曰：道即認知。

語言論：道

自維特根斯坦，轉向語言論。
曰：言辭決定意思。語言決定認識。一切哲學思考，皆是語言遊戲。
音文之本體，認知，言辭，皆歸宗於拼音字符。
若音文字符無意，則音文歸於虛無，西哲歸於語言遊戲。
若音文字符有意，則音文歸於象形，西哲歸於說文解字。

《正韻》：道，言也。

故曰：道即語言。

大道無外

西哲的三階段：本體論，認識論，語言論，一言統之，元之道也。

故曰，大道無外，語言即世界！

易之道：

五哘：o，e，i，u，a

五哘（xing），會意，語音之五行也。
五哘，o，e，i，u，a 五音也。
五謂對五哘，舌行口內生五謂（vowel）音也。
五行屬認識論，五哘屬語言論。

六爻：x，o，e，i，u，a

爻者，階段也。《易》曰：爻者，言乎變者也。
禦者，喻也。
易之道，六爻禦之，是為時乘六龍以禦天：
一爻曰淆（x），潛龍勿用；
二爻曰元（o），見龍在田；
三爻曰易（e），終日乾乾；
四爻曰引（i），或躍在淵；
五爻曰兀（u），飛龍在天；
六爻曰爾（a），亢龍有悔。

混於淆（x），生於元（o），變於易（e），
伸於引（i），成於兀（u），歸於爾（a）。

大道輪迴，無往不復。時乘六龍以禦天！事物變化之六階段也。

爻

“—”為陽爻，“--”為陰爻。《易》之卦，有六爻。

row，爻也。一排謂之一爻。r 讀若 y。

rank，爻癸也。級。-k，cross，癸也。

range，爻界也。範圍，幅度，水平謂之爻界。

arrange，爾爻界也。安排，整理，佈置謂之爾爻界。

era，易爻也。紀元，時代謂之易爻。

易

易，乙也，變化之道也。

易（e）之發音，在舌之本位，易於發聲。e 既是易。

易 = 2.71828……

易與時間，互為陰陽。易恒變，时恒常。

字符之易：

發音易（e），輔助多數拉丁字符發音，括弧內為發音。

在前：F（ef），L（el），M（em），N（en），R（er），S（es）。

在後：B（be），C（ce），D（de），G（ge），T（te）。

文明之易：

（H）ebrew（希伯來），（H）elene（希臘），Egypt（埃及）。

彖

彖，彖辭。《易・繫辭》：彖者，言乎象者也。《註》：彖總一卦之義也。

意大利語：Tarocchi，彖辭也。

Torah，彖也。本義：五教導。通譯：妥拉。

tarot，彖言也。r 讀若 y。舊譯：塔羅牌，占卜的紙牌。

teach，彖辭也。教。

圖，圖畫，圖像。《易・繫辭》：河出圖，洛出書。
totem，象圖也。圖騰謂之彖圖。

天道

《老子・道德經》：天之道，損有餘而補不足。
天道，主智慧，哲學。

地道

地之道，守其中而受其變。
地道，主科學，客觀。

人道

《老子・道德經》：人之道，損不足以奉有餘。
人道，主人文，主觀。
儒者，仁之道也。《論語》：子曰，參乎！吾道一以貫之。

卜

卜，占卜，卜問，筮（釋）也，驗也，證也，分析也。《周禮》：問龜曰卜。《詩》曰：君曰卜爾，萬壽無疆。《說文》：卜，灼剝龜也，象灸龜之形。
甫語：*b^{h}uH-，卜也。
佛：Buddha，卜帝也。
菩提：Bodhi，卜諦也。本義：覺悟。
菩薩：Bodhisatta，卜諦筮圖也。簡稱，卜筮也。
婆羅門：Brahmin，卜民也。
般（bo）若（re）：Prajna，卜爾也。本義：智慧。覺悟。
舍利子：śarīra，屍遺也。本義：屍體。

拉：probare，卜剝也。

pro-，卜也。
probe，卜剝也。查。探。
probable，卜剝備也。可能謂之卜剝備。
probate，卜辯也。遺囑認證謂之卜辯。
problem，卜剝離也。問題謂之卜剝離。

proof，卜付也。證據謂之卜付。
prove，卜問也。證。
approve，爾卜問也。批准謂之爾卜問。
disprove，抵卜問也。證偽謂之抵卜問。
improve，殷卜問也。提高，改善，增加謂之殷卜問。
reprove，噫卜問也。責備謂之噫卜問。《玉篇》噫，痛傷之聲也。

Hebrew，-brew，卜也。
Prometheus，卜密曉也。舊譯：普羅米修斯。
politics，卜禮祭祀也。通譯：政治。

bode，卜度也。預示吉凶謂之卜度。

fate，訃也。命運謂之訃。

唯

唯物者，從物，故從維。《廣雅》：維，系也。
唯心者，從心，故從惟。《說文》：惟，凡思也。
唯言者，從口，故從唯。《說文》：唯，諾也。《集韻》：何也。
哲學有三階段：自然論，從物；認識論，從心；語言論，從口。《韻會》六經惟維唯三字皆通。
甫語：*wērə-o-，惟也。
甫語：*wel-，惟也。

拉：veritas，惟，易，道也。
will，惟也。
why，唯也。
wise，唯思也。聰明謂之唯思。
wisdom，唯之道也。智慧謂之唯之道。

very，唯一也。很，非常謂之唯一。
verity，唯一道也。真理謂之唯一道。唯一的道理。
verify，唯一仿也。證明謂之唯一仿。
aver，爾唯也。斷言謂之爾唯。
verdict，唯諦也。判決，結論謂之唯諦。諦，審也。
virtue，唯誠也。美德謂之唯誠。

惟

《說文》：慮，謀思也。
拉：velle，惟也。
voluntary，惟慮提也。自願，主動謂之惟慮提。
volunteer，惟慮徒兒也。志願者謂之惟慮徒兒。

volition，惟靈是也。自由意志謂之惟靈是。
benevolence，裨惟靈也。仁慈謂之裨惟靈。
malevolence，黴惟靈也。惡意謂之黴惟靈。
William，惟力也。威廉謂之惟力。本義：strong-willed warrior。

神

《說文》：天神，引出萬物者也。《廣韻》：靈也。
神仙之神，曰神；精神兒之神兒，曰神兒。

theo，神

希：θεός，神也。

theo，神也。

theory，神諭也。理論，學說謂之神諭。

theorem，神義也。定理謂之神義。

theoretic，神諭態也。假設謂之神諭態。

theorist，神諭者也。理論家謂之神諭者。

theology，神理經也。神學謂之神理經。

theocracy，神控也。神權制謂之神控。

theist，神意者也。有神論者謂之神意者。

theism，神一主也。有神論謂之神一主。

monotheism，枚神一主也。一神論謂之枚神一主。

pantheism，盤神一主也。泛神論謂之盤神一主。

polytheism，沛神一主也。多神論謂之沛神一主。

Theogonia，《神歌》也。舊譯：《神譜》。

Pantheon，盤神庵也。舊譯：帕特農神廟。

Athena，元神女也。舊譯：雅典娜。

soul，sane，神兒

soul，神兒也。靈魂曰神兒。

sane，神兒也。神智謂之神兒。

insane，悒神兒也。瘋。悒，不安也。

psyche，神兒悝

悝，會意，心裏也。

拉：psyche，神兒悝也。

psyche，神兒悝也。靈魂謂之神兒悝。

psychiatry，神兒悝癡也。精神病謂之神兒悝癡。

psychopath，神兒悝痞也。神經病患者謂之神兒悝痞。

psychology，神兒悝理經也。心理學。

ghost，鬼神

ghost，鬼神也。鬼。

帝

divine，*deiwos-，帝王

帝，《字匯》：上帝，天之神也。《爾雅》：君也。《說文》：諦也。

甫語：*Dịēus-，帝也。

希：Διός，帝也。

拉：Deus，帝也。

梵語：deva，帝王也。

deity，帝天也。神。造物主。

divine，帝王也。上帝，神謂之帝王。

divinity，帝王態也。神性謂之帝王態。

God，公帝也。上帝。

Buddha，卜帝也。佛。

*dic[1]，*deik-，諦

《說文》：諦，審也。

《說文》：兌，說也。亦讀 tui。

甫語：*deik-，諦也。

拉：dicare，諦告也。

declare，諦告也。宣佈謂之諦告。

indicate，隱諦告也。暗示謂之隱諦告。言諦告也。指示謂之言諦告。

dedicate，遞諦告也。獻。

abdicate，爾悖諦告也。棄。退。

dictate，諦兌也。命令謂之諦兌。

dictator，帝兌者也。獨裁者謂之帝兌者。

contradict，抗出諦兌也。反駁謂之抗出諦兌。

indict，引諦兌也。控訴謂之引諦兌。

predict，朴諦兌也。預言謂之朴諦兌。

verdict，謂諦兌也。判決謂之謂諦兌。

condition，共諦說也。條件謂之共諦說。

jurisdiction，主諦說也。司法權、管轄權謂之主諦說。

deal，*d^h^eh-，締

締，締約。《說文》：締，結不解也。

甫語：*d^h^eh-，締也。

deal，締也。交易，協議，大事兒謂之締。

圭

圭，量名。《說文》：圭，瑞玉也。上圜下方。公執桓圭，九寸；侯執信圭，伯執躬圭，皆七寸；子執穀璧，男執蒲璧，皆五寸。以封諸侯。從重土。楚爵有執圭。土圭，測日景之圭。

圭臬，標準也。

grade，*g^h^red^h^-，圭

甫語：*g^h^red^h^-，圭也。

拉：gradi，跬也。本義：walk。

拉：gradus，圭定也。

grade，圭也。級。-de，等也。

gradual，圭度也。逐漸謂之圭度。

graduate，圭渡也。畢業謂之圭渡。

degrade，低圭也。降級謂之低圭。

upgrade，兀圭也。升級謂之兀圭。

congress，共圭也。國會謂之共圭。

degree，度圭也。度。級。學位謂之度圭。

increase，殷圭也。增。《廣雅》：殷，大也，衆也。

decrease，遲圭也。減。

micro-，尛圭也。小。

macro-，莽圭也。大。

gram，挂

原文原畫，曰挂。《說文》：挂，畫也。

希：graphein，挂幅也。

拉：gramma，挂碼也。

gram[1]，挂也。畫圖謂之挂。本義：writing。

gram[2]，穀也。

diagram，對挂也。圖標謂之對挂。

epigram，意譬挂也。警句謂之意譬挂。

monogram，枚挂也。字母組合圖案謂之枚挂。

telegram，迢遼挂也。電報謂之迢遼挂。

graffiti，挂幅題也。塗鴉謂之挂幅題。

graph，*gerb^h-，卦

文畫及釋，曰卦。《說文》：卦，筮也。

筮，釋也，解釋也，分析也，論證也。《廣韻》：筮，決也。

甫語：*gerb^h-，卦卜也。

graph，卦也。圖表謂之卦。-ph，幅之首音。本義：writing and explain。

autograph，吾同卦也。親筆簽名謂之吾卦。

biography，胞卦也。傳記謂之胞卦。

autobiography，吾同胞卦也。自傳謂之吾同胞卦。

calligraphy，刻臨卦也。書法謂之刻臨卦。臨，臨摹。

geography，垓卦也。地理學。

hydrography，永注卦也。水道學。

lexicography，朗誦詁卦也。辭典編纂學。

lithography，礫石卦也。石板印刷術。

micrography，尛揆卦也。顯微鏡使用術。

monograph，枚卦也。專文。

orthography，右手卦也。拼字法謂之右手卦。o 讀若 yo。

phonograph，諷念卦也。留聲機謂之諷念卦。

photograph，盼瞳卦也。照片謂之盼瞳掛。攝影謂之盼瞳卦。

stenograph，速卦也。速記謂之速卦。

telegraph，迢遼卦也。電報謂之迢遼卦。

topography，途譜卦也。地形學。

gown，褂

《廣雅》：褂，長襦也。

gown，褂也。長袍，學士服謂之褂。

臬：N 相關辭匯

乃，象形，陰陽連也。承上起下。《爾雅》：若乃者，因上起下語。

N，乃也。

ν，古希臘字符，乃也，倒轉。

n 在辭中間，常起連接作用，鼻音重讀，常不譯。

乃之頂點，紐系陰陽，曰臬。

臬，《說文》：射准的也。《博雅》：瀳也。《小爾雅》：極也。標準曰圭臬。司法官曰臬司。按察使曰臬使。

臬之陽，曰嫩（new）。

臬之陰，曰逆（non）。

now，臬 [1]

now，臬也。現在謂之臬。

norm，臬 [2]

拉：norma，臬也。

norm，臬也。標準謂之臬。

normal，臬模也。正常謂之臬模。

normalize，臬模理制也。正常化謂之臬模理制。

normality，臬模理態也。正常狀態謂之臬模理態。

abnormal，爾背臬模也。不正常謂之爾背臬模。

enormous，異臬莽也。巨大謂之異臬莽。《小爾雅》：莽，大也。

subnormal，遜臬模也。智力低下謂之遜臬模。

supernormal，盛臬模也。超長謂之盛臬模。

nine，臬[3]

《廣雅》：九，究也。《正韻》：究，極也。《小爾雅》：臬，極也。

拉：novem，臬也。

nine，臬也。九。

noon，臬[4]

noon，臬也。午。日中高極，故謂之臬。

neutral，*neuter-，臬處

《說文》：紐，系也。

甫語：*neuter-，臬者也。紐者，居中而紐系各方者。

拉：neuter，臬者也。

neutral，臬処也。中性，中立謂之紐処。

neutrality，紐處立也。中立謂之紐處立。

no，*ne-，逆，孬

逆，乃之陰。

孬，不好也。

甫語：*ne-，逆也。

no，逆也。孬也。不。

nor，逆爾也。也不謂之逆爾。

neither，逆者也。兩者都不謂之逆者。

negate，逆卦

《增韻》：逆，迕也，拂也，不順也。

拉：negare，逆卦也。

negate，逆卦也。

negative，逆卦態也。否定，消極，負面謂之逆卦態。

neglect，逆略也。忽視謂之逆略。-lect，略也，忽略。

negotiate，逆溝通也。談判謂之逆溝通。

renegade，亦逆鬼也。叛徒謂之亦逆鬼。

none，*ne-，匿

匿，無也。《說文》：亡也。《廣韻》：藏也。

甫語：*ne-，匿也。

拉：nullus，匿零也。

none，匿也。無。

nothing，匿西也。沒有謂之匿西。

never，匿無也。從不謂之匿無。

nihil，匿忽也。無謂之匿忽。

nihility，匿忽零也。虛無謂之匿忽零。

null，匿也。

nullify，匿離仿也。取消謂之匿離仿。

nullity，匿離態也。無效謂之匿離態。

annul，爾匿也。廢除謂之爾匿。

near，暱

《爾雅》：暱，近也。暱，通昵。昵，近也。

near，暱也。昵也。近。

narrow，暱域也。窄。

nearby，暱邊也。附近謂之乃昵邊。

nearly，昵臨也。幾乎謂之昵臨。

neighbor，暱壁也。鄰居謂之暱壁。

next，near + st，暱者也。下一個謂之昵者。

new，neo-，*newos-，嫩

嫩，新也，乃之陽。《說文》：媆，好皃。媆，嫩之古字。
甫語：*newos-，嫩也。
希：neos，嫩也。
new，嫩也。
neo-，嫩也。

比：B 相關辭匯

be，be-，比

比，二匕也。一匕代表陰，一匕代表陽。比比皆是。
be，比也，陰陽也。一陰一陽，代表存在，本體。
better，比遞也。更好謂之比遞。《說文》：遞，更易也。
best，比至也。最好謂之比至。至，極也。《易》曰：至哉坤元。

be-，比也。被也。
beneath，比屰也。下。
before，比甫也。前。
behind，背後也。後。
beyond，比越也。超。
below，比落也。低。
between，比兌也。介於，在中間謂之比兌。

bee，比也。比賽之比。

been，本

本，本來，原本。《廣韻》：舊也。
been，本也。

bi-，*bi-，竝

《說文》：竝，並也。從二立。

甫語：*bi-，並也。

bi-，竝也。二。

both，竝是也。兩個謂之並是。

binary，竝弄也。二進制謂之竝弄。此處，弄，筭（算）也。

bike，並軲也。兩輪車謂之並軲。

-ber，竝也。二。

September，申與並也。九月。7+2=9.

October，西竝也。十月。8+2=10.

November，臬與並也。十一月。9+2=11.

December，斗與並也。十二月。10+2=12.

by，並，被，邊，迊

《正韻》：邊，旁近也。

《說文》：迊（bo），行貌。

by[1]，並也。

by[2]，被也。由。以。用。

by[3]，邊也。靠近，附近，經過，達到謂之邊。

by[4]，迊也。經過謂之迊。

西方四大古文明

古希伯來

Hebrew，ibrīt，易卜

卜，占卜。《說文》：卜，灼剝龜也。

乂（yi），象形，交叉也。《說文》：艾草也。

原始發音：ʿibrīt，易卜也。或，乂卜也。本義：交叉。

Hebrew，易卜也。He 读若 e。

Bible，簿錄

Bible，簿錄也。

Babel，簿編也。

Babylon，簿編錄也。

God，公帝

God，公帝也。

θεός（theos），神也。

YHWH，yahweh，炎黃

yahweh，炎黃也。

ya-，炎也；-hweh，黃也。

Jew，祝

Jew，祝也。本義：祝福。

Satan，殊魋

《說文》：殊，死也。

《說文》：魋（tui），神獸也。

Satan，殊魋也。通譯：撒旦。

Rabbi，仁伴

古希伯來語：רב（rav），仁也。本義：great。

Rabbi，仁伴也。與仁同在。通譯：拉比。

Golan，高陸

Golan，高陸也。舊譯：戈蘭高地。此譯畫蛇添足。

古埃及

埃及：Egypt，Αἴγυπτος，異家

《說文》：判，分也。

希：Αἴγυπτος（Aígyptos），異家判逃也。

Egypt，異家判灘也。通譯：埃及。

Egy-，異家也；-pt，判灘也。分紅海水而出埃及。

《說文》：涅，黑土在水中也。

埃及本名：kemet，垓沔也。本義：黑土在水畔。

ke-，垓也；-met，沔也。

日神：Ra，日

Ra，日也。日神。舊譯：拉。

地神：Gab，垓

Gab，垓也。地神。舊譯：蓋布。

尼羅河：nile，涅

《說文》：涅，黑土在水中者也。

nile，涅也。通譯：尼羅河。

Neilos，涅洛也。

金字塔：Pyramid，πυραμίς，房崟墓

房，讀 pang，如阿房宮。

《說文》：岑，山小而高。崟（yin），山之岑崟也。

希：πυραμίς（pyramís），房崟墓也。

拉：pyramis，房崟墓也。

pyramid，房崟墓也。通譯：金字塔。

莎草紙：papyrus，朴皮

《說文》：朴（po），木皮也。

古埃及語：pr-per-aa，朴皮也。

希：πάπυρος（pápyros），朴皮也。

拉：papyrus，朴皮也。

paper，朴皮也。紙。

papyrus，朴皮也。通譯：莎草紙。

法老：Pharaoh，Φαραώ，房墺

《說文》：墺，四方土可居也。

古埃及語：per-aa，龐墺也。本義：great house。

希：Φαραώ（Pharao），房墺也。通譯：法老。

Pharaoh，房墺也。

埃及豔后：Kleopátra，Κλεοπάτρα，光鎏爸婢

希：κλέος（kleos），光鎏也。本義：光。

希：πάτρα（Patra），爸也。本義：父。

拉：Kleopátra，光鎏爸婢也。本義：glory father。

-tra，辭性陰性化，從 -ter 變為 -tra。

漢謨拉比法典：Hammurabi 漢慕仁壁

《說文》：慕，習也。

《說文》：仁，親也。

《說文》：壁，垣也。石壁。

Hammurabi，漢慕仁壁也。通譯：漢謨拉比法典。

Ham-，漢也，-mu-，慕也；-ra-，仁也；-bi-，壁也。

羅塞塔石碑：Rosetta 榮設石

《說文》：設，施陳也。

石，古音讀 dan。

Rosetta，榮設石也。通譯：羅塞塔石碑。英譯：Royal set it。

古希臘

希臘：Hellēne，河洛

《說文》：洛，水。洛神，洛水之神也。

希：Ἕλλην（elene），邑洛也。

Hellene，河洛也。

Helen，河洛也。最美女神。本義：beautiful。通譯：海倫。

希臘：Greek，*ǵerh$_2$-，公坤

公，長輩，年老人。《列子》：家公執席。

庚，年齡。貴庚，年庚。

《說文》：坤，地也。

甫語：*ǵerh$_2$-，庚也。公也。本義：to grow old。

原始希臘語：gera，公也。本義：old age。

希臘語：γέρων（geron），公也。本義：old man。

拉：Graeci，公坤也。

Greeks，公坤也。歐陸文明，公有坤地。通譯：希臘。

邁錫尼：Mycenae，蘑希尼

希：μύκης（mykes），蘑菇也。本義：蘑菇。

拉：Mycenae，蘑稀泥也。

Mycenaean，蘑希尼也。雅譯。通譯：邁錫尼。

馬其頓：Macedonia，Μακεδονία，莽崑囤

莽，大也。《說文》：崑，崑崙，山名。

《說文》：笹，篅也。篅，以判竹，圜以盛穀也。笹，囤之古字。

希：μακρός（makrós），莽崑也。

拉：Makedonía，莽崑也。本義：land of the highland。通譯：馬其頓。

Ma-，莽也。

-ke-，崑也。

-donia，囤也。本義：fertile。

克里特島：Crete，坤島

《易》曰：坤，為地，為母。

Crete，坤也。通譯：克里特島。

Crete，Socretes，create，三辭同源。

安納託利亞：Anatolia，昂暱曈隴

《類篇》：昂，日升也。

《說文》：暱，日近也。曈，曈曨，日欲明也。

Anatolia，昂昵曈曨也。東方日出。

ana-, 昂暱也；本義：東方。

-tolia，tolos，曈曨也。本義：日出。

昂昵曈曨，東方日出，傳說為甫語（原始印歐語，PIE）發祥之地。

Asia，昂夏也。昂升也。通譯：亞洲。

蘇格拉底：Socretes，始坤

《廣韻》：始，初也。

《易》曰：坤，為地，為母。

甫語：*ker-，坤也。

希：σῶς（sôs），始也。本義：whole, unwounded, safe。

希：κράτος（krátos），坤也。

Socretes，始坤也。造詞法：So create it。舊譯：蘇格拉底。

柏拉圖：Plato，龐拓

龐，龐大。

希：πλατύς（platus），龐拓也。本義：broad，wide。

plato，龐拓也。舊譯：柏拉圖。

Pla-，龐也；-to，拓也。

亞里士多德：Aristotle，愛仁者多樂

《說文》：仁，親也。

甫語：*ar（ə）-, 愛仁也。

希：Ἀριστοτέλης（Aristotélēs），愛仁者多樂也。

Aristotle，愛仁者多樂也。舊譯：亞里士多德。

aristos-，愛仁者也。本義：美德，善意。

-telos，多樂也。本義：best end。

Ari-，愛仁也；-sto-，者也；-te-，多也；los，樂也。

伊特魯裏亞：Etruscan，易傳

Etruscan，易傳也。

E-，易也；-truscan，傳也。

希：Τυρρηνοί（Tyrrhenians），太行也。

拉：Tyrrhenians，太行也。傳說為 Etruscan 人的家乡。

帕特農神廟：Pantheon，盤神庵

盤，全也，全盤。

pantheon，盤神庵也。舊譯：帕特農神廟。

pan-，盤也；-theo-，神也。

地中海：Mediterranean Sea，媒地土域 深

《說文》：沈，陵上滈水也。

Mediterranean sea，媒地土域深也。通譯：地中海。

Medi-，媒地也；-terran-，土壤也。土域也。

sea，深也。

薩爾貢：Sargon，禪公

禪，封禪也，禪讓也。《說文》：禪，祭天也。

Akkad 語：Sharru-kin，禪讓君也。本義：the legitimate king。

Sargon，禪公也。或，舜公也。

Sharru，舜禹也。

Mesopotamia，Meso ＋ Potamoi。

Meso，媒也。指兩者之間。

Potamoi，普天莫也。普天之下，莫非王土。

舊譯：薩爾貢。

迦太基：Carthage，城初際

Carthage，城初也。本義：new city。通譯：迦太基。

Car-，城也；-tha-，初也。th 讀若 ch。

古羅馬

意大利：Italy，邑犝

《說文》：犝，無角牛也。會意，牛童也。

拉：vitulus，物犢也。

Italy，邑犢也。本義：land of young cattle。

羅馬：Rome，*rumo-，孺沫

《說文》：孺，乳子也。濡，濡水。

甫語：*rumo-，孺也。

易傳（Etruscan）：rhome，濡也。本義：river。

希：ῥώμη（rhomē），孺也。

Rome，孺也。通譯：羅馬。

Remus，孺沫也。

Romulus，孺洛也。

romantic，濡沫態也。相濡以沫既是羅曼締克。

狼孺雙子，孺沫孺洛；

兄弟同心，相濡以沫。

拉丁：Latin，聯通

拉：latium，聯通也。

latin，聯通也。通譯：拉丁，拉丁語。

斯巴達：Sparta，俠撻

《說文》：俠，俜也；陝，隘也；線，縷也。

《說文》：撻，鄉飲酒，罰不敬，撻其背也。

撻，攻打也。《詩》曰：撻彼殷武，奮伐荊楚。

希：σπαρτιάς（spartias），陝也。本義：a type of plant。

Sparta，俠也。sp 讀若 x。通譯：斯巴達。

亞歷山大：Alexandria，爾擄與抓

《說文》：虜，獲也。虜，通擄。

希：Αλέξανδρος，爾擄與抓也。

Alexandria，爾擄與抓也。通譯：亞歷山大。

-lex-，擄也；-dria，抓也。

凱撒：Caesar，刲宰

《說文》：刲，刺也。

宰，治也，主也。

Caesar，刲宰也。遇刺身亡。通譯：凱撒。

Cae-，刲也，-sar，宰也。

德語：Kaiser，刲宰也。

俄語：Tsar，Czar，宰也。

Gaius，公也。公，爵名。五等之首。

馬拉松：marathon，滿蘿香

《本草綱目》：蒔蘿，一名小茴香。

marathon，滿蘿香也。本義：滿布茴香之地。舊譯：馬拉松。

ma-，滿也；-ra-，蘿也；-thon，香也。

觀：文化

道宮謂之觀。
觀者，視也。觀後而悟道。
人之觀有三，曰三觀：天觀，地觀，人觀。
世界觀曰天觀，價值觀曰地觀，人生觀曰人觀。
位地決定立場，立場決定觀點。故，價值觀曰地觀。

天觀 世界觀

乾天

天：sky，*skeu-，乾

《易・說卦》曰：乾為天。
甫語：*skeu-, 乾也。sk 切，讀若 q。
sky，乾也。乾天之乾。

日：sun，*seh_2wel-，晟

《說文》：晟，明也。《正字通》：日光充盛也。
《說文》：日，實也。太陽之精不虧。
甫語：*seh_2wel-，晟也。
拉：Solar，晟亮也。日。
Sun，晟也。日。太陽謂之晟。
sunshine，晟曬也。陽光謂之晟曬。
sunrise，晟揚也。
sunset，晟夕也。
Eos，暘也。黎明謂之暘。

Helios，晄亮

《說文》：晄（huang），明也。

《說文》：昱（yu），明日也。

《釋名》：曜，耀也，光明照耀也。

七曜（yao），日、月、五行星合稱。

甫語：*sawel-，照也。

希：ἥλιος（Elios）日亮也。昱亮也。曜亮也。日。

Helios，晄亮也。日。ἡ 常轉注為 He。

heliogram，晄亮掛也。日光信號謂之晄亮掛。

heliograph，晄亮卦也。太陽照相機謂之晄亮卦。

helioscope，晄亮鏡片也。太陽望遠鏡謂之輝亮鏡片。

heliotherapy，晄亮修養培也。日光療法謂之晄亮修養培。

heliotropism，晄亮朝偏也。向日性謂之晄亮朝偏。

helium，晄亮也。氦。

月：moon，*mēnōs-，朦

《說文》：朦，月，朦朧也。

甫語：*mēnōs-，朦朧也。

希：Σελήνη（Selēnē），朔亮也。月。

拉：Lunor，朧也。月。

Moon，朦也。月。

星：star，*$h_2$stḗr-

星，發光天體，與日月地球並列。

宿（xiu），星宿。《廣韻》：列星也。

甫語：*$h_2$stḗr-，輝星也。st 切，讀若 x。

希：aster, 一星也。

拉：stella，星列也。

star，星也。

stellar，星列也。或，宿也。星星。

interstellar，央之星列也。星際謂之央之星列。

constellation，共星列也。星宿，星座謂之共星列。

astronaut，愛星辰男也。愛星辰女也。宇航員。

太空：cosmo，空虛莫

空，太空。宇宙。

甫語：*kwel-，空也。

希：κόσμος（kósmos），空虛也。

拉：cosmos，空虛莫也。

cosmos，空虛莫也。宇宙謂之空虛莫。

宇宙：universe，元渦旋

渦，漩渦。

universe，元渦旋也。宇宙謂之元渦旋。宇宙是終極元始大漩渦。

uni-，元也；-verse，渦旋也。

university，元唯學堂也。大學謂之元唯學堂。

光：colour，彩，*ghreu-，光

《說文》：光，明也。

《廣韻》：彩，光彩。

甫語：ghreu-，光也。

希：χρῶμα（chrōma），煦明也。x 轉注為 ch。

拉：color，光亮也。或，彩麗也。

colour，光亮也。或，彩麗也。顏色。

chrome，煦明也。鉻。

行星：planet，漂流體

planet，漂流體也。行星謂之漂流體。

p-，漂也；-lane-，流也；-t，體也。

太陽系：Solar System，晟亮系

Solar System，晟亮系也。太陽系謂之晟亮系。

solar-，晟亮也；-sys-，系也；-tem，統也。

銀河系：Galaxy，羹乳系

羹乳，黏稠狀。

乳，從爪，從孔。

Galaxy，羹乳系也。銀河系謂之羹乳系。銀河系壯狀如巨大乳羹。

Milky Way，泌孔緯也。銀河謂之泌孔緯。

奇點：singularity，單個零一

singularity，單個零一也。奇點謂之單個零一。

時間

時間：time，*tem-，天命

天，天時。《易・乾》：先天而天弗違，後天而奉天時。

圭臬，土圭，水臬。古代測時工具。

甫語：*tem-，天也。

希：χρόυος（chronos），圭臬也。χ 讀若 k，k 近音 g。

拉：tempus，天也。

time，天命也。時間即天命。

秒：second，*sekw-，時辰

《韻會》：時，辰也。

甫語：*sekw-，時也。

second，時辰也。杪。

分：minute，尛　天

尛孨，會意，極小也。

minute，mini ＋ time，尛孨天也。

小時：hour，會兒，*gher-，更

會兒，一會兒，一小段時間。

更，計時單位，一更兩小時。《說文》：改也。

甫語：*gher-，更也。

希：ὥρα，會兒也。

拉：hora，會兒也。

hour，會兒也。小時謂之會兒。

晝：day，旦

旦，象形兼會意，白天日在地上。《說文》：明也。

day，旦也。晝即旦。

diary，旦言也。日記謂之旦言。

date，旦天也。日期謂之旦天。

早：morn，明

morn，明也。早上謂之明。

晚：eve，夜晚

夜，象形兼會意，月照映人影，夜晚也。《正韻》：日入為夜。

《說文》：暱，日近也。會意，日匿則夜至。

《說文》：莫，日且冥也。

eve，夜晚也。晚。

evening，夜晚暱也。

murk，莫也。黑暗謂之莫。

夜：night，*nek^{w}t-，暱[1]

昵，會意，日匿也，日匿為夜。

《說文》：夕，莫也。

甫語：*nek^{w}t-，暱也。

拉：noct，nox，暱夕也。

night，暱也。

nocturnal，暱更也。夜間謂之昵更。ct 讀若 g。

noctilucent，暱更亮晟也。夜間發光謂之暱更亮晟。

equinox，易癸暱夕也。春分，秋分謂之易癸暱夕。

明天：morrow，明日

morrow，明日也。明天謂之明日。-ro-，日也。

tomorrow，途明日也。

昨天：Yesterday，已昨旦

昨，昨天。《說文》：累日也。

甫語：*dhgh（y）es-，旦更已也。

yesterday，已昨旦也。昨天謂之已昨旦。

ye-，已也；ster-，昨也；-day，旦也。st 讀若 zh。

周：week，圍

《易．復》：反復其道，七日來復。

七曜，日，月和五大行星的統稱。天有七曜，地有五行。

圍，周圍。《易．繫辭》：範圍天地之化。

week，圍也。周。

月：month，朦

month，朦時也。月份謂之朦時。

季：season，*si-sə-，四時

《說文》：時，四時也。本春夏秋冬之稱。

甫語：*si-sə-，四時也。

season，四時也。季。

sea-，四也；-son，時也。

年：year，*yeh$_1$r-，圜

《呂氏春秋》：圜，天道也。天道，地球繞日軌道。

年，地球沿天道繞日一周。

甫語：*yeh$_1$r-，圜也。

希：έτος（etos），圜團也。年。

拉：annus，an + nus，一年也。年。

year，圜也。年。

行星

太陽系有九大行星，含五行，三界，地球。

五行者，金星，木星，水星，火星，土星。

三界者，天界天王星，海界海王星，冥界冥王星。

水星：Mercury，*merk-，貿賈易星

《爾雅》：貿，市也。《說文》：易財也。

《說文》：賈（gu），市也。一曰坐賣售也。

甫語：*merk-，貿賈也。本義：商貿。

拉：merx，貿市也。

拉：Mercurius，貿財易也。本義：商人，信使。

Mercury，貿賈易也。貿財易也。水星。

金星：Venus，*wen-，鋈女星

《說文》：鋈，白金也。

《說文》：惟，凡思也。

甫語：*wen-，惟也。本義：渴望，愛戀。

拉：Venus，惟女也。鋈女也。

Venus[1]，鋈女也。金星謂之鋈女星。

Venus[2]，惟女也。通譯：維納斯。

火星：Mars，*mārwort-, 魔王星

《說文》：魔，鬼也。

甫語：*mārwort-, 魔王也。本義：戰神。

拉：Mārs，魔也。

Mars，魔也。火星謂之魔王星。走火，入魔。

木星：Jupiter，*dyēu-，祖父星

《說文》：君，尊也。

《說文》：旦，明也。晟，明也。

甫語：*dyēu-, 旦也。本義：晟（shine）。

希：Zeus，祖也。

拉：Iūpiter，昱父也。-piter，father，父也。

Jupiter，祖父也。木星謂之祖父星。

Jove，祖也。

土星：Saturn，申土星

申土，坤也。

甫語：*seh_2-，撒也。本義：播撒。

拉：Saturnus，申土也。

sow，撒也。

Saturn，申土也。土星謂之申土星。

天王星：Uranus，晤日男星

《說文》：晤，明也。

希：Οὐρανός（Ouranos），晤日男也。本義：天。

Uranus，晤日男也。天王星謂之晤日男星。

海王星：Neptune，涅滔星

《集韻》：涅，水名。

《說文》：滔，水漫漫大貌。

拉：Neptūnus，涅滔也。本義：水。

Neptune，涅滔也。海王星謂之涅滔星。

冥王星：Pluto，卜靈通星

卜，占卜。

陽之精氣曰神，陰之精氣曰靈。《玉篇》：靈，神靈也。

希：Πλούτων（Ploutōn），福祿禱也。本義：財富。

拉：Plūtus，福祿禱也。

Pluto[1]，卜靈通也。冥王星謂之卜靈通星。

Pluto[2]，福祿禱也。財富謂之福祿禱。

星座

牧羊座：Aries，爾羊座

《說文》：羔，羊子也。

希：Κριός（krios），羔羊也。k 讀若 g。本義：羊。

拉：Aries，爾羊也。爾羊座。通譯：牧羊座。

-rie-，羊也。

ram，羊也。

金牛座：Taurus，*tauro-，【牛余】犉座

《說文》:【牛余】(tu)，黃牛虎文。

《說文》: 犉 (run)，黃牛黑脣也。

甫語：*tauro-，【牛余】犉也。本義：牛。

希：Ταῦρος (Tauros)，【牛余】犉也。

拉：Taurus，【牛余】犉也。【牛余】犉座。通譯：金牛座。

tau-，【牛余】也；-rus，犉也。

雙子座：Gemini，哥們男座，姐妹女座

《玉篇》: 孖，雙生子也。讀 zi，亦讀 ma。

希：Δίδυμοι (didymoi)，對對孖也。本義：雙子。

拉：Gemini，哥們男也，姐妹女也。哥們男座，姐妹女座。通譯：雙子座。

g 有 g，j 兩種讀音。ge-，並哥 (g) 姐 (j) 二音。

巨蟹座：Cancer，殼蟹座

蟹，螃蟹。

拉：Cancer，殼蟹也。殼蟹座。通譯：巨蟹座。

crab，殼螃也。

獅子座：Leo，麟座

麒麟，貌像獅。

《玉篇》: 猙，猛獸。

希：Λέων，麟猙也。本義：獅子。

拉：leo，麟也。麟座。通譯：獅子座。

Lion，麟猙也。

處女座：Virgo，未媾座

媾，交媾。

拉：virgo，未媾也。未媾座。通譯：處女座。

vir-，未也；-go，媾也。

天秤座：Libra，量比座

《說文》：量，稱輕重也。《廣韻》：度多少也。

甫語：*lithra-，量算也。

希：Ζυγός（zygós），載估也。

拉：Libra，量比也。量比座。通譯：天秤座。

天蝎座：Scorpio，蝤蠐座

《爾雅》：蝤蠐，蝎。

甫語：*sker-，蝤也。sk 切，讀若 q。

希：Σκορπιο（Skorpio），蝤蠐也。

拉：scorpio，蝤蠐也。蝤蠐座。通譯：天蝎座。

射手座：Sagittarius，射擊投戎座

《說文》：射，弓弩發於身而中於遠也。

《說文》：投，擲也。

希：τόξον（toxon），投手也。

拉：Sagittarious，射擊投戎也。射擊投戎座。通譯：射手座。

sagı-，射擊也；-tta-，投也；-riu-，戎也。

摩羯座：Capricornus，羖羊犄羓座

《集韻》：羖羯，胡羊名。羖，亦讀 kui。

《玉篇》：羺（nou）羓（ni），胡羊也。

犄（cu），會意，牛角。

拉：Capricornus，羖羊犄羓也。羖羊觡觬座。通譯：摩羯座。

capri-，羖（kui）羊也。本義：goat。

-cornus，犄（cu）羓也。本義：horn。

水瓶座：Aquarius，爾ㄑ瓵座

《說文》：ㄑ，水小流也。

《博雅》：瓵（rong），瓶也。

拉：Aquarius，爾ㄑ瓵也。爾泉瓵座。通譯：水瓶座。

aqua-，爾ㄑ（quan）也。

-rius，瓵也。

雙魚座：Pisces，*péisk-，鲏鮭座

《說文》：鲏，魚名。

《說文》：鮭（qu），魚也。

甫語：*péisk-，鲏鮭也。sk 切，讀若 q。

拉：Pisces，鲏鮭也。鲏鮭座。通譯：雙魚座。

季節

春：spring，*spergh-，興揚

《爾雅》：興，起也。

甫語：*spergh-，興也。

spring，興揚也。春天謂之興揚。

夏：summer，* smə-，夏明

四時，二曰夏。《釋名》：假（xia）也。寬假萬物，使生長也。

甫語元始版：smə-，夏也。sm 切，讀若 x。

甫語改動版：$*semh_2$-，夏也。添 e。

甫語正式版：$*sem\text{-}^2$，夏也。

古英語：sumor，夏明也。

summer，夏明也。夏天謂之夏明。

Sumer，夏卯也。卯，東方曰卯。通譯：蘇美爾。

somersault，下面旋也。翻跟斗謂之下面旋。

somer=，下面也；-sault，旋也。

秋：autumn，*temə-，戊天

《唐韻》：戊，十干之中也。物皆茂盛也。

甫語：*temə-，戊天也。

autumn，戊天也。秋天謂之戊天。

冬：winter，*wed-，滏冬

甫語：*wed-，滏也。本義：水。

winter，滏冬也。冬天謂之滏冬。

月份

一月：January，正月

《爾雅》：正月為陬。《說文》：正，是也。

《廣雅》：陬，角也。

拉：ianuarius，一月也。ia-，一也。

January，正月也。

Jan-，正也；-uary，月也。

二月，February，婦哺月

《爾雅》：二月為如。《說文》：如，從隨也。

拉：februum，Februa，婦哺月也。

February，婦哺月也。

Febr-，婦哺也。-uary，月也。

正月婦月，一正一副（婦）。

三月，march，卯出

《說文》：卯，冒也。二月，萬物冒地而出。

march[1]，卯出也。三月謂之卯出。農曆二月相當於西曆三月。

march[2]，命出也。行軍，示威謂之命出。

四月，April，爾闢

《說文》：闢，開也。今同辟。此處從闢，從門。

拉：aprilis，aperire，爾闢也。本義：開。

Etruscan：Apru，爾闢也。

April，爾闢也。四月謂之爾闢月。

open，外闢也。開。

五月，May，娩

《說文》：挽，生子免身也。挽，娩之古字。

希：Maia，娩丫也。本義：接生婆。

May，娩也。五月謂之娩月。

maya，娩丫也。

六月，June，且

《爾雅》：六月為且（ju）。

拉：Junius，且也。

June，且也。六月即且月。

七月，July，且鄰

拉：Ivlivs，Julius，且鄰也。

July，且鄰也。與且（六）月相鄰，七月謂之且鄰。

八月，August，戊廣至

《正韻》：戊，十幹之中也。

《爾雅》：宏，大也。《說文》：宏，屋深響也。

《說文》：廣，殿之大屋也。

甫語：*$h_2$ewg-，宏也。

拉：Augustus，王廣至也。古羅馬君主。本義：古老，宏偉。

August，戊廣至也。八月謂之屋廣至月。

au-，戊也；-gu-，廣也；-st 讀若 zh，至也。

九月，september，申與竝

拉：septem，申也。七。

September，sept ＋ em ＋ ber，七加二，得九。九月謂之申與竝月。

sept-，seven，申也。七。

-em-，and，與也。

-ber，bi，竝也。竝，會意，二立也。

十月，October，酉竝

《說文》：酉，就也。八月黍成，可為酎酒。

拉：octō，酉也。八。

October，octo ＋ ber，八加二，得十。十月謂之酉竝月。

octo-，酉也。八。

-ber，bi，竝也。二。

十一月，November，臬與竝

November，nov ＋ em ＋ ber，九加二，得十一。十一月謂之臬與竝月。

nov-，nine，臬也。九。

-em-，and，與也。與。

-ber，bi，竝也。二。

十二月，December，斗與竝

December，dec ＋ em ＋ ber，十加二，得十二。十二月謂之斗科竝月。

deca-，ten，斗科也。十。

-em-，and，與也。與。

-ber，bi，竝也。二。

星期

星期日：Sunday，晟旦

Sunday，晟旦也。星期日謂之晟旦。
Sun-，晟也。晟，日也。

星期一：Monday，朦旦

《說文》：朦，月朦朧也。
Monday，朦旦也。星期一謂之朦旦。
Mon-，Moon，朦也。

星期二：Tuesday，天旦

Tuesday，天旦也。星期二謂之天旦。
Tues-，tyr，天也。本義：sky。

星期三：Wednesday，王帝旦

Wednesday，王帝旦也。星期三謂之王帝旦。
Wednes-，鋈也。本義：Wodan，Odin。
Odin，wodan，王帝也。本義：chief god。

星期四：Thursday，閃旦

Thursday，閃旦也。星期四謂之閃旦。
Thurs-，閃也。本義：Thor。

星期五，Friday，福旦

Friday，福旦也。星期五謂之福旦。
fir-，福也。本義：Frigg。

星期六，Saturday，申土旦

申土，坤也。
Saturday，申土旦也。星期六謂之申土旦。
Satur-，申土也。

地觀 價值觀

坤地

create，*ker-，坤土

《說文》：坤，地也。《易・說卦》：坤為地，為母。

甫語：*ker-，坤也。

拉：creare，坤也。

create，坤締也。或，坤土也。創造謂之坤締。土地生長萬物。締，締造。

creator，坤主也。造物主謂之坤主。

creation，坤生也。作品謂之坤生。

creature，坤体也。生物謂之坤体。

increase，殷坤升也。增加謂之殷坤升。

decrease，低坤下也。減少謂之低坤下。

recreate，亦坤締也。再造謂之亦坤締。

Queen，坤也。如，坤寧宮。西方謂王后曰坤。

land，陸地

陸，陸地。《說文》：高平地也。

《說文》：坪，地平也。

land，陸地也。

island，入水陸島也。島。i-，入也；-s-，水也；-land，陸也。

甫語：*pele-，坪也。

希：platýs，坪也。

拉：planus，坪也。

terra，*ters-，土壤

《說文》：土，地之吐生物者也。

《說文》：壤，柔土也。

甫語：*ters-，土也。
拉：terra，土壤也。土神。
Terra Mater，土壤母也。
terrace，土垚也。高臺地，梯田謂之土垚。《說文》：垚，土高也。
terrain，土域也。地帶謂之土域。
territory，土壤土域也。領土，領域謂之土壤土域。
inter，湮土也。埋葬謂之湮土。

ground，垓

垓，會意，土之本亥也。《說文》：兼垓八極地也。
ground，垓也。-d，取地之首音。
geo-，垓也。
Geology，垓理經也。地質學。
Geography，垓卦也。地理學。
Gaia，垓丫也。

Earth，垠，*dgem-，地艮

《說文》：垠，地垠也。
甫語：*dgem-，地艮也。地艮，垠也。
Earth，垠也。地球謂之垠。

mount，*men-[3]，密

《說文》：密，山，如堂者。《爾雅》：山如堂者密。
甫語：*men-[3]，密也。
拉：mont，密也。
mount[1]，密也。山。-t，取堂之首音。
mount[2]，冒也。升。
mountain，密堂也。山。

hill，岳

岳，高山也。五岳。

古英語：Hyll，岳也。hy 讀若 ü。

hill，岳也。山。

collis，崑崙

《說文》：崑崙，山名。

甫語：*kel-, 昆也。崑也。

希：κολως（kolos），崑崙也。

拉：collis，崑崙也。

collins，崑崙也。山。

Collins，崑崙也。一個姓氏。舊譯：柯林斯。

方向

east，陽至

陽，太陽。

至，到也，極也。《玉篇》：來也。

梵語：ushas，晤曉也。東方謂之晤曉。

希：ηως（ēós），暘也。日出謂之暘。

east，陽至也。東謂之陽至。

-st，至也。

west，*wes-，晚至

《說文》：晚，莫也。

甫語：*wes-，晚也。

希：ἑσπερος（ésperos），曦西陽也。

拉：vesper，晚西也。

west，晚至也。西謂之晚至。

-st，至也。

south，順是

《說文》：是，直也。從日正。

日正，位正南方。

甫語：*suHno-，順南也。

south，順是也。南謂之順是。-th，是也。

southern，順向也。南方謂之順向。

north，*ner-，逆是

《玉篇》：朔，北方也。《說文》：從月，屰（nì）聲。

逆日正，位正北方。

甫語：*ner-，逆也，朔也。二字並一音。

north，逆是也。北謂之逆是。-th，是也。

northern，逆向也。北方謂之逆向。

水

水：water，*wed-，滏

《說文》：滏，清水也。

甫語：*wed-，滏也。

water，滏也。水。

wet，滏透也。濕。

aqua，爾巜

《說文》：巜（quan），水小流也。

拉：aqua，爾巜也。

aqua，爾巜也。

aquatic，爾巜態也。水生謂之爾巜態。

aquarium，爾巜院也。水族館謂之爾巜院。

aquaculture，爾巜傳統也。水產養殖謂之爾巜傳統。

hydro，永注

《說文》：永，水長也。

《增韻》：注，水流射也。

希：ὕδωρ（hydor），永注也。ὕ 讀若 ü，yu。

拉：hydro，永注也。ü 轉注為 hy。

*hydro，永注也。

hydro-，永注也。

hydrate，永注體也。水化物謂之永注體。

hydraulic，永注力也。水力謂之永注力。

hydrant，永柱也。給水栓謂之永柱。

hydrogen，永注根也。氫。

hydrography，永注卦也。水道學。

hydrolysis，永注理析也。加水分解。

hydrophobia，永注怫怖也。恐水症。

hydrotherapy，永注修養培也。水療法。

hydrotropism，永注朝避也。向水性。

dehydrate，遭永注也。脫水謂之遭永注。

流：stream，*sreu-，水

甫語：*sreu-，水也。

stream，水也。流。

海：sea，深

sea，深也。水也。二字並一音。深水，即海。

洋：ocean，澳深

《廣韻》：澳，深也。

ocean，澳深也。海洋謂之澳深。

海洋：marine，*mori-，沔洋

《說文》：沔，水。《詩》曰：沔彼流水，朝宗於海。

拉：mare，沔也。

marine，沔洋也。海洋謂之沔洋。r 讀若 y。

transmarine，穿沔洋也。跨洋謂之穿沔洋。

ultramarine，兀出沔洋也。深海藍色謂之兀出沔洋。

沉：sink，沈

《廣雅》：沈，沒也。沈，沉之古字。

sink，沈也。沉。

港：harbour，海泊

Harbour，海泊也。港。

池：pool，泊

《說文》：洦，淺水也。洦，泊之古字。

pool，泊也。池。

塘：pond，泡

泡，水泡（pāo）。

pond，泡也。池塘謂之泡。

凍：freeze，沷

《廣韻》：沷（fa），寒冰。

《廣韻》：涸（gu），凝也。《說文》：凝，水堅也。

拉：frigus，沷涸也。

freeze，沷堅也。凍。

寒：chill，滄

《說文》：滄（cang），寒也。

chill，滄也。寒。

涼：cool，況

《說文》：況，寒水也。

cool，況也。涼。舊譯：酷。

冷：cold，況凍

《說文》：凍，冰也。

cold，況凍也。冷。

cold，讀音或從 c，淬也。《方言》：淬（cui），寒也。

冰：ice，皚雪

ice，皚雪也。冰。皚雪結冰。

自然

光：light，朗

《說文》：朗，明也。

拉：lux，朗也。

light，朗也。光。

twilight，退朗也。暮光謂之退朗。

火：fire，怫，焚

《說文》：怫，火貌。

《廣雅》：焚，燒也。

fire[1]，怫也。火。

fire[2]，焚也。燒。

fire[3]，放也。發射謂之放。

氣：air，*awer-，炁（炁）

《廣韻》：炁，同氣。或將炁（qi）誤抄作炁（ai）。

甫語：*awer-，炁也。

希：αήρ（aēr），炁也。本義：vapor，mist。

拉：aura，靄雲也。《說文》靄，雲貌。

air，炁也。氣。空氣謂之炁。

airplane，炁鵬也。飛機謂之炁鵬。

airport，炁浦也。飛機場謂之炁浦。

aero，炁雲也。航空謂之炁雲。

aerodynamic，炁雲動能勱也。空氣動力學。

AI，炁

《說文》：炁，惠也。

惠，古通慧。

AI，炁。人工智慧。

氣體：gas，*gheu-，旡

旡（g，ji），胃氣。《說文》：飲食氣逆不得息曰旡。

炁（qi），同氣。《關尹子》：以一炁生萬物。

業語：*gheu-，旡也。

gas，旡也。氣體謂之旡。

氣象：weather，*we-，雯震

《廣韻》：雯，雲文（紋）。

《說文》：震，霹靂振物者。霑，雨染也。霅（zha），霅霅震電貌。

甫語：*we-，雯也。

weather，雯震也。天氣謂之雯震。-ther，震，霑，霅多字並音，從震。

風：wind，*wendh-，颾

《說文》：颾（wei），大風也。

甫語：*wendh-，颾也。

拉：ventus，颾通也。

wind，颾也。

windy，颾多也。多風謂之颾多。

vent，颾通也。通風口謂之颾通。或外通也。

venthole，颾回也。通風孔謂之颾回。回，象形，孔也。

ventilate，颾通聯也。通風，公開討論謂之颾通聯。

雨：rain，*reg-

《說文》：雨，水從雲下也。

甫語：*reg-，雨也。

拉：ripa，雨濱也。

rain，雨也。r 讀若 y。

rainbow，雨弝也。彩虹謂之雨弝。

霧：fog，霚

《玉篇》：霚，霧氣也。

fog，霚也。霧。

閃電：thunder

《易·說卦》：震為雷。

thunder，閃電也。雷。

Thor，閃也。雷神謂之閃神。

雷霆：lightning

lightning，雷霆也。

暴風：storm，霅嗚

驟，暴風驟雨。

《說文》：霅霅（zha），震電貌。

storm，霅嗚也。暴風雨謂之霅嗚。

聲：sound，*swen-

《說文》：聲，音也。

《博雅》：納，入也。

甫語：*swen-，聲也。

拉：sonus，聲納也。

sound[1]，聲也。

sound[2]，實也。結實，健康，穩固，可靠謂之實。

sonic，聲納也。音速，聲波謂之聲納。

resonant，亦聲納也。回聲，共鳴謂之亦聲納。

subsonic，下聲納也。低音速謂之下聲納。

ultrasonic，兀出聲納也。超音速謂之兀出聲納。

unisonant，元聲納也。和諧，一致謂之元聲納。

石：stone，石頭

《說文》：石，山石。

stone，s ＋ tone，石頭也。

stein，石頭也。

Einstein，一石頭也。通譯：愛因斯坦。

沙：sand

sand，沙也。

固體：solid，*sol-，石粒

《說文》：厲，旱石也。《詩》曰：取厲取鍛。

甫語：*sol-，石也。

拉：solidus，石厲鍛也。

solid，石粒也。固。實。固體。

consolidate，鞏石厲鍛也。鞏固謂之鞏石厲鍛。

液體：liquid，*leikw-，流潰

《說文》：流，水行也。潰，漏也。

甫語：*leikw-，流潰也。

拉：liquere，流潰也。

liquid，流潰也。液體謂之流潰。

liquate，流潰態也。溶解謂之流潰態。

liquefaction，流潰仿也。液化謂之流潰仿。

liquor，流酷也。酒。《說文》：酷，酒厚味也。

大洲

亞洲：Asia，夏洲

《說文》：夏，中國之人也。

《類篇》：昂，日升也。一曰明也。

甫語：*as-，昂升也。本義：rise。

Asia，昂夏也。亞洲曰夏洲。

a-，昂也。本義：升。

-sia-，夏也。本義：東方之地。

非洲：Africa，烰洲

《集韻》：烰（fu），火氣也。《爾雅》：烰烰，蒸也。

Africa，爾烰坤也。非洲曰烰洲。本義：熱。

美洲：America，貿洲

易，交易。

甫語：*reg-，禦也。

甫語：*em-，*am-，易也。本義：take，distribute。

意：Amerigo，爾貿易公也。

德：Amalric（from Amal "work" + Ric "ruler"）。

America，爾貿易坤也。美洲曰貿洲。

歐洲：Europa，宥洲

《說文》：宥，寬也。

甫語：*euru-，宥眼也。

希：Εὐρώπη，宥眼嬪也。本義：寬眼睛，寬臉。

拉：europe，宥眼嬪也。

Europa，宥眼皮也。歐洲曰宥洲。本義：寬眼睛（的女子）。與祖（Zeus）合歡後背拋棄。

萬物的命名

《老子．道德經》：三生萬物。

微觀物質，可分三等：一曰淆子，二曰元子，三曰易子。

淆子，代表字符，x。通稱：量子。

元子，代表字符，o。通稱：基本粒子。

易子，代表字符，e。通稱：元素。

淆（量子）元（基本粒子）易（元素），此三者，萬物之基。

淆子（x）：量子

淆者，混沌也，陰陽不分也。《說文》：相雜錯也。

萬物起於淆。

淆子（x）：最小不可分者，曰淆子。通稱：量子。

元子（o）：基本粒子

元者，圓也，陰陽合一也。《說文》：始也。

道生一。一者，元也，o 也，圓也，始也，太極也。

淆生元。

元子（o）：組成元素的基本粒子，曰元子。通稱：基本粒子。

易子（e）：元素

易，變也。陰陽變化也。《易・繫辭》：《易》者，象也。

元生易。

易子（e）：組成萬物的基本單位，曰易子。通稱：元素。

淆子：量子

量子：quantum，豈子

豈，問辭。如，豈不？《玉篇》：安也，焉也。

quantum，豈度也。本義：多少。

question，豈知也。提問謂之豈知。

物質：mass，末

《道德經》：萬物生於有，有生於無。

《廣韻》：末，無也。

希：maza，末子也。

拉：massa，末子也。

mass，末也。物質謂之末。沬也。大量謂之沬。

Mass，禖也。彌撒謂之禖。《說文》：禖，祭也。

質量：quality，豈量

quality，豈量也。或從通俗音，圭量也。質量。

能量：energy，易能聚

energy，易能聚也。能量謂之易能聚。

en-，易也。

-ner-，能也。

-gy，聚也，功也。二字並一音。

時間：time，天命

time，天也。時間謂之天命。古人瞻天計時。

空間：space，閒隙

閒（xian），同間。空間。《說文》：隙也。又容也。

space，閒隙也。空間謂之閒隙。sp 切，讀若 x。

元子：基本粒子

元素：element，易理名

理，《玉篇》：道也。《易．繫辭》：易簡而天下之理得矣。

《道德經》：無名，天地之始，有名，萬物之母。

希：στοιχεῖον（stoixeion），諸相也。

στοι-（stoi-），諸也。

-χεῖον（-xeion），相也。

拉：elementum，易理名也。-ment-，名，母二字並一音。

element，易理名也。元素謂之易理名。

萬物之母，皆需有名。

無名之名，易理之明。

有名之名，元素是名。

elephant，易理法也。易理法，象也。

誇克：quark，炁子

炁（qi），通"氣"。《關尹子》：以一炁生萬物。

quark，炁子也。舊名：誇克。

charm quark，唱炁子也。舊名：粲誇克。

輕子：lepton，零子

希：λεπτός（leptos），零頭也。本義：小，微。

lepton，零子也。通譯：輕子。

-ton，頭也。微觀物質，-ton 通譯為"子"。

質子：proton，甫子

《廣韻》：甫，始也。

希：πρῶτος（prōtos），甫頭也。

proton，甫子也。通譯：質子。

proto，甫頭也。

中子：neutron，紐子

《說文》：紐，系也。

neutron，紐子也。通譯：中子。

neutrino，紐綴子也。通譯：中微子。綴（chuo），連也。

neutral，紐處也。中。

電子：electron，燿亮氣

《說文》：電，陰陽激燿（yao）也。

《說文》：赫，火赤貌。

甫語：$*h_2el$-，赫也。

希：ἤλεκτρον（ēlektron），燿亮氣也。

electron，燿亮氣也。tr 讀若 q。通譯：電子。

光子：photon，昐子

《玉篇》：昐（fen），日光。

《廣韻》：晪（tian），明也。

photon，昐子也。通譯：光子。

photo，昐晪也。光。

膠子：gluon，涸子

《廣韻》：涸（gu），凝也。《說文》：凝，水堅也。

gluon，涸子也。通譯：膠子。

glue，涸也。

玻色子：boson，庇子

《方言》：庇，寄也。《增韻》：寄，寓也。

梵語：ब◌ोसु"（Bosu），庇所也。本義：居住。

Boson，庇子也。舊名：玻色子。

Bose，庇所也。

《玉篇》：驊（hua）騮，駿馬。

《說文》：騤（kui），馬行威儀也。

higgs boson，驊騤庇子也。舊譯：希格斯玻色子。

higgs，hick，驊騤也。pet of Richard。理解為，御駕。

Richard，尉遲也。本義：rule。

費米子：fermion，縛子

fermion，縛子也。舊名：費米子。

firm，縛也。

強子：hadron，磺子

《玉篇》：磺（huang），強也。

hardon，磺子也。通譯：強子。

hard，磺也。

介子：meson，媒子

媒，媒介。

meson，媒子也。通譯：介子。

middle，媒也。

μ 子：Muon，卯子

muon，卯子。舊名：μ 子。

μ，m，象形，卯也，一筆連。

τ 子：tauon，乇子

tauon，乇（tuo）子也。或，丁子也。舊名：τ 子。

τ，象形，丁也。丁兼祧 t，d 二音。

τ，象形，乇，去下撇。

原子：atom

《說文》：剔，解骨也。

atom，un ＋ ectomy。本義：不可分割。

a-，o 近音；o，yo 近音；從通譯，原也。

-tom，剔也。本義：切。

分子：molecule，模子

molecule，模粒串連也。簡稱，模子。通譯：分子。

mo-，模也；-le-，粒也；-cule，串連也。

易子：元素

元素，按偏旁分有四類：金屬；氣屬；氵屬；石屬。

氣，水，石，三者以物體的三種形態分類，與金屬非金屬分類衝突。四種屬分類，並非同一標準。宜重整。

元素有五屬：金屬，木屬，水屬，熫屬，石屬。

【金屬】

金屬：metal，鉚釘

《集韻》：鉚，美金。

《說文》：釘，煉鉼黃金。

希：μέταλλον（metallon），鉚釘連也。

拉：metallum，鉚釘連也。

metal，鉚釘也。金屬謂之鉚釘。

匠：smith，*smī-，銑

銑（xi），洗煉金屬。如，銑鐵。《說文》：金之澤者。

《說文》：鍛，小冶也。

甫語：*smī-，銑也。sm 切，讀若 x。

smith，銑師也。匠人謂之銑師。

metalsmith，鉚釘銑師也。金匠謂之鉚釘銑。

silversmith，錫鋈銑師也。銀匠謂之錫鋈銑。

ironsmith，冶熔銑師也。鐵匠謂之冶熔銑。

locksmith，落扣銑師也。鎖匠謂之落扣銑。

金：Au，鋈

《爾雅》：黃金謂之璗（dang）。

《說文》：鋈（wu），白金也。

鋆（yun），金也。

鑫，會意，金也。

希：χρνσός，(chrysos)，鑫子也。χ 轉注為 ch。

拉：aurum，鋈鋆也。au 讀若 w。

Au，鋈也。金謂之鋈。

gold，光璗也。金。黃金謂之光璗。

銀：Ag，銀艮

《說文》：銀，白金也。從金，艮（gen）聲。《山海經》：黃銀出蜀中，與金無異。

《說文》：錫，銀鉛之間。《徐曰》銀色而鉛質也。

甫語：$*h_2erg$-，黃銀（gen）也。

希：άργνρος（argyros），銀艮也。ar 讀若 r，r 讀若 y。

拉：argentum，銀艮銅也。

Ag，銀艮也。銀艮，銀也。

silver，錫鋈也。銀。

銅：Cu，赤

《說文》：銅，赤金也。

《玉篇》：赤，朱色也。《說文》：赫，火赤貌。

甫語：$*h_2$éyos-，赫鋆也。

拉：cuprum，赤鋆也。cu-，赤也；-rum，鋆也。

Cu，赤也。銅。

copper，赤鐅也。銅。鐅（pie），補 p 音。

鐵：Fe，鐼

《說文》：鐼（fen），鐵屬。

《說文》：鎔（rong），冶器法也。

拉：ferrum，鐼冶也。或，鋒銳也。

Fe，鐨也。鐵。

iron，冶鎔也。鐵。

汞：Hg，銾

汞，水銀也。汞為金屬，或從金，銾也。

拉：hydrargyrum，永注汞也。

-gyrum，汞也。

Hg，-g，汞也。從金，銾也。

【木屬】

木，組成元素有碳，氫，氧。

碳，從石，從山灰，此為謬誤，需改之。

亥，根源也。《釋名》：亥，核也。收藏萬物。

木之亥曰核；言之亥曰該，骨之亥曰骸；人之亥曰孩。

碳：carbon，核本

核，亦讀 gai，《說文》：古哀切。

碳，木燃剩其本，故曰核本。

《說文》：本，木下曰本。

拉：carbo，核本也。木之亥，曰核。

core，核也。

carbon，核本也。

coal，核也。煤。

charcoal，柴核也。木炭謂之柴核。

【水屬】

水之組成元素有二：氫，氧。

氫，從巠。巠，從水。

氧，從洋，洋，從水。

氫：hydrogen，永注根

hydrogen，永注根也。氫乃水之根。氫，巠，從水。

hydro-，永注也。

-gen，根也。

氧：oxygen，外息根

氧，養也。

《說文》：呼，外息也。

希：Ὀξύς（oxys），外息也。

希：Γενής（genes），根也。

oxygen，外息根也。氧氣為呼吸之根。

【熂屬】：火 + 氣

熂（xi），從火，從氣。主氣，亦主火。

氣字旁元素，屬火，故曰熂。

【坧屬】

坧（zhi），會意，土石也。從土，從石。

石字旁元素，屬土。石碎而化土。故曰坧。

以下為部分坧屬元素。

溴（㙩）：Bromine，敗黴

《說文》：壞，敗也。

黴，黴味兒。

希：βρῶμος（brômos），敗黴也。

Bromine，敗黴也。溴。本義：壞，味兒。

bro-，敗也；-mine，黴也。

溴 + 土，無此字，假借㙩，以代之。

硼（堋）：Boron，硼藥

《玉篇》：硼砂，藥石。

阿拉伯語：بوراك‌س（būraq），硼藥也。

波斯語：” بوروك（burah），硼藥也。

拉：barox，硼藥石也。

Boron，硼藥也。

硼 + 土，堋也。

鈣：calcium，*kalko-，磬石

磬（keng），會意，堅（堅）石也。《說文》：餘堅也。

甫語：*kalko-，磬也。

拉：calx，磬也。

calcium，磬石也。鈣。

calcify，磬石仿也。鈣化謂之磬石仿。

calculus，磬石量也。微積分謂之節磬石量。

lime，粒末也。石灰謂之粒末。

limestone，粒末石也。石灰巖謂之粒末石。

矽（垚）：Silicon，燧烈

《玉篇》：燧，以取火於日。

《說文》：烈，火猛烈也。

拉：silex，silicis，燧烈石也。燧石。

Silicon，燧烈也。矽。

矽 + 土，垚也。

磷（壣）：Phosphorus，熢付予

《說文》：湰，燧候表也。邊有警則舉火。湰，同熢。

希：φῶςφόρος（fosforos），湰付予也。

φῶς-（phōs-）湰也；-φόρος（-phoros），付予也。

Phosphorus，熢付予也。磷。

磷 + 土，壣也。

硫：Sulfur，燒礬

《玉篇》：熮（liu），燒也。

礬（矾），金屬（如銅、鐵、鋅）的硫酸鹽。《山海經》：女牀山，其陰多涅石。涅石，礬石也。

希：θεῖον（theion），燒也。θ 讀若 sh。

sulfur，燒礬也。硫。

硒（塑）：Selenium，朔亮

希：σελήνη（selēnē），朔亮也。本義：月。

Selenium，朔亮物也。硒。

朔 + 土，塑也。

元素周期圖

太極：氫氦二元素組成太陽，故氫氦組太極陰陽。

雙圜：自鋰到氬，雙元一組，受一卦，共 8 組八卦，曰雙圜。

叒圜：自鉀到氙，三元一組，受二卦，共 12 組廿四卦，曰叒圜。

叕圜：自銫到氭，四元一組，受二卦，共 16 組卅二卦，曰叕圜。

三又曰叒（ruo），四又曰叕（zhuo），雙叒叕圜曰三圜圜陣。

故，可畫元素周期之太極圜陣圖，並受之八八六十四卦。

至此，科學世界元素周期，乃成陰陽，三圜，五行之圖相矣！

動物：animal，*anə-mo-，一娘母

娘，母稱。

甫語：*anə-mo-，一娘母也。

拉：animus，anima，一娘母也。息。

animal，any+mom，一娘母也。動物謂之一娘母。

gene，*genə-，根，甲，種，將，基，總，綜，整，正，造

《博雅》：根，始也。

甲，陽初也。《說文》：東方之孟，陽氣萌動。

《說文》：基，牆始也。

甫語：*genə-，根也。

希：genos，根也。n，鼻音重讀，不譯。

拉：genus，根也。

gene，根也。基因謂之根。基因乃生命之根。

generous，根優沃也。慷慨謂之根優沃。

generation，根一生也。一代人謂之根一生。

genre，根樣也。體裁謂之根樣。

genus，根孨也。種。類。屬。

genealogy，根理經也。譜系學。

genetics，根題也。遺傳學。

genocide，根孽殺也。種族滅絕謂之根孽殺。

germ，根冒也。胚芽謂之根冒。

germane，根目也。貼題謂之根目。

degenerate，遰根弱也。退化謂之遰根弱。

congener，共根孨也。同類謂之共根孨。

congenial，共根念也。意氣相投謂之共根念。

pregnant，朴妊根孨也。懷孕謂之朴妊根孨。

Genesis，甲世紀也。舊譯：創世紀。

gender，種對也。性別謂之種對。

general[1]，將禦也。將軍謂之將禦。ral 讀若 yu。

general[2]，基於也。普遍謂之基於。

general[3]，總於也。總體謂之總於。

general[4]，整於也。整體謂之整於。

general[5]，綜於也。綜合謂之綜於。

general[6]，正於也。正常謂之正於。

generate，造衍也。產生謂之造衍。

engender，引造締也。產生謂之引造締。

象：elephant，易理法

象，相也。象為最大動物，萬物之相起於象，故從象。

卦象，由陰陽爻組個成的圖像。《周易》之基本概念。

希：ἐλέφας（elephas），易理法也。

拉：elephantus，易理法也。

elephant，易理法也。大象謂之易理法。

element，易理名也。元素。

鼠：rat，鼴

《廣韻》：鼠，小獸，善為盜。

《玉篇》：鼴（yan），大鼠也。

甫語：*mūs-，毛鼠也。

梵語：mūṣ（मूष्），毛鼠也。

希：mūs（μῦς），毛鼠也。

拉：mus，毛鼠也。

rat，鼴也。

mouse，毛鼠也。

mice，毛【鼠足】也。《集韻》：【鼠足】（cu），小鼠。

牛：cow，*gʷou-，牯

《集韻》：牯，牛名。

甫語：*gʷou-，牯也。

希：βoνς（bous），犇也。

拉：bōs，犻也。

cow，牯也。母牛謂之牯。

bull，犇也。公牛謂之犇。

ox，物犀也。o-，物也。-x，犀也。

虎：tiger，【虎騰】虢

《說文》：【虎騰】（teng），黑虎也。

《說文》：虢（guo），虎所攫畫明文也。

tiger，【虎騰】虢也。虎。

兔：rabbit，逸奔

逸，會意，兔奔。《說文》：兔，謾訑善逃也。《廣韻》：奔也。

rabbit，逸奔也。兔。

龍：dragon，蛭龔

蛭，蠪蛭，獸名。《山海經》凫麗之山有獸焉，其狀如狐而九尾、九首，虎爪，名曰蠪蛭。

龔，會意，龍之共稱。

希：δϱάϰωv（drakōn），蛭龔也。

dragon，蛭龔也。龍。

蛇：snake，*sneg-，蛇泥

《說文》：蛇，它。或從蟲。

泥，泥鰍。

甫語：*sneg-，*snak-，蛇泥也。

拉：serpere，蛇爬也。

serpent，蛇爬也。蛇。

snake，蛇泥也。蛇。

馬：mare

《說文》：驪，馬名。

mare，母也，馬也。二字並一音，母馬。

horse，驪也。馬。

羊：ram

《玉篇》：羚，羊子。

《說文》：美，甘也。從羊從大。羊在六畜主給膳也。

lamb，羚也。

goat，羔也。山羊謂之羔。山羊偏瘦小。

sheep，羴也。

ovis，羳也。

猴：monkey，獼夒

《廣韻》：獼猴，猱也。

《說文》：猴，夒（夓）也。夓（nao），讀音或誤作夔（kui）。

monkey，獼夒也。猴。

雞：chick，雛

《說文》：雛，雞子也。

chick，雛也。

狗：dog，獨狗

《說文》：獨，犬相得而鬥。羊為羣，犬為獨也。

甫語：*ḱwo-，狗也。

dog，獨狗也。

豬：pig，豝，*su-，豬

《說文》：豝（ba），牝豕也。

《說文》：牝，畜母也。

甫語：*su-，豬也。

pig，豝也。豬。

貓：cat，貙

《說文》：貙（chu）獌，似貍者。

《說文》：貓，貍屬。

cat，貙也。貓。

獅：lion，麟猂

《玉篇》：猂，猛獸。

拉：leo，麟也。

lion，麟猂也。獅。

豹：leopard，獵豹

leopard，獵豹也。

leo-，獵也。

-pard，豹也。

panther，豹黰（she）也。黑豹謂之豹黰。《海篇》：黰，黑也。

狼：wolf，猥

猥，會意，令人生畏之犬。

wolf，猥也。狼。

狐：fox，【豸伏】

《篇海》：【豸伏】（fu），狐也。

fox，【豸伏】也。狐。

熊：bear，羆

《爾雅》：羆，如熊，黃白文。

bear，羆也。熊。p，b 近音。

panda，羆大也。熊貓謂之羆大。

魚：fish，鮒

《說文》：鮒，魚名。《易・井》：井穀射鮒。

《說文》，鮁，魚名。

甫語：*peiśk-，鮁也。

fish，鮒也。魚。

蛙：frog，蚨圭

《說文》：青蚨，水蟲，可還錢。

《說文》：圭，蠆也。從蟲，圭（gui）聲。圭，同蛙。

frog，蚨圭也。蛙。

龜：turtle，(辶龜)(辶龜)

《說文》：(辶龜)（tong），龜名。

《說文》：鼉（tuo），水蟲也。

turtle，(辶龜)(辶龜)也。陸龜謂之(辶龜)(辶龜)。

tortoise，鼉鼉也。海龜謂之鼉鼉。

鳥：bird，*péw-，鵬

《玉篇》：大鵬，鳥也。

甫語：*péw-，鵬也。

bird，鵬也。鳥。

鷹：eagle，鷹鈎

eagle，鷹鈎也。鷹。

鴉：raven，鴉烏

老鴰（gua），烏鴉俗稱。

raven，鴉烏也。烏鴉謂之鴉烏。r 讀若 y。

crow，鴰也。

鸚：parrot，諞鸚

《說文》：諞，便巧言也。

parrot，諞鸚也。鸚鵡謂之諞鸚。rr 讀若 y。

卵：oval，*h$_2$ōwyóm-，丸

丸，小圓球體。丸，小圓球。《說文》：圜也。《康熙字典》

又音鯤（kun）。魚子也。

《說文》：蛹，繭蟲也。

甫語：*h₂ōwyóm-，圜蛹也。

希：ᾠόν（ōión），丸也。

拉：ovum，丸也。ov 讀若 w。

ovum，丸也。卵。

oval，丸也。橢圓形謂之丸。

egg，蛹卵也。丸卵（kun）也。蛋。

鯨：whale，鮪鮥

《說文》：鮪（wei），鮥（luo）也。《爾雅》：鮥鮇鮪。

whale，鮪鮥也。鯨。

企鵝：panguin，皤冠

《說文》：皤，老人白也。

panguin，皤冠也。本義：頭白。

螞蟻：*morwi-，ant，蟻

《說文》：螘，蚍蜉也。螘，蟻之古字。

甫語：*morwi-，螞蟻也。morw-，螞也；-i，蟻也。

希：μύρμηξ（myrmex），螞螞也。

拉：formica，蜉螞也。

中古英語：mire，螞蟻也。mi-，螞也；-re，蟻也。

丹麥語：myre，螞蟻也。

ant，蟻也。a 讀若 yi。

蝙蝠：bat，蝙

bat，蝙也。蝙蝠。

蜜蜂：bee，蚌

蚌，蜂之古字，添夂。

bee，蚌也。蜜蜂謂之蚌。

蜘蛛：spider，*spey-，旋蛁

《說文》：蛁，蟲也。

甫語：*spey-，旋也。

古德語：spīþrōn，旋轉也。

spider，旋蛁也。蜘蛛謂之旋蛁。

海豹：seal，豯

《說文》：豯（xi），生三月豚。豚，海豚。

seal，豯也。海豹謂之豯。

植物

apple，爾蘋

蘋，蘋果。

apple，爾蘋也。蘋果謂之爾蘋。

banana，芭黏黏

《廣韻》：芭，芭蕉。

banana，芭黏黏也。蕉。

bamboo，本笨

笨，會意，竹本也。《說文》：竹裏也。

bamboo，本笨也。竹。

berry, 苞葚

苞，會意，包形草實也。《易・否》：繫於苞桑。

《說文》：葚（renr），桑實也。如，桑葚。

拉：beca，苞草也。

berry，苞葚也。莓。

mulberry，蒙苞葚也。桑葚謂之蒙苞葚。-mul，蒙也。

blueberry，碧藍苞葚也。藍莓謂之碧藍苞葚。

raspberry，莠苞葚也。山莓謂之莠苞葚。rasp-，rough，莠也。

strawberry，莱苞葚也。草莓謂之莱苞葚。莱，會意，紅色果也。

Burberry, 蒡苞葚也。巴寶莉。bur-，burdocks，蒡也，牛蒡。

cabbage，菜白卷

cabbage，菜白卷也。捲心菜謂之菜白卷。

cucumber，粗粗棒

cucumber，粗粗棒也。黃瓜謂之粗粗棒。

carrot，橙蘿

蘿，蘿卜。

carrot，橙蘿也。胡蘿卜謂之橙蘿。r 读若 l。

folia，豐蕾，$*b^h$el-，苞

《爾雅》：苞，豐也。

甫語：$*b^h$el-，苞也。

希：φύλλον（phyllon），豐蕾也。

拉：folia，folium，豐蕾也。

folia，豐蕾也。葉

foliage，豐蕾子也。葉。

leaf，蕾豐也。葉。將 folia 的兩個音節互換。

bloom，苞蕾也。花。開花謂之苞蕾。

blossom，苞蕾盛也。盛開謂之苞蕾盛。

flower，芳蕾，$*b^h$leh-，蓓

《說文》：芳，香草也。

《唐韻》：蓓蕾，始華也。花骨朵兒。

甫語：$*b^h$leh-，蓓蕾也。

拉：flora，芳蕾也。植物謂之芳蕾。

flower，芳蕾也。花。

flourish，芳蕾一些也。繁榮謂之芳蕾一些。

Florence，芳蕾韻也。舊譯：弗洛倫薩。

florescent，芳蕾晴也。熒光謂之芳蕾晴。

grape，果葡

葡，葡萄。

grape，果葡。

grass，苟

《說文》：苟，草也。

grass，苟也。

cigar，吸苟也。雪茄謂之吸苟。

tree，*drew-，株

《說文》：株，木根也。

甫語：*drew-，株也。

tree，株也。樹。

orange，圓柚橘

《說文》：橘，果。出江南。註：小曰橘，大曰柚。

梵語：nāraṅgaḥ，南柚橘也。

波斯語：nārang，南柚也。

阿拉伯語：nāranj，南柚橘也。

orange，圓柚橘也。橘子謂之圓柚橘。

potato，茇土豆

《說文》：茇，草根也。

Taíno 語：batata，茇土土也。

potato，茇土豆也。

tomato，彤蔤彤

《玉篇》：彤，赤色。

芙蕖莖曰茄，芙蕖本曰蔤（mi）。《說文》：茄，芙蕖莖。

《說文》：蓉，芙蕖本。《何晏・景福殿賦》：茄蓉倒植。
Aztec 語：tomatl，彤蓉也。
tomato，彤蓉彤也。西紅柿，番茄謂之彤蓉彤。

wood，杌

《玉篇》：杌，木無枝也。
wood，杌也。木。

數字

計：count，*komptos-，科

《說文》：科，程也。
《說文》：程，品也。十發為程，十程為分，十分為寸。
科，程，皆為計量單位。
甫語：*komptos-，科斗也。
拉：computare，科品斗也。
count，科也。數。
counter，科台也。櫃檯謂之科台。
account，爾科斗也。賬戶謂之爾科斗。
discount，斷科斗也。折扣謂之斷科斗。
recount，亦科斗也。重新計算謂之亦科斗。

算：calculate，*kel-，科科量

《說文》：程也。從禾從斗。斗者，量也。
《說文》：會（kuai），合也。
《廣韻》：開，解也。
量，計算。
拉：calculus，科科量也。
calculate，科科量也。或，測測量也。計算謂之科科量。
calculus，會開量也。微積分謂之會開量。

數：number，*nem-，弄卞

筭（suan），同算。《說文》：長六寸。計歷數者。從竹從弄。

笇（suan），同算。《史記・吳王傳》：上方與鼂錯調兵笇軍食。

弄卞（bian），筭笇去竹字頭，造詞。

甫語：*nem-，弄也。

拉：numerous，弄爻也。《說文》：爻，交也。象易六爻頭交也。

number，弄卞也。數字謂之弄卞。

零：zero，正圓

正圓，〇也，零也。

zero，正圓也。零。r 讀若 y。

一：one，*ói-no-，元

《說文》：元，始也。從一，從兀。

甫語：*ói-no-，元也。

希：ούνί（oyni），元也。

拉：unus，元乃也。

one，元也。一。

once，元次也。一次謂之元次。

oneself，元身也。自己謂之元身。

onion，元洋也。洋葱謂之元洋。

only，元了也。只，僅，唯一謂之元了。

a，an，元也。一也。

uni-，元也。

unit，元體也。單元謂之元體。

universe，元渦也。宇宙謂之元渦。

uniform，元服也。制服謂之元服。元符也。一致，相同謂之元符。

二：two，*dwo-，對

對，雙也，配也。

甫語：*dwo-，對也。或，多也，從二肉。

拉：duo，對也。

double，對倍也。雙倍謂之對倍。

two，對也。二。

twin，對人也。雙胞胎謂之對人。-in，人也。

三：three，*tréyes-，川

川，象形，三也。

屮，象形，三也。

甫語：*tréyes-，川也。

拉：tres，川也。

three，川也。或，屮也。三。

tri-，川也。

四：four，方，*kwetwóres-，塊頭

塊，方塊。方塊有四角。《說文》：凷，墣也。凷，塊之古字。

甫語：*kwetwóres-，塊頭也。

西：cuatro，塊頭也。

four，方也。四。

五：five，番五，*penkʷe-，釆五

《說文》：番，獸足謂之番，從釆（bian），田象其掌。亦讀 pan。

《說文》：釆（bian），辨別也。象獸指爪分別也。

《說文》：拳，手也。

甫語：*penkʷe-，釆五也。

梵語：pañca，釆五也。

希：pente，釆也。

拉：quinque，拳拳也。

cinque，手拳也。

five，番五也。五。-ve，五也。

palm，番也。手掌謂之番。

六：six，*sweks-，穴

穴，像六。

甫語：*sweks-，穴也。

拉：sex，穴也。

six，穴也。六。

七：seven，*septḿ̥-，申

《說文》:申，神也。七月陰氣成。《史記．律書》:七月也。

甫語：*septḿ̥-，申也。

希：ἑπτά，(hepta)，申也。

拉：septem，申也。

seven，申也。七。

八：eight，*oḱtṓw-，酉

《說文》：酉，八月黍成，可為酎酒。《史記．律書》：八月也。

甫語：*oḱtṓw-，酉也。o 讀若 yo。

希：ὀκτώ，(októ)，酉也。

拉：octo，酉也。

eight，酉也。八。ei 源自 o。

九：nine，*néwn̥-，臯

《廣雅》：九，究也。《正韻》：究，極也。

《小爾雅》：臯，極也。

由是推之：九，臯也。古人造字以紀數，起於一，極於九。

甫語：*néwn̥-，臬也。

希：ἐννέα（ennea），易臬也。

拉：novem，臬末也。

nine，臬也。九。

十：ten，*deḱm̥-，斗

《說文》：斗，十升也。

甫語：*deḱm̥-，斗科也。

希：δέκα，(deka)，斗科也。

拉：decem，斗科也。

ten，斗也。十。

-teen，斗也。十。十幾歲的青少年。

十一：eleven，一零元

eleven，一零元也。10+1=11。

一零（10），十也。

十二：twelve，對一零

twelve，對一零也。2 + 10 = 12。

tw-，two，對也。二。

-elve，一零也。十。

厘：cent，程，*kmt-，科

《說文》：科，程也。從禾從斗。斗者，量也。

甫語：*kmt-，科也。

希：ἑκατόν（hekaton），禾科斗也。ἑ 通常轉注為 he。

拉：centum，程斗也。

cent，程也。厘，百分之一謂之程。

century，程斗也。世紀謂之程斗。

centuple，程斗倍也。百倍謂之程斗倍。

percent，頻程也。百分比謂之頻程。

百：hundred，禾斗，*ḱm̥tóm-，科斗

《說文》：斗，十升也。

《說文》：科，程也。從禾從斗。斗者，量也。

科斗：百 = 十乘十 = 斗程斗 = 斗科斗，即科斗。

甫語：*ḱm̥tóm-，科斗也。

hundred，禾斗也。百。

蝌蚪，或源於科斗（*ḱm̥tóm-）。

千：kilo，貫量，thousand，習重

《說文》：百，十十也。從一白。數，十百為一貫。

《爾雅》：貫，習也。《說文》：錢貝之貫。

毌（guan），同貫。《說文》：，穿物持之也。從一橫貫。

希：χίλιοι（khílioi），習量也。

拉：mīlle，母量也。毌，或誤作母。

kilo，貫量也。k 讀若 g。

thousand，習重也。《易．坎》：習坎。《釋文》：習，重也。

百萬：million，芔量

《說文》：芔（mang），眾草也。

million，芔量也。百萬謂之芔量。

-lion，量也。

第一，first，甫始

《廣韻》：甫，始也。

甫語：*per-，甫也。

希：prōtos，甫頭也。

拉：primus，甫孟也。《說文》：孟，長也。

prime，甫孟也。素數，首要謂之甫要。

first，甫始也。甫至也。第一。

第二：second，*sekw-，隨從

隨，第二。《說文》：隨，從也。

甫語：*sekw-, 隨也。

拉：secundus，隨從也。

second，隨從也。或從通俗音，隨跟。第二謂之隨跟。

人觀 人生觀

禮制之禮，曰禮；禮貌之禮，曰禮。

人稱

King，君

《說文》：君，尊也。《易》曰：天行健，君子以自強不息。

King，君也。國王謂之君。

Queen，坤

《易．說卦》曰：坤為地，為母。地勢坤，君子以厚德載物。

Queen，坤也。王后謂之坤。

create，crete，queen，socrates，諸辭同源。

emperor，殷辟陽

《爾雅》：殷，中也，正也。《易．豫》：先王以作樂崇德，殷為之上帝。

《廣韻》：辟，君也。《爾雅．釋訓》皇王后辟，君也。天子諸侯通稱辟。

拉：imperator，殷辟陽也。

emperor，殷辟陽也。帝王謂之殷辟陽。-ror，陽也，男性名後綴。

empress，殷辟陰

empress，殷辟陰也。女帝王謂之殷辟陰。-ress，陰也，女性名後綴。

holy，皇

《爾雅》：皇，君也。《爾雅．釋天疏》：尊而君之，則稱皇天。

皇曆，黃曆，古代曆書。

甫語：*kailo-，官曆也。

holy，皇也。神聖謂之皇。-ly，曆之首音。

holiday，皇曆旦也。節日謂之皇曆旦。

honor，皇恩也。榮譽，崇敬謂之皇恩。《說文》：恩，惠也。

honest，皇恩至也。誠實，坦誠謂之皇恩至。

Czar，Tzar，宰

《增韻》：宰，主也。

Czar，Tzar，宰也。沙皇謂之宰。

Caesar，刲宰也。舊譯：凱撒。

life，靈福

靈，生靈。萬物皆有靈。《書》曰：惟人萬物之靈。《廣韻》：福也。

live，靈也。活謂之靈。

life，靈福也。生命謂之靈福。

race，*ers-，人

《說文》：天地之性最貴者也。《釋名》：人，仁也，仁生物也。

《說文》：爭，引也。

甫語：*ers-，人也。

race[1]，人也。r 讀若 y。-ce，生也，氏也。

race²，引也。競爭謂之引。

man，*man-，民

《說文》：民，眾萌也。

甫語：*man-，民也。

拉：homo，胡民也。

拉：humanus，胡民也。

man，male，民也。男人謂之民。

human，胡民也。人類謂之胡民。

female，婦民，*gwen-，閨

《說文》：歸，女嫁也。

閨，閨女，閨秀，借指婦女。《說文》：特立之戶。上圜下方，有似圭。歸，今常作閨。

甫語：*gwen-，閨也。

拉：femina，婦民女也。

female，婦民也。女性謂之婦民。

woman，娃民也。女人謂之娃民。

people，*pleh-，品品

《說文》：品，眾庶也。庶，屋下眾也。

甫語：*pleh-，品也。

people，品品也。人民謂之品品。

popolar，品侶也。民眾謂之品侶。

population，品品侶也。人口謂之品品侶。

person，品生也。-son，生也，身也，二字併一音。

Prince，*per-，甫嗣

《廣韻》：甫，始也。

甫語：*per-，甫也。

拉：princeps，甫嗣也。

Prince，甫嗣也。王子謂之甫嗣。

gentle，*gnə-ti-，公台

公台，古代用三台來比喻三公。借指三公之位或泛指高官。

甫語：*gnə-ti-，公也。

拉：gentis，公台也。

gentle，公台也。紳士謂之公台。

lady，麗太

《廣韻》：麗，美也。

lady，麗太也。女士謂之麗太。

master，*mag-，孟主

《說文》：孟，長也。

甫語：*mag-，孟也。

拉：magister，孟主也。

master，孟主也。st 讀若 zh。

mister，孟者

《禮緯》：嫡長曰伯，庶長曰孟。

mister，孟者也。先生謂之孟者。

Mr.，孟也。先生謂之孟。

lord，令

《說文》：令，發號也。

甫語：*wer-，王也。

lord，令也。地主，領主謂之令。

lead，領導也。

Sir，士，仕

《禮》曰：天子之元士，諸侯之上士，中士，下士。《說文》：士，事也。

Sir，士也。仕也。

soldier，士丁也。士兵謂之士丁。

knight，騎丁

《說文》：騎，跨馬也。

knight，騎丁也。騎士謂之騎丁。kn 切，讀若 q。

madam，母旦

旦，戲劇中女性角色。如，老旦，花旦。

madam，母旦也。夫人謂之母旦。

Miss，妙少

妙，會意，少女也。

Miss[1]，妙少也。未婚少女謂之妙。

miss[2]，迷失也。

Ms，妹子

Ms，妹子也。女士謂之妹子。

nanny，*nana-，奶娘

甫語：*nana-，奶娘也。

拉：nunna，奶娘也。

nanny，奶娘也。保姆謂之奶娘。

公爵：Duke，*deuk-，督公

《禮》曰：王者之制祿爵，公、侯、伯、子、男，凡五等。

《說文》：督，察也。

甫語：*deuk-，督也。

拉：dux, 督也。

Duke，督也。公爵謂之督爵。

侯爵：Marquess，孟卿

Marquess，孟卿也。侯爵謂之孟卿。

伯爵：Earl，*erlaz-，兒郎

《說文》：兒，仁人也。古文奇字，人也。

甫語：*erlaz-，兒郎也。

Earl，兒郎也。伯爵謂之兒郎。

子爵：viscount，尉公

viscount，尉公也。子爵謂之尉公。

男爵：baron，*bher-，伯仁

《說文》：伯，長也。

甫語：*bher-，伯也。

拉：vir，尉也。

Baron，伯仁也。男爵謂之伯仁。

宗教

創世紀：Genesis，甲世紀

Genesis，甲世紀也。通譯：創世紀。

出埃及記：Exodus，逸出道世

Exodus，逸出道世也。通譯：出埃及記。

E-，逸也；-xo-，出也；-du-，道也。

利未記：Leviticus，律謂諦詁

嘀咕，方言，說也。

諦詁，嘀咕之文言。

古希伯來語：Vayikra（וַ.יִ·קְרָא），本義：And He called。

Leviticus，law + ticus，律謂諦詁也。舊譯：利未記。

Levi-，律謂也；-ticus，嘀咕也。

民數記：Bemidbar，邊民簿

希伯來語：Bemidbar（בְ·מִ.דְבַ·ר）。本義：in the wildness。

Bemidbar，邊民簿也。舊譯：民數記。

bemid-，邊民也；-bar，book，簿也。

申命記：Deuteronomy，遞對臬銘

《說文》：遞，更易也。

《博雅》：臬，法也。

希伯來語：Devarim（דְּבָרִים）。

Deuteronomy，遞謂臬銘也。舊譯：申命記。

deuteros，遞對也。對，二也。本義：第二。

nomos，臬銘也。本義：律。

摩西五經：Pentateuch，番導彖辭

《易・繫辭》：彖者，言乎象者也。《註》：彖總一卦之義也。

番，象形，手也。手有五指。見數字。

希伯來語：תּוֹרָה ，彖也。

Torah，彖也。本義：五教導。通譯：妥拉。

Pentateuch，penta ＋ teach。番導彖辭也。舊譯：《摩西五經》。

penta-，番導也。番，五也。本義：五。

-teach，彖辭也。本義：教導。

伊甸園：eden，邑甸

《爾雅》：邑外謂之郊。《載師》：以公邑之田任甸地。

《說文》：甸，天子五百里地。

eden，易甸也。

e-，邑也；-den，甸也。

亞當：Adam，*atta-，阿大

阿大，大大，方言，父也。

甫語：*atta-，阿大也。

Adam，阿大也。

夏娃：Ewa，易媧

《說文》：媧，古之神聖女，化萬物者也。

《說文》：華，榮也。

Semitic（閃／陝）語：ḥyw，活也。本義：live。

希伯來語：Ḥawwāh，華媧也。本義：source of life。

拉：Ewa，易媧也。

Eve，易媧也。

諾亞：Noah，孨汗

《廣韻》：孨（ni），聚貌。尼立切。《說文》：舂（ni），盛皃也。舂，通孨。

汗，皇也。如，成吉思汗。《廣韻》：可汗。蕃王稱。

希伯來語：niham（נֹחַ），孨汗也。

拉：Nūḥ，孨也。

Noah，孨汗也。

亞伯拉罕：Abraham，阿伯汗

《說文》：伯，長也。

汗，皇也。《廣韻》：可汗。蕃王稱。

Abraham，阿伯汗也。

瑪利亞：Maria，娩丫

Maria，娩丫也。

耶穌：Jesus，尊主

Jesus，尊主也。

彌撒：Mass，禖祀

《說文》：禖，祭也。

《禮・祭法》：聖王制祭祀。

Messiah，抹拭也。彌賽亞。本義：anointed，受膏者。

Missa，禖釋也。本義：dismiss。

Mass，禖祀也。彌撒。一種宗教祭祀。

基督：Christ，癸師

癸，象形，陰陽交叉也。見甲骨文。

十字架，陰陽交叉，像癸。

希：χφέϱω（Xphero），癸父也。

Christ，癸師也。

Chri-，cross，癸也。

Christmas，癸師禖祀也。聖誕節。

教堂：church，祠

《說文》：春祭曰祠。品物少，多文詞也。

church，祠也。教堂謂之祠。

牧師：priest，庇祐者

priest，庇祐者也。祭祀，牧師，神父謂之庇祐者。

p-，庇也；-rie-，佑也；-st，者也。

文藝復興：Renaissance，亦娘生

Renaissance，亦娘生也。舊譯：文藝復興。

re-，亦也。

-nasci-，娘生也。本義：birth。

口頭禪

yes，*yē-，也

甫語：*yē-，也也。

Yes，也也。是。

no，*ne-，逆，孬

逆，不也。《說文》：不順也。

孬，不好也。

甫語：*ne-，逆也。

俄語：nyet，逆也。

no，逆也。孬也。不。

bye，別

別，告別。

bye，別也。再見謂之別。

byebye，別別也。

hello，賀禮

《說文》：賀，以禮物相奉慶也。

好，你好，問候語。

hello，賀禮也。好嘍也。你好。

can，可

《廣韻》：可，許可也。

can，可也。

Okey，哦可

《說文》：可，肯也。

Okey，哦可也。O，輔助音，哦也。

-key，can，可也。

sorry，臊矣

臊，羞也。《說文》：豕膏臭也。

sorry，臊矣也。對不起謂之臊矣。臊矣臊矣，對之不起。

shame，臊麼也。

shy，臊也。

too，太

too，太也。

left，亮，離

《爾雅》：左、右，亮也。

《爾雅》：詔、亮、左右相導也。

希：αριστερά（aristerós），愛仁者，佑之。佑，通右。

拉：sinistra，相助也。

left[1]，亮也。左。

left[2]，離也。-f-，分也。

right，*reg-，右，若

《說文》：右，手口相助也。

《爾雅》：若，順也。

甫語：*reg-，右也。r 讀若 y。

希：δεξιός（dexios），導相也。

拉：dexter，導相也。

right[1]，右也。

right[2]，若也。對。直。

nice，暖心

nice，暖心也。好。

wrong，誤

誤，錯誤。《說文》：謬也。

wrong，誤也。錯。

good，*g^{h}ed^h-，佳

《廣韻》：佳，善也，大也，好也。古膎切。古音读 ga。

甫語：*g^{h}ed^h-，佳也。

good，佳也。

shall，should，需

《易・需》：需，須也。

《廣韻》：許，可也。《玉篇》：從也。

shall，should，需也，須也，許也。應該。必須。

need，需

《集韻》：需，奴亂切，音糯（nuo）。

need，需（nuo）也。

may，*mag-，莫

莫，也許。莫須有。莫衷一是。《說文》：日且冥也。

勉，勉強。《廣韻》：勸也。

甫語：*mag-，勉也。本義：強。

may，莫也。可能謂之莫。

maybe，莫比也。也許謂之莫比。

May，娩也。五月謂之娩。

maid，妹子也。女僕謂之妹子。

such，是此

such，是此也。如此謂之是此。

thank，謝叩

thank，謝叩也。謝。

身體

臂：arm，*bhāghu-，臂肱

《廣韻》：膊，肱也。

甫語：*bhāghu-，臂肱也。

甫語：*$h_2$erm-，肱也。

arm，肱也。膊。去 h。

腦：brain，匕囟

《說文》：㛴，頭髓也。從匕，從囟。㛴，腦之古字。

囟，巛象發，囟象㛴。

brain，匕囟也。匕囟，㛴也。腦。

眉：brow，*bhru-，奔兒嘍

奔兒嘍，方言，腦門兒。

甫語：*bhru-，奔兒嘍也。

brow，奔兒嘍也。眉。

eyebrow，眼奔兒嘍也。眉，介於眼與額頭之間。

須：beard，*bhardh-ā-，鬢

《說文》：鬢，頰發也。《釋名》：連發曰鬢。

甫語：*bhardh-ā-，鬢也。

beard，鬢也。髭也。絡腮鬍鬚。

乳：breast，*bhreus-，哺乳

甫語：*bhreus-，哺乳也。

breast，哺乳子也。乳房謂之哺乳子。

brew，哺乳也。釀。

臀：butt，*bhau-，髀

《說文》：髀，股也。

甫語：*bhau-，髀也。

butt，髀也。

buttock，髀蛋也。屁股蛋兒謂之髀蛋。

嚼：chew，啜，*gyeu-，嚼

《說文》：啜，嘗也。《爾雅》：啜，茹也。

《玉篇》：嚼，噬嚼也。

甫語：*gyeu-，嚼也。

chew，啜也。嚼。

顴：cheek

目下骨曰顴，顴骨。

cheek，顴也。

胸：chest，腔

腔，胸腔。《集韻》：骨體曰腔。《說文》：內空也。

chest[1]，腔也。胸。

chest[2]，橱也。櫃子謂之橱。

屌：dick

dick，屌也。

penis，潑尿子也。陰莖謂之潑尿子。

耳：ear

《說文》：耳，主聽也。象形。

《春秋・元命苞》：耳者，心之候。《白虎通》：耳者，腎之候。

甫語：$*h_2eus$-，候也。

ear，耳也。

眼：eye

《說文》：暍（wo），短深目貌。

甫語：*okw-，暍看也。

希：ophthalmos，暍深眸子也。

拉：oculus，暍看睩也。

eye，眼也。象形，e，眼睛；y，鼻子。

肘：elbow，腋臂

《廣韻》：肘腋，胳也，在肘後。

《說文》：肘，臂節也。

elbow，腋臂也。肘。

面：face，酺

《說文》：酺，頰也。頰，面旁也。

拉：facies，酺也。

face，酺也。面。

deface，遭酺也。塗掉謂之遭酺。

interface，央酺也。接口，界面謂之央酺。

preface，朴酺也。序言謂之朴酺。

surface，涉酺也。表面謂之涉酺。

手：hand，扞，χείϱ，手

《廣韻》：扞，以手扞。

希：χείϱ，手也。x 讀若 s。

拉：manus，摹也。

hand，扞也。手。

頭：head，頏，*kaput-，顝頗

《廣韻》：頏，大面貌。

《說文》：顝（kui），大頭也。頗（po），傾首也。

甫語：*kaput-，顆頗也。

head，頏也。頭。

發：hair，*$h_3$és-，毫

《廣韻》：毫，長銳毛也。

《說文》：毳，獸細毛也。

甫語：*$h_3$és-，毫也。

希：kómos，闊毛也。

拉：capillus，毳皮也。

hair，毫也。

心：heart，恔，*kḗr-，核

恔，會意，心乃生命之核。《說文》：苦也。

核，《集韻》：柯開切，從音陔（kai）。

希：kardia，核也。

拉：cor，核也。

heart，恔也。

腿：leg，骽

《玉篇》：骽，股骨也。《廣韻》：股肉也。

leg，骽股也。腿。

lap，骽髀也。大腿。

脣：lip，呂

呂，象形，像上下嘴脣。

lip，呂也。脣。

腰：loin，*lend^{h}-，脟

《說文》：脟（luan），肋肉也。

甫語：*lendh-，脟也。

loin，脟也。腰。

lumbar，彎背也。腰。

sirloin，牲脟也。牛裏脊肉謂之牲脟。

四肢：limb，髖臂

《說文》：臂，手上也。髀，股也。

《玉篇》：髖，股骨也。《廣韻》：股肉也。

limb，髖臂也。四肢。

lim-，髖也。

-b，臂也，髀也，多義並一音，從臂。

嘴：mouth，*mend^{h}-，抿食

抿，抿嘴。抿叨，方言，嚼。

甫語：*mend^{h}-，抿叨也。

mouth，抿食也。口。

頸：neck，紐顆

《說文》：顆，小頭也。

《說文》：紐，系也。

neck，紐顆也。頸。紐顆，連接頭部部位，頸。

下巴：jaw，嚼

jaw，嚼也。下巴謂之嚼。

鼻：nose，*nas-，齉

齉，會意，鼻囊也。

甫語：*nas-，鼸也。

nose，鼸子也。鼻。

器官：organ，五官

organ，五官也。器官謂之五官，從引申義。

organize，五官內臟也。組織謂之五官內臟。

肩：shoulder，勝擔

《爾雅》：肩，勝也。

shoulder，勝擔也。肩。

鼻竇：sinus，息鼸

息，象形，上鼻下心。心原為氣。

鼸（nang），會意，鼻囊也。

拉：sinus，息鼸也。

sinus，息鼸也。

胃：stomach，肻沒出

胃，像肻，上沒出頭。

stomach，肻沒出也。胃。st 讀若 zh。

喉：throat，下咽，$g^{w}erh_{2}$-，哽

《玉篇》：咽，喉也。

《廣韻》：咽，哽咽。

甫語：$g^{w}erh_{2}$-，哽也。

throat，下咽也。喉。

舌：tougue，*$dn_{\circ}ghu$-，舔聒

聒，會意，耳舌也。

甫語：*$dn_{\circ}ghu$-，舔聒也。

tougue，舔聒。舌。

牙：tooth，*dent-，咥

咥，咬也。《玉篇》：齧也。《易．履》：履虎尾，不咥人，亨。

《玉篇》：齢（ta），食也。

《說文》：甘，從口含一。

甫語：*dent-，唑也。

希：ὀδονς（odontos），唑也。

拉：dentalis，唑齢也。

dental，唑齢也。齒科謂之唑齢。

tooth，唑食也。牙。齒。

gum，甘也。牙齦謂之甘。

大腿：thigh，*teuə-，腿

甫語：*teuə-，腿也。

thigh，腿也。大腿。

足：foot，番

《說文》：番，獸足謂之番。

foot，番也。足。

親屬

kin，親

親，親人，親屬。《禮》曰：親者屬也。

kin，親也。k 讀若 q。

akin，爾親也。類似謂之爾親。

kind，親嫡也。種類謂之親嫡。

keen，親昵也。熱心，渴望謂之親。

kiss，親吮也。親吻謂之親吮。

kinship，親属也。

mother，*māter-，母親

甫語：*māter-，母也。

mother，母親也。th 讀若 q。

mum，媽媽也。

father，*pəter-，父親

甫語：*atta-，阿大也。

甫語：*pəter-，爸也。

father，父親也。th 讀若 q。

dad，爹爹也。

papa，爸爸也。

adam，阿大也。

husband，戶保

home，戶也。

husband，戶保也。丈夫謂之戶保。

Bauhaus，保戶也。

wife，為婦

婦，女子已嫁曰婦。

甫語：*$g^{w}eb^{h}$-，閨也。

希：γυνή（gynḗ），閨女也。

拉：uxor，娃媳也。

wife，為婦也。妻子謂之為婦。

children，雛仔

children，雛仔也。兒童謂之雛仔。

child，雛也。

kids，克仔

《說文》：仔，克也。

kids，克仔也。小孩兒謂之克仔。

son，嗣，*nú-，男

《增韻》：子，嗣也。

甫語：*suH-nú-，嗣男也。

son，嗣也。兒子謂之嗣。

niphew，男甫也。姪子，外甥謂之男甫。

niece，女甥也。姪女，外甥女謂之女甥。

daughter，θυγάτηρ，姝

《說文》：姝，女子也。

希：（thygátēr）θυγάτηρ，姝姑她也。

甫語：$*d^hugh_2ter-$，姝姑她也。

拉：Filia，婦也。

daughter，姝也。女兒謂之姝。

baby，褓寶

《說文》：褓，小兒衣也。

baby，褓寶也。嬰兒謂之褓寶。

orphan，無父

《說文》：孤，無父也。

orphan，無父也。孤兒謂之無父。

brother，*bhratēr-，伯，把子

把子，兄弟也。如，拜把子。

《說文》：伯，長也。兄，長也。

甫語：*bhratēr-，伯也。把子也。

brother，伯也，把子也。兄弟謂之把子。

sister，秭娣

《說文》：秭（zi），女兄也。

《說文》：娣，女弟也。

娋（shao），方言，姊也。

甫語：*swésōr-，娋嬸也。

拉：soror，娋幼也。秭娣曰娋幼。

sorority，娋幼締也。女生聯誼會謂之娋幼締。

sister，秭娣也。姐妹謂之秭娣。

boy，孢，寶

《玉篇》：孢，孕也。

boy，孢也。或，從通俗譯，寶也。男孩多稱寶兒。

girl，姑娘

希：κόρη（korē），姑也。

拉：puella，漂亮也。

girl，姑娘也。女孩即姑娘。

uncle，翁考

《玉篇》：翁，老稱。

拉：avus，翁也。本義：祖父。

uncle，翁考也。叔。

cousin，共嗣

consin，共嗣也。堂表兄弟姐妹謂之共嗣，共祖父母之嗣。

食物

酸：sour，*sūro-

甫語：*sūro-, 酸也。

古德語：sūra，酸也。

古法語：sur，酸也。

古英語：sūr，酸也。

sour，酸也。酸甜之酸。

sore，酸也。痠痛之酸。

甜：sugar，舌甘

舌甘，甜也。《說文》：甛（甜），美也。

sugar，舌甘也。甜。

bitter，不甜也。苦。

苦：coffee，苦啡

《玉篇》：黢，黑也。

《說文》：麴，酒母也。麴，今作曲，酒麯。

Semitic 閃 / 陝語：qhh，黢也。本義：深黑色。

阿拉伯語：qahwa，麴黑也。本義：酒。

阿拉伯語：qahiya，苦黑也。本義：no appetite。

coffee，苦黑也。或，苦啡也。咖啡謂之苦啡。

咖啡汁味，又黑又苦。

辣：spicy，辛柬

辛柬，辣也。《廣雅》：辢（辣），辛也。

spicy，辛柬也。辣。

鹹：salt，*sal-

《廣韻》：鹹，不淡。《韻會》：鹽味。鹹，咸之古字。

《說文》：西方鹹地也。東方為之㡿，西方謂之鹵。

甫語：*sal-，鹹也。

希：hals，鹼也。鹼鹹。

拉：sal，鹹也。

salt，鹹也。鹹。鹽。

salad，鹹鹵也。沙拉謂之鹹鹵。

salina，鹹淋也。鹽沼謂之鹹淋。

saline，鹹裏也。含鹽謂之鹹裏。

salsa，鹹灑也。辛辣番茄醬謂之鹹灑。

sauce，鹹食也。調味汁謂之鹹食。

sausage，鹹香聚也。香腸謂之鹹香聚。

desalt，澧鹹也。脫鹽謂之澧鹹。

柴：charcoal

charcoal，柴核也。木炭謂之柴核。

米：rice，稻子

《說文》：稻，稌也，從禾，舀（yao）聲。

希：ὄρυζα（oryza），五稻子也。

rice，稻子也。稻讀若舀。

油：oil，*el-

甫語：*el-，油也。

oil，油也。

olive，油欖也。橄欖謂之油欖。

醬：jam

《說文》：醬，醢也。

jam，醬也。

醋：vinegar，醼酢

《玉篇》：酢，酸也。

vinegar，醼酢也。

vine-，wine，醼也；-gar，酢也。

荼：tea，toxic，荼

荼（tu），茶，多一筆。《說文》：苦荼也。《注》臣鉉等曰：此即今之茶字。

tea，荼[1]也。茶。

荼，荼毒。《詩》曰：寧為荼毒。《疏》：荼，毒皆惡物。

tox，荼[2]也。毒。

toxic，荼邪也。有毒，有害謂之荼邪。

酒：wine，*win-o-，醼

《廣韻》：潑醼（wang），酒。

甫語：*win-o-，醼也。

wine，醼也。酒。

啤：beer，*pek^{w}-，醅

《廣韻》：醅，酒，未漉也。

甫語：*pekw-，醅也。

beer，醅也。啤酒謂之醅。

food，*pā-，餔，脯

《說文》：脯，乾肉也。

《說文》：餔，王德布，大飲酒也。《集韻》：音蒲（pu）。

甫語：*pā-，餔也。脯也。

food，餔也。脯也。食。

《廣韻》：哺，食在口也。

feed，哺也。喂。

cook，烤，*pek^{w}-，烹

烤，烤炙。

炊，燒火做飯。《說文》：爨也。

《集韻》：烹，煮也。

甫語：*pek^{w}-，烹烤也。

cook，烤烤也。或，炊烤也。烹飪謂之炊烤。

cuisine，烤炙也。烹飪謂之烤炙。

cream，*ghrei-，羹

甫語：*ghrei-，羹也。

cream，羹沫也。奶油，護膚霜謂之羹沫。

bake，*bhē-，焙

焙，烘也。《集韻》：煏也。《說文》：煏，火幹也。

甫語：*bhē-，焙也。

bake，焙烤也。烘。烤。

barbeque，BBQ，焙焙烤也。燒烤謂之焙焙烤。

bacon，焙膾也。薰豬肉，培根謂之焙膾。

beef，膘肥

《說文》：膘，牛脅後髀前合革肉也。

beef，膘肥也。牛肉謂之膘肥。

biscuit，餅炊

biscuit，餅炊也。餅乾謂之餅炊。

bread，餅段

bread，餅段也。麵包謂之餅段。

bun，包

bun，包也。圓麵包。

butter，犇脂

希：βούτυρον，犇脂也。

拉：butyrum，犇脂油也。-rum，油也。

butter，犇脂也。黃油謂之奔脂。本義：cow ‘s cheese。

bu-，bull，犇也。-tter，脂也。tt 讀若 z。

cake，饋烤

《說文》：饋，餉也。

cake，饋烤也。蛋糕謂之饋烤。

cheese, 麯汁

麯，同麴，同曲。釀造，發酵後提取物。如，酒麯，麯黴。

cheese，麯汁也。乳酪謂之麯汁。

chocolate，辛苦瀝

辛，味也。

《說文》：苦，大苦苓也。

瀝，《說文》：水下滴也。

Aztec 語：Xocolātl，辛苦瀝也。

Xoco-，辛苦也。本義：bitter。

-lātl，瀝豆也。本義：water。

chocolate，辛苦瀝也。巧克力謂之吃苦瀝。

cacao beans，苦苦踔也。可可豆謂之苦苦踔。

coffee，苦黑也。咖啡豆，味苦且黑。

corn，稞

corn，稞也。玉米，穀粒謂之稞。

dough，*d^{h}eigh-，堆

甫語：*d^{h}eigh-，堆也。

dough，堆也。麵團之堆。

dessert，點心

dessert，點心也。ss 讀若 x。

grain，*grə-nó-，穀

《說文》：穀，百穀之總名。

甫語：*grə-nó-，穀也。

grain，穀也。

ham，臛

《說文》：【肉隺】，肉羹也。【肉隺】，臛之古字。

ham，臛也。火腿謂之臛。

juice，汁

《說文》：汁，液也。

juice，汁也。

latte，乳子

latte，乳也。拿鐵謂之乳子。本義：milk。tt 讀若 z。

meal，米

meal，米也。飯。餐。

meat，糜

糜，肉糜。

meat，糜也。肉。

mince，糤

《說文》：糤，碎也。

mince，糤食也。碎肉謂之糤食。

muffin，糤餥

《爾雅》：餥（fei），食也。

muffin，糤餥也。小松糕謂之糤餥。

croissant，癸粽

croissant，癸粽也。羊角麵包謂之癸粽。

croi-，cross，癸也。

noodle，饢段

noodle，饢段也。麵條謂之饢段。

pizza，*bheid-，餠炙

甫語：*bheid-，餠也。

pizza，餠炙也。烤餠，披薩謂之餠炙。

porridge，烹飪粥

porridge，烹飪粥也。粥。

sandwich，三疊味吃

sandiwich，三疊味吃也。三明治謂之三疊味吃。

supper，熟烹

《說文》：熟，食飪也。

supper，熟烹也。晚飯謂之熟烹。

soup，*seuə-，吸品

甫語：*seuə-，吸也。

soup，吸品也。湯。

yogurt，乳羹

yogurt，乳羹也。酸奶謂之乳羹。

-gurt，gala，羹也。

gala-，羹乳也。

顏色

白色：blanc，*pel-，白

甫語：*pel-, 白也。

拉：album，皚白也。

俄：belyĭ，白也。

法：blanc，白也。

俄語：beluga，白了噶幾也。方言，白。

blanc，白也。

blank，白也。空白。

pale，皅也。皤也。白也。多字並音。

white，皓也。皓，白也。

bleach，白亮劑也。漂白劑謂之白亮劑。

blond，白顟也。黃髮。《玉篇》：顟（lao），黃色。

黑色：black，不亮，*mel-，墨

《廣雅》：墨，黑也。

《說文》：點，小黑也。點，点之古字。

甫語：*mél-，墨也。本義：a darkish color。

希：μέλας（mélas），墨也。莫亮也。

melanin，墨藍也。黑色素謂之墨藍。

melancholia，墨藍愁臉也。抑鬱症謂之墨藍愁臉。

black，不亮也。黑。

dark，點也。暗。

黃色：yellow，*ǵelh$_2$wós-，光黃

《說文》：黃，地之色也。從田從炗，炗亦聲。

炗（guang），古文光。

甫語：*ǵelh$_2$wós-，光黃也。

古德語：*gelwaz，光也。

古英語：geolwe，光也。

yellow，炎亮也。黃。

綠色：green，*ghre-，果

果，多綠色。

甫語：*ghre-，果也。

green，果也。綠。

藍色：blue，*b^{h}lēh-，碧藍

《說文》：碧，石之青美者。

甫語：*b^{h}lēh-，碧藍也。

拉：blāvus，碧藍也。

法：bleu，碧藍也。藍。

blue，碧藍也。藍。

紅色：red，*reud^h-，胭丹

胭脂，紅色顏料。

《廣韻》：丹，赤也。《說文》曰：巴越之赤石也。

甫語：*rewd^h-，胭丹也。

拉：rufus，胭粉也。

red，胭丹也。紅。

粉色：pink，*peuk-，艵

艵，會意，並色也。白紅並色為粉。《說文》：縹色也。

甫語：*peuk-，艵也。

pink，艵也。粉色謂之艵。

pinto，艵兌也。花斑，雜色謂之艵兌。

褐色：brown，布絨

短褐，粗布衣服。《廣韻》：褐，衣褐。
《玉篇》：絨，細布也。
brown，布絨也。褐色謂之布絨。

紫色：purple，縹艳

purple，縹艳也。紫色謂之縹艳。

學問

文明：civilization，斯文禮智信

《易・乾》：見龍在田，天下文明。
斯文，人類進化，從荒野粗蠻，到斯文靜雅。
禮（禮），秩序也。自由，平等，公平，正義皆屬禮。
智，《釋名》：知也。知識，智慧，科學，技術皆屬智。
信，《說文》：誠也。
斯文，禮，智，信，文明之要義也。
拉：civis，斯文也。
civil，斯文也。文職，民事謂之斯文。
civilize，斯文禮智也。開化即從野蠻，到斯文，到禮智。
civilization，斯文禮智信也。文明謂之斯文禮智信。

市，城市。《易・繫辭》：日中為市，致天下之民，聚天下之貨，交易而退，各得其所。
city，市屯也。城市謂之市屯。
citizen，市屯者也。公民謂之市屯者。

文化：culture，傳統

《說文》：祰，告祭也。
甫語：*kwel-，祰也。本義：care of，worship。
拉：cultus，崇推也。

culture，傳統也。崇推也。文化傳統。
cul-，傳也；-ture，統也。
agriculture，爾耕傳統也。農業謂之爾耕傳統。

cult，崇也。崇拜，狂熱謂之崇。

政治：politics，卜禮祭祀

卜，占卜。《周禮》：問龜曰卜。
禘，《說文》：諦祭也。
祀，祭祀。《左傳》：國之大事，在祀與戎。
politics，卜禮祭祀也。政治謂之卜禮祭祀。
policy，卜禮策也。政策謂之卜禮策。
political，卜禮禔策也。政治的謂之卜禮禔策。

《廣韻》：堡，小城。亦讀 pu。
甫語：*pelə-，堡壘也。
希：πόλις（polis），卜禮祀也。
polis，堡壘也。城市謂之堡壘。
cosmopolis，空虛堡壘也。國際都市謂之空虛堡壘。
megalopolis，莽郭堡壘也。大都市謂之莽郭堡壘。
metropolis，母主堡壘也。首都謂之母主堡壘。
necropolis，匿殯堡壘也。墓地謂之匿殯堡壘。

《增韻》：捕，擒捉也。
《廣韻》：吏，治人者也。
police，捕吏也。警察謂之捕吏。

歷史：history，Ἱστορία，匯史撰言

易，日月為易，象陰陽也。《易》經，中華經典。
撰，述也。屬辭記事曰撰。《唐書．百官志》：史館修撰掌修國史。
希：Ἱστορία（istoría），易史撰言也。本義：inquiry。
拉：historia，易史撰言也。

history，匯史撰言也。歷史謂之匯史撰言。

哲學：philosophy, *sep-，福臨羲伏

《說文》：福，祐也。

《說文》：伏，司也。羲，氣也。

甫語：*sep-，羲也。息也。二字並一音。

philosophy，福臨羲伏也。哲學謂之福臨羲伏。

philo-，福臨也。福祿也。本義：象徵愛佑。

-sophy，羲伏也。羲伏，伏羲。本義：象徵智慧。

sip，息也。吸也。

Philips，福臨也。十字形，象徵愛佑。

羅緝：logic，理據

理，《玉篇》：道也。《廣韻》：義理。《說文》：治玉也。

徐曰：物之脈理，惟玉最密，故從玉。

《廣韻》：據，依也。

邏輯，羅緝也。羅，緝，皆從糸。

甫語：*leg-，理也。

希：logos（λόγος），理據也。

logic，理據也。羅緝謂之理據。

圖標：logo，理挂

《說文》：挂，畫也。

甫語：*leg-，理也。

logo，理挂也。圖標，標識謂之理挂。

Lego，磊構也。舊譯：樂高。

學科：-logy，理經

經，法也，度也。《說文》：織也。《易・屯》：君子以經綸。

甫語：*leg-，理也。

希：-λογία（-logía），理經也。

-logy，理經也。學科謂之理經。

astrology，爾星理經也。占星術。
analogy，爾擬理經也。類推謂之爾擬理經。
biology，胞理經也。生物學。
chronology，圭臬理經也。編年表。
eulogy，詠理經也。頌詞謂之詠理經。
etymology，意象理經也。辭源學。入字曰意，出字曰義。
genealogy，根荛理經也。宗譜系學。
geology，垓理經也。地質學。
meteorology，莽曈曨理經也。氣象學。曈曨，日欲明也。
mineralogy，埋砮理經也。礦物學。
pathology，痞痡理經也。病理學。
philology，賦理經也。語言學。
physiology，勑劦理經也。生理學。
theology，神理經也。神學。theo-，神也。
zoology，眾物理經也。動物學。oo，物也。
psychology，神兒悝理經也。神兒，精神兒。

真理：why，*wer-，唯，惟，維

《集韻》：唯，何也。
甫語：*wer-，唯也。
why，唯也。為什麼。真理。
varitas，唯易道也。真理謂之唯易道。

真實：true，誠

《增韻》：誠，純也，無偽也，真實也。
《說文》：信，誠也。
true，誠也。真實曰誠。
truth，誠是也。真相謂之誠是。
trust，誠信也。相信謂之誠信。

經濟：economy，易財臬銘

《博雅》：臬，法也。

economy，易財臬銘也。經濟謂之易財臬銘。

eco-，易財也。

-nomy，nomos，臬銘也。本義：法則。

知識：knowledge，曉理經

《說文》：曉，明也。

knowledge，曉理經也。知識謂之曉理經。

know-，曉也。kn 切，讀若 x。

-ledge，理經也。

科學：science，曉思

《廣韻》：覺，曉也。

《說文》：曉，明也。

拉：scire，覺也。sc 切，讀若 j。或，曉也。本義：知。

science，覺思也。或從通俗音，曉思也。科學。

scientist，曉態者也。科學家謂之曉態者。

scientific，曉態仿也。科學態謂之曉態仿。

conscience，共曉思也。良心謂之共曉思。

conscious，共曉也。意識，知覺謂之共曉。

nescient，匿曉也。無知謂之匿曉。匿，無也。

prescient，朴曉也。預知謂之朴曉。

藝術：art，爾道，*hert-，華

麗爾，華麗也。《說文》：麗爾，猶靡麗也。《詩》曰：彼爾維何，維常之華。《註》爾華，盛貌。

甫語：*$h_2$ert-，華也。

拉：ars，爾也。

art，爾道也。藝術謂之爾道。藝術乃華麗之道。

artful，爾道豐也。狡猾，巧妙謂之爾道豐。

artist，爾道者也。藝術家謂之爾道者。

artless，爾道寥也。天真，質朴謂之爾道寥。

artificial，爾道仿似也。人造謂之爾道仿似。

artisan，爾道師也。匠人謂之爾道師。

音樂：music，*men-，妙聲

甫語：*men-，妙也。

希：muses，謬釋也。

拉：musica，妙聲也。

music，妙聲也。音樂謂之妙聲。

技術：technics，途術

《廣韻》：途，道也。

術，技術也。

希：τέχνη（téxne），徒手弄也。（χ 通常轉注為 kh）。

拉：techne，途術也。x 變為 ch。

technics，途術也。技術謂之途術。ch 讀若 sh。-ni-，弄也。

法學：law，*leg-，律

《爾雅》：律，法也。

《說文》：規，有法度也。

甫語：*leg-，律也。

希：Nόμος（Nomos），臬銘也。臬，法也。

拉：lex，律也。leges，律規也。

法：loi，律也。

德：Gesetz，規則也。

西：ley，律也。

葡：lei，律也。

law，律也。法律之律。

lawyer，律爺也。律師謂之律爺。

legal，律規也。法律謂之律規。

legislate，律規令也。立法謂之律規令。

legist，律規者也。法律學者謂之律規者。

legitimate，律規惕明也。合法謂之律規惕明。

litigate，律諦規也。爭訟謂之律諦規。

allege，爾律規也。聲稱謂之爾律規。

privilege，辟位律規也。特權謂之辟位律規。

醫學：medical，*med-，脈動

《說文》：𠂢，血理之分，衺（xie）行體者。𠂢，脈与脉之古字。

大（dai），大夫，醫生也。

甫語：*med-，脈也。

拉：medicus，脈動也。

medic，脈大（dai）也。大夫謂之脈大。

medical，脈動科也。醫療謂之脈動科。

medicine，脈動辛也。藥謂之脈動辛。辛，味也。

remedy，醫脈動也。治療方法謂之醫脈動。

doctor，大（dai）者也。大夫謂之大者。

數學：math，*mendh-，碼算

碼，計數單位。如，籌碼，號碼。

《說文》：算，數也。

甫語：*mendh-，明也。本義：think，learn。

希：μάθημα（máthēma），碼算也。本義：知。

拉：mathematica，碼算碼推考也。

Math，碼算也。數學謂之碼算。

物理：physics，發勁

《說文》：發，射發也。

《說文》：勢，盛力權也。

《說文》：勁，強也。

希：φυεῖν（phuein），發也。

希：φύσις（physis），發生也。本義：nature。

拉：physica，發射開也。

Physics，發勁也。物理謂之發勁。

force，發勢也。力。

enforce，硬發勢也。強制謂之硬發勢。

化學：chemistry，淆磨鑄

淆，混淆。《說文》：殽，相雜錯也。殽，淆之古字。

磨，打磨。《爾雅》：石謂之磨。

鑄，鑄造。《玉篇》：熔鑄也。

希：χημεία（Khēmeia），淆磨也。古希臘語通常將 x 拆成 kh。

chemistry，淆磨鑄也。化學謂之淆磨鑄。

χ-，kh-，che-，chaos，淆也。

-mi-，磨也。

-stry，鑄也。st 讀若 zh。

alchemy，爾淆磨也。煉金術謂之爾淆磨。

生物學：biology，胞理經

胞，細胞，生物體基本功能單位。

biology，胞理經也。生物學謂之胞理經。

bio-，bi * o = oo。bi-，並也。並，表二。

bio-，胞也。音從胞，義從物。

oo 讀若 wu，物也。

自由：free，放，*leudh-，流

放，放任自流。

free[1]，放也。自由謂之放。放即自由。

free[2]，弗也。費也。二字並一音，免費謂之弗（費）。

freedom，放盪也。自由謂之放盪。

forgo，放過也。放棄謂之放過。

古德語：frankô，放弓也。本義：javelin，free。

拉：Francia，放失也。

France，放失也。法國。

Franch，放弛也。

frank，放口也。坦白謂之放口。

《康熙字典》：流，放也。

甫語：*leudh-，流動也。

拉：liber，流變也。

liberal，流變易也。流變易即自由。

liberty，流變態也。流變態謂之自由。

library，曆簿院也。圖書館謂之曆簿院。

平等：equal，一昆，*$h_2$ekw-，和昆

《說文》：昆，同也。

《說文》：和，相應也。

甫語：*$h_2$ekw-，和癸也。

拉：aequalis，一昆聯也。本義：相同。

equal，一昆也。平等謂之一昆。

equality，一昆聯態也。相等謂之一昆聯態。

equator，一昆道也。赤道謂之一昆。

equinox，一昆紐系也。春分秋分謂之一昆紐系。-nox，紐系也。

equity，一昆態也。公平謂之一昆態。

民主：democracy，丁民承襲

丁，人丁，即人口。如，丁賦。

承，繼承，承襲。《說文》：奉也。受也。

襲，世襲，承襲。《說文》：左衽袍也。

democracy，丁民承襲也。民主謂之丁民承襲。

demo-，丁民也。

-cracy，承襲也。

Bureaucracy，部衙承襲也。官僚主義謂之部衙承襲。
Theocracy，神承襲也。神權制謂之神承襲。
Autocracy，吾同承襲也。獨裁制謂之吾同承襲。

校訓

school，*segh-，塾

塾，私塾，私人學堂。《禮・學記》：古之教者，黨有庠，家有塾。
甫語：*segh-，塾也。
希：σχολή（scholē），塾也。
拉：schola，塾也。
school，塾也。學校謂之塾。sch 讀若 sh。
scholar，術了兒也。學術，學者謂之術了兒。

motto，模謄

《說文》：模，法也。
《玉篇》：謄，傳也。《說文》：移書也。謄，誊之古字。
拉：mōttum，模謄也。
motto，模謄也。格言，校訓謂之模謄。

ve ri tas，唯 易 道

Ve，wise 也，唯也。
Ri，易也。e 之變形。
Tas，道也。tao 之變形。
varitas，唯易道也。通譯：真理。

lux，light 也，朗也。
mea，mean 也，明也。
Veritas Lux Mea，唯易道朗明。通譯：真理即光明。
Harvard 模謄。

Lux et Varitas，朗 與 唯易道

et，與也。

Lux et Varitas，朗與唯易道。通譯：光明與真理。

Yale 模縢。

Mens et Manus，明 與 摹

Mens et Manus，明兮與摹兮。通譯：知行合一。

Mens，明也。

Manus，摹也。

MIT 模縢。

Fortis est veritas，發勢 意思 唯易道

fortis，force，發勢也。

est，is 也，義也，意思也。

Fortis est veritas，發勢者，唯易道也。本義：強權就是真理。

英譯：force is truth。通譯：真相是強而有力的。

Oxford 模縢。

Oxford，物泭也。舊譯：牛津。

交通工具

car，*krsos-，軻

《說文》：軻，接軸車也。

《說文》：轅，輈也。

甫語：*krsos-，軻軾也。

希：κάρρον（karron），軻轅也。

拉：carrus，軻轅也。

car，軻也。車。

cart，軻軛也。大車，購物車謂之軻軛。

cargo，軻裹也。貨物謂之軻裹。

chariot，車轅也。雙輪戰車謂之車轅。

bus，輴

《玉篇》：輴，小車也。

bus，輴軾也。公共汽車謂之輴軾。

bike，竝軲

軲，軲轆。軲轆，即轂輪。

bike，竝也。雙輪車謂之竝軻。

bicycle，竝軲轆也。自行車謂之竝軲轆。

ship，艘，屬

《廣韻》：艘，船總名。

ship[1]，艘也。船。

ship[2]，屬也。

kinship，親屬也。

relationships，亦聯身屬也。關係謂之亦聯身屬。

friendships，甫友屬也。友誼謂之甫友屬。

plane，*pleh$_1$-，鵬

《說文》：鵬，神鳥也。《莊子》：化而為鳥，其名為鵬。

甫語，*pleh$_1$-，鵬也。

希：planos，鵬鳥也。

拉：planus，鵬鳥也。

plane，鵬也。飛機謂之鵬。

train，輟

輟，會意，連叕車也。《玉篇》：叕，連也。

拉：trahere，輟轟也。轟，會意，三車也。

train[1]，輟也。火車謂之輟。

train[2]，傳也。訓練，培訓謂之傳。傳，傳授。

truck，傳軻

truck，傳軻也。卡車謂之傳軻。

tru-，trans-，傳也。

drone，翥

翥，會意，飛羽者也。《說文》：飛舉也。

drone，翥也。無人機，雄蜂謂之翥。

人名

Ben，庇

庇，庇祐。

ben，庇也。庇祐。本義：bless。

Clark，刻鏤刻

《說文》：刻，鏤也。

Clark，刻鏤刻也。本義：scribe。

Charles，從倆

從，會意，人人也。

倆，會意，兩人也。

個，會意，一人。自個兒。

甫語：*ger-，個也。

Charles，從倆也。本義：man。

Carl，從也。

西班牙語：Carlos，哥倆也。

Dan，定

《增韻》：定，決也。

Dan，定也。本義：judge。

David，德，豆

《正韻》：凡言德者，善美，正大，光明，純懿之稱也。

《玉篇》：叔，同尗，豆也。

David，德也。豆也。本義：beloved，uncle。

George，耕

耕，治田也。

甫語：*$g^{w}erh_{3}$-，耕也。

George，耕種也。本義：farmer。

Grace，恭

《說文》：恭，肅也。

Grace，恭也。本義：favor，kindness。

James，兼

《說文》：兼，並也。

James，兼也。本義：supplanter，取代者。

Jack，兼共也。

Jacob，兼共並也。

Joe，加

加，增加。《說文》：語相增加也。

Joe，加也。本義：add，increase。

John，姜

《說文》：神農居姜水，以為姓。

希伯來語：Yohanan。本義：Yahweh is gracious。

古法語：Jehan，Jean，姜也。

英語：John，姜也。

德語：Johann，姜也。

John，姜也。或，姜男也。

Jane，姜也。或，姜女也。

Luke，*lewk-，朗空

《說文》：朗，明也。

甫語：*lewk-，朗也。

Luke，朗空也。本義：bright。

Mark，*māros-，猛

《廣韻》：猛，勇猛。

甫語：*māros-，猛勇也。

Mark，猛也。本義：warrior。

Max，*meg-，滿

《說文》：滿，盈溢也。

甫語：*meg-，滿也。

Max，滿也。本義：greatest，large。

Michael，魔公

Michael，魔公也。本義：Who is like God?

Paul，*pau-，朴

甫語：*pau-，朴也。

Paul，朴也。本義：small，humble。

Sam，姓

姓，姓名。《說文》：人所生也。

sam，姓也。本義：name。

Samuel，姓名也。

surname，姓諾名也。姓。

Trump，篪

《說文》：篪，管樂也。

Trump，篪也。本義：trumpet。

Tom，對

Tom，對也。本義：twin。

Thomas，對嗣也。m，鼻音重讀，不譯。

Roy，禦

禦，帝王敬稱。如，禦前，禦駕，禦旨。

Roy，禦也。本義：king，rule。

Zoe，種

Zoe，種也。本義：life。

介詞

about，*umbi-，爾比

《說文》：比，二人為從，反從為比。

甫語：*umbi-，爾比也。

about，爾比也。關於謂之爾比。a-，助音，爾也。下同。

above，爾比昂

《說文》：昂，舉也。《類篇》：日升也。一曰明也。

above，ab ＋ on，爾比昂也。在上謂之爾比昂。

at，爾在

《說文》：在，存也。

at，爾在也。在。t 讀若 z。

after，爾附退，*apo-，爾傍

《說文》：傍，附行也。

甫語：*apo-，爾傍也。

after，爾附退也。以後謂之爾附退。

against，爾隔

《說文》：隔，障也。

甫語：*gagna-，隔也。

against，爾隔也。反對，背靠謂之爾隔。

among，*mang-，爾莽

莽，會意，犬在茻中。《說文》：南昌謂犬善逐兔草中為莽。

《說文》：茻，眾草也。

甫語：*mang-，莽也。

among，而莽也。在之中，謂之爾莽。

around，爾繞，*ret-，圓

《說文》：圓，圜全也。

《說文》：繞，纏也。環繞。

甫語：*ret-，圓也。

round，繞也。圓也。多字並音。

around，爾繞也。環繞謂之爾繞。

down，*dūn-, 低

《說文》：低，下也。

甫語：*dūn-，低也。

down，低也。下。

for，付

《說文》：付，與也。

for，付也。

from，復

《說文》：復，往來也。

from，復也。來自，從謂之復。

if，易夫

易，變也。

《說文》：憑，依幾也。依者，倚也。

甫語：*epi-，易憑也。

if，易夫也。夫，語助。如果謂之易夫。

in，陰，入

《說文》：入，內也。

in，陰也，入也。內。

inside，陰脅也。裏面謂之陰脅。

enter，入通也。進。

inter，央

《說文》：央，中央也。

拉：inter-，央也。

inter，央也。中間謂之央。

middle，*mei-，媒

middle，媒也。中。

of，於夫

《說文》：虧（ü），於也。象氣之舒。

《博雅》：於，於也。

甫語：*upo-, 於配也。u 讀若 ü。

of，於夫也。於。

off，與分，*apo-，爾判

《說文》：分，別也。

《說文》：判，分也。

甫語：*apo-，爾判也。

off，爾分也。離。

often，爾繁

《廣韻》：繁，多也。

often，爾繁也。經常謂之爾繁。

on，昂

《類篇》：昂，日升也。《說文》：舉也。

on，昂也。上。

out，外頭

《廣韻》：外，內之對。

out，外頭也。兀凸也。ou 讀若 w。

over，昂位，兀位

over，昂位也。兀位也。高於，在上方謂之昂位，兀位。

past，*peh$_2$s-，【走票】

《說文》:【走票】，輕行也。

甫語：*peh$_2$s-，【走票】也。

past，【走票】至也。經過謂之【走票】至。

than，*tó-，凸

《廣韻》：凸，凸出貌。

甫語：*tó-，凸也。

than，凸也。比。th 讀若 t。

through，穿入，*terə-，突入

突，穿也。《左傳》：鄭子展子產伐，宵突城。《註》突，穿也。

甫語：*terə-，突入也。

希：trans，穿也。

through，伸入也。穿。

till，停

《說文》：停，止也。

till[1]，停也。

till[2]，屜也。抽屜之屜。

until，勿停也。直至謂之勿停。

to，通，*de-，達

《說文》：通，達也。

甫語：*de-，達也。

德語：zu，至也。

to，通也。去。

into，入通也。

onto，昂通也。

toward，通往也。

side，*sēi-，脅

《說文》：脅，兩膀也。脅，肋之古字。

side，脅也。邊。

beside，比脅也。在旁謂之比脅。

inside，入脅也。在內謂之入脅。

outside，外脅也。在外謂之外脅。

since，新始

《說文》：始，女之初也。

甫語：*seH-，始也。

since，新始也。或，始新也。自從謂之新始。

up，兀平

《說文》：兀，高而上平也。

up，兀平也。上。

under，*ndher-，凹底，凹低

《韻會》：凹，低下也。

《說文》：底，一曰下也。低，下也。

甫語：*ndher-, 凹底也，凹低也。

拉：infra，陰釜也。

under，凹底也，凹低也。下。

underground，凹底垓地也。地下謂之凹底垓地。

underwater，凹底滏也。水下謂之凹底滏。

with，*wi-ter-，位，圍

《說文》：位，列中庭之左右曰位。

《廣韻》：圍，圜也，繞也。

甫語：*wi-ter , 位置也。圍着也。

with，位也。圍也。二字並一音。

within，位在陰也。在內，在裏謂之位在陰。

without，位在外也。無。沒有。

yet，已

已，已經。《廣韻》：成也。

yet，已也。

連詞

also，*al-，而是

甫語：*al-，爾也，而也。

also，而是也。也。

albeit，而比也。儘管謂之而比。

and，爾

甫語：*n-dha-，*n-，乃也。

拉：et，與也。

and，爾遞也。和。

as，而是

as，而是也。也。

again，爾更

《說文》：更，改也。

again，爾更也。再一次謂之爾更。

ago，爾過

《說文》：過，度也。

ago，爾過也。

ahead，爾頇

《廣韻》：頇，大面貌。

ahead，爾頊也。先。

almost，爾滿至

almost，爾滿至也。幾乎謂之爾滿至。

alone，爾壟

壟斷，獨佔也。

alone，爾壟也。獨自謂之爾壟。

away，爾往

《玉篇》：往，行也，去也。

away，爾往也。離。

but，*bhi-，不但

甫語：*bhi-，不也。

but，不但也。但是謂之不但。

cause，*kau-，考

《廣雅》：考，問也。

甫語：*kau-，考也。

拉：causa，考審也。

cause，考證也。被考證者，即原因。

because，被考證也。因為謂之被考證。

end，尾，已定

尾（yi），末也。終也。尾巴。

《玉篇》：已，止也，畢也，訖也。

end，尾也。已定也。末。尾。完。終。結局。最後。

enough，裕乃豐

《廣韻》：夠，聚也，多也。

古德語：*gi，夠也。

古英語：*ge，夠也。

enough，裕乃豐也。夠。乃為輔助音。

even，易穩

《爾雅》：平，易也。《廣韻》：和也。

穩，平穩。

even，易穩也。平。

exactly，已真確

exactly，已真確也。確切謂之已真確。

ever，*aiw-，已往

已，已經。《玉篇》：止也，畢也，訖也。

甫語：*aiw-，已往也。

ever，已往也。

forever，甫永往

forever，甫永往也。永遠謂之甫永往。

so，*swē-，遂

遂，於是，所以。《廣韻》：達也。

甫語 *swe-，遂也。

so，遂也。所以。

or，偶，*h_2e-, 和

《爾雅》：偶，合也。

甫語：*h_2e-, 和也。

or，偶也。或。

else，偶是也。其他謂之偶是。

though，*thauh-，折

折，轉折。

though，折也。雖然，可是，儘管皆語氣轉折。

although，爾折也。不過，雖然謂之爾折。

代詞

人稱代詞

I，俺

《廣韻》：俺，我也。北人稱我曰俺。

I，俺也。我。

am，麼也。

I’ m，俺麼也。我是謂之俺麼。

ego，*egH_2-，台個

《爾雅》：台（yi），我也。

個兒（gěr），自己個兒。

甫語：*egH_2-，台個兒也。

希：έγώ（egō），台個兒也。

拉：ego，台個兒也。

ego，台個兒也。自我謂之台個兒。

egoism，台個義主也。利己主義謂之台個義主。

egocentric，台個心中也。自我中心謂之台個心中。

egotist，台個太者也。自我主義者謂之台個太者。

egomania，台個莽男也。自大狂謂之台個莽男。

you，汝

汝，你也。

希：εσύ，汝也。

拉：thou，汝也。

you，汝也。你。

me，my，mine，厶

《集韻》：厶，通作私。《玉篇》：亡後切，音某（mou）。

甫語：*me-，厶也。

梵語：mām，厶也。

希：me，厶也。

拉：me，厶也。

me，mine，my，厶也。自己謂之厶。

own，吾，我

《說文》：我自稱也。《爾雅》：我也。

own，吾也，我也。ow 讀若 w。

we，our，us，*wei-，伍

《周禮》：五人為伍。《說文》：伍，相參伍也。

甫語：*wei-，伍也。

希：hēmeis，（we, us），伍也。

拉：nos，妏也。

we，our，us，伍也。我們謂之吾。

ourselves，伍身也。我們自己謂之伍身。

self，*s（w）e-，身，私

《爾雅》：身，我也。

甫語：*s（w）e-，身也；*sel-bho-，身胞也。

self，身也。

sibling，身胞聯也。兄弟謂之身胞聯。胞，同胞。

suicide，身殺也。自殺謂之身殺。

私，自私。

《說文》：恖，思也。

selfish，私恖一些也。自私謂之私恖一些。

he，him，his，和

he，him，his，her，和也。他。

she，社

《說文》：她，蜀謂母曰姐。淮南謂之社。

she，社也。她。

It，爾它

《玉篇》：爾，汝也。

it，爾它也。它。

疑問代詞

why，*wer-，唯

《集韻》：唯，何也。

甫語：*wer-，唯也。

why，唯也。為什麼謂之唯。

who，胡

《韻會》：胡，何也。《詩》曰：雲胡不夷？

who，胡也。誰。

wh-，唯，為

wh-，唯也。為何也。

where，唯 + 邇

《說文》：邇，近也。

where，wh + ere，唯邇也。在哪兒謂之唯邇。

when，唯 + 辰

《韻會》：時，辰也，十二時也。

《說文》：歷，過也。一曰經歷。歷，曆与历之古字。

when，wh +（ch）en，唯辰也。何時謂之唯辰。

while，唯曆也。期間謂之唯曆。

what，唯 + 他她它

-t，他也，她也，它也。

what，wha + t，唯他她它也。什麼謂之唯他她它。

which，唯 + 此

which，wh + ich，唯此也。哪一個謂之唯此。

how，何

何，問辭，如何。

how，何也。如何。

指示代詞

the，者，這

《玉篇》：者，語助也。

《玉篇》：這，迎也。這，这之古字。

the，者也。這也。

-ther，-tor，-ter，者也。

this，這＋是

《說文》：是，直也。《博雅》：是，此也。

this，thi ＋ s，這是也。此。

that，這＋對

that，tha ＋ t，這對也。那。

those，者＋什

《唐韻》：十人為什。

those，tho ＋ se，者什也。他們謂之者什。

they，them，者＋們

them，the ＋ m，者們也。他們謂之者們。

-m，們也。

their，者＋兒

their，thei ＋ r，者兒也。他她它們謂之者兒。

then，者＋辰

辰，時也，時辰。

then，th ＋（ch）en，者辰也。當時謂之者辰。

there，遾＋邇

《說文》：邇，近也。

there，the ＋ re，遾邇也。那裏謂之遾邇。遾，去也。

therefore，遾夫也。因此謂之遾夫。

such，是此

such，是此也。這樣謂之是此。

不定代詞

all，爾

《康熙字典》：爾爾，眾也。

《說文》：凡，最括也。《廣韻》：皆也。

alpha，爾凡也。al-，爾也；-pha，凡也。

all，爾也。全。眾。

any，爾乃也。任何謂之爾乃。

some，*sem-，些麼

《廣韻》：些，少也。

甫語：*sem-，些也。

梵語：samā，些麼也。

拉：similis，些麼了也。

some，些麼也。或，什麼也。一些謂之些麼。

any，*oi-no-，元乃

元，一也，太極也。

甫語：**oi-no -，元乃也。

any，元乃也。任何一個謂之元乃。

each，一次

甫語：*lik-，類也。

each，一次也。一個謂之一次。

every，一為一

every，一為一也。

everybody，一為一胞體也。

everyday，一為一旦也。

everyone，一為一元也。

everthing，一為一實也。

every，一為一也。每一個謂之一為一。

few，乏，*pau-，貧

乏，匱乏，貧乏。

甫語：*pau-，貧也。

few，乏也。極少謂之乏。

little，零頭

little，零頭也。小。微。少。

more，many，much，*me-，茂

茂，盛也。《說文》：草豐盛。

《說文》：茻（mang），眾草也，從四屮。

毳（cui），會意，毛多也。《說文》：獸細毛也。

甫語：*me-，茂也。茻也。

more，茂也。多。

many，茂孴也。多。《廣韻》：孴（ni），聚貌。尼立切。

much，茂毳也。多。

most，滿

《說文》：滿，盈溢也。

max，滿也。

most，滿至也。最多謂之滿至。

maximum，滿滿也。最多。最大。

same，*sem-，單

單，亦讀 shan，《廣韻》：市連切。《玉篇》：一也，支也。

甫語：sem-，單也。

same，單也。同。

whole，$*h_3olh_1os$-，囫圇

囫圇，物完曰囫圇，與渾侖同義。整個。如，囫圇吞棗。

甫語：$*h_3olh_1os$-，囫圇也。

甫語：*kailo-，罣圙也。窟窿也。孔也。

拉：holos，囫圇也。

hole，環也。孔。洞。

hollow，環圇也。中空謂之環圇。

whole，囫圇也。整體謂之囫圇。

either，易者

either，易者也。二選其一謂之易者。

neither，逆者也。兩者都不謂之逆者。

others，*al-，偶者

《唐韻》：雙曰偶，支曰奇。《爾雅》：合也。

甫語：*al-，偶也。

or，偶也。

other，偶者也。另一個，別的謂之偶者。

alter，偶搏，$*h_2el$-，換

《說文》：搏，圜也。搏，抟之古字。

《說文》：換，易也。

甫語：$*h_2el$-，換也。

拉：alter，偶搏也。

alter，偶搏也。改。

altercate，偶搏吵也。爭論謂之偶搏吵。

alternate，偶搏紐也。輪流謂之偶搏紐。

rather，願者

rather，願者也。寧願謂之願者。

whether，勿者

whether，勿者也。是否，勿論謂之勿者。

神話

文明再造，始於神話。

易之以文，封之已神。

珅，妕，鰰，魋，皆神也。

天神曰珅，從玉字旁。

女神曰妕，從女字旁。

海神曰鰰，從魚字旁。

夜神曰魋，從鬼字旁。

太祆，原始氏族化身。

唔嶺坡世家，外族統治者化身。

巨人族，混血化身。

半人馬，遊牧外族與土著混血的化身。

英雄，正式血統人物。

人類，正式血統族羣。

元珅 Athens

Theogonia，Θεογονία,《神歌》

《說文》：神，天神，引出萬物者也。

《說文》：魋，神也。可特指古希臘之神。

希：Θεογονία，神歌也。Θεο-，神也；-γονία，歌也。

Theogonia，神歌也。舊譯：《神譜》。

元始頌歌，文言傳義。

Myth，祕神

《說文》：祕，神也。

Myth，祕神也。或，迷思也。通譯：神話。

神歌神話，神祕迷思。

Hsiodos，Ἡσίοδος，何誦道

《說文》：道，所行道也。誦，諷也。

希：Ἡσίοδος，何誦道也。-σίο-，誦也；-δο-，道也。

拉：Hesiodus，何修道士也。

Hesiod，何誦道也。舊譯：赫西俄德。

誦兮道兮，神歌降世。

《廣韻》：配，配匹也。

《說文》：釋，解也。

Perses，配釋也。何誦道（Hesiod）之弟。舊譯：佩爾賽斯。

Olympus，Ὀλυμπος，晤嶺岥

《說文》：晤，明也。

岳，高山也。五岳。

《說文》：嶺，山道也。嶺，岭之古字。

希：Ὀλυμπος，晤岳岥也。

Ol-，晤也；本義：sky，bright。

-ym-，岳也。本義：rise high，mountain。

-pus，配也。本義：relate。

Olympus，晤岳配也。或從通俗音，晤嶺岥也。通譯：奧林匹斯山。

Chaos，Χάος，淆

《說文》：殽（xiáo），相雜錯也。殽，淆之古字。

希：Χάος，殽也。

Chaos，淆也。舊譯：卡厄斯。

chaos，淆也。混亂謂之淆。

Gaia，Γαια，垓丫

《說文》：垓，兼垓八極地也。會意，土之亥也。

丫，象形，像女孩子頭上雙髻，丫頭。《廣韻》：象物開之形。

甫語：*gē-，垓也。

希：Γαια，垓丫也。

Gaia，垓丫也。晤日之妻。舊譯：蓋亞。

-a，丫，女名後綴。

Tartaros，Τάρταρος，塌塌落

《廣雅》：塌，墮也。《說文》：凡艸曰零，木曰落。

希：Τάρταρος，塌塌落也。

Tartaros，塌塌落也。舊譯：塔爾塔羅斯。

宇宙初分，星塵初聚，

天地開闢，塌塌落落。

Eros，Έρως，愛欲

愛，仁之發也。《詩》曰：心乎愛矣，遐不謂矣。

希：Έρως，愛欲也。

Eros，愛欲也。r 讀若 y。舊譯：厄洛斯。

拉：cupido，媾配對也。

Cupid，媾配也。舊譯：丘比特。

Erebus，Έρεβος，夜本

《說文》：本，木下曰本。

希：Έρεβος，夜本也。

拉：Erebos，夜本也。

Erebus，夜本也。舊譯：厄瑞玻斯。

天與日高，地與日厚。

夜與日分，月與夜冥。

Nyx，Νύξ，暱夕

《說文》：暱，日近也。

《廣韻》：夕，暮也。從月半見。

希：Νύξ，暱夕也。

拉：nyx，暱夕也。

Nix，暱夕也。舊譯：倪克斯。

日暮爾昵，月半爾夕。

Aether，Αιθήρ，昂晟

《類篇》：昂，日升也。

《說文》：晟，明也。

希：Αιθήρ，昂晟也。-θήρ，晟也。本義：天光。

拉：Aether，昂晟也。舊譯：埃忒爾。

Uranus，Ουρανός，晤日男

《說文》：晤，明也。

甫語：$*h_2\bar{o}wr$-，晤也。

希：Ουρανός，晤日男也。

拉：Uranos，晤日男也。

Uranus，晤日男也。舊：烏蘭諾斯。

-nus，男子，男名後綴。

晤日之明，天珅本尊。

Chronos，Χρόνος，圭臬

圭臬：古代測時工具。標準。

《說文》：圭，瑞玉也。臬，射准的也。

甫語：*gher-，圭也。

希：Χρόνος，圭臬也。本義：時間。

Chronos，Khronos ，圭臬也。舊譯：克洛諾斯。

chronicle，圭臬曆也。編年史謂之圭臬曆。

chronometer，圭臬米也。精密計時器謂之圭臬米。

九謬釋 Muse

Muses，Μοῦσαι，謬釋

《說文》：謬，狂者之妄言也。釋，解也。

甫語：*men-，謬也。本義：put in mind，釋。

希：Μοῦσαι，謬釋也。Μοῦ-, 謬也；-σαι，釋也。

拉：Musae，謬釋也。

Muses，謬釋也。舊譯：繆斯。

謬兮釋兮，魑歌肇始。

《神歌》第 25-28 行原文：

奧林波斯的繆斯，執神盾宙斯的女兒們：

荒野的牧人啊，可鄙的家伙，只知吃喝的東西！

我們能把種種謊言說的如真的一般。

但只要樂意，我們也能述說真實。

Helikon，Ελικών，意立坤

《說文》：意，志也。

希：Ελικών，意立坤也。

拉：Helikon，意立坤也。舊譯：赫利孔。

-likon，或與 local 同源，立坤也。

謬釋之家，立坤之地，

以文以神，載歌載史。

Calliope，Καλλιόπη，嗑瑬評

《說文》：嗑，多言也。

《說文》：瑬，垂玉也。冕飾。

希：Καλλιόπη，嗑瑬謂也。

Calliope，嗑瑬評也。舊譯：卡利俄佩。

史詩繆斯，謬釋主持，

瑬玉之言，聲謂汝美。

Clio，Κλειώ，口溜

希：Κλειώ，口溜也。

拉：Clio，口溜也。舊譯：克利俄。

歷史繆斯，順口溜之。

Erato，'Ερατώ，淫欲貪

《小爾雅》：男女不以禮交，謂之淫。

《說文》：欲，貪慾也。《增韻》：愛也。

希：'Ερατώ，淫欲貪也。本義：欲，貪。

Erato，淫欲貪也。r 讀若 y。舊譯：厄拉託。

慾望繆斯，貪之欲之。

Euterpe，τέρπειν，優彈琵

希：τέρπειν（terpein），彈琵也。本義：to please。

Euterpe，優彈琵也。舊譯：歐特耳佩。

音樂繆斯，妙聲優彈。

Melpomene，Μελπομένη，鳴怖姳

《說文》：怖，恨怒也。《詩》曰：視我怖怖。

希：Μελπομένη，鳴怖姳也。

Melpomene，鳴怖姳也。舊譯：墨爾珀墨涅。

Mel-，鳴也。本義：to sing。

-po-，怖也。本義：tragic。

-mene，姳也。女名後綴。姳，會意，女名也。

Melody，鳴律調也。旋律，曲調。

悲劇繆斯，悲鳴怖樂。

Ourania，Οὐρανία，晤日女

《說文》：晤，明也。

希：Οὐρανία，晤日女也。

拉：Ourania，晤日女也。

Urania，晤日女也。舊譯：烏臘尼亞。

Οὐρανία，晤日女，Ουρανός，晤日男，二辭同源。

天文繆斯，晤日同源，

-nus 曰男，-nia 曰女。

Polymnia，Πολυύμνια，沛韻女

沛，豐也。《易・豐》：豐其沛，日中見沫。

《玉篇》：聲音和曰韻。

希：Πολυύμνια，沛流韻女也。

希：πολύς-（polús-），沛也。本義：poly，many。

希：-ὕμν-（-hymn-），韻也。本義：hymn。

Polyhymnia，Polymnia，沛韻女也。舊譯：波呂姆尼阿。

poly-，沛也。

hymn-，hymn，ὕ-，韻也。hy 讀若 ü。

多韻繆斯，韻歌豐沛。

Thaleia，θάλλειν，喜樂

《說文》：喜，樂也。

希：θάλλειν（thallein），喜樂也。

Thaleia，Thalia，喜樂也。舊譯：伊萊阿，塔利亞。

喜樂繆斯，喜劇田園。

Terpsichore，Τερψιχόρη，恬心旋躍

《說文》：恬，安也。

希：Τερψιχόρη，恬心旋躍也。

希：τέρψις-（terpsis-），恬心也。本義：delight。

希：-χορός（-xoros），旋躍也。本義：dance。

Terpsichore，恬心旋躍也。舊譯：忒耳普克索瑞。

舞蹈繆斯，愉悅恬心，

旋兮轉兮，舞躍幻兮。

太祆 Titan

第一代太祆

晤日與垓丫生十二太祆。

Titan，Τιτάνες，太祆

《廣雅》：太，大也。

《說文》：祆，胡神也。從示，天（tian）聲。

Titan，太祆也。舊譯：提坦。

Cronus，Κρόνος，剅男

《說文》：剅，刺也。

希：Κρόνος，剅男也。

拉：Kronos，剅男也。

Cronus, Cronos，剅男也。本義：the cutter。

Rheia，Ῥέα，育丫

《廣韻》：育，養也。

《說文》：域，邦也。

《說文》：妊，身懷孕也。

希：Ῥέα，域丫也。本義：ground。

希：Ῥέα，育丫也，妊丫也。二字並一音。本義：mother。

Rheia，Rhea，育丫也。舊譯：瑞亞。

Coeus，Κοίος，揆有

《說文》：揆，度也。

有，有無之有。

希：Κοίος，揆有也。本義：query，intelligence。

拉：Coeus，揆有也。舊譯：科伊俄斯。

query，豈也，啟也。或從通俗音，揆也，圭也。多字並音。

Phoebe，Φοίβη，昉卜

《說文》：昉，明也。

卜，占卜。《說文》：灼剝龜也。

希：Φοίβη，昉卜也。本義：明，先知。

拉：Phoíbē，昉卜也。

Phoebe，昉卜也。舊譯：福波斯，福柏。

Oceanus，Ὠκεανός，澳深男

《廣韻》：澳，澳深。澳，音同敖，龍王世家皆姓敖。

希：Ὠκεανός，澳深男也。

拉：Oceanos，澳深男也。

Oceanus，澳深男也。舊譯：俄刻阿諾斯。-nus，男也。

ocean，澳深也。海洋謂之澳深。

Oceanids，澳深女也。

Tethys，Τηθύς，太媳

太，祖輩，如，太后，太母，太夫人。

Tethys，太媳也。本義：祖母。舊譯：特梯斯。

太媳與澳深男生三千河鰰，三千澳深女。太媳名副其實。

Mnemosyne，Μνημοσύνη，默念默思念

希：Μνημοσύνη，默念默思念也。

Mnemosyne。默念默思念也。本義：記憶。舊譯：謨涅摩緒涅。

Themis，Θέμις，珅命

天神曰珅，從玉字旁。

命，命令。

希：Θέμις，珅命也。

拉：Themis，珅命也。本義：神的命令。舊譯：忒彌斯。

Hyperion，Ὑπεριων，逾朴陽

《說文》：逾，越也。

希：Ὑπεριων，逾朴陽也。本義：逾越高空的太陽。

Hyperion，逾朴陽也。舊譯：許配裏翁。

Ὑ-，hy-，讀若 ü，逾也。

-ion，陽也。

Theia，Θεία，婶丫

女神曰婶，從女字旁。

希：Θεία，婶丫也。

拉：Theia，婶丫也。

Thea，Thia，婶丫也。本義：女神。舊譯：忒婭。

Crius，Κριός，羖羊

《說文》：羖（gu），夏羊牡曰羖。

希：Κριός，羖羊也。

Crius，羖羊也。本義：ram，羊也。舊譯：克利俄斯。

Iapetus，Ιαπετός，元剟通

《玉篇》：剟（po），刺。

希：Ιαπετός，元剟通也。本義：the Piercer。

拉：Iapetos，元剟通也。

Iapetus，元剟通也。舊譯：伊阿佩託斯，諾亞之子雅弗。

Japetus，甲剟通也。

Piercer，剟也。

第二代太祆

Eos，Έως，暘

《說文》：暘，日出也。

希：Έως（éōs），暘也。本義：黎明。

Eos，暘也。舊譯：厄俄斯。

Aurora，晤日暘也。

Erigeneia，暘光女也。本義：黎明。舊譯：參厄俄斯。

Helios，晄亮，ἥλιος，曜亮

七曜（yao），日，月，五大行星也。《廣韻》：日光也。

《集韻》：晘（han），日出貌。

《說文》：輝，光也。

《集韻》：暸，明也。

希：ἥλιος，曜亮也。本義：太陽。

ἥ-，曜也。

Helios，晄亮也。舊譯：赫利俄斯。

selene，Σελήνη，朔亮

《說文》：朔，月，一日始蘇也。

《說文》：晟，明也。

希：Σελήνη（Selene），朔亮也。本義：月亮。

希：σέλας（selas），晟亮也。本義：明亮。

selene，朔亮也。舊譯：月亮女神塞勒涅。

別名：Mene，明也。

座駕：moon chariot，幪車轅也。本義：雙輪車。

Maia，Μαῖα，娩丫

《正韻》：娩，生也。

希：Μαῖα 也。

Maia，娩丫也。本義：接生婆。

舊譯：母乳，邁亞。

Leto，Λητώ，麗太

太太，已婚婦女，女主人。如，向太。

希：Λητώ，麗太也。本義：wife。

leto，麗太也。舊譯：勒託。

或，leto，麗遁也。本義：the hidden one。

lady，麗太也。女士謂之麗太。

預知：Prometheus，Προμηθεύς，卜祕曉

卜，預卜，預知。《爾雅》：予也。

祕，祕密。《說文》：神也。

曉，知曉。《說文》：明也。

希：Προμηθεύς，卜祕曉也。本義：預知。

Prometheus，卜祕曉也。舊譯：普羅米修斯。

Pro-，卜也；-me-，祕也；-theu-，曉也。th 讀若 x。

《神歌》535 行起：
當初，眾神和凡人（舊：有死的人類）最終分離在
莫空（舊：墨科涅），為了蒙蔽祖（舊：宙斯）的心智，
卜祕曉（舊：普羅米修斯）殷勤地分配一頭大牛。
一堆是牛肉和豐肥的內臟，他卻
裹在牛皮中，外面用牛肚藏好；
另一堆是白骨，他出於詭詐的計謀
整齊堆起，用光亮的脂肪藏好。

這時，祖（舊：人和神的父）對他這樣說：
卜祕曉（舊：伊阿佩託斯之子），最高貴的神明，
老朋友，你分配得多麼偏心啊！
宙斯這般戲責，他的計劃從不落空。

這時，狡猾多謀的卜祕曉回答，
他一邊輕笑，心裏想着那詭詐的計謀：
至上的祖，永生神裏最偉大者，
請遵照你心裏的願望，挑選一份吧。

他心懷詭計這樣說，但祖的計劃從不落空，
面對騙術心下洞然。他心裏考慮着，
凡人的不幸，很快就會付諸實現。

於是，他用雙手拿起那堆白色的脂肪，
不由得氣上心頭，怒火中燒，
當他看見牛的白骨，那詭詐的計謀。
從那以後，生活在大地上的人類
在馨香得聖壇上為永生者焚燒白骨。

聚雲的祖心中不快這樣說：
卜祕曉啊，你謀略超羣，
老朋友，你至今還是沒忘那詭計！

他這樣激動說罷，祖的計劃從不落空。

從此，他時時把憤怒記在心裏，
不再把不息的火種丟向木柴（舊：梣木），
給生活在大地上的凡人使用。

但英勇的卜祕曉矇騙他，
盜走那不熄的火種——火光遠遠可見，
藏在一根空阿魏杆裏。在天上打雷的
祖心裏似被蟲咬，憤怒無比，
當他看見人間的火——火光遠遠可見。

後知：Epimetheus，Ἐπιμηθεύς，否祕曉

《說文》：否，不也。
希：Ἐπιμηθεύς，否祕曉也。本義：後知。
Epimetheus，否祕曉也。舊譯：厄庇米修斯。
-pi-，否也，-me-，祕也，-theus，曉也。th 讀若 x。

Metis，Μῆτις，明諦

《說文》：明，照也。《易》曰：日月相推，而明生焉。
諦，真諦。
希：Μῆτις，明諦也。本義：智慧，技術。
Metis，明諦也。舊譯：墨提斯。

Atlas，Ἄτλας，爾挺立

《說文》：挺，拔也。堅挺。
嵞（tu），會稽山。
迢，迢遰也。千里迢迢。

Atlas，辭源有多重：
甫語：$*telh_2$-，挺也。本義：挺住。
希：Ἄτλας，挺立也。本義：硬，忍耐。
atlas，爾挺立也。舊譯：擎天神阿特拉斯。

唔嶺坡世家：Olympus

Zeus，Ζεύς，祖

祖，先祖，始祖，通謂之祖。《詩》曰：似續妣祖。

帝，《爾雅》：君也。《說文》：諦也。《字匯》：上帝，天之神也。

linear B：𐀇𐀸，di-we，帝位也。

linear B：𐀇𐀺，di-wo，帝王也。

希：Ζεύς，祖也。

Zeus，祖也。舊譯：宙斯。

Hera，Ηεη，婚丫

《說文》：婚，婦家也。

希：Ηεη，婚也。

Hera，婚丫。舊譯：婚姻女神，赫拉。

Jūno，宗娘也。舊譯：朱諾。

Poseidon，Ποσειδῶν，波三抖

linear B 字符：𐀡𐀮𐀅𐀃，Po-se-da-o。

𐀡（po），波也。

𐀮（se），三也。

𐀅（da），抖也，左側轉。

希：Ποσειδῶν，波三抖也。

Poseidon，波三抖也。舊譯：海王，波塞冬。

屮（che），ψ，象形，三叉也。《說文》：草木初生也。

希：Εννοσίγαιος，垠顫公也。通說：Earth-Shaker。

Ennosigaíos，垠顫公也。波三抖（Poseidon）的修飾語。

Demeter，Δήμητρα，地母

《說文》：地，元氣初分，輕清陽為天，重濁陰為地。

希：Δήμήτηρ，地母也。Δη-，地也；-μή-，母也。

Demeter，地母也。舊譯：穀神，德墨特爾。

《說文》：科，程也。從禾從斗。斗者，量也。

《廣韻》：裕，饒也。

Ceres，科裕也。舊譯：刻瑞斯。

Apollo，Απόλλων，元曝輪

《說文》：㬥，晞也。晞，乾也。㬥，暴，曝（pu）之古字。

《廣韻》：輪，車輪也。

Linear B: 𐀟𐁊，pe-rjo-。本義：天，軸。

𐀟（pe），㬥也。側轉，像日出。

𐁊（rjo），軸也。j 讀若 z。

希：Απόλλων，曝輪也。

希：πόλος，曝輪也。

拉：polus，曝輪也。曝倫，或取義地球自轉軸。

Apollo，元曝輪也。舊譯：太陽神，阿波羅。

Phoebus，昉曝也。舊譯：福玻斯。

polar，曝輪也，極。兩極連線為地球自轉軸。

Athena，Ἀθήνη，元妽女

女神曰妽，從女字旁。保護中華文化語義系統，而諱之。

linear B：𐀀𐀲𐀙𐀡𐀴𐀛𐀊 a-ta-na po-ti-ni-ja，本義：Divine Athena。

Divine Athena，帝王元神女也。本義：女神。

希：Ἀθήνη，元妽女也。舊譯：智慧與戰爭女神，雅典娜。

Athena，元妽女也。或，元妽娜也。

拉：Pallas，曝輪也。pallas，polus，二辭或同源異性。

Minerva，明女媧也。

Artemis，Ἄρτεμις，爾弢弭

《說文》：弢（tao），弓衣也。

《說文》：弭，弓無緣，可以解轡紛者。
《說文》：鏑，矢鏠也。
linear B：𐀀𐀳𐀖𐀵，a-te-mi-to。
希：Ἄρτεμις，爾弢弭也。本義：butcher。
Artemis，爾弢弭也。舊譯：狩獵之神，阿爾忒彌斯。
執弢執弭，馳騁畋獵。

Diana，鏑娜也。

Aphrodite，Ἀφροδίτη，爾芙蓉蒂荑

《說文》：芙，芙蓉也。荷花。芙者，浮也。
《說文》：蒂，瓜當也。蔕，蒂之古字。
荑（ti），草木初生貌。《詩》曰：自牧歸荑。
希：Ἀφροδίτη，芙蓉蒂荑也。
Aphrodite，芙蓉蒂荑也。舊譯：阿佛洛狄忒。
芙蓉出水，愛兮欲兮。
蒂荑色美，情兮羲兮。

Vĕnus，婸女也。

Ares，Ἄρης，鑿戎

《廣韻》：鑿，盡死殺人曰鑿。
《說文》：戎，兵也。
linear B：𐀀𐀩, a-re。
希：Ἄρης，鑿戎也。
拉：Ares，鑿戎也。本義：兵，武。舊譯：阿瑞斯。

《說文》：魔，鬼也。
甫語：*māwor-s，魔王也。
Etruscan：Maris，魔也。
希：Mārs，魔也。
Mars，魔也。火星謂之魔（星）。戰神謂之魔（神）。

Hebe，῞Ηβη，孩保

《廣韻》：孩，始生小兒。

《說文》：保，養也。

希：῞Ηβη（Hbe），孩保也。本義：幼。

Hebe，孩保也。舊譯：赫柏。

Hephaistus，῞Ηφαιστος，火焚鑄

《說文》：焚，燒田也。

《說文》：鑄，銷金也。鑄造。

希：῞Ηφαιστος，火焚鑄也。本義：焚，鑄。

Hephaistos，火焚鑄也。

Hephaestus，火焚鑄也。舊譯：火神，工匠神，赫淮斯託斯。

He-，火也；-phai-，焚也；-stus，鑄也。st 讀若 zh。

《說文》：煒，盛赤也。

《集韻》：炣，火也。

Vulcan，煒炣也。

Hermes，῾Ερμῆς，邇邁

《說文》：邇，近也。邁，遠行也。

《說文》：軻，接軸車也。

linear B：𐀁𐀔𐁀 e-ma-a_2（e-ma-ha）。

𐀁，象形，尒。

𐀔，象形，卯。

希：῾Ερμῆς，邇邁也。本義：神使。

Hermes，邇邁也。舊譯：神使，赫爾墨斯，愛馬仕。

邇近邁遠，神行使者。

Mercury，貿財人也。本義：merchant。

Hestia，῾Εστία，火灶

《說文》：灶，炊穴也。

希：Ἑστία，煙灶也。
拉：Vesta，熅灶也。st 讀若 zh。
Hestia，火灶也。舊譯：灶神，持家女神，赫斯提亞。

Vesta，熅灶也。

Dionysus，Διόνυσος，酊釀

《說文》：酩酊，醉也。
《說文》：釀，醞也。
linear B：𐀇𐀺𐀚𐀰（di-wo-nu-so）。註：linear 字符僅有表音能力。
希：Διόνυσος，酊釀山也。Διό-, 酊也；-νυ-，釀也。
拉：Dionysos，酊釀也。
Dionysus，酊釀也。舊譯：祭酒神，狄俄尼索斯。

《說文》：醅，醉飽也。
Bacchus，醅醇也。

海鰰世家 Oceanus

滂沱（Pontus）與垓丫（Gaia）生海鰰世家。

海之滂沱：Pontus，Πόντος，滂沱

《說文》：滂：沛也。
希：Πόντος，滂沱也。本義：海。
Pontus，滂沱也。大海滂沱呀！舊譯：蓬託斯。

海王之妻：Amphitrite，Ἀμφιτρίτη，二扉川通

《說文》：川，貫穿通流水也。
希：Ἀμφιτρίτη，二扉川也。
希：ἀμφί-（amphi-），二扉也。本義：兩邊。
希：-τρίτος（-tritos），川通也。本義：三。

Amphitrite，二扉川通也。舊譯：安菲特裏忒。

海之危險：Ceto，Κητος，夔魠

《說文》：夔，神魖也，如龍，一足，踔而行。

《說文》：魠，哆口魚也。

希：Κητος，夔魠也。本義：海怪。

Ceto，夔魠也。舊譯：海之危險，刻託。

夔魠水怪，一足哆口。

海之力量：Eurybia，Εὐϱυβίη，宥祕

《說文》：宥，寬也。

《說文》：祕（bi），神也。

希：Εὐϱυβίη，宥裕祕也。

Eurybia，宥裕祕也。舊譯：海之力量，歐律比亞。

Eury-，宥裕也。宥域也。本義：寬。

-bia, 祂也。本義：威力。

寬闊海域，祂之佑之。

海之憤怒：Phorcys，Φόϱϰυς，憤慨

《說文》：憤，懣也。慨，忼慨壯士不得志也。

希：Φόϱϰυς，憤慨也。

Phorcys，憤慨也。舊譯：海之憤怒，福耳庫斯。

海之神祕：Thaumas，Θαῦμα，鰰祕

海神曰鰰，從魚字旁。

希：Θαῦμα，鰰祕也。本義：神奇。Θαῦ-，鰰也。

Thaumas，鰰祕也。舊譯：海之神祕，陶瑪斯。

海之深藍：Thalassa，Θάλασσα，深藍水

《增韻》：深者，淺之對。

希：Θάλασσα，深藍水也。本義：海。Θά-，sea，深也。

Thalassa，沈瀾也。舊譯：海面女神，塔拉薩。

海王之子：triton，Τρίτων，川滄

《說文》：淡，水搖也。《廣韻》：滄淡，水貌。

希：Τρίτων，川滄也。

tridon，川滄也。舊譯：特裏同。

夜魈世家 Chthonic

涅夕（Nyx）與夜本（Erebus）生夜魈世家。

夜魈世家，有大量動辭，形容辭神格化。

冥界：Chthonic，χθών，下世

希：χθών，下世也。本義：地下世界。

χ-，下也；-θών，世也。

Chthonic，下世也。舊譯：冥界。

冥王：Hades，號帝，Ἅιδης，哀帝

哀，哀號。《玉篇》：哀傷也。

希：Ἅιδης，哀帝也。

Hades，號帝也。H 為後補音。舊譯：冥王，哈得斯。

白天：Hemera，Ἡμέρα，皓昧丫

《說文》：皓，日出貌。

《說文》：昧，爽，旦明也。

希：Ἡμέρα，皓昧丫也。本義：白天。

希：Hemera，皓昧丫也。舊譯：赫墨拉。

皓兮昧兮，白晝女神。

抗議：Amphillogiai，Ἀμφιλλογίαι，二扉嘮嗑

嘮嗑，方言，聊天也。

希：Ἀμφιλλογίαι，二扉嘮嗑也。本義：抗議。

Amphillogiai，二扉嘮嗑也。舊譯：抗議神。

amphi-，二扉也。本義：兩面。

-logia，嘮嗑也。本義：說。

暴死：Androktasiai，Ἀνδροκτασίαι，一卒剅殺

希：Ἀνδροκτασίαι，一卒剅殺也。本義：Manslaughters。

Androktasiai，一卒剅殺也。舊譯：暴死神。

Andro-，一卒也。本義：一男。

-kta-siai，剅殺也。本義：殺。

欺騙：Apate，Ἀπάτη，訛諞

《說文》：訛，偽言也。譌，訛之古字。

《說文》：諞，便巧言也。

希：Ἀπάτη，訛諞也。本義：欺騙。

Apate，訛諞也。舊譯：欺騙神，阿帕忒。

羞恥：Aidos，Αἰδώς，儗妒

《說文》：儗，駭也。一曰惶也。

《說文》：妒，婦妒夫也。妒忌。

希：Αἰδώς，儗妒也。

Aidos，儗妒也。舊譯：羞恥，埃多斯。

冥河船伕：Charon，Χάρων，艄魗

艄（shao），艄公，船伕也。

《說文》：魗（ru），鬼彭聲魗魗不止也。

希：Χάρων（Xaron），艄魗也。本義：冥河船伕。

Χά-，艄也；-ρων，魗也。

Charon，艄魗也。舊譯：卡戎。

恐懼：Deimos，Δεῖμος，憚魔

《增韻》：憚，畏也。

希：Δεῖμος，憚魔也。本義：恐懼。

Deimos，憚魔也。舊譯：得摩斯，得伊莫斯。

違法：Dysnomia，Δυσνομία，抵臬銘

《博雅》：臬，法也。

抵，抵抗。

希：Δυσνομία，抵臬銘也。本義：違法。

Dysnomia，抵臬銘也。舊譯：迪絲諾美亞。

dys-，抵也。本義：違背。

-nomia，nomos，臬銘也。本義：法。

不和：Eris，Ἔρις，異

《說文》：呭（yi），多言也。

希：Ἔρις，異呭也。本義：不和。

Eris，異呭也。舊譯：厄裏斯。

多言生異，呭呭不和。

憤怒：Erinyes，Ἐρινύες，易惹怒

linear B：𐀁𐀪𐀝, e-ri-nu。

希：Ἐρινύες，易惹怒也。本義：憤怒。

Erinyes，易惹怒也。舊譯：厄裏倪厄斯。

衰老：Geras，Γῆρας，耇弱

《爾雅》：耇，老，壽也。

希：Γῆρας，耇弱也。本義：衰老。

Geras，佝弱也。舊譯：革剌斯。

《說文》：叟，老也。

senior，叟也。衰也。

晚霞：Hesperides，Ἑσπερίδες，昏霞配日旦

《說文》：昏，日冥也。

《說文》：日行暆暆（yi）。黃昏。

《說文》：霞，赤雲氣也。

希：Ἑσπερίδες，暆霞配日旦也。本義：傍晚。

Hesperides，昏霞配日旦也。舊譯：赫斯珀裏得斯，三姐妹。

Hes-，昏霞也；-pe-，配也；-rides，日旦也。

嗞嗞黃昏，金光入雲，

日旦相配，雖晚霞緋。

睡眠：Hypnus，Ὕπνος，囈喃

《玉篇》：囈，睡語。

希：Ὕπνος，囈喃也。本義：睡。

拉：Hypnos，囈喃也。舊譯：修普諾斯。

Hypnus，囈喃也。

橫死：Ker，Κῆρ，刲

《說文》：刲，刺也。

希：Κῆρ，刲也。本義：死，毀滅。

拉：ker，刲也。舊譯：卡爾。

Keres，刲死也。

kill，刲也。

遺忘：Lethe，Λήθη，離識

《釋言》：遺，離也。

《廣韻》：識，記也。

希：Λήθη，離識也。本義：遺忘。

Lethe，沴惆也。舊譯：忘河，麗息。

離識離記，遺失遺忘。

饑荒：Limos，Λιμός，糧莫

《說文》：糧，穀也。糧，量之古字。

《韻會》：莫，無也。

希：Λιμός，糧莫也。本義：饑荒。

Limos，糧莫也。舊譯：饑荒神。

莫糧可食，是為饑荒。

命運：Moerai，Μοίραι

《說文》：命，使也。命者，天之令也。

希：Μοίραι，命運也。

Moirai，命運也。舊譯：莫伊拉。

Moi-，命也；-rai，運也。

紡織命運線之始：Klotho，Κλωθώ，軲轆織

軲轆，輪也。

《說文》：織，作布帛之總名也。

希：Κλωθώ，軲轆織也。本義：輪。

Klotho，軲轆織也。舊譯：克羅託。

命運之線，軲轆紡織。

clothes，軲轆織也。衣服謂之軲轆織。

量側命運線之長：Lachesis，Λάχεσις，量測算

《說文》：量，稱輕重也。

《玉篇》：度深曰測。

希：Λάχεσις，量揆算也。本義：分配。

Lachesis，量測算也。舊譯：拉刻西斯。

命運之線，量測分配。

剪斷命運線之終：Atropos，Ἄτροπος，異轉判

《說文》：判，分也。

希：Ἄτροπος，異轉判也。本義：without turn。

Atropos，異轉判也。舊譯：阿特洛珀斯。

命運之線，判之斷之。

爭鬥：Machai，Μάχη，蠻鬩

鬩，爭鬥也。《說文》：恆訟也。《詩》曰：兄弟鬩於牆。

希：Μάχη，蠻鬩也。本義：鬥爭。

Machai，蠻鬩也。ch 讀若 x。舊譯：爭鬥神。

黴運：Móros，Μόϱος

《說文》：黴，中久雨青黑。黴、黴，霉之古字。

希：Μόϱος，黴運也。本義：厄運。

Móros，黴運也。舊譯：摩羅斯。

譴責：Momus，Μῶμος，謬謨

《廣雅》：謬，欺也。

《說文》：謨，議謀也。

希：Μῶμος，謬謨也。本義：譴責，諷刺。

拉：Momos，謬謨也。

monus，謬謨也。舊譯：摩墨斯。

謬之謨之，責之謗之。

報應：Nemesis，Νέμεσις，怒懣心

《說文》：怒，恚也。懣，煩也。

希：Νέμεσις，怒懣心也。本義：義憤。

Nemesis，怒懣心也。舊譯：報應，復仇，涅墨西斯。

爭端：Neikea，Νείϰεα，逆可

《廣韻》：可，許可也。《說文》：肯也。

希：Νείϰεα，逆可也。本義：爭吵。

Neikea，逆可也。舊譯：爭端神。

誓言：Oath，Oϱϰος，誣誓

《玉篇》：誣，欺罔也。

《正韻》：誓，約信也。《詩》曰：信誓旦旦。

希：Oϱϰος，誣口也。本義：誓言。

Horkos，填 H。舊譯：荷耳克斯。

oath，誣誓也。本作貶義辭。

oath，約誓也。去貶義。

《神歌》第 231 行：

還有誣誓（舊譯：誓言神），他能給大地上的人類
帶來最大的災禍，若有誰存心設假誓。

悲哀：Oizys，Ὀιζύς，哀哉

《說文》：哀，閔也。《廣雅》：痛也。《玉篇》：哀傷也。

希：Ὀιζύς，哀哉也。本義：悲哀。

Oizys，哀哉也。舊譯：俄匊斯。

Oi-，哀也；-zy-，哉也。

嗚呼哀哉，其可悲矣！

Miseria，閔傷意也。舊譯：彌塞裏亞。

misery，閔傷意也。苦。

夢囈：Oneiros，Ὄνειρος，寤寐囈

《說文》：寤，寐覺而有信曰寤。寐，臥也。

《詩》曰：窈窕淑女，寤寐求之。

《玉篇》：囈，睡語。

希：Ὄνειρος，寤寐囈也。本義：作夢。

Oneiros，Onirii，寤寐囈也。舊譯：夢囈神族，俄涅歐，俄尼裏伊，奧涅伊洛斯。

夢中擬人：Morpheus，Μορφέας，模仿魅

《說文》：模，法也。仿，相似也。

希：Μορφέας，模仿魅也。本義：造形。

Morpheus，模仿魅也。舊譯：擬人夢神，造形者，摩耳甫斯。

morphy，

夢中幻像：Phantasos，Φαντασός，仿拓魅

拓，依樣製作。如，拓印，拓工。

希：Φαντασός，仿拓魅也。本義：幻想。

Phantasos，仿拓魅也。舊譯：擬物夢神，幻象者，方塔索斯。

fantasy，仿拓想也。

夢中恐獸：Phobetor，Φοβήτωϱ，佛怖�

《說文》：佛（fu），鬱也。心不安也。

《說文》：悑（bu），惶也。悑，怖之古字。

希：Φοβήτωϱ，佛怖魅也。本義：可怕。

Phobetor，佛怖也。舊譯：擬獸夢神，恐怖者，福柏託耳。

fear，佛也。

驚恐：Phobos，Φόβος，飛怖

《說文》：悑，惶也。悑，怖之古字。

希：Φόβος，飛怖也。本義：飛，怖。

Phobos，飛怖也。舊譯：普佛波斯，福波斯。

歡愛：Philotes，Φιλότης，福臨寵

《廣韻》：善心曰窈，善色曰窕。

希：Φιλότης，緋嫪也。本義：愛慕，淫。

Philotes，緋嫪也。舊譯：承歡神，菲羅忒斯。

philo-，福臨也。

-tes，寵也。

Amicitia，愛慕戲調也。舊譯：阿米希提婭。

Ami-，愛慕也；-citi-，調戲也。

財富：Plūtus，Πλοῦτος，福祿禱

《說文》：祿，福也。

《廣雅》：禱，祭也。《說文》：告事求福也。

希：Πλοῦτος，福祿禱也。本義：財富。

Plūtus，Ploutos，福祿禱也。舊譯：普路託斯。

Pluto，福祿禱也。或，卜羅帝也。舊譯：冥王，普路託。

勞役：Ponos，Πόνος，貧努

希：Πόνος，貧努也。本義：辛苦勞作。

Ponos，貧努也。舊譯：勞役神。

殺戮：Phonoi，Φόνοι，伐匿

《說文》：伐，擊也。
《說文》：匿，亡也。
希：Φόνοι，伐匿也。本義：殺戮。
Phonoi，伐匿也。舊譯：殺戮神。

死亡：Thanatos，θάνατος，死匿體

《說文》：匿，亡也。
希：θάνατος，死匿也。本義：死。
Thanatos，死匿也。舊譯：死神，塔納託斯。

Mors，歿死也。

時令

時令：Horae，Ὧραι，候易

hora-，hour，候也。
甫語：*gher-，更也。
horae，候易也。時令謂之候易。舊譯：霍莉。時令三女神。
-e，易也。
時令三女神說法一：法律，道德，正義。
時令三女神說法二：春，夏，秋。

法律：Eunomia，優臬銘

《博雅》：臬，法也。
《說文》：優，饒也。
希：νόμος（nomos）, 臬銘也。本義：norm。
Eunomia，優臬銘也。舊譯：法度，秩序，歐諾彌厄。
eu-, 優也。本義：好。

-nomia，nomos，norm，臬銘也。法律。

法律，秩序謂之優臬銘。

道德：Eirene，Ειρήνη，義仁

希：Ειρήνη，義仁也。本義：peace。

Eirene，Irene，義仁也。舊譯：厄瑞涅。

Ei-，義也。

-rene，仁也。

道德，和平謂之義仁。

正義：Dike，Δίκη，諦科

正諦，即正義。《說文》：諦，審也。

科，量也。

希：Δίκη，諦科也。本義：justice。

Dike，諦科也。舊譯：狄刻。

正義，真諦謂之諦科。

春：Thallo，Θαλλώ，興隆

希：Θαλλώ，興隆也。

Thallo，興隆也。春。本義：盛開。

春日生髮，萬物興隆。

夏：Auxo，αὔξω，物蓄

《說文》：蓄，積也。

希：αὔξω，物蓄也。本義：生長。

Auxo，物蓄也。夏。

夏日戊蓄，萬物繁茂。

秋：Carpo，Καρπώ，棵餔

棵，果也。

《廣雅》：餔，陳也。

希：Καρπώ，棵餔也。

Carpo，棵也。本義：果。

秋日果棵，顆粒飽滿。

東風：Eurus，Εὖρος，陽揚

《說文》：揚，風所飛揚也。

希：Εὖρος，陽揚也。本義：東風。

Eurus，陽揚也。舊譯：歐洛斯。

南風：Notus，Νότος，南颱

颱，颱風。

希：Νότος，南颱也。本義：南風。

Notus，南颱也。舊譯：諾託斯。

西風：Zephyros，Ζέφυρος，颭風

《說文》：颭，風吹浪動也。

linear B：𐀽𐁆𐀫，ze-pu$_2$-ro。

希：Ζέφυρος，颭風也。本義：西風。

Zephyros，颭風也。舊譯：澤費羅斯。

北風：Boreas，Βορέας，北揚

希：Βορέας，北揚也。本義：北風。

Boreas，北揚也。舊譯：玻瑞厄斯。

巨人 Giant

巨人：Giant，巨頭

《玉篇》：巨，大也。

獷，粗獷，巨大，強悍。《說文》：犬獷獷不可附也。

希：γίγας，巨獷也。

拉：gigas，巨獷也。

Giant，巨頭也。g 讀若 ju。舊譯：巨人族。

多眼巨人：Argus，Ἄργος，昂光

《說文》：睨，視也。

《玉篇》：眺，眺望也。

希：Ἄργος，昂光也。本義：明亮。

Argus，昂光也。舊譯：阿爾戈斯。

panoptes，盤睨眺也。本義：全盤視野。

獨眼三巨人：Cyclopes，Κύκλωψ，孔略配

孔，瞳孔。《說文》：通也。

《博雅》：略，視也。

希：Κύκλωψ，孔略也。本義：孔眼。

拉：Kyklopes，孔略配也。

Cyclopes，孔略配也。舊譯：庫克洛佩斯。

獨眼三巨人，Brontes，Steropes，Arges，製造武器三元素。

雷：Brontes，爆霆

《爾雅》：疾雷為霆。

Brontes，爆霆也。舊譯：布戎忒斯。

電：Steropes，鑄融配

《說文》：鑄，銷金成器也。

Steropes，鑄融配也。st 讀若 zh。舊譯：斯特羅佩斯。

光：Arges，炁光

《廣韻》：炁，同氣。或將炁，誤抄作炁。

Arges，炁光也。舊譯：阿爾戈斯。

百首百臂三巨人：Hecatoncheires，禾科斗 手

《說文》：斗，十升也。

《說文》：科，程也。

科斗，10 程 10 得 100。

希：Ἑκατόγχειρες，一科斗手也。
希：ἑκα（ecaton-），一科斗也。
希：χείρ（xeir），手也。x 讀若 sh。
Hecatoncheires，禾科斗手也。舊譯：百臂百首三巨人。
Hecaton-，hundred，禾科斗也。禾科斗，百也。

Centimanes，科斗摹也。本義：一百隻手。

憤怒百首巨人：Kottos，愾慟

《玉篇》：愾，怒也。
《說文》：慟，大哭也。
Kottos，慨慟也。本義：憤怒。舊譯：科託斯。
Cottus，科頭也。本義：一百個頭。

強壯百首巨人：Briareus，膀宥

《說文》：皕（bi），二百也。頌（rong），貌也。
膀，方言，強壯也。膀大腰圓。《說文》：脅也。
《說文》：宥，寬也。

Briareus[1]，膀宥也。本義：壯。舊譯：布裏阿瑞俄斯。
Briareus[2]，百容也。百頭百手之貌。本義：百首。
Briareus[3]，泊羊也。本義：海山羊。

Aegaeon，洋羔也。

長臂百首巨人：Gyges，胳

胳，胳膊。《說文》：亦下也。
《說文》：垓，兼垓八極地也。
《說文》：戈，平頭戟也。
Gyges，胳也。舊譯：古厄斯。
Gyes，垓也。

三體巨人：Geryon，高顴

《說文》：骼，骨角之名也。

《說文》:顤，高長頭。《釋名》:高也。從垚，從兀，從頁。垚，會意，三也。《說文》：頁，頭也。故，顤或代表三頭。

Geryon，高顤也。舊譯：革律翁。

豪勇 hero

殺手：Achilles，Ἀχιλλεύς，一刲離士

《說文》：刲，刺也。

希：Ἀχιλλεύς，一刲離士也。

Achilles，a killer，一刲離士也。一個殺手。舊譯：阿喀琉斯。

哀嚎：Aeacus，Αἰακός，哀哭

《玉篇》：哀，哀傷也。

《說文》：哭，哀聲也。

希：Αἰακός，哀哭也。本義：悲哀，號叫。

Aeacus，Eacus，哀哭也。舊譯：埃阿科斯。

東方：Cadmus，Kadmeians，坤地卯

《洛書》：東方：三碧點（☳），地支卯，卦象震。

Semitic 陝語：qdm，坤地卯也。本義：東方。

Kadmeians，Cadmus，坤地卯也。舊譯：卡德莫斯人。

Cadmus 有多重辭義：

阿拉伯語：

qdm，-m，冒也。本義：向前。《說文》：冒，蒙而前也。

qdm，-m，毛也。本義：粗略。

qdm，-m，趺也。本義：foot 蹼。

Qadim，-m，耄也。本義:老。《說文》:耄，年九十曰薹。

古希臘語：kekasmenos，坤坎茂也。本義：excellent 盛。

古希臘語：kekasmai，坤坎昴也。本義：晟。

希伯來語：qedem，坤地卯也。本義：前，東。

敘利亞語：qadam，坤地卯也。本義：前。

大力士：Heracles，Ἡρακλῆς，劾曠力

劾，會意，力大也。《集韻》：勸力也。

《博雅》：曠，遠也。曠曠，大也。曠，旷之古字。

希：Ἡρακλῆς，婚丫光亮也。本義：glory of Hera。

Heracles，劾曠力也，婚丫光亮也，二詞並一音。

舊譯：大力神，赫拉克勒斯，海克力士。

伐虐：Bellerophon，Βελλεροφών，弝連引伐

《玉篇》：弝（ba），弓弛也。

《說文》：引，開弓也。

《廣雅》：伐，殺也。

希：Βελλεροφών，弝連引伐也。本義：slayer of Belleros。

Bellerophon，弝連引伐也。舊譯：柏勒洛豐。

Belleros，弝連引矢也。

phoneúō，伐虐也。

頭：Cephalus，Κέφαλος，顆頫顱

《說文》：顆，小頭也。頫（fu），低頭也。

顱，同髏。

顆，頫，顱，皆從頁（xie）。《說文》：頁，頭也。

希：Κέφαλος，顆頫顱也。本義：頭。

Cephalus，顆頫顱也。舊義：刻法羅斯。

治癒：Iasion，Ἰασίων，愈勝

《玉篇》：愈，勝也。《廣韻》：賢也。

希：ἰάομαι（iaomai），愈也。本義：治癒。

Iasion，Iasus，愈勝也。舊譯：伊阿西翁。

Jason，治勝也。舊譯：伊阿宋。

捕殺：Perseus，Περσεύς，捕殳

《說文》：殳，以杸殊人也。

希：Περσεύς，捕殳也。捕殺媄睹蛇（Medusa）者。

perseus，捕殳也。舊譯：珀爾塞斯。佩爾賽斯。

船之速度：Nausithous，Ναυσίνοος，橈艄速

橈（nao），小舟也。橈客，船家也。《方言》：楫謂之橈。

《說文》：楫，舟擢也。

艄（shao），艄公，泛指船伕。

希：Ναυσίνοος，橈艄速也。

Nausithous，橈艄速也。舊譯：瑙西託俄斯。懊殫溯士之子。

Nausi-，橈艄行也。本義：船。

-thoos，速也。本義：快。

navy，橈役也。

船之思念：Nausinous，Ναυσίνοος，橈艄念

《說文》：念，常思也。

希：Ναυσίνοος，橈艄念也。

Nausinous，橈艄念也。舊譯：瑙西諾俄斯。懊殫溯士之子。

Nausi-，橈艄也。本義：船。

-noos，念也。本義：念。

腫腳：Oedipus，臃底蹼

《說文》：癰，腫也。癰，臃之古字。

《爾雅》：鳧雁醜，其足蹼。

希：Οἰδίπους，臃底蹼也。

Oedipus，臃底蹼也。舊譯：俄狄浦斯。

Oedi-，臃底也。本義：臃腫。

-pus，蹼也。本義：足。

猛獸 monster

獸祖：Typhon，Τυφῶν，它烽

《說文》：它，蟲也。它，蛇之古字。

烽，烽煙。《說文》：𤇾，燧候表也。𤇾，烽之古字。

《說文》：【穴復】（fu），地室也。【穴復】，同墣。

Typhon，有變形 Typhaon，Typhoeus，Typhos；辭義有多重：

Thphon[1]，太烽也。本義：煙。

Thphon[2]，颱風也。颱風。本義：旋風。

Thphon[3]，它墣也。本義：深淵之蛇。

Typhon，多義合併，它烽。舊譯：堤福俄斯，提豐。

人祖戰獸祖，上古有烽煙。

半人半蛇女：Echidna，῎Εχιδνα，蜴蜥對女

《說文》：蜥，蜥易也。

對，配也。半人配半蛇。

希：῎Εχιδνα，蜴蜥對女也。本義：半人半蛇。

῎Εχι-，蜴蜥也；-d-，對也；-na，女也。

Echidna，蜴蜥對女也。舊譯：厄客德娜。

半人馬：Eurytion，Εὐρυτίων，宥益騊翁

半人馬，馬隱喻草原遊牧民族血統，人隱喻原住民血統。

《說文》：宥，寬也。

《說文》：騊（tao），騊駼，北野之良馬。

希：Εὐρυτίων，宥益騊翁也。本義：廣受尊敬。

Eurytion，宥騊翁也。舊譯：歐律提翁。

eu-，宥也，優也；-ry-，益也；-ti-，騊也；-on，翁也。

半人馬：Nessus，Νέσσος，橈騷

橈，小舟也。橈客，船家也。

騷，騷擾。有馬屬性。《說文》：擾也。

希：Νέσσος，橈騷也。

Nessus，橈騷也。舊譯：涅索斯。性騷擾劾恐力之妻。

半人馬：Centaur，κένταυρος，刲【牛餘】

《說文》：刲，刺也。

《說文》：【牛餘】（tu），黃牛虎文。

希：κένταυρος，刲【牛餘】犉也。本義：刺黃牛。

centaur，刲【牛餘】也。舊譯：半人馬。人頭馬。

ken-，刲也。本義：刺。

-tauros，【牛餘】犉也。本義：黃牛。

半人馬：Chiron，Χείρων，攜駥

攜，攜手。

駥，會意，人馬合一，半人馬。《說文》：駥，馬高八尺。

戎，兵也。

希：Χείρων，攜駥也。本義：手。

拉：Chiron，Cheiron，攜駥也。舊譯：喀戎。

天馬：Pegasus，Πήγασος，驃【革羽】獸

《說文》：驃，黃馬發白色。一曰白髦尾也。

《說文》：【革羽】（ge），翄也。

希：Πήγασος，驃【革羽】獸也。

Pegasus，驃【革羽】獸也。舊譯：佩伽索斯。

pege，噴也。本義：噴泉。天馬出生之地。

peg-，驃也，噴也。二字並一音，從驃。

獄門斑犬：Cerberus，Κέρβερος，犺斑獄

《說文》：犺，健犬也。古之野獸。

獄，《說文》：二犬，所以守也。

希：Κέρβερος，犺斑也。本義：斑。

拉：Cerberus，犺斑也。舊譯：刻耳柏洛斯。

cer-，犺也；-ber-，斑也；-ru-，獄也。

雙頭犬：Orthus，Ὄρθρος，偶首獄

𤞞（si），會意，雙頭犬。《玉篇》：辨獄官也。

希：Ὄρθρος，偶首𤞞也。

Orthus，偶首𤞞也。舊譯：奧特休斯。

or-，偶也；-thu-，首也；-s，𤞞也。

蛇髮三女妖：Gorgon，Γοργώ，怪姑

《說文》：怪，異也。

希：Γοργώ，怪姑也。本義：恐怖，可怕。

希：Gorgon，怪姑也。舊譯：戈爾貢。

Stheno，Σθενώ，劦女

劦，會意，三人有力也。《說文》：同力也。

希：Σθενώ，劦女也。本義：有力。

希：Stheno，劦女也。sth 如若 x。舊譯：斯忒諾，絲西娜。

Euryale，Εὐρυάλη，幽遠遊

《玉篇》：遊，遨遊也。

希：Εὐρυάλη，幽遠遊也。本義：遠遊。

拉：Euryale，幽遠遊也。舊譯：歐律比亞，歐律阿勒。

Eur-，幽遠也。-yale，遊也。

Medusa，Μέδουσα，媄睹蛇

《說文》：媄，色好也。

《說文》：睹，見也。

希：Μέδουσα，媄睹蛇也。

拉：Medusa，媄睹蛇也。舊譯：美杜莎。

Me-，媄也；-du-，睹也。-sa，蛇也，覘也，石也。三字匯一音。覘（shi），會意，見蛇。

睹見蛇發媄女，即變石化。

半人鳥二姐妹：Harpy，Ἅρπυια，和鵬

《說文》：品，眾庶也。

希：Ἅρπυια，二鵬也。

harpy，half people，意譯，和鵬也。人與鵬合體。

舊譯：哈耳皮厄姐妹，鷹身女妖。

Aello，Ἀελλώ，惡颲

《廣韻》：颲，風雨暴至。

希：Ἀελλώ，惡颲也。本義：風暴。

Aello，惡颲也。舊譯：阿厄洛。

Ocypete，Ὠκυπέτη，鶩快飄

《說文》：鶩，亂馳也。騖，通鶩。

《爾雅》：回風為飄。

希：Ὠκυπέτη，翁快飄也。本義：快翼。

Ocypete，鶩快飄也。舊譯：奧西佩。

Ocypode，鶩快番也。本義：快腳。

Ocythoe，鶩快速也。本義：快跑。

九頭蛇：Λερναῖα ὕδρα，Lerna' s Hydra，龔女之魚蛭

《山海經》：凫麗之山有獸焉，其狀如狐而九尾、九首，虎爪，名曰蠪（long）蛭。

《說文》：蛭，蟣也。《服虔注》：蛭，水蟲。

希：Λερναῖα ὕδρα，蠪女魚蛭也。

Lerna' s Hydra，蠪女之魚蛭也。

Lerna，蠪女也。

Hydra，魚蛭也。本義：水蛇。舊譯：勒拿九頭蛇，勒爾納海德拉。

盤樹龍：Ladon，Λάδων，龍蝀

蝃蝀，彩虹也。《詩》曰：蝃（di）蝀（dong）在東，莫之敢指。

希：Λάδων，龍蝀也。

拉：Ladon，龍蝀也。舊譯：拉冬。看守金蘋果的盤樹龍。

獅：Nemean lion，Νεμέος λέων，猊尨 貍猂

《爾雅》：狻麑，如虦貓，食虎豹。《注》：即獅子。

《說文》：尨（mang），犬之多毛者。

希：Νεμέος λέων，猊尨 貍猂也。

Nemean lion 猊尨 貍猂也。舊譯：涅墨厄的獅子。

Nemean，猊尨也。

lion，貍猂也。獅。

獅身人面像：Sphinx，Σφίγξ，獅鳳女

希：Σφίγξ，獅鳳姤也。姤，會意，女後也。

Sphinx，獅鳳女也。獅身鳳翼女。通譯：獅身人面像。

獅蛇羊：Χίμαιρα，Chimera, 犧母羊

《說文》：犧，宗廟之牲也。犧，牺之古字。犧牲，獻祭品。

犧，會意，從牛，從我，從羊，從兮。

牛我，會意，獅頭;羊，會意，羊身;兮，象形，像蛇尾。

希：Χίμαιρα，犧母羊也。本義：母羊。

Χί-，犧也。凡 -xi- 之音，有混淆之義。

Chimera，犧母羊也。舊譯：客邁拉，奇美拉。

餘集

眾女子：nymphs，νύμφαι，女婦

希：νύμφαι，女婦也。本義：少女，少婦。

nymphs，女婦也。舊譯：眾仙女。

nym-，女也。

-phs，婦也。本義：妻。

音調：Harmonia，Ἁρμονία，龢彌女

《說文》：龢（he），調也。

彌，合也。彌合。《易》曰：彌綸天地之道。

希：Ἁρμονία，龤彌也。

Harmonia，龢彌也。舊譯：阿爾摩尼亞。

har-，龢也。本義：調。

-moni-，彌也。本義：和。

冥界判官：Minos，冥男

《說文》：冥，幽也。

希：Minos，冥男也。本義：冥界判官。

Minos，冥男也。舊譯：米諾斯。

凡人：Mortal，歿胎

歿，死也。如，歿世。《廣雅》：終也。

Mortal，歿胎也。舊譯：有死的人。凡人。

女侍：Ino，妷娘

《說文》：妷，婦官也。酖，酒色也。

Ino[1]，妷娘也。

Ino[2]，酖娘也。本義：原始主酒女神。

Ino[3]，姨娘也。本義：女僕。

舊譯：伊諾。

接生婆：Eileithyia，Εἰλείθυια，引臨生

引，引導。

臨，臨盆。

生，生育。

linear B：𐀁𐀩𐀄𐀴𐀊, e-re-u-ti-ja。

希：Εἰλείθυια，引臨生也。本義：接生婆。

Eileithyia，引臨生也。舊譯：埃勒提伊阿。

ei-，引也，-lei-，臨也；-thyia，生也。

全神：Pandion，Πανδίων，盤帝

盤，全盤。

《說文》：帝，諦也。王天下之號也。

希：Πανδίων，盤帝也。本義：全神。

Pandion，盤帝也。舊譯：潘狄翁的女兒。

處女：Parthenios，Παρθένιος，朴身女

朴，純也。《玉篇》：本也。《說文》：木皮也。

希：Παρθένιος，朴身女也。本義：處女。

Parthenios，朴身女也。舊譯：帕爾忒尼俄斯。

純朴之身，未媾處女。

天狼星：Sirius，Σείριος，閃耀星

閃，閃亮。《說文》：閃，窺頭在門中也。

天狼星，夜空最亮恆星。辭源有多重：

希：σείω（seíō），閃也。本義：閃，灼。

希：Σείριος，閃耀也。

埃及語：Sopdet（sp-dt），閃電也。

北歐語：Lokabrenna，狼狗捕也。

Sirius，閃耀星也。

慈賢：Charites，Χάριτες，賢仁

《說文》：賢，多才也。《玉篇》：有善行也。

希：Χάριτες，賢仁態也。本義：charm, beauty, nature。

Χά-，賢也；

-ρι-，仁也。

Charites，慈仁態也。舊譯：美惠三女神。

Aglaia，Aglaea，阿光丫也。本義：曬。舊譯：阿格萊亞。

《說文》：忕，思也。
Euphrosyne，優忕思女也。本義：愉悅。舊譯：歐佛洛緒涅。

Thalia，盛蕾也。本義：盛開。舊譯：塔利亞。

金：Chryses，Χρύσης，鑫銑

希：Χρύσης，鑫銑也。本義：金。
Chryses，鑫銑也。舊譯：刻律塞斯。

海之女：Nereids，Νηρηΐδες，　儒子

孨儒（Nereus）與櫝蕊（Doris）生五十孨儒子（Nereids）。澳深男（Oceanus）與太媳（Tethys）生三千澳深女子（Oceanids）。

《廣韻》：孨（ni），聚貌。尼立切。
希：Νηρηΐδες，孨汝子也。本義：海孨婦。
Nereid，孨汝子也。舊譯：海仙女。

洋之女：Oceanids，澳深女子

Oceanids，澳深女也。
Ocean，澳深也。

海之老人：Nereus，Νηρεύς，孨儒

《墨子》：儒，浩居而自順者也。浩，水大貌。
希：Νηρεύς，孨儒也。
Nereus，孨儒也。舊譯：長者，涅柔斯。

ner- 辭源有多重：
ner-[1]，逆也。本義：逆。
ner-[2]，嫩也。本義：新鮮水。
ner-[3]，內也。本義：內。
ner 多辭並義，從孨，會意，子多。

禮物：Doris，Δωρίς，櫝蕊

《說文》：匵，匱也。匵，櫝与椟之古字。小木盒。

蕊，花蕊。會意，表禮物。

希：Δωρίς，櫝蕊也。本義：賞金，禮物。

Doris，櫝蕊也。舊譯：多里斯。

如媄如媄，膚白貌美，

吾有珍櫝，送子良蕊。

海之救贖：Sao，Σαώ，贖

贖，救贖。《說文》：貿也。《玉篇》：質也。以財拔罪也。

希：Σαώ，贖也。本義：救援。

Sao，贖也。舊譯：薩俄。

海之滄浪：Cymo，滄茫

《說文》：浪，滄浪水也。《類篇》：滄茫，水貌。

漮，會意，海之靜康。《爾雅》：康，安也。

希：Κυμώ，漮茫也。

Cymo，滄茫也。本義：浪。舊譯：庫莫。

帝之女：Dione，Διώνη，帝女

希：Διώνη，帝女也。本義：被祖（Zeus）統治的她。

Dione，帝女也。舊譯：狄俄涅。

Dios，Dione，二辭同源異性。

破壞：Perse，Πέρση，破碎

《說文》：破，石碎也。

希：Πέρση，破碎也。本義：destroyer。

Perse，Perseis，破碎也。舊譯：珀爾賽伊斯。

或為波斯人（Persian）辭源。

海仙女：Thetis，Θέτις，設婷

《說文》：設，施陳也。

希：Θέτις，設婷也。本義：設，建立。

Thetis，設婷也。舊譯：海仙女，Achilies 之母，西提斯。

配虜：Peleus，Πηλεύς

虜，俘虜。

希：Πηλεύς，嫖虜也。

Peleus，配虜也。舊譯：佩琉斯。

《神歌》第 1006 行：

銀足女神設婷（Thetis）被配虜（Peleus）所“征服”。

征服，強姦俘虜的委婉表達。此後生出 Achilies。

色諾芬：Xenophanes，Ξενοφάνης，遐諷

《說文》：遐，遠也。

《說文》：諷，誦也。諷，讽之古字。

希：Ξενοφάνης，遐諷也。本義：foreign，strange。

Xenophanes，遐諷也。舊譯：色諾芬。

Xeno-, 遐也。-no-，鼻音雖重讀，不譯。

-phanes，phone，諷也。

馬泉：hippocrene，Ἱπποκρήνη，驩驃泉

《說文》：驩，馬名。

《說文》：泉，水原也。

希：Ἱπποκρήνη，駃驃瀆也。

拉：hippokrene，驪驃泉也。

hippocrene，驩驃泉也。舊譯：馬泉。

hippo-，驩驃也。本義：馬。

-crēnē，泉也。本義：泉。kr 讀若 q。

山：Ida，Ἴδη，嶽巔

《廣韻》：巔，山頂也。

希：Ἴδη，嶽巔也。本義：山。

Ida，嶽巔也。舊譯：伊達。

山：Othrys，Ὄθρυς，晤山嶽

希：Ὄθρυς，晤山嶽也。

希：ὄρος，晤嶽也。

Othrys，牾山嶽也。Thessalia 平原為多山環繞。

舊譯：俄特呂斯山。

山：Ourea，Οὔρεα，五嶽

Ourea，五嶽也。本義：mountains。

舊譯：山神，奧瑞亞，烏雷亞。

島：Nesaea，Νησαίη，鳥山

鳥山，島也。

希：Νησαίη，鳥山也。本義：dweller on island。

Nesaea，Nesaia，Nisaea，鳥山也。舊譯：涅薩伊厄，涅索。

社土：Semele，Σεμέλη，社靈

希：Σεμέλη，社靈也。本義：土地。坤地卯（Cadmus）之女。

Semele，社靈也。舊譯：土地神，塞墨勒。

穿透山：Tretos，Τρητός，穿透

希：Τρητός，穿透也。本義：perforated，穿刺。

Tretos，穿透也。舊譯：特萊託斯山。

戰地：Arimoi，Ἀρίμοις，鏖戎牧

鏖，鏖戰。激烈地戰鬥。

《爾雅》：郊外謂之牧。古有牧野之戰。

希：Ἀρίμοις，鏖戎牧也。祖（Zeus）與它烽（Typhon）大戰之地。

Arimoi，鏖戎牧也。舊譯：阿里摩。

海水環繞：Cyprus，Κύπρος，孔泊

孔，通也。泊，淺水也。

linear B：𐀓𐀠𐀪𐀍, ku-pi-ri-jo。

希：Κύπρος，孔泊也。

Cyprus，孔泊也。本義：海水環繞。通譯：塞浦路斯。

《神歌》：193 行：

爾後去到海水環繞的孔泊（Cyprus）。

好的牛：Euboea，Εὔβοια，優犕

《玉篇》：犕，牛八歲也。《易》曰：犕牛乘馬。

希：Εὔβοια，優犕也。本義：好的牛。

Euboea，優犕也。舊譯：優卑亞，希臘第二大島。

長髮人：Achaean，Ἀχαιοί，阿髾

《集韻》：髾（shao），毛髮長。

希：Ἀχαιοί，阿髾也。本義：長髮人。

Achaean，阿髾也。舊譯：亞垓亞人，阿開亞人。

Asia，昂夏也。

強壯：Krato，Κράτος，魁頭

魁，魁梧。《博雅》：大也。

希：Κράτος，魁頭也。本義：強壯。

Krato，魁頭也。舊譯：克拉託斯。

力量：Bia，Βία，勃

《說文》：勃，排也。從力。

希：Βία，勃也。本義：強力。

Bia，勃也。舊譯：比阿。

勝利：Nike，逆克

《說文》：屰，不順也。屰，今同逆。

《玉篇》：克，勝也。

希：Εὐνίκη，優逆克也。本義：優勝。
Eunike，優逆克也。舊譯：歐裏刻。
nike，逆克也。
屰之克之，反敗勝之。

光榮：Zelos，禎祿

《說文》：禎，以真受福也。祿，福也。
《說文》：贈，玩好相送也。憎，惡也。
《說文》：爭，引也。《廣韻》：爭，競也。

Zelos，Zelus，有多重辭義競合：
Zelos，禎祿也。本義：dedication。
Zelos，爭也。本義：emulation。
Zelos，憎也。本義：envy，jealousy。
舊譯：澤洛斯。
zeal，爭也。

曬傷：Ethiopia，Αἰθιοπία，熠燒皮

《說文》：熠，盛光也。燒，爇也。酺，頰也。
希：Αἰθιοπία，熠燒皮也。本義：bruned face，黑皮膚之託辭。
Ethiopia，熠燒吾酺也。舊譯：埃提奧比亞人。埃塞俄比亞國。
E-，熠也。
-thio-，燒也。本義：燒。
-pi-，皮也。本義：面。

電：Electra，'Ηλέκτρα，燿亮赤

《說文》：燿，陰陽激燿也。
《說文》：赫，火赤貌。赤，南方色也。
希：'Ηλέκτρα，燿亮赤也。本義：琥珀色。
拉：Electra，燿亮赤也。舊譯：厄勒克特拉。

electron，耀亮氣也。電子謂之耀亮氣。

寡眼三姐妹：Graeae，Γραῖαι，寡眼

《廣雅》：寡，獨也。

《爾雅》：耇（gou），老，壽也。

嫗，老婦。

希：Γραῖαι（graiai），耇嫗兒也。本義：老婦，獨眼。

Graeae[1]，耇嫗也。

Graeae[2]，寡眼也。寡牙也。多辭並一音。舊譯：格賴埃。

耇嫗三姐妹：Deino，Enyo，Pemphredo。

Deino，Δεινώ，癲妞

《說文》：癲，病也。癲狂。

希拉：Δεινώ，癲妞也。

Deino，癲妞也。舊譯：得諾。

Enyo，'Ενυώ，惡妞

《說文》：惡，過也。惡毒。

希拉：'Ενυώ，惡妞也。

Enyo，惡妞也。舊譯：厄倪俄。

Pemphredo，Πεμφρηδώ，瞟怫鬱

《廣韻》：瞟，明察也。

《說文》：怫，鬱也。

《集韻》：玎，女名。

希：Πεμφρηδώ，瞟怫愲也。

Pemphredo，瞟怫鬱玎也。舊譯：佩佛瑞多。

pem-，瞟也。本義：警覺。

-phre-，怫鬱也。本義：不安。

-do，玎也。女名後綴。

楚：Thrace，Θρᾴκη，楚泗

希：Θρᾷξ（thrax），楚也。本義：Ionic 相關。

Thrace，楚泗也。

Thracian，楚泗人也。舊譯：色雷斯人。

沛：Pieres，Πίερες，沛邑

沛，豐沛，充沛。又，沛公。

希：Πίερες，沛邑也。本義：a Thracian tribe。

Pieria，沛邑也。本義：豐，富。

Pieres，沛邑也。舊譯：皮埃裏亞。

少女：Persephone，Περσεφόνη，婢伺妃

《說文》：婢，女之卑者也。

閨，少女稱閨秀。

希：Περσεφόνη，婢伺妃也。

Persephone，婢伺妃也。舊譯：種子女神，珀爾塞福涅。

Kore，Cora，閨丫也。本義：少女。

黑月：Hekate，Ἑκάτη，黑魁頭

希：Ἑκάτη 也。黑魁頭也。

Hekate，Hecate，合魁頭也。有三頭三身。

舊譯：黑月女神，赫卡忒。

希望：Elpis，ἐλπίς，祐庇

《易》曰：自天祐之。祐，神助也。

《說文》：庇，蔭也。

希：ἐλπίς，祐庇也。本義：希望。

Elpis，祐庇也。舊譯：希望。

紅：Erythia，Ἐρύθεια，胭霞島

胭脂，紅色燃料。

希：Ἐρύθεια，胭霞島也。本義：the red one。

Erythia，胭霞也。舊譯：厄緑提厄。

Ery-，胭也。

-thia，霞也。

全禮物：Pandora，Πανδώρα，盤櫝丫

盤，全盤。

《說文》:匵（du），匱也。匱，匣也。匵，櫝与椟之古字。

甫語：$*deH_3$-，櫝也。

希：Πανδώρα，盤櫝丫也。本義：全禮物。

dora，櫝也。本義：匣。禮物盒。

Pandora，攀櫝也。舊譯：潘多拉。

Eudora，預櫝丫也。

Polydora，沛櫝丫也。

伊利亞特：Iliad，Ἰλιάς，《邑洛》

希：Ἰλιάς，邑洛也。本義：the city of Troy。

Iliad，邑洛也。舊譯：伊利亞特。

奧德修斯：Odysseus，Ὀδυσσεύς，懊殫溯士

《集韻》:懊，恨也。

《說文》:殫，殛盡也。殛，殊也。

《爾雅》:逆流而上曰溯洄。

希：Ὀδυσσεύς，懊殫溯士也。本義：the angry one。

拉：Odyssea，懊殫士也。

Odysseus，懊殫溯士也。舊譯：奧德修斯。

Odyssey，《懊殫溯》也。舊譯：《奧德賽》。

荷馬：Homer，Ὅμηρος，晤昧

《說文》:晤，明也。

《說文》:昧，目不明也。

Ὅμηρος，Ὅ-，晤也；-μηρ-，昧也。

Homer，晤昧也。舊譯：詩人荷馬。

晤昧不詳，或為詩盲。

阿伽門農：Agamonnon，Ἀγαμέμνων，阿耿冥冥

《說文》：耿，耳箸頰也。耿直。

冥冥，注定也。冥冥之中。

希：Ἀγαμέμνων，阿耿冥冥也。本義：堅決，堅定不屈。

-γα-, 耿也。本義：very much。

-μέμνων，冥冥也。本義：think on。

拉：Agamonnon，阿耿冥冥也。舊譯：阿伽門農。

特洛伊：Troy，Τϱοία，畕

畕（chù），象形，獸也。《玉篇》：古文畜字。

希：Τϱοία，畕也。

拉：Troia，畕也。

Troy，畕也。舊譯：特洛伊。

trojan，畕奸也。舊譯：特洛伊木馬。

典 Dictionary

拼音文字之字，曰芓。拼音生芓。

音文，單音節曰芓，多音節曰詞。

芓綴有兩種：一曰前綴，二曰後綴。

芓綴含義，或隱於裏，或見於表，可譯可不譯。

拼音字符有陰陽：

寫法有兩套：大寫，小寫。

讀音常有兩套：如，c，讀若 s 或 k；g，讀若 g 或 j。

芓符芓綴，皆含陰陽哲學，故以陰陽統領之。

in-，en-，陰

謂音作前綴時，多表否定，屬陰。

陰乃陽之對，常無形，隱於內。

陰之音，引，入，因，逸，益，溢，湮，殷，隱，胤，異，由，等等的總稱。

in-，陰也。入也。in- 有變形 il-，im-。a- 為 in- 之變化。

en-，陰也。en- 有變形 em-。

in-，陰，入

《說文》：入，內也。

in-，陰也。入也。內。

a-，al-，爾，元，一

爾，語助也。

a-，al-，爾也，元也，一也。本義：to，of，all。

alpha，爾凡也。

ab-，爾背，爾悖

《集韻》：背，違也。

ab-，爾背也，或，爾悖也。例：absent。本義：away，off。

ac-，爾可

《說文》：可，肯也。《廣韻》：許可也。

ac-，可也。例：accept。本義：to，toward。

ad-，爾疊，爾戴，爾帶，爾遞

《蒼頡篇》：疊，重也，積也。

《說文》：戴，分物得增益曰戴。亦作帶。

《說文》：遞，更易也。《爾雅》：迭也。

add，爾戴也。加。增。補。

ad-[1]，遞也。例：adjoin。本義：tendency，change。

ad-[2]，戴也。例：adhere。本義：addition。

ambi-，二並

《說文》：二人為從，反從為比。

ambi-，二比也。本義：both。

both，比也。例：ambivalent。

amphi-，二扉

《說文》：扉，戶扇也。

amphi-，二扉也。例：amphibian，兩栖動物。本義：both。

ante-，*ant-，鰲頭

鰲頭，獨佔鰲頭，比喻首位或第一。

甫語：*ant-，鰲頭也。

ante-，鰲頭也。例：anterior。本義：forehead，front。

anti-，遏抵

《說文》：遏，微止也。《爾雅》：止也。

《說文》：抵，擠也。抵制。

anti-，遏抵也。例：antibiotic。本義：before。

arch-，引弛，爾撐，爾乾

《說文》：引，開弓也。

《說文》：弛，弓解也。

拉：arcus，引弛也。

arch-[1]，引弛也。例：archer。本義：弓。一引一馳，張弓射箭。

arch-[2]，爾撐也。例：architect。

arch-[3]，爾乾也。例：monarch。本義：chief。

auto-，吾同

《說文》：吾，我自稱也。

auto-，吾同也。例：autograph，automatic。本義：self。

be-，比，被

《廣韻》：比，和也，並也。

《說文》：匕，相比敘也。匕，比二字並音，從比。

被，被動。《說文》：寢衣。

be-，比也。例：befriend。本義：transitive action。

be-，被也。例：befoul。本義：affected with，cause to be。

bi-，竝

《說文》：並，相從也。

bi-，竝也。例：binary。本義：二。

by-，邊

by-，邊也。例：bylaw，bypass。本義：near，secondary。

bene-，裨

《說文》：裨，接益也。

bene-，裨也。例：benefit。

cata-，垮塌

垮塌，倒塌也，坍塌也。

cata-，垮塌也。例：catastrophe。本義：down，completely。

chromo-，煦明

《廣韻》：煦，日光也。《玉篇》：赤色也。

甫語：*ghrew-，光也。

希：χρώμα（xrōma），煦明也。拉丁化後，x 常改為 ch。

chromo-，煦明也。例：chromosome。本義：colour。

circum-，孔口

孔，口，窟窿，圐圙，皆同義，表圓，環，圈。

甫語：*k^irkom-，孔口也，圐圙也。以圐圙統之。

circum-，孔口也。例：circumstance。本義：around。

com-，共，構

《說文》：共，同也。

構，《玉篇》：架屋也。《廣雅》：合也。《說文》：蓋也。

com-，共也。例：combine。本義：with，together，joint。

變形：con-，col-，cor-。例：collide，corporate，connect。

counter-，*kom-，抗

《增韻》：抗，抵也，敵也。《說文》：扞也。

甫語：*kom-, 抗也。

counter-，抗也。-ter，者也。例：counterpart。

counter[1]，抗對也。反。

counter[2]，框台也。櫃檯謂之框台。

de-，弟，第，遞，遰，對，低，斷，的，定

《說文》：弟，束韋之次第也。《釋名》第也，相次第而上也。

《爾雅》：遞，迭也。《說文》：更易也。遞，递之古字。

《說文》：遰，去也。

對，當也，配也。

《說文》：底，下也。

《說文》：斷，截也。

《增韻》：的，實也。

de-[1]，遰也。例：depart。本義：away。

de-[2]，對也。例：debate。本義：opposite。

de-[3]，弟也，第也，遞也，低也。例：deduct。本義：

down。

de-4，斷也。例：decouple。本義：removal。

de-5，的也。例：definite。本義：completion。

di-1，對

duo，two，對也。

di-1，對也。例：dioxide。本義：double。

dia-，di-2，斷，越

《說文》：斷，截也。

《說文》：趆，趨也。《玉篇》：走貌。

希：dia-，趆也。

dia1-，斷也。例：diakinesis。本義：apart。

dia2-，趆也。例：diuretic。本義：through，across。

變形：di-2。

dis-，di-3，*dewes-，抵，遰，斷，詆

抵，拒也。《說文》：擠也。

《廣韻》：斷，決也。決斷。診斷。切斷。

《說文》：詆，苛也。

甫語：*dewes-，抵也。

拉：des。

dis-1，抵也。例：disbelieve。本義：expressing negation。

dis-2，遰也。例：disaffirm。本義：reversal，absence。

dis-3，斷也。例：disbud。本義：removal。

dis-4，詆也。例：disgruntled。本義：unpleasant，unattractive。

變形：di-3。

deca-，斗科

十謂之斗。《說文》：斗，十升也。從十。

deca-，斗科也。例：decagon。本義：十。

epi-，逸票

票（㶾），省作覂。今作票。《說文》：火飛也。從火。

《說文》：飄，回風也。

《說文》：漂，浮也。

在水上曰漂；在天上曰飄；在馬上曰驃。

epi-，逸票也。例：epidemic。本義：upon，above。

e-，溢也。逸也。

eu-，優

優，好也。優秀，優雅。

eu-，優也。例：euphony。本義：well，good。

ex-，逸，溢，逾，預，益，易，刈，驗，言，映

逸，去也，出也，外也。《說文》：失也。

預，預先。《廣韻》：備先也。早也。

逾，逾越。《說文》：越也。

《爾雅》：溢，盈也。

《說文》：益，饒也。

ex-[1]，逸也，溢也。例：excite。本義：out，release。

ex-[2]，逸也。例：exculpate。本義：removal。

ex-[3]，逾也。例：extol。本義：upward。

ex-[4]，預也。例：ex-wife。本義：previous，former。

ex-[5]，益也。例：exasperate。本義：inducement，獎勵。

fore-，甫

《廣韻》：甫，始也。

fore-，甫也。例：forecast。本義：in front。

proto，甫也。

holo-，囫圇

囫圇，完整也。囫圇吞棗。《說文》：梱，梡木未析也。

希：holos，囫圇也。

holo-，囫圇也。例：holocaust。本義：whole。

homo-，胡民

《說文》：民，眾萌也。

甫語：*sem-，身也。

homo-，胡民也。本義：human。

hyper-，*ὑπέϱ-，逾朴

《說文》：朴（po），木皮也。

木皮為表，故表謂之。在表之上，謂之逾朴。

希：ὑπέϱ-（üper），逾朴也。ὑ 讀若 ü。

拉：Hyper-，逾朴也。Hy 讀若 ü。例：hyperbola。本義：over。

hyper-，逾朴也。超。

hypo-，*ὑπό-，逾樸

《說文》：樸（pu），木素也。

木素為裏，故里謂之樸。在裏之內，謂之逾樸。

希：ὑπό-（üpo），逾樸也。ὑ 讀若 ü。

拉：hypo-，逾樸也。Hy 讀若 ü。例：hypothesis。本義：under。

infra-，陰釜

釜，釜底。《易．說卦傳》：坤為釜。

infra-，陰釜也。例：infrastructure。本義：below。

inter-，央，應，映

《說文》：央，中央也。

《說文》：應，當也。應，应之古字。相應，對應。

inter-[1]，央之也。例：interfere。本義：between，among。

inter-[2]，應之也，映之也。例：interact。本義：mutual，reciprocal。

iso-，一式

《廣韻》：式，度也。等式。

iso-，式也。-i，一也。例：isosceles。本義：equal。

macro-，莽圭

《小爾雅》：莽，大也。

圭，測量，尺度。

macro-，莽揆也。例：macroeconomy。本義：large。

micro-，尛圭

尛，會意，微小也。尛，古同麼。《廣雅》：麼，微也。

藐，小也。

micro-，尛圭也。例：microwave。本義：small。

mal-，黴

黴，倒黴。《說文》：中久雨青黑。《玉篇》：面垢也。

mal-，黴也。例：malpractice。本義：unpleasant degree。

mega-，莽廣

《小爾雅》：莽，大也。

mega-，龖也。例：megapixel。本義：large，great。

meta-，彌

彌，彌合。《易．繫辭》：彌綸天地之道。

meta-，彌也。例：metamorphosis。本義：with，across。

mini-，尛孨

尛（mo），會意，極小也。

mini-，尛孨也。例：minicab。本義：very small。

mi-，尛也。渺也。藐也。

mis-，迷失

迷，迷失。沒，無也。

《韻會》：莫，無也，勿也，不可也。

矢，去去。失去。《爾雅》：弛也。

mis-[1]，迷也。-s，矢也。例：misapply。本義：wrongly。

mis-[2]，莫也。-s，矢也。例：mischief。本義：negative force。

mono-，枚

枚，量辭，個也。一枚。《說文》:枝幹也。《廣雅》:條也。

mono-，枚也。例：monochrome。本義：alone。

multi-，茂

《說文》：茂，草豐盛也。茂盛。

《說文》：卯，冒也。二月，萬物冒地而出。

甫語：*mel-，卯也。

拉：multus，冒突也。

multi-，茂也。多字並音，從茂。例:multilateral。本義:many。

neo-，嫩

嫩，新也。年幼也。《說文》:嫨，好兒。嫨，嫩之古字。

neo-，嫩也。例：newborn。本義：new。

non-，逆

不，無，謂之逆。《增韻》：逆，迕也，拂也，不順也。

non-，逆也。例：nonmetal。本義：not。

ob-，牾背，忤悖

《說文》：牾，逆也。

《集韻》：背，違也。

ob-，牾背也。忤悖也。例：obey，opponent。本義：against。

omni-，完

《說文》：完，全也。

拉：omnis，完也。-ni-，鼻音不譯。

omni-，完也。例：omnivore，omnibus。本義：all。

pan-，盤 [1]

盤，全也。全盤。《說文》：承槃也。

pan-，盤也。例：Pantheon。本義：all-inclusive。

para-，配，搒，棚，痞

《玉篇》：配，匹也，對也。

《說文》：搒（peng），掩也。

《集韻》：痞，病也。

para-[1]，配也。例：paralegal。本義：beside，adjacent to。

para-[2]，搒也，本義：protects，wards off。

para-[3]，棚也。例：parasol。

para-[4]，痞也。例：paralysis。本義：partial。

per-，片

片之音，頻，頗，盤，憑，破，普等之總稱。

p，π也。π，片也，爿也。象形，見甲骨文。

per-[1]，頻也。例：percent。本義：each。

per-[2]，頗也。本義：very。

per-[3]，盤也。例：perfect。本義：completely。

per[1]，憑也。例：as per instructions。本義：by means of。

per[2]，破也。【走票】也。例：per express。本義：through。

per[3]，普也。例：pervade。本義：all over。

pre-，朴

《說文》：朴，木皮也。木皮為表。故曰，朴（po），表也，先也。

pre-，朴也。例：prepaid。本義：before。

proto-，甫

《廣韻》：甫，始也。

proto-，甫頭也。例：prototype。本義：original，primitive。

Proto-Indo-European，原始印歐語，簡稱甫（Proto）語。

pro-，卜，甫，品，丕，否，僻，頗，偏，迫，盼，嫖，排，捕，剽，配

《爾雅》：卜，予也。《注》：卜，賜予也。

《禮》曰：鬼為卜，策為筮。

《說文》：排，擠也。

《玉篇》：頗，不平也，偏也。偏頗，傾向也。

pro-，排也。本義：motion forwards。

pro-，頗也。本義：favor，support。

例：probably。propel，proceed。

peri-，盤繞

盤，盤繞。

peri-，盤繞也。例：perimeter。本義：around。

poly-，*pleh$_1$-，沛

沛，充沛。

甫語：*pleh$_1$-，沛也。倍也。

poly-，沛也。例：polythene。本義：much，many。

post-，背至

背，後也。

甫語：*pos-，背也。

post-，背至也。例：postpone。本義：after。

pseudo-，諼誕

《說文》：諼（xuan），詐也。《廣雅》：欺也。

《說文》：諞，便巧言也。騙，謂躍上馬也。諞，今常作騙。

《廣韻》：誕，欺也。

甫語：*b^h^eud^h^-, 騙誕也。

拉：pseudes，諼誕也。

pseudo-，諼誕也。ps 讀若 x。例：pseudonym。本義：falsehood。

quasi-，豈似

豈，語助，反問。《玉篇》：安也，焉也。

《說文》：似，象也。

拉：quasi-，豈似也。

quasi-，豈似也。例：quasi-scientific。本義：almost，as if。

re-，又，亦，也，仍，異，應

又，複也，再也。《說文》：手也，象形。

《集韻》：亦，又也。

也，又也。

仍，重也。

《廣韻》：異，退也。

甫語：*re-，又也，亦也，也也，仍也。

re-，又也，亦也，也也，仍也。本義：again。

re-，異也。本義：back。

se-，解，散，刪

《說文》：解，判也。判，分也。

散，分散。《博雅》：布也。

《說文》：刪，剟也。

se-，解也。散也。例：separate。本義：apart。

se-，刪也。例：secure。本義：without。

semi-，扇門

扇門，會意，半也。《說文》：扇，扉也。門兩旁如羽翼也。

semi-，扇門也。例：semicircular。本義：half，partly。

step-，繼，階，趞

《爾雅》：繼，續也。

《玉篇》：階，登堂道也，級也。

《說文》：趞（jue），走也。

step-，繼也。例：stepmother。st 讀若 j。

step[1]，階也。

step[2]，趞也。步。

sub-，下，衰，似，續，隨，授，受

《說文》：下，底也。《集韻》：衰，減也。

《說文》：似，象也。

《說文》：隨，從也。《爾雅》：續，繼也。

《說文》：授，予也。受，相付也。

sub-[1]，下也。衰也。本義：lower，under。

sub-[2]，似也。本義：somewhat，nearly。

sub-[3]，續也。隨也。本義：subsequent，secondary。

sub-[4]，授也。受也。本義：support。

sub 又多種變形：

suc-，例：success。suf-，例：suffuse。sug-，例：suggest。

sup-，例：support。sur-，例：surrogate。sus-，例：suspend。

sur-，上，盛，升，舍

《說文》：上，高也。

sur-，上也。本義：super。

super-，盛，碩

盛，超級也。《博雅》：多也。《增韻》：大也。茂也。

《爾雅》：碩，大也。

《說文》：丕，大也。

super-，盛也。-per，丕也。本義：above，over，beyond。

super-，碩也。-per，丕也。本義：extra large。

syn-，sym-，巽，系，協

《說文》：巽，具也。

《博雅》：系，相連系也。

《說文》：協，眾之同和也。協，协之古字。

希：σύν-（sun-），巽也。本義：with。

syn-，sym-，巽也。系也。例：synchrony。本義：together，united。

tele-，迢遼

迢，遠也。千里迢迢。《說文》：迢，遰也。

《說文》：遼，遠也。遼，辽之古字。

希：τῆλε-（tēle-），迢遼也。

tele-，迢遼也。例：television。本義：far off。

-tra-，出

contra-，抗出

《增韻》：抗，抵也，敵也。

contra-，抗出也。例：contradict。本義：against。

intra-，陰出

intra-，陰出也。例：intracellular。本義：inside。

extra-，逸出

《說文》：逸，失也。溢，器滿也。

extra-，逸出也。溢出也。異出也。本義：beyond，outside。

retro-，亦出

retro-，亦出也。a 變為 o。例：retroact。本義：backward。

ultra-，逾出

《說文》：逾，越也。

ultra-，逾出也。例：ultraviolet。本義：extreme degree。

trans-，穿，傳

《說文》：穿，通也。

《正韻》：傳，授也，續也，布也。《廣韻》：轉也。

trans-[1]，穿也。例：transcontinental，本義：across。

trans-[2]，傳也。例：translate。本義：through。

un-，無，勿

《玉篇》：無，不有也。無，无之古字。

勿，《玉篇》：非也。《廣韻》：無也。《增韻》：毋也。《韻會》：莫也。

un-，無也。例：untruth。本義：absent，lack of。

un-，勿也。例：unmask。本義：reversal，separate。

under-，凹底，凹低

《韻會》：凹，低下也。

《說文》：底，一曰下也。低，下也。

under-，凹底也。例：underwear。本義：below，

under-，凹低也。例：undervalue。本義：insufficiently。

up-，兀

《說文》：兀，高而上平也。

up-，兀也。-p，平之首音。例：uphill。本義：upward，higher。

uni-，元

《說文》：元，始也。從一，從兀。萬物得一而始。

拉：unus，元也。

uni-，元也。例：universe，元渦。本義：one。

vice-，尉

尉，官名。

《說文》：帷，在旁曰帷。

vice-，尉也。尉，帷並一音，從尉。例：vice-president，vice admiral。

《廣韻》：惡（wu），憎惡也。惡，恶之古字。

拉：vitium，惡也。

vice[1]，惡也。

《說文》：位，列中廷之左右謂之位。

拉：vice，位也。本義：in place of。

vice[2]，位也。

後綴

後綴亦分陰陽：

過去時屬陰，現在時屬陽。

被動態屬陰，主動態屬陽。

-ing，-ion，陽

陽乃陰之對。常有形，顯於外。

後綴屬陽，綴於後。

-ing，陽也。本義：present participle，進行時。

in-，-ing，二綴相對，喻陰陽相對。

-ion，陽也。顯性，顯型。
變形：-tion，-sion，-ity，-tional。

-ed，地

地屬陰，表被動，表過去。地道坤寧，守靜待變。
-ed，地也。本義：characteristic。
-ed，地也。本義：past tense，past participle。

-en[1]，陰

-en，陰也。本義：past tense，past participle。

-en[2]，酉

《說文》：酉，就也。
-en[2]，酉也。本義：become，intensification。

-en[3]，已

《廣韻》已，成也。
-en[3]，已也。本義：made，consist，resemble。

-en[4]，有

《老子 · 道德經》：天下萬物生於有，有生於無。有無相生。
-en[4]，有也。本義：creation。

-en[5]，衍，演

衍，衍生，演變。演，延也，演化。
-en[5]，衍也，演也。本義：development。

-ess，陰

-ess，陰也。表陰性，女主陰。
-ess，婑也。本義：female gender。《說文》：婑，女字。
例：actress，waitress。

-s[1]，眾，諸

《說文》：眾，多也。眾，众之古字。

諸，眾也。諸位。

-s，眾也。諸也。表複數。s 讀若 z。

-able，-ible，備

備，能也。《廣韻》：具也，成也。

甫語：$*b^hleH_2$-，備也。

-able，-ible，備也。例：capable。本義：can be。

變形：-ably，-ableness，-ability。

變形：-ibly，-ibility，-ibleness。

-age，聚

《說文》：聚，會也。

-age，聚也。例：village。本義：aggregate。

-aholic，好樂

好（hào），愛好。《正韻》：喜樂也。

-aholic，好樂也。例：shopaholic。本義：addict to。

-al，$*eh_2l$-，爾

爾，語助。

甫語：$*eh_2l$-，爾也。

-al，爾也。例：referral。本義：relate to，of the kind。

變形：-ally，-alia，了也。

-r，兒

-r，-ar，-er，-ir，-or，-ur，兒也。

-ana，乃

-ana，乃也。例：Victoriana。本義：collection。

-ance，是

《說文》：是，直也。《博雅》：是，此也。

-ance，是也。例：entrance。本義：action，state。

變形：-ancy，-ant。

-ard，蛋

蛋，貶義稱呼，壞蛋，笨蛋，傻蛋。

-ard，蛋也。例：bastard，wizard。本譯：bad characteristic。

-ary，而已

而已，語助詞。

拉：-arius，而已也。

-ary，而已也。例：primary。本義：characteristic，relate。

-cide，殺

《說文》：殺，戮也。

拉：caedere，殺敵也。

-cide，殺也。例：genocide。本義：kill。

-cy，型

《廣韻》：型，模也。《說文》：鑄器之法也。

-cy，型也。例：accuracy，juicy。本義：status。

-dom，棟，等，度

《說文》：棟，極也。《釋名》：中也。居屋之中也。棟宇。

等，等級。《說文》：齊簡也。

度，度量。《說文》：法制也。

-dom[1]，棟也。例：fiefdom。本義：domain。

-dom[2]，等也。例：earldom。本義：rank。

-dom[3]，度也。例：freedom。本義：state，condition。

-ectomy，劊剮

《說文》：劊，斷也。剮，解骨也。

-ectomy，劊剔也。ct 讀若 g。例：appendectomy，闌尾切除術。本義：cut part of body。

-ee，傭

-ee，傭也。例：trustee。本義：a person affected by。

-eer，-er，兒

-eer，兒也。例：volunteer，engineer。

-es，子

子，語助。

-es，子也。

-ese，裔

裔，後裔也。《離騷》：帝高陽之苗裔兮。

-ese，裔也。

Chinese，秦裔也。

Japanese，日本裔也。

Vietnamese，越南裔也。

-ery，樣，業，羿，役，夷，邑，炪……

-ery，樣也。本義：class，kind。

-ery，業也。本義：occupation，state，condition。

-ery，羿也。例：archery。本義：apprentice。

-ery，役也。例：slavery。本義：depreciatory state。

-ery，夷也。例：savagery。本義：depreciatory reference。

-ery，邑也。投也。例：gallary，bakery。本義：a place。

-ery，炪也。獸羣。例：rookary。本義：a grouping of animals。

等等……

-esque，儀綺

儀，容也。《詩》曰：其儀不忒。儀，仪之古字。

《說文》：綺（qi），文繒也。綺麗，華麗也。

-esque，儀綺也。本義：style，fashion。

-esque，齊也。本義：resembling。

-ette，條，她，替

《說文》：條，小枝也。

-ette，條也。例：baguette。本義：very small，tiny。

-ette，她也。例：bachelorette。本義：female。

-ette，替也。例：leatherette。本義：substitute。

-ey，溢

《爾雅》：溢，盈也。

-ey，溢也。本義：full of。

例：smiley，gluey。

-field，阜

《說文》：阜，大陸，山無石者，象形。《詩》曰：如山如阜。

-field，阜也。例：battlefield。

-fold，副

副，量辭。《正韻》：貳也。《說文》：判也。

-fold，副也。例：twofold，tenfold。本義：multiplied by。

-ful，豐，*pel-，沛

《說文》：豐，豆之豐滿者也。豐滿。豐，丰之古字。

《易・豐》：豐其沛，日中見沫。

甫語：*pel-，沛也。

full，富也。

-ful，豐也。例：careful，colorful。本義：full。

變形：-fully，fulness。

-ford，泭

《說文》：泭（fu），編木以渡也。

-ford，泭也。例：Oxford（物泭），Stanford（石泭）。

本義：shallow water，cross water。

-fy，仿

《說文》：仿，相似也。

拉：facere，仿似也。

-fy，仿也。例：simplify，purify。本義：to make，become。

-gate，

関，閉門也。《說文》：關，以木橫持門戶也。關，关之古字。

關，動辭曰關，名辭曰関。

-gate，関也。例：Watergate。

-gen，根

根，根本。《廣韻》：柢也。《博雅》：始也。

例：hydrogen，oxygen，nitrogen。

-gon，弓

-gon，弓也。例：pentagon。本義：angles and sides。

-hood，候，夥，乎，謊

候，時候，氣候。《說文》：伺望也。

夥，團夥，同夥。

《說文》：乎，語之餘也。

-hood，候也。例：childhood。本義：period。

-hood，夥也。例：brotherhood。本義：a group。

-hood，乎也。例：womanhood。本義：condition。

-hood，謊也。例：falsehood。

-ial，樣

樣，像也。模樣，樣品。

-ial，樣也。例：cordial，facial。本義：typical of。

變形：-ially，樣類。

-ian，人

-ian，人也。例：Indian，Persian。本義：native of。

-ic，況

況，狀況。

-ic，況也。例：terrific，anabolic。本義：relate，characteristic。

變形：-ical，-ically。

-ics，課

《說文》：課，試也。課業，課表。

-ics，課也。例：academic，logistics。本義：study，activity。

-ide，堆

《集韻》：堆，聚土也。堆積，堆砌。

-ide，堆也。例：oxide，chloride。本義：a compound of。

-ish，些

《說文》：些，語辭也。

-ish，一些也。例：yellowish。本義：characteristics，somewhat。

-ism，學，斜，系

《說文》：學（xiao），覺悟也。學，学之古字。

《玉篇》：斜，不正也。

系，系統。

希：-ισμός（-ismos），-ισμα（-isma），學也。一個學派。

拉：-ism，學也。sm 讀若 x。

-ism，學也。本義：practice，system，philosophy。

-ism，斜也。本義：prejudice，discrimination。

-ism，系也。本義：system, principle。

-ist，者

希：-istēs，者也。

拉：-ista，者也。

-ist，者也。st 讀若 zh。例：artist。

-ive，維

《說文》：唯，諾也。惟，凡思也。《廣雅》：維，系也。

唯從口，惟從心，維從關係。三字並一音，從維。

-ive，維也。例：active。本義：tend to，have nature of。

-ize，作

作，工作，動作，幹。

-ize，作也。例：centralize。本義：become，make，practice。

-ium，物

-ium，物也。元素既是物。例：cadmium。

-less，寥

寥，少也。《說文》：空虛也。

-less，寥也。例：speechless。本義：absent，lack of。

-let，粒

《廣韻》：粒，米粒也。顆粒。零，餘雨也。零零星星。

-let，粒也。零，粒，二字並音。例：necklet。本義：small。

變形：-ling。

-lia，陸

《說文》：陸，高平地。

-lia，land 同源，陸也。例：Australia。舊譯：利亞。

-ly，類

《玉篇》：類，種類也。類，类之古字。

-ly，類也。例：friendly。本義：have quality of。

-ment，*men-，卯

卯者，貌，銘，皿，盟，愐，模等等之總括。

貌，外形，外觀。《說文》：皃，頌儀也。皃，貌之古字。

甫語：*men-，卯也。

ment-，卯也。

-mony，禖，鳴

《說文》：禖，祭也。鳴，鳥聲也。

-mony[1]，禖也。例：ceremony。

-mony[2]，鳴也。例：harmony。

-morphic，模非

《廣韻》：模，又形也。

-morphic，模非也。例：polymorph。本義：change form。

-most，滿至

-most，滿至也。例：uppermost。

-ness，乃

乃，語辭。《說文》：曳詞之難也。

甫語：*nes-，乃也。

-ness，乃也。例：happiness。本義：a certain state。

-oid，物堆

-oid，物堆也。例：asteroid。本義：resemblance。

-ory，邑，矣，議

《釋名》：邑，人聚會之稱也。

《說文》：矣，語已辭也。議，語也。

拉：-orium，邑也。例：auditorium。本義：a place。

-ory，矣也。本義：an action。

-ory，邑也。例：dormitory，repository。本義：a place。

-ory，議也。例：directory，mandatory。本義：verbal action。

-ous，沃

沃，盛也。《詩》曰：其葉沃若。肥沃，沃土。

甫語：*owos-，沃也。

拉：osus，沃也。

-ous，沃也。例：dangerous。本義：full of。

-path，痞

《說文》：痞，痛也。

希：-pathēs，痞也。

-path，痞也。例：psychopath。本義：sufferer。

-ple，倍

倍，量辭，倍數。

-ple，倍也。

-phobia，怫怖

《說文》：怫，鬱也。

《玉篇》：怖，惶也。

-phobia，怫怖也。本義：extreme fear，dislike。

-ry，矣

《說文》：矣，語已詞也。

-ry，矣也。例：delivery。

-s^2，之

之，之乎者也。

-s，之也。本義：belong to。例：boy ‘s book，寶之簿。

-ship，俞，屬

《說文》：俞（shu），空中木為舟也。今多用屬。

屬，種類，屬性。《說文》：連也。《廣韻》：聚也，會也。

ship，俞也。船。

-ship，屬也。例：friendship。本義：quality，state，a group。

-some，似，胂

似，相似。《說文》：象也。

《說文》：胂，夾脊肉也。會意，身體細胞之申。

-some，似也。例：cumbersome。本義：likely to。

-some，胂也。例：chromosome。本義：part of cell。

-st，至

至，極也。《易・坤》：至哉坤元。

-st，至也。st 讀若 zh。本義：superlative。

-est，易至也。例：biggest。

-tor，-ter，-ther，者，徒

者，指代人。《老子・道德經》：知人者智，自知者明。

徒，弟子曰徒。《論語》：非吾徒也。《廣韻》：黨也。

拉：-ateur，徒也。者也。

-ter，tor，-ther，者也，徒也。例：activator，operator，translator。

-tomy，劅

《說文》：劅，解骨也。

希：-tómos，劅也。

-tomy，劅也。例：anatomy。本義：cutting，sharp，separate。

-tude，凸度

凸，出貌。

-tude，凸度也。例：altitude，solitude。

-th，着

着，語助。

-th，着也。例：growth。

-tive，特

特，質也。特質。《說文》：特，朴特，牛父也。

甫語：*tewos-，特物也。

-tive，特也。

-ty，態

態，狀態。《說文》：態，意也。態，态之古字。

甫語：*tat-，態也。

-ty，態也。例：activate。本義：status。

-ate，態也。

-um，物

《說文》：物，萬物也。牛為大物。天地之數，故從牛。

-um，物也。例：radium，calcium，aluminum。

-ure，為，圍，衞

未之音，為，圍，衞等等之總括。

-ure，為也。例：capture。本義：action，process。

-ure，圍也。例：closure。本義：collective。

-ure，衞也。例：judicature。本義：office，function。

-ward，往

《說文》：往，之也。

甫語：*wert-，往也。

-ward，往也。例：backward。本義：direction。

變形：-ways。

-ware，瓦，物

《說文》：瓦，土器已燒之宗名。

-ware，瓦也。例：bakeware。

-ware，物也。例：hardware。

-wise，圍，唯

《說文》：圍（口），回也。圍繞。

-wise[1]，圍也。例：clockwise，本義：direction。

-wise[2]，唯也。例：likewise。本義：concerning。

-y，溢，易，樣，矣，已

乙者，乙（yi）音所轄字之總稱。

-y[1]，溢也。例：messy。本義：full of，quality of。

-y[2]，易也。例：sticky。本義：incline to，apt to。

-y[3]，樣也。例：shinny。本義：condition，quality。

-y[4]，矣也。例：honesty。本義：state。

-y[5]，已也。例：victory。本義：action，result。

A 尔 凡

A，象形，尔也，下小變一橫。尒（尔），古同爾，指代A的象形体。
a，象形，凡也，一筆連。《說文》：凡，最括也。
alpha，尔凡也。

all，爾

《康熙字典》：爾爾，眾也。

all，爾也。

abandon，爾摒掉

《博雅》：摒，除也。

abandon，爾摒掉也。拋棄謂之爾摒掉。

absent，爾背席

absent，爾背席也。缺席謂之爾背席。

abortion，爾斃生

abortion，爾斃生也。流產謂之爾斃生。

ache，爾刺

希：akhos，爾辛也。kh 讀若 x。

拉：acutus，爾刺痛也。

ache，爾刺也。疼。痛。

achieve，爾成

《說文》：成，就也。

achieve，爾成也。-ve，為之首音。成就謂之爾成。

acid，*sker-，爾辛

辛，味也。如，辛酸，辛苦，辛辣。

《說文》：秋時萬物成而熟，金剛，味辛。

甫語：*sker-，辛也。sk 讀若 x。

希：ακρος（akros），爾苦也。

拉：acıdus，爾辛也。

acid，爾辛也。酸。

acidify，爾辛仿也。酸化謂之爾辛化。

acidulate，acidulous，爾辛毒辣也。微酸謂之類辛。

acre，爾畊

《說文》：耕，犁也。一曰，古者井田。耕，畊之古字。

耕，會意，井田，表土地面積單位。

甫語：*gros-，畊也。首音節 $*h_2é$-，未詳。

希：άγρός（agros），一耕也。

拉：ager，一耕也。

acre，爾畊也。英畝謂之爾畊。

agriculture，爾耕崇推也。農耕文化謂之爾耕崇推。

act，爾幹

幹，做也。《說文》：犯也。《爾雅》：扞也。

甫語：*$h_2$eg-，扞幹也。

希：ἄγω（ágō），爾幹也。去 h。

拉：agere，爾幹也。

act，爾幹也。行為，表演，作用謂之爾幹。

enact，演爾幹也。扮演謂之演爾幹。

inaction，異爾幹也。懶惰謂之異爾幹。

react，異爾幹也。反動謂之異爾幹。

transact，穿爾幹也。處理，交易謂之穿爾幹。

agent，爾幹替也。代理謂之爾幹替。

adapt，爾調配

《說文》：調，和也。

adapt，爾對配也。適應，改編謂之爾調配。

add，爾戴

《說文》：戴，分物得增益曰戴。

add，爾戴也。加。補充謂之爾戴。

address，爾住

《廣韻》：住，止也，立也，居也。

《說文》：諄，告曉之孰也。諄諄教誨。

address 有多義：

爾住也。地址謂之爾住。

爾諄也。演講謂之爾諄。

adult，爾丁

丁，實也。多指成年男子，如家丁，壯丁。《說文》：夏時萬物皆丁實。

adult，爾丁也。成年人謂之爾丁。

age，爾庚

庚，年齡也。如，貴庚，庚齒。成材不必問庚齒，自古英雄出少年。

age，爾庚也。年齡。

agree，爾共

《說文》：共，同也。

甫語：*gwere-，共也。

拉：gratus，共同也。

agree，爾共也。同意謂之爾共。

agreement，爾共盟也。協議，一致意見謂之爾共盟。

agreeable，爾共備也。親切友善，可接受謂之爾共備。

arch，凹馳

《說文》：弘，弓聲也。馳，弓解也。

甫語：*$h_2$erǵ-，弘拱也。

希：ἀρκτός（arktos），凹拱頭也。

拉：arcus，凹拱也。

arch，凹拱也。拱。凹弓也。弓。c 讀若 g。

ark，爾刳，*H_2erk-，杭

《易・繫辭》：刳木為舟，剡不為楫。

《說文》：杭，方舟也。

甫語：*H_2erk-，杭也。

拉：arca，爾誇也。

ark，爾誇也。

aid，醫到

拉：adiutare，ad + uivare，爾到醫務也。

aid，醫到也。幫助謂之醫到。ai 讀若 yi。

aim，羿瞄

《說文》：羿，一曰射師。

瞄，瞄準。

alarm，爾鈴

鈴，響器也。《廣韻》：似鐘而小。

alarm，爾鈴也。警報，擔憂謂之爾鈴。

album，爾簿

簿，冊也。《韻會》：籍也。

album，爾簿也。相冊，集簿，專輯謂之爾簿。

alcohol，爾酷醅

《說文》：酷，酒厚味也。

《集韻》：醅（huo），未泲酒。

阿拉伯語：الكحول（al-kuḥūl），爾酷醅也。

alcohol，爾酷醅也。酒精謂之爾酷醅。

algebra，演積髀

積，數學乘法運算之得數：積數。乘積。體積。容積。

《周髀算經》：髀，股也。髀者，表也。股者，影也。髀立為表，以表測影。

阿拉伯語：الجبر（al-jabr），演積髀也。

algebra，演積髀也。代數謂之演積髀。

algorithm，演規則

華，光華。

演，演算。

古波斯語：Huwarazmish，華域界也。本義：land of the Aryans。

Khwarazm，光域界也。舊譯：花拉子模。本義：Land of the Sun。

khwar-，光也。本義：sun，light。

-razm-，域界也。本義：place，land。

algorithm，爾光域界也。或義譯，演規則也。算法謂之演規則。

alien，爾鄰

《釋名》：鄰，連也。相接連也。又連界之國，亦稱鄰。鄰，邻之古字。

alien，爾鄰也。外國人，外星人謂之爾鄰。

aliment，餄餎饛

《集韻》：餄，餅也。餄餎，一種煮着吃的條狀食品，多用蕎麥面軋成。

《說文》：饛，盛器滿貌。

拉：alere，餄餎也。

aliment，餄餎饛也。食物，營養物謂之餄餎饛。

alimony，餄餎貿也。贍養費謂之餄餎貿。貿，易財也。

allow，爾履

履，履行。《爾雅》：禮也。《註》禮可以履行也。

allow，爾履也。允許謂之爾履。

aloud，爾朗

朗，聲音清澈響亮。如，朗讀。

aloud，爾朗也。大聲謂之爾朗。

altitude，*al-，昂凸度

《說文》：昂，舉也。表高度。

《集韻》：凸，出貌。

甫語：*al-，昂也。

拉：-tudo，凸度也。

altitude，昂凸度也。高度謂之昂凸度。

latitude，連凸度也。緯度謂之連凸度。

longitude，龍凸度也。經度謂之龍凸度。

alibi，爾臨不

《韻會》：莅，臨也。

alibi，alter + be，爾臨不也。不在場證明謂之爾臨不。

amity，*am-，愛睦，愛慕

慕，思也。愛慕，慕強。《說文》：慕，習也。

睦，敬和也。

甫語：*am-，愛慕也。

拉：amare，愛慕也。

amity，愛睦也。和睦謂之愛睦。

amiable，愛慕備也。和藹，親切謂之愛慕備。

amateur，愛慕徒也。業餘愛好者謂之愛慕徒。

ancient，爾先

《說文》：先，前進也。

《廣韻》：前，先也。

希：αρχαιος（arxaios），爾淆也。-xaio-，chaos，淆也。宇宙起源於混沌，故從淆。

拉：antiquus，爾頭前也。

ancient，爾先也。古代謂之爾先。

從淆，到頭前，到先，反映出歷代西方語言學家改進西方語言的多次努力。

anger，懊恨，*$h_2$eng-，恨

《廣韻》：懊，懊惱也。《集韻》恨也。

《說文》：恨，怨也。從心，艮（gen）聲。

甫語：*$h_2$eng-，恨也。

希：οργη（orgē），懊艮也。去 h。

拉：angere，懊艮也。

anger，懊恨也。怒。

angry，懊恨矣也。生氣謂之懊恨矣。

anxious，懊思也。焦慮，渴望謂之懊思。慮，思也。

angle，二弓

二弓相連，成角。

線，邊謂之弓。如，pentagon，octagon。

甫語：*$h_2$enk-，合扣也。

希：γωνία（gonia），弓臬也。h 變 g。臬，相交也。

拉：angulus，二弓連也。

angle，二弓也。二弓相交與頂點，是為角。

triangle，川二弓也。三角謂之川二弓。

angel，元吉

《易．乾》：元者，善之長也。

《說文》：吉，善也。

甫語：*$h_2$enk-，亨也。

希：ἄγγελος（ángelos），元吉利也。

拉：angelus，元吉利也。本義：信使。

angel，元吉也。天使謂之元吉。

Anglo-Saxon，元吉利 - 解析也。

announce，爾譊

《廣雅》：譊（nao），鳴也，語也。

希：νοῦς（nous），譊也。

拉：nous，譊也。

announce，譊也。宣佈謂之爾譊。

annual，一年

《爾雅》：夏曰歲，商曰祀，周曰年。

拉：annus，-nus，年也。

annual，一年也。

an-，一也。

-nual，年也。

annoy，爾惱，爾鬧

annoy，爾惱也。

annoying，爾惱人也。惹惱。爾鬧人也。打擾。

anthrop，元襁褓

《說文》：襁，負兒衣也。褓，小兒衣也。

希：άνθρωπος（ánthrōpos），元襁褓也。

拉：anthrop，元襁褓也。

anthrop，元襁褓也。人類謂之元繈褓。

anthropology，元襁褓理經也。人類學。

answer，圓腔

腔，語音語調也。搭腔。《說文》：腔，內空也。

answer，圓腔兒也。回答謂之圓腔兒。sw 讀若 q。

anxious，惡焦

焦，焦慮。《說文》：火所傷也。通憔。

《廣韻》：憔悴，瘦也。

拉：anxietas，惡焦炭也。焦，憔二字並一 x 音。

anxious，惡焦也。焦慮謂之惡焦。

app，爾聘

《說文》：聘，訪也。《廣韻》：問也。

《說文》：娉，問也。

app，爾聘也。應用程序謂之爾聘。

apply，爾聘也。申請，適用謂之娉。

ply，聘也。不斷提問謂之聘。

reply，亦聘也。回答謂之亦聘。

ping，聘也。電訊聘問謂之聘。

employ，任聘也。聘任謂之任聘。

employee，任聘員也。員工謂之任聘員。

employer，任聘人也。僱主謂之任聘人。

PIN，娉也。Personal Identification Number code，簡稱娉碼。

apply，聘，僆，縹

《說文》：聘，訪也。《爾雅》：問也。

《說文》：僆，使也。使用。

《說文》：縹，帛青白色也。

apply[1]，爾聘也。申請，適用謂之娉。

apply[2]，爾僆也。應用謂之僆。

apply[3]，爾縹也。塗色謂之爾縹。

applaud，爾拍撩

applaud，爾拍撩也。鼓掌謂之爾拍撩。

appraise，爾評鑒

appraise，爾評鑒也。估。鑒。

apt，爾配，$*h_2ep$-，和

《說文》：和，相應也。

甫語：$*h_2ep$-，和也。

希：απτω（háptō），和配也。

拉：apere，爾配也。

拉：aptus，爾配對也。

apt，爾配也。易於，合適謂之爾配。

aptitude，爾配凸度也。才能，天資謂之爾配凸度。

argue，耳聒

《說文》：聒，歡語也。《廣韻》：聲擾也。

拉：arguere，耳聒也。

argue，耳聒也。爭。吵。辯。論。

army，鞍馬，$*h_2er$-，護

鞍馬，可指騎馬或戰鬥的生活。《漢書》：赫然發憤，遂躬戎服，親禦鞍馬，從六郡良家材力之士，馳射上林。

甫語：*$h_2$er-，護也。

拉：arma，鞍馬也。

army，鞍馬也。陸軍謂之鞍馬。

arrive，爾倚位

《說文》：倚，依也。

拉：ripa，倚畔也。本義：come to shore。

arrive，爾倚位也。到達謂之爾倚位。

article，爾條款

article[1]，爾條款也。條款謂之爾條款。

article[2]，爾題詞也。文章謂之爾題詞。

Aryan，*aryo-，爾殷

殷，盛也。《說文》：作樂之盛稱殷。《書．洛誥》：肇稱殷禮。

甫語：*aryo-，爾殷也。本義：noble。

梵語：आर्य（ārya），爾殷也。本義：noble，honorable。

Aryan，爾殷也。舊譯：雅利安人。

atrocious，爾糟心

atrocious，爾糟心也。駭人聽聞謂之爾糟心。

ask，爾豈，爾請，爾求

豈，問辭，難道，怎麼。《玉篇》：安也，焉也。

ask[1]，爾豈也。問。

ask[2]，爾請也。請。

ask[3]，爾求也。求。

athlete，*ath-，愛訓練

練，訓練。

甫語：*ath-，爾訓也。

希：athlos（ἄθλος），爾訓練也。

拉：athleta，爾訓練丁也。

athlete，愛訓練也。運動員謂之愛訓練。

attack，爾突襲

襲，掩其不備也。《左傳》：凡師有鐘鼓曰伐，無曰侵，輕曰襲。

甫語：*tā-，突也。

拉：tacere，突襲也。

attack，爾突襲也。襲擊謂之爾突襲。c 讀若 x。

attention，爾提神

希：*ten-，提也。

拉：tendere，提扽也。

attention，爾提神也。關心，注意謂之爾提神。

attitude，爾態凸度

attitude，爾態凸度也。態度謂之爾態凸度。

audio，耳悳

耳悳（de），聽也。

《說文》：聽，聆也。聽，听之古字。

甫語：$*h_2\acute{e}w$-，候也。《說文》：候，伺望也。

拉：audīre，耳悳也。

audio，audition，耳悳也。聽。

audible，耳悳備也。聽得見謂之耳悳備。

audience，耳悳從也。聽眾、觀眾謂之耳悳從。

audiphone，耳悳諷也。助聽器謂之耳悳諷。

auditor，耳悳者也。審計員、旁聽者謂之耳悳者。

auditorium，耳悳堂宇也。禮堂謂之耳悳堂宇。

author，*weg-，文者

《玉篇》：文，文章也。

甫語：*weg-，文也。後改為 *aug-。

拉：augēre，文稿也。

author，文者也。作者謂之文者。

***aug，兀廣，*$h_2$ewg-，宏**

《說文》：兀，高而上平也。

《爾雅》：宏，大也。

甫語：*$h_2$ewg-，宏也。

希：ανξειν（auxein），兀顯也。

拉：augere，兀廣也。

augment，兀廣貌也。增加謂之兀廣貌。

august，兀廣至也。（建築）宏偉謂之兀廣至。

audacity，牾大肆也。大膽謂之牾大肆。

authority，武術禦統，*h_2eǵ-，㔟

㔟，會意，權力之本亥。《說文》：㔟，法有罪也。

甫語：*h_2eǵ-，㔟也。

authority，武術禦統也。權力謂之武術禦統。

authorize，武術禦准也。授權，批准謂之武術禦准。

***avi，翺，*$h_3$ewis-，翬**

翺翔，高飛也。《說文》：翺，翺翔也。

《說文》：翬，大飛也。

《說文》：翊，飛貌。

甫語：*$h_3$ewis-，翬也。

希：όϱνιϛ（ornis），翺鳥也。

拉：avis，翺翔也。鳥。

avian，翺翊也。鳥類謂之翺翊。

aviary，翺翊養也。鳥籠謂之翺翊養。

aviarist，翺翊養者也。飛禽飼養家謂之翺翊養者。

aviate，翺翊態也。飛行謂之翺翊態。

aviator，翺翊者也。飛行員謂之翺翊者。

aviculture，翺翊崇推也。鳥類飼養謂之翺翊崇推。

auspice，翺祥也。吉祥謂之翺祥。

augur，翺光也。前兆、預兆謂之翺光。

average，爾穩均

《說文》：均，平也。

穩，平穩。《說文》：一曰安也。

average，爾穩均也。平均謂之爾穩均。

award，安慰

《說文》：慰，安也。

award，安慰也。獎勵，授予，安慰人心。

aware，爾悟

《說文》：悟，覺也。覺知。

aware，爾悟也。覺知謂之爾悟。

wake，悟開也。醒悟謂之悟開。

awful，懊豐

《廣韻》：懊，惱也。

awful，懊豐也。糟心謂之懊豐。

B 丙

丙，象形，二相也。甲骨文丙，上不出頭。像兩個包。

B，像丙。左側轉。

b 有近音 p。

ban，閉，摒

《玉篇》：閉，塞也。

《博雅》: 摒，除也。

ban，閉也。摒也。禁。

banish，摒逆也。驅逐謂之摒逆。

banner，標旎

旖旎，旌旗從風貌。

banner，標旎也。橫幅，旗幟謂之標旎。

barbarian，魃魃人

《說文》: 魃，旱鬼也。《詩》曰：旱魃為虐，如惔如焚。

拉：barbarus，魃魃野也。

barbarian, 魃魃人也。野蠻人謂之魃魃人。

Barbados，魃魃地也。巴巴多斯。"Os Barbados"，吾之魃魃地也。

back，背

back，背也。

bad，敗，弊

敗，壞也。《玉篇》: 破也。《增韻》: 損也。

bad，敗也。壞。不好謂之敗。

bait，餅

《玉篇》: 餌，食也，餅也。

bait，餅也。

balance，比量似

量，數多少也。《說文》: 稱輕重也。

balance，比量似也。平衡謂之比量似。

ball，包

ball，包也。球。

bag，包裹也。

baggage，包裹聚也。包裹謂之包裹聚。

balloon，包淩也。氣球謂之包淩。

ballot，標遴

標，標記。

遴，遴選。《正字通》：謹選也。

ballot，標遴也。投票，表決謂之標遴。

bank[1]，貝庫

貝，古錢也。錢財從貝。

bank，貝庫也。銀行謂之貝庫。

bank[2]，濱

濱，水邊也。海濱。《正韻》：水際也。

bank，濱也。

beach，濱處也。灘。

base，步止

《說文》：止，下基也。

步，會意，左右止也。

希：βάσις（basis），步止也。

拉：basis，步止也。

base，步止也。基。

basic，步基也。基礎，初步謂之步基。

basket，笆篋

《廣韻》：笆，有刺竹籬也。篋（qie），箱篋。

basket，笆篋也。籃子謂之笆篋。

bar，把兒

把兒，手柄也。《說文》：把，握也。

拉：barra，把兒也。

bar，把兒也。障礙，律師業，酒吧謂之把兒。

debar，遰把兒也。排除謂之遰把兒。

embargo，遏把關也。禁運謂之遏把關。《爾雅》：遏，止也。

bare，*bhoso-，薄，膊

薄，少也，聊也。

膊，赤膊。

甫語：*bhoso-，薄少也。

bare[1]，薄也。僅僅，很少謂之薄。

bare[2]，膊也。赤裸謂之膊。

barely，薄聊也。

bark，咆，剝

bark[1]，咆也。吠。

bark[2]，剝也。

barn，*bhars-，棚

《說文》：棚，棧也。從木，朋聲。薄衡切。

甫語：*bhars-，棚也。

barn，棚也。

bath，湢

湢，浴室謂之湢。《禮》曰：外內不共湢浴。

bath，湢洗也。洗澡謂之湢洗。th 讀若 z。

bathroom，湢洗入門也。洗浴室謂之湢洗入門。

***bat[1]，跋**

《說文》：跋，蹎跋也。艱苦行走。

《詩》曰：大夫跋涉。

甫語：g^weh_2-，過也。備考。

拉：batēs，跋也。

acrobat，爾空跋也。空跋，高空行走，即雜技。

acrobatic，爾空跋也。雜技謂之爾空跋。

bat[2]，棒

《廣韻》：棒，杖也，打也。

bat，棒也。

baton，棒體也。棒。杖。

batter，棒打也。打。

battle，棒鬥也。戰鬥謂之棒鬥。

combat，共棒鬥也。戰鬥謂之共棒鬥。

combative，共棒態也。好鬥謂之共棒態。

battery，棒電源

battery，棒電源也。電池謂之棒電源。tt 讀若 d，r 讀若 y。

battle，搏鬥

battle，搏鬥也。

***bate，辯**

辯，爭辯。《說文》：判也。

debate，對辯也。辯論謂之對辯。

beacon，標焜

標，標準。

《玉篇》：焜，光也。《說文》：煌也。

beacon，標焜也。燈塔謂之標焜。

bean，豍

豍，會意，豆也。《博雅》：豍豆、豌豆，蹓豆也。《本草綱目》李時珍曰：藊豆，本作扁，莢形扁也。一名蛾眉豆，俗名沿籬豆。

bean，豍也。豆。

bear，*b[h]er-，背

背，作動辭，負也。作名辭，後背。《說文》：脊也。

甫語：*bher-，背也。
bear，背也。負。
burden，背擔也。負擔謂之背擔。

beat，*bhau-，捭

《說文》：捭，兩手擊也。
甫語：*bhau-，捭也。
拉：battere，捭也。
beat，捭也。打擊謂之捭。
boxing，捭襲也。拳擊謂之捭襲。

beauty，棒窕

棒，方言，好也。如，太棒了。
《方言》：窕，美好也。《廣韻》：善心曰窈，善色曰窕。
拉：bellus，棒了也。
beauty，棒窕也。漂亮謂之棒窕。
beautiful，棒窕豐也。美麗謂之棒窕豐。

pretty，漂窕也。漂亮謂之漂窕。

bed，*b^{h}edh-，牑

《集韻》：牑，牀版也。
甫語：*b^{h}edh-，牑也。
bed，牑也。牀。

bee，比

bee，比也。比賽之比。
derby，對比也。德比大戰謂之對比。

beg，拜

beg，拜也。乞求謂之拜。

begin，比更

更始，開始也。《莊子》：與天下更始，罷兵休卒。

begin，比更也。開始謂之比更。

again，爾更也。再一次謂之爾更。

behave，比好為

behave，比好為也。表現，表現好謂之比好為。

***bel，暴**

暴，暴力。《說文》：晞也。《書》曰：敢行暴虐。《傳》敢行酷暴，虐殺無辜。暴，由暴曬引申為殘酷。

拉：bellum，暴力也。

rebel，異暴也。反抗，叛亂謂之異暴。

rebellion，異暴力也。反叛謂之異暴力。

believe，比戀

《說文》：㜌，慕也。㜌，恋之古字。

believe，比戀也。相信謂之比戀。

love，戀也。愛。

beloved，被戀也。被愛謂之被戀。

bell，鈸

《玉篇》：鈸，鈴也。

bell，鈸也。鈴。鐘。

belly，肑

《廣韻》：肑，腹下肉也。

belly，肑也。腹。

belong，比類

《說文》：類，種類相似，惟犬最甚。類，类之古字。

belong，比類也。屬於，歸屬謂之比類。

belt，綳

《說文》：綳，束也。

belt，綳也。帶。

bench，板承

bench，板承也。長板凳謂之板承。

benefit，裨賦

《說文》：裨，接益也。

《韻會》：賦，稟受也，給與也。

benefit，裨賦也。益。

bonus，裨乃也。獎金，紅利謂之裨乃。乃，交也。

pro bono，卜裨也。法律援助謂之卜裨。卜，分析也。

bias，偏

《說文》：偏，頗也。從人，扁（bian）聲。

bias，偏也。偏見之偏。

big，丕

《說文》：丕，大也。从一，不聲

big，丕也。大。

bill[1]，幣

《集韻》：幣，財也。

bill，幣也。賬單，鈔票謂之幣。

bill[2]，報

報，告也。

bill，報也。海報，證書，議案，節目單，宣佈謂之報。

bin，籩

《說文》：籩，竹豆也。籩（bian），笾之古字。

《說文》：豆，古食肉器也。

bin，籩也。筒。

bind，*b^hend^h-，綁

綁，捆也，縛也。

幫，集團，幫會。

甫語：$*b^hend^h$-，綁也。

拉：bāndum，綁也。

bind，綁也。捆。

combine，共綁也。共並也。聯合謂之共並。

band[1]，綁帶也。帶。

band[2]，幫隊也。樂隊謂之幫隊。

bandage，綁帶聚也。綳帶謂之綁帶聚。

bond[1]，綁帶也。紐帶謂之綁帶。

bond[2]，綁定也。羈絆、絆縛謂之綁定。

bond[3]，貝貸也。債券謂之貝貸。

bund，幫也。

bundle，綁定也。

brew，$*b^hreuh_1$-，哺乳

甫語：$*b^hreuh_1$-，哺乳也。

brew，哺乳也。釀。泡。

bio，$*b^her$-，胞

胞，細胞，生物體基本結構單位。《說文》：胞，兒生裹也。

bio，bi * o，oo 也。oo，讀若 wù，物也。

bio，音從胞，義從物。

甫語：$*b^her$-，胞也。$*b^hud^h$-，苞也。

希：βίος（bios），胞也。

拉：vita，物體也。

birth，胞生也。出生謂之胞生。

birthday，胞生旦也。生日謂之胞生旦。

body，胞體也。身體謂之胞體。

biology，胞理經也。生物學。

bit，瓣

瓣者，花，葉，種，果實之小塊兒。《說文》：瓜中實。

bit，瓣也。一塊兒，一會兒，一點兒，比特謂之瓣。

bite，�

《說文》：【齒尃】(bo)，噍貌。【齒尃】，嚩之古字。

《玉篇》：噍，嚼也。

bite，嚩也。咬。

blaze，爆了炸

blaze，爆了炸也。爆發，火焰，光輝謂之爆了炸。

block[1]，壁壘

block，壁壘也。阻礙謂之壁壘。

block[2]，包塊

block，包塊也。方塊，街區謂之包塊。

blind，閉瞜

look，瞜也。看。

blind，閉瞜也。瞎。盲。

blond，鉑

鉑，會意，白金色也。《集韻》：金薄也。

blond，鉑也。金黃色謂之鉑。

blood，衃流

《說文》：衃（pei），凝血也。

blood，衃流也。血。

blow，*bhle-，噴

噴，讀 pen，亦讀 ben，《說文》：從口，賁聲。亦讀 fen，《集韻》：芳問切，音忿。《廣韻》：吐氣。《說文》：叱也。

甫語：*bhle-，噴也。

blow，噴也。吹。

blast，噴叱也。

flavor，噴味也。或從音譯，芳味也。味。

boat，舨

《集韻》：艟舨，舟也。

boat，舨也。船。

board，板，般，班

《玉篇》：板，木片也。

board，板也。

《玉篇》：般，大船也。《博雅》：行也。

aboard，爾般也。登船，登機謂之爾般。

boarding school，般定塾也。住校學校謂之般定塾。

《說文》：班，分瑞玉。註：從玨刀。會意，刀所以分也。

甫語：*bhr̥dho-，班也。本義：cut。

board，班董也。董事會，會員會謂之班董。

board meeting，班董面談也。董事會會議謂之班董面談。

boil，*bheugh-，煲

甫語：*bheugh-，煲也。

拉：bullare，炮烙也。

boil，煏也。煲也。煮。瘬。

bubble，泡泡

泡，水泡。亦讀 bao，《廣韻》：薄交切。

bubble，泡泡也。

bulb，包泡也。電燈泡謂之包泡。

buoy，標，鰾

《類篇》：鰾，魚胞也。

buoy，鰾也。標也。浮標謂之標。二字並一音。

bold，豹膽

吃了雄心豹子膽，俗語，大膽。

bold，豹膽也。勇敢，大膽謂之豹膽。

boom，暴，嘣

boom[1]，暴也。暴漲，繁榮謂之暴。

boom[2]，嘣也。象聲辭。

boon，裨，庇，保

boon[1]，裨也。好處謂之裨。

boon[2]，保也。請求謂之保。

boon[3]，庇也。恩澤謂之庇。

《廣韻》：頒，布也，賜也。

banns，頒也。結婚預告謂之頒。

boot，步鞮

《說文》：鞮（di），革履也。

boot，步鞮也。靴。

boot（up），步提也。啟動謂之步提。

boot（out），步踢也。趕走謂之步踢。

border，邊地

border，邊地也。邊界謂之邊地。

bore，白，劖

bore[1]，白也。無聊謂之白。

bore[2]，劖也。刺。

boss，霸

《玉篇》：霸王也。

boss，霸主也。老闆謂之霸主。ss 讀若 z。

bother，悖攪

《說文》:悖，亂也。《荀子》:足以喻治之所悖。註:惑也。

bother，悖攪也。或，被攪也。擾。煩。惑。

bottle，瓿甊

瓿（bu）甊（lou），瓶也。《方言》：河汾之間其大者謂之甀，其中者謂之瓿甊。

《博雅》：甊，瓶也。

bottle，瓿甊也。瓶。

bottom，步底

步，會意，左右止也。《說文》：行也。

止，足也。

bottom，步底也。底。

bound，邦，綁，蹦，邊，奔

bound[1]，綁也。義務謂之綁。

bound[2]，邦也。《說文》：邦，國也。

bound[3]，邊也。界。

bound[4]，蹦也。跳。

bounce，蹦射也。反彈謂之蹦射。

bound[5]，奔也。往。

boundary，邊地域也。邦地與也。邊界謂之邊地域，邦地域。

bowl，缽

缽，碗也。僧人食器。

bowl，缽也。碗。

box，$*b^{h}euH-$，包箱

包，裹也。

甫語：$*b^{h}euH-$，包也。

拉：boxus，包箱也。

box，包箱也。盒子謂之包箱。

boxing，捭襲也。拳擊謂之捭襲。《說文》：捭，兩手擊也。

bow，弝，卑

《說文》：弝（ba），弓弝也。

bow[1]，弝也。

bow[2]，卑也。鞠躬謂之卑。

rainbow，雨弝也。彩虹謂之雨弝。

brag，褒

褒，褒揚。《玉篇》：褎，揚美也。褎，褒之古字。

brag，褒誇也。吹嘘，誇耀謂之褒誇。

boast，褒自也。自誇謂之褒自。

brave，豹勇，*d^hers-，膽

《說文》：豹，似虎，圜文。

膽，中正之官，決斷出焉。膽量，勇敢。

甫語：*d^hers- ，膽也。

brave，豹勇也。勇敢謂之豹勇。r 讀若 y。

break，辟開

《說文》：闢，開也。闢，辟之古字。

break，辟開也。或，掰開也。

breath，卟吸

《說文》：卟，卜以問疑也。

breath，卟吸也。呼吸謂之卟吸。

birch，鞭笞

birch，鞭笞也。

bridge，阪橋

《說文》：槗（橋），水梁也。《注》：凡獨木者曰杠。駢木者曰橋。大而為陂陀者曰橋。

bridge，陂陀也，或，阪橋也。橋。dg 讀若 q。

brief，辟冗繁

《集韻》：辟，除也。

希：βραχυς（brachys），辟除也。

拉：brevis，辟冗也。

brief，辟冗繁也。辟繁就簡。冗，冗餘。

brevity，辟冗態也。簡潔謂之辟冗態。

abbreviate，爾辟冗態也。縮減謂之爾辟冗態。

bright，炳

《說文》：炳，明也。《易・革》：其文炳也。

《廣韻》：昞，亮也。

bright，炳也。昞也。亮。

brim，*bhrem-，邊，飽

飽，飽和。

甫語：*bhrem-，邊也。

brim[1]，邊也。

brim[2]，飽也。充滿謂之飽。

berm，邊也。護堤，月臺謂之邊。

bring，秉，稟

《爾雅》：秉，執也。

《廣韻》：稟，與也。《增韻》：供也，給也，受也。

bring，秉也，稟也。帶來。二字並一音。

brink，邊緣口

brink，邊緣口也。邊緣，緊要關頭謂之邊緣口。r 讀若 y。

broad，邊宥

《說文》：宥，寬也。

broad，邊宥也。寬。r 讀若 y。

brush，筆刷

《說文》：筆，秦謂之筆。從聿從竹。筆，笔之古字。

《爾雅》：刷，清也。

brush，筆刷也。刷子謂之筆刷。

buckle，閉扣

buckle，閉扣也。扣。

budget，包革

拉：bulga，包革也。皮革錢包。

budget，包革也。預算謂之包革。本義：leather wallet。

build，*bhu-，廦奠

《廣韻》：廦，室屋。《說文》：牆也。

奠，奠基。

甫語：*bhu-，廦也。

build，廦奠也。建。立。

booth，廦室也。閉室也。電話亭謂之閉室。

neigbour，暱廦也。鄰居謂之暱廦。

bud，蓓

《唐韻》：蓓蕾，始華也。

bud，蓓也。蓓蕾。

burn，煏

《說文》：煏，火乾也。

《說文》：炦，火氣也。

burn，煏也。燒。

burst，*bhres-，爆

甫語：*bhres-，爆也。

burst，爆炸也。st 切，讀若 z。

bury，殯

《說文》：殯，死在棺，將遷葬柩，賓遇之。

德語：burgjan，殯葬也。gj 讀若 z。

bury，殯也。葬。

burial，殯儀也。葬禮謂之殯儀。

bush，蔽棘

《說文》：蔽，小草也。

荊棘，帶棘小灌木。《詩詁》棘如棗而多刺。

古德語：buskaz，蔽棘也。sk 讀若 j。

bush，蔽棘也。灌木謂之蔽棘。

busy，不閒

busy，不閒也。忙碌謂之不閒。

buy，貝

buy，貝也。買。

borrow，貝入也。借。

coin，殼也。古代以貝殼為錢。

C 辰丑

辰，蜃之本字，《史記．律書》：辰者，言萬物之蜃也。

蜃，貝殼也。

《說文》：丑，紐也。

c，像辰，像貝殼形，見西周古體寫法，粗變細。

c，像丑，翻轉，簡化為一筆。

c 有近音 k，g，s。

ch 有近音 q。

c 另有異形同音 tr。

***cad，*kad-，潰**

《說文》：潰，漏也。表落下。

墮，墜也。《說文》：作隓。敗城既曰隓。

甫語：*kad-，潰也。

拉：cadere，潰墮也。

decadent，底潰墮也。墮落謂之底潰墮。

occasion，偶潰也。偶爾謂之偶潰。

cascade，潮潰墮也。瀑布謂之潮潰墮。

cadaver，殨墮完也。屍體謂之殨殨墮完。殨，古同潰，爛也。

cage，筐罟

《說文》：罟（gu），網也。

拉：cavus，筐網也。

cage，筐罟也。籠。

calendar，開曆旦

拉：kalendae，開曆旦也。本義：每月第一天。

calendar，開曆旦也。日曆謂之開曆旦。

call，吵，*kelH-，吼

吼，亦讀 kou，《正韻》：音蔻。

甫語：*kelH-，吼也。

call，吵也，或曰，吼也。叫。

calm，康

《爾雅》：康，安也。

拉：cauma，康美也。

calm，康也。靜。

camera，孔密眼

camera，孔密眼也。小孔成像是相機原理，故謂之孔密眼。

campus，場坪

希：καμπή（kampē），公坪也。

拉：campus，公坪也。

campus，公坪也。或，場坪也。營地，校園謂之公坪。

cancel，撤消

撤，除去也。

cancel，撤消也。取消。

cancer，屙邪

《說文》：屙，病也。

邪，中醫指引起疾病的環境因素。寒邪，風邪。

希：karkinos，蝤蠐也。

cancer[1]，屙邪也。癌症謂之屙邪。

cancer[2]，殼蟹也。巨蟹座謂之殼蟹座。

candle，*kand-，曠炟

《說文》：曠，明也。

《廣韻》：炟，火起也。

甫語：*kand-，曠也。

candle，曠炟也。燭光謂之燭炟。

candid，曠達也。直率謂之曠達。

candidate，長的褺

《博雅》：的，白也。

《唐韻》：褺（die），重衣也。

拉：candidus，長的褺也。本義：身穿白袍的長者。

candidate，長的褺也。候選人謂之長的褺。

candy，甘糖

《正韻》：甘，甜也。

《說文》：糖，飴也。

梵語：khaṇḍa，甘糖也。

Persian 語：qand，甘糖也。

Arabic 語：qandi，甜糖也。

candy，甘糖也。糖果謂之甘糖。

***cap，*kaput-，頯，魁，財**

《說文》：頯（kui），大頭也。

魁，首也。《禮》曰：不為魁。註：魁，猶首也。

《說文》：頗，頭偏也。

甫語：kaput-，頯頗也。

拉：caput，頯頗也。

capital[1]，頯頭也。頭。

capital[2]，魁頭也。首都，大寫謂之魁頭。

captial[3]，財頭也。資本謂之財頭。

captain，魁統也。船長，隊長，上尉謂之魁統。

cap-，*keh$_2$p-，可

《說文》：可，肯也。

甫語：*keh$_2$p-，可也。

拉：capere，可配也。

can，可也。

ok，哦可也。

capable，可配備也。能力強，可能性謂之可配備。

capacity，可配受也。容量。產能。功率。《增韻》：容，受也。

capacious, 可配受沃也。容量大，寬敞謂之可配受沃。

caption，可配題也。標題，字幕謂之可配題。

captive，可捕體也。捕獲物，俘虜謂之可捕體。

capture，可捕態也。捕獲，佔領謂之可捕態。

catch，可持也。接。抓。捕。獲。

care，察，*ǵeh$_1$r-，考

《增韻》：察，考也。

《廣雅》：考，問也。

甫語：*ǵeh$_1$r-，考也。

希：κηρ（kēr），考也。

拉：cura，察也。

care，察也。從通俗讀音，考也。關心，照顧謂之考。

careful，考豐也。小心，謹慎謂之考豐。

careless，考寥也。粗心，草率謂之考寥。

concern，共察也。擔心謂之共察。

carnal，啃嚙

《說文》：齦（ken），齧也。康很切。齦，啃之古字。

《說文》：齧（nie），噬也。

甫語：sker-, 齒也。

希：σάρξ（sárks），噬啃也。

拉：caro，啃咬也。

carn，啃也。

carnal，啃嚙也。肉體、肉欲謂之啃嚙。

carnage，啃嚙聚也。屠殺謂之啃嚙聚。

carnation，啃嚙色也。肉色，康乃馨謂之啃嚙色。

carnival，啃嚙舞也。狂歡節謂之啃嚙舞。

carnivore，啃嚙喂也。食肉動物謂之啃嚙喂。

carry，扛

《廣雅》：扛，舉也。

希：φέρειν（pherein），負依也。本義：to bear。

拉：carrus，扛也。本義：cart。

carry，扛也。

cartoon，彩拓

拓，複印也。拓印，拓片。

希：chartēs，採拓也。本義：leaf of paper。採，草名。《博雅》：採，纂採也。

拉：charta，採拓也。

cartoon，彩拓也。卡通謂之彩拓。

case，匱，況

《說文》：匱（kui），匣也。

況，情況。

case[1]，匱也。容器，箱包，盒謂之匱。

case[2]，況也。情況，事實，案例謂之況。

又：

拉：casa，廓廈也。本義：house。

西：casa，廓廈也。房屋謂之闊廈。《說文》：廈，屋也。

西：Casablanca，廓廈白皉也。卡薩布蘭卡謂之廓廈白皉。

cash，財現

葡：caixa，財匣也。本義：money box。

cash，財現也。現金謂之財現。

cast，*ghes-，溉

《說文》：溉，灌注也。

甫語：*ghes-，溉也。

拉：castus，灌注也。st 讀若 zh。

cast，溉也。灌注也。多義並音。

broadcast，播溉注也。

telecast，迢遼溉注也。播送謂之迢遼溉注。

overcast，烏蓋住也。多雲，憂鬱謂之烏蓋住。

casual，空閒

casual，空閒也。偶然，隨意，輕鬆謂之空閒。s 讀若 x。

cause，*kewH-，考

《廣雅》：考，問也。

甫語：*kewH-：考也。

拉：causa，考也。

梵語：kāraṇa，考也。

cause，考也。原因謂之考。

cave，*kewH-，窠

《說文》：窠（ke），空也，穴中曰窠，樹上曰巢。

甫語：*kewH-，窠也。

拉：cavus，巢窩也。

cave，巢也。窠也。洞。

cavity，窠窩態也。或，孔也。孔洞，腔，謂之窠窩態。

excavate，逸摳挖也。挖掘謂之逸摳挖。

excavator，逸摳挖者也。挖掘者，挖掘機謂之逸摳挖者。

***cess，行，*ked-，跬**

《說文》：彳（chi），小步也。亍（chu），步止也。

《韻會》：行，從彳，左步。從亍，右步也。並二字之音，形。

《說文》：趌，半步也。趌，跬之古字。

踱，慢步走也。踱步。《玉篇》：跮踱，乍前乍卻。

甫語：*ked-，跬也。

拉：cedere，行踱也。或，跬踱也。

*cess，行也。c 讀若 s 或 x。

access，邇跬行也。靠近謂之邇跬行。邇，近也。

excess，溢行也。過。

recess，異行也。或，矣休也。休息，暫停謂之矣休。

necessary，逆行需也。必須謂之逆行需。

process，辅程也。程，程序，過程，進程。

success，續成也。成功謂之續成。
successor，續承者也。繼承者謂之續承者。

cede，行也。放棄、割讓謂之行。行，口語，同意。
concede，共行也。承認，退讓謂之共行。
recede，異行也。後退謂之異行。《廣韻》：異，退也。
precede，朴行也。先行，先於謂之朴行。
precedent，朴行踱也。先例謂之朴行踱。
retrocede，異出行也。還。《廣韻》：異，退也。
secede，散行也。退出謂之散行。

exceed，逸行也。超。
proceed 甫行也。繼續，進展謂之甫行。
succeed，續行也。繼承，成功謂之續行。

celebrate，祀禮比戎

《左傳》：國之大事，在祀與戎。
celebrate，祀禮比戎也。祭祀，慶祝謂之祀禮比戎。
-b-，比也。比，與也。
celebrity，祀禮賓也。名人謂之祀禮賓。

***cept，受**

《說文》：受，相付也。授，予也。
*cept，受也。
accept，爾受也。接受謂之爾受。
concept，共受也。概念謂之共受。
except，逸受也。排除謂之逸受。
inception，意受也。心理謂之意受。
intercept，央之受也。竊聽謂之央之受。
perception，片受也。片面感受。感覺，觀察謂之片受。
precept，朴授也。格言謂之朴授。
reception，應受也。接受，招待謂之應受。

susceptible，善受體備也。容易感染，善感謂之善受體備。

conceive，共受也。懷孕，構思，想出謂之共受。
deceive，遰受也。欺騙謂之遰受。
receive，亦受也。接受，遭受謂之亦受。

anticipate，遏抵受配也。預料謂之遏抵受配。
participate，片段受配也。參加謂之片段受配。

***celer，撒楞兒，*kel-，快**

撒楞兒，方言，快點兒。
甫語：*kel-，快也。
拉：celer，撒楞兒也。
celerity，撒楞一點兒。迅速。
accelerate，爾快撒楞一點兒也。加速謂之爾快撒楞一點兒。

center，心，*ken-，孔

心，中也。《說文》：人心，土藏，在身之中。
《說文》：孔，通也。
甫語：*ken-，孔也。
希：κέντρον（kentron），孔通也。
拉：centrum，心中也。
center，心者也。中心謂之心者。
concern，共心也。關心謂之共心。
discern，抵心也。辨別謂之抵心。抵達內心，方可辨別。

concentrate，共心萃也。集中，聚焦，濃縮謂之共心萃。

***crete，*krei-，劊**

《說文》:劊，斷也。從刀，會（kuai）聲。劊，刽之古字。
甫語：*krei-，劊也。

discrete，抵劌也。分離，不連續謂之抵劌。

discreet，抵劌斷也。考慮周到謂之抵劌斷。

***cert，*krey-，肯**

《爾雅》：肯，可也。

甫語：*krey-，肯也。

拉：certus，可也。

certain，肯定也。t 讀若 d。

ascertain，爾肯定也。查明謂之爾肯定。

certify，肯定仿也。證明謂之肯定仿。

certificate，肯定仿可也。證書，憑證謂之肯定仿可。

certitude，肯定凸度也。確信，確定謂之肯定凸度。

concert，共肯也。合作謂之共肯。

class，科，课

《釋名》：科，課也。

《說文》：課，試也。

拉：classis，科也。課也。

class[1]，科也。分類，等級，階級謂之科。

class[2]，课也。

classic，故，古，貴，公

《廣韻》：故，舊也。

《說文》：古，故也。識前言者也。

《玉篇》：貴，高也，尊也。

《玉篇》：公，正也。《禮》曰：大道之行，天下為公。

classic1，故也。經典谓之故。

classic2，古也。傳統谓之古。

classic3，公也。正統謂之公。

classic4，贵也。一流谓之貴。

chair，牀

牀（chuang），座也。《說文》：安身之坐者。

chair，牀也。椅子謂之牀。

chalk，磋刻

《廣韻》：磋，磨治也。《詩》曰：如切如磋。

chalk，磋刻也。粉筆寫字，亦磋亦刻。

challenge，沖凌擊

凌，欺也。屈原《國殤》：終剛強兮不可凌。

拉：calumnia，沖凌虐也。

古法語：chalonge，沖凌擊也。

challenge，沖凌擊也。挑戰謂之沖凌擊。

champion，慶贏

《說文》：慶，行賀人也。

champ，慶也。勝。

champion，慶贏也。冠軍謂之慶贏。

-ion，贏也。

chant，唱，*kan-，吭

《說文》：昌，美言也。唱，導也。昌，唱之本字。

甫語：*kan-，吭也。《廣韻》：吭，聲也。

拉：cantare，唱導也。

chant，唱也。吟。誦。

chanter，唱者也。

enchant，吟唱也。蠱惑謂之吟唱。

chance，慶幸

chance，慶幸也。機會謂之慶幸。

change，簒改

《爾雅》：篹，取也。

《說文》：改，更也。
拉：cambium，篡變也。
change，篡改也。改變謂之篡改。

exchange，易取給也。交易謂之易取給。

character，氣韻者

氣韻，人的神採與風度。孟郊《壽安西渡奉別鄭相公》：顧慚耕稼士，朴略氣韻調。
希：χαρακτήρ（Xaraktēr），鍥韻者也。x 讀若 q。本義：engrave。
拉：character，氣韻者也。
character，氣韻者也。性格，特性，字符謂之氣韻者。

charity，慈仁

《說文》：慈，愛也。《增韻》：柔也，善也，仁也。
《說文》：仁，親也。
拉：carus，慈仁也。
charity，慈仁也。慈善，慈愛謂之慈仁。

chase，犬守

犬守，會意，狩也。
狩，狩獵。《爾雅》：冬獵為狩。
chase，犬守也。追逐，狩獵謂之犬守。

charge，沖，充，斥，肏

《說文》：沖，涌搖也。
《增韻》：充，實之也。
拉：carrus，沖涌也。
charge[1]，衝擊也。衝鋒，進攻謂之衝擊。
charge[2]，充積也。充電，充滿謂之充積。
charge[3]，斥責也。指控謂之斥責。
charge[4]，肏也。性交曰肏。

chat，嘁談

嘁（qi）嘁喳喳，細碎的說話聲。

chat，嘁談也。聊天謂之嘁談。

chauffeur，車伕

chauffeur，車伕也。

chau-，車也；-ffeur，夫也。

cheap，財貧

《說文》：貧，財分少也。

cheap，財貧也。便宜，廉價謂之財貧。

cheat，*kad-，欺

《說文》：欺，詐欺也。

拉：cadere，欺也。

cheat，欺也。騙。

check，察，查

《說文》：察，複審也。

希：σκάκι（skáki），察考也。

拉：cheque，察考也。

check，察也。

cheer，慶，ker-，恭

《說文》：慶，行賀人也。

《爾雅》：恭，敬也。

甫語：*ker-，恭也。

希：κάρα（kára），恭也。

拉：cara，恭也。

cheer，慶也。喝彩，慶祝謂之慶。

chess，棋

chess，棋也。

chief，乾夫

《易．說卦》：乾为天、为圜、为君、为父。

chief，乾夫也。首領，首腦謂之乾夫。

chip，切片

chip，切片也。名辭。芯片，碎片，薯片謂之切片。

chop，切片也。動辭。劈。剁。砍。削。

chivalry，騎尉儀

騎尉，古代官名。

儀，儀容。

chivalry，騎尉儀也。騎士風度謂之騎尉儀。

choice，取捨

取，《玉篇》：收也。《廣韻》：受也。《增韻》：索也。

舍，捨棄。《易．屯》：不如舍。

choice，取捨也。選。

choose，取擇也。選擇謂之取擇。

choke，卡頦

卡（qia）頦，通卡殼兒。

頦（ke），下巴磕兒。《玉篇》：頤下。

choke，卡（qia）頦也。卡脖子，窒息，哽咽謂之卡頦。

chore，除

除，掃除。

chore，除也。家務活兒謂之除。

cigar，吸荷

《說文》：荷，荷草也。

瑪雅語：sikar，吸荷也。本義：smoke leaves。

cigar，吸荷也。雪茄謂之吸荷。

cigarette，吸荷煙頭也。香煙謂之吸荷煙頭。

***cident，事端**

事，事情。

accident，爾事端也。事故，意外，偶發事件謂之爾事端。

incident，異事端也。事件謂之異事端。

coincident，共一事端也。巧合謂之共一事端。

***cise，削析**

《說文》：削，析也。

《廣雅》：刈（yi），斷也。

*cise，砍殺也。若從通俗讀音，削析也。

excise，刈削析也。切除，刪除謂之刈削析。

incise，入削析也。切割，雕刻謂之入削析。

concise，共削析也。簡。

precise，朴削析也。精確謂之朴削析。

decide，邃削定也。決定謂之邃削定。

decisive，邃削性也。決定性謂之邃削性。

circle，孔口，*kwel-，口

口，象形，圓也。

《說文》：孔，通也。

圐圙，方言，圓也。

孔，圐圙，窟窿，軲轆，轂，箍，皆表圓。

甫語：*kwel-，口也。

甫語：*kleh$_2$u-，*klāu-，圐圙也。口也。

希：κύκλος（kyklos），圐圙也。口也。

拉：circus，孔口也。

拉：claudere，圐圙定也。本義：close。

circle，孔口也。圓。

circulate，孔口聯也。循環謂之孔口聯。

encircle，圓孔口也。環繞，繞行謂之圓孔口。

semicircle，扇門孔口也。半圓謂之扇門孔口。
cycle，循口也。循環謂之循口。
recycle，又循口也。再利用謂之又循口。

cyclone，旋窟窿也。旋風謂之旋窟窿。

bicycle，並軲轆也。自行車謂之並軲轆。
tricycle，川軲轆也。三輪車謂之川軲轆。

***clo，*clu，圐圙**

close，圐圙子也。關。近。嚴。閉。封。合。堵。
enclose，繞圐圙也。圍繞，附隨謂之繞圐圙。
disclose，灃圐圙也。披露，透露謂之灃圐圙。
closet，圐圙匣也。壁櫥，衣櫥謂之圐圙匣。
closure，圐圙束也。結束，關閉謂之圐圙束。
clothes，圐圙飾也。衣服謂之圐圙飾。飾，服飾。
clothing，圐圙裝也。服裝謂之圐圙裝。
clock，圐圙刻也。鐘。刻，計時單位。
cloud，圐圙靉也。雲。《玉篇》：靉（dui），雲貌。

conclude，共圐圙定也。結束，完成謂之共圐圙定。
exclude，逸圐圙定也。排除，拒絕謂之逸圐圙定。
include，入圐圙定也。包括，容納謂之入圐圙定。
occlude，勿圐圙定也。遮擋，關閉謂之勿圐圙定。
preclude，朴圐圙定也。杜絕，防止謂之朴圐圙定。
seclude，散圐圙定也。隔離謂之散圐圙定。

club[1]，圐圙幫也。俱樂部謂之圐圙幫。
club[2]，圐圙棒也。棍棒謂之圐圙棒。

***cite，說談，興談，誦談**

《說文》：嗑，多言也。嘮嗑，方言，聊天也。
《說文》：談，語也。
甫語：*kei-，嗑也。

拉：citare，說談也。k 變為 c。

cite，說談也。引用謂說談。

excite，溢興談也。興奮謂之溢興談。

exciting，溢興態也。刺激，興奮，激動謂之溢興態。

incite，引煽談也。煽動謂之引煽談。

recite，亦誦談也。背誦謂之亦誦談。

solicit，索聊說也。索求謂之索聊說。

solicitous，索聊說談也。渴望，關切謂之索聊說談。

clean，澈冷

澈，清澈。

《集韻》：淨，冷貌。

clean，澈冷也。乾淨謂之澈冷。c，取澈之首音。

clear，開朗

拉：clarus，澈朗也。

clear，開朗也。

cleave，開裂

cleave，開裂也。劈。切。

clerk，差吏

差，左於事，是不當值也。

clerk，差吏也。助理，祕書，職員謂之差吏。c，取差之首音。

clever，聰靈

聰靈，聰明伶俐。

clever，聰靈也。c，取聰之首音。

click，扣了扣

click，擬聲詞，扣了扣也。

***cli，崑崙**

崑崙，崑崙，崐崘三詞相同，山名，從崑崙。《山海經》：海內崐崘之墟，在西北帝之下都。方八百里，高萬仞。

希：klima，崑崙貌也。

climate，崑崙貌也。氣候謂之崑崙貌。

climb，崑崙爬也。攀爬謂之崑崙爬。

cliff，崑崙峰也。懸崖謂之崑崙峰。

climax，崑崙滿也。頂點謂之崑崙滿。

Collins，崑崙也。一個姓氏。舊譯：柯林斯。

***clin，*klei-，靠臨**

《說文》：臨，監臨也。

甫語：*klei-，臨也。

拉：clinare，靠臨也。

decline，抵靠臨也。拒絕，衰退謂之抵靠臨。

incline，依靠臨也。傾向謂之依靠臨。

recline，倚靠臨也。倚靠謂之倚靠臨。

coach，考察

coach，考察也。教練，訓練謂之考察。

coast，靠澥

《說文》：郣澥，海之別也。

甫語：*ko-sta-，靠澥也。

拉：costa，靠澥也。靠海，即海岸。

coast，靠澥也。或，靠深也。海岸謂之靠深。

coat，袴褆

《說文》：袴，脛衣也。衣厚褆褆（ti）。

coat，袴褆也。外套，上衣謂之袴褆。

***cogni，考慼**

《廣韻》：忖，思也。

考，思考。《廣雅》：問也。

感，感知。《說文》：動人心也。

甫語：*gneh$_3$-，感也。

希：γνώρις（gnōsis），感識也。

拉：gnoscere, 感識也。

cognitive，忖感態也。或從通俗音，考感態也。認知謂之考感態。

recognize，認出感知也。認出，承認，讚賞謂之認出感知。

Cogito，ergo sum，考感通，而故在。通譯：我思故我在。

cogito，考感通也。思考與感受相通，曰認知。

sum，在也。s 讀若 z。

prognosis，卜告筮也。預測謂之卜告筮。

diagnose，斷告診也。診斷謂之斷告診。

ignore，異告也。忽視謂之異告。

coin，殼

殼，貝殼。古代以貝殼為貨幣。

財，錢也。《說文》：人所寶也。

拉：cuneus，刻也。本義：wedge。

coin，殼也。讀音若從 c，財也，幣。

colony，耕　農

《說文》：耕，犂也。

拉：colōnus，耕犂農也。本義：farmer，tenant。

colony，耕犂農也。殖民謂之耕犂農。

collect，籌攏

籌，籌集。

攏，籌也，理也。

拉：colligere，籌攏也。

collect，籌攏也。集。積。聚。

college，國理監

監，國子監。

甫語：*leig-，共聯關也。

拉：collega，共聯關也。

college，國理監也。學院謂之國理監。

colleague，共聯哥也。同事謂之共聯哥。

come，gwem-，歸

歸，歸來。《廣雅》：返也。

甫語：gwem-，歸也。

come，歸也。來。

comedy，共酩酊

《說文》：酩酊，醉也。

希：komos，共酩也。本義：飲酒狂歡。

希：κωμῳδία（Kōmōidia），共酩酊也。

拉：comoedia，共酩酊也。

comedy，共酩酊也。喜劇，滑稽謂之共酩酊。

comma，砍

希：κόμμα（kómma），砍也。

拉：comma，砍也。

comma，砍也。逗號謂之砍號。

continue，更替紐

continue，更替紐也。繼續謂之更替紐。

conquer，*kwoi-，控權

控，操制也。控制。《詩》曰：抑罄控忌。

甫語：*kwoi-，控也。

拉：conquer，控權也。

conquer，控權也。佔領，征服謂之控制。

conquest，控權制也。征服，控制謂之控權制。

control，控裁也。控制謂之控裁。

conundrum，可難艱

《說文》：艱，土難治也。艱，艰之古字。

conundrum，可難艱也。難題謂之可難艱。

consider，考思

consider，考思也。考慮，認為謂之考思。

-der，取度（duo）之音。忖度之度。

conversation，共謂說

converse，共謂也。交談謂之共謂。

conversation，共謂說也。對話謂之共謂說。

copy，抄配

《增韻》：抄，謄寫也。

配，匹配。

甫語：*ko（m）-pi-，共配也。

拉：copia，抄配也。

copy，抄配也。抄寫，複製，模仿謂之抄配。

core，*gher-，核

核，亦讀 gai。《說文》：古哀切。

甫語：*gher-，核也。

希：χοϱδή（xorde），心也。

拉：cor，核也。

core，核也。核心之核。

accord，一核也。一致，協議謂之爾核。

record，亦核也。記錄，成績謂之亦核。

concord，共核也。和諧，協定謂之共核。

discord，抵核也。不和謂之抵核。

carbon，核本也。碳。

kernel，操作系統內核謂之核紐。《說文》：紐，系也。

courage，孔勇聚

courage，孔勇聚也。勇氣謂之孔勇聚。

encourage，引孔勇聚也。鼓勵，慫恿謂之引孔勇聚。

corner，犄牛

犄（cu），會意，牛角也。觸，亦作犄。

《說文》：衡，牛觸，橫大木其角。從角從大。

corner，犄牛也。角。

horn，衡也。角。

***corp，*kréps-，骼**

骼，骨也。《說文》：胳，禽獸之骨曰胳。

甫語：*kréps-，骼也。kr 讀若 g。

拉：corpus，骼皮也。

corpse，骼皮屍也。屍體謂之胳皮屍。

corpus，骼皮也。文集，語料庫，全集謂之胳皮。

corporal，骼皮肉也。肉體謂之胳皮肉。

corporation，骼皮肉體也。法人，公司謂之骼皮肉體。

incorporate，入骼皮肉也。合併，納入謂之組入骼皮肉。

chef，厨夫

《說文》：厨，庖屋也。廚房。

chef，厨夫也。厨師，主厨謂之厨夫。

cost，出資

cost，出資也。價格，成本謂之出資。

costume，綺裝

綺，紈綺。《說文》：脛衣也。

costume，綺裝也。或，綺裝也。服裝，戲裝謂之綺裝。st 讀若 zh。

cosplay，綺飾皮樂也。主題扮演謂之綺飾皮樂。
coser，綺飾兒也。扮裝者謂之綺飾兒。

couch，靠牀

couch，靠牀也。沙發謂之靠牀。

cough，咳

cough，咳也。

country，城池

country，城池也。國家謂之城池。

couple，共配

couple，共配也。情侶，夫妻，兩個謂之共配。

course，程式

程，課程，療程，進程。
course，程式也。課程，療程，進程謂之程式。
concourse，共場式也。大廳謂之共程式。
discourse，抵吵式也。辯論謂之抵程式。
intercourse[1]，央之程式也。交流謂之央程式。
intercourse[2]，央之肏式也。性交謂之央肏式。
recourse，亦程式也。求助謂之亦程式。

court，朝廷

《說文》：廷，朝中也。
court[1]，朝廷也。宮廷謂之朝廷。
court[2]，朝堂也。法院謂之朝堂。
court[3]，場廷也。操場謂之場廷。

cover，*wer-，扣捂

扣，蓋也。如，扣碗，扣帽子。
捂，用手蓋。
甫語：*wer-，捂也。

cover，扣捂也。覆蓋，遮蔽謂之扣捂。

coverage，扣捂聚也。範圍，採訪，保險項目謂之扣捂聚。

discover，抵扣捂也。發現謂之抵扣捂。

recover，亦扣捂也。痊癒，補償謂之亦扣捂。

uncover，勿扣捂也。揭露謂之勿扣捂。

crack，磕

《正字通》：磕，兩石相擊聲。《說文》：石聲。

crack，磕也。

crave，刻物

crave，刻物也。雕刻謂之刻物。

crazy，狂躁

狂，瘋狂。《集韻》：一曰躁也。

crazy，狂躁也。狂熱，發瘋謂之狂躁。

cream，*ghrei-，膏

《說文》：膏，肥也。《韻會》：凝者曰脂，澤者曰膏。

甫語：*ghrei-，膏也。

cream，膏也。

credit，*kred-，會

會（kuài），會計，集合增益也。《說文》：會，合也。從亼，從曾。曾，益也。會，會之古字。

《廣韻》：糴，入米也。糴，粂之古字。

甫語：*kred-，會也。

拉：credere，會糴也。

credit，會糴也。借。

debit，貸幣也。貸。

debt，貸也。債。b 不發音。

creditor，會糴者也。債權人謂之會糴者。

credible，會羅備也。可信謂之會羅備。
credential，會羅示也。證件謂之會羅示。
accredit，爾會羅也。歸於，認可，信任謂之爾會羅。
discredit，抵會羅也。懷疑謂之。

creed，會諦也。信仰謂之會諦。

crop，*krep-，稞

《說文》：稞，穀之善者。一曰無皮穀。
crop，稞皮也。莊稼謂之稞。
corn，稞也。小麥，玉米謂之稞。

crime，*krei-，刲

《廣雅》：刲，屠也。《易・歸妹》：士刲羊無血。
《玉篇》：劘（mo），削也。
甫語：*krei-，刲也。
拉：crīmen，刲劘也。
crime，刲劘也。犯罪謂之刲劘。
criminal，刲劘虐也。罪犯謂之刲劘虐。
incriminate，引刲劘虐也。控告謂之引刲劘虐。
recriminate，應刲劘虐也。反告謂之應刲劘虐。

kill，刲也。殺。

crisis，潰泄

潰，亂也。《詩》曰：潰潰回遹。
希：κρίσις（krisis），潰泄也。
crisis，潰泄也。危機謂之潰泄。

critic，*krei-，規

《說文》：規，有法度也。從失，會意。
《集韻》：撻（ta），打也，抶（chi）也。
甫語：*krei-，規也。kr 常讀若 g。

希：κρίνω（krinō），圭臬也。
拉：criticus，規撻也。
critic，規撻也。評論家，批評者謂之規撻。
criticize，規撻斥責也。批評謂之規撻斥責。

critical，規定卡也。關鍵謂之規定卡。
criterion，規定域也。標準謂之規定域。

cross，X，*ker-，癸

癸，象形，見甲骨文。等同拉丁字符，X。
甫語：*ker-，癸也。
cross，作名辭，癸也。

cross，作動辭，過也。
across，爾過也。橫穿謂之爾過。

crowd，湊堆

crowd，湊堆也。或從通俗發音，裹堆也。擁擠謂之裹堆。

crown，冠

《說文》：冠，弁冕之總名也。
希：κορώνη（korōnē），冠也。
拉：corona，冠也。
crown，冠也。cr 讀若 g。

cruel，酷

酷，殘酷。
cruel，酷也。殘酷，殘忍謂之酷。

cry，*kei-，哭

《說文》：哭，哀聲也。
甫語：*kei-，哭也。
拉：clamare，哭嗚也。
cry，哭也。

claim，哭鳴也。主張謂之哭鳴。

acclaim，爾哭鳴也。稱讚謂之爾哭鳴。

declaim，大哭鳴也。慷慨陳詞，激辯謂之大哭鳴。

disclaim，抵哭鳴也。否認謂之抵哭鳴。

exclaim，咦哭鳴也。呼喊謂之咦哭鳴。

proclaim，卜哭鳴也。宣佈謂之卜哭鳴。

reclaim，亦哭鳴也。收回謂之亦哭鳴。

cue，催，促

《說文》：促，迫也。

《唐韻》：催，促也。迫也。

cue[1]，催也。促也。

cue[2]，欑也。球杆謂之欑。欑（cuan），竹杖也。

cup，榼

《說文》：榼，酒器也。

cup，榼也。杯。

cultivate，墾田沃土，*kwel-，墾

《說文》：墾，耕也。一曰開田用力反土也。

《說文》：沃，溉灌也。

甫語：*kwel-，墾也。

希：κνλιξ（kylix），墾壟也。

拉：cultivate，開田沃土也。

cultivate，墾田沃土也。耕種謂之墾田沃土。

colony，墾壟農也。殖民地謂之墾壟農。

colonist，墾壟農者也。殖民謂之墾壟農者。

colonize，墾壟農殖也。建立殖民地謂之墾壟農殖。

***cumb，*kemb-，坎**

《說文》：坎，陷也。坷，坎坷也。

可，相連也。如肯，骨肉相連；軻，連軸車；坎坷，表土地坎坎相連。

甫語：*kemb-，坎也。

拉：cubare，坎閉也。

cumber，坎閉也。阻礙謂之坎閉。

cumbersome，坎笨什麼也。笨重謂之坷笨什麼。

encumber，礙坎閉也。妨礙謂之礙坎閉。

cunning，忖念

《廣韻》：忖，思也。《詩》曰：他人有心，予忖度之。

cunning，忖念也。狡猾為忖念。

***cur[1]，*kers-，滵**

《說文》：滵，直流也。

甫語：*kers-，滵也。

拉：currere，滵涌也。

current[1]，滵涌也。流。

current[2]，滵涌也。現在謂之滵涌。

currency[1]，滵涌傳也。流傳謂之滵涌傳。

currency[2]，滵涌財也。貨幣謂之滵涌財。

***cur[2]，承**

concur，共承也。同意謂之共承。

incur，引承也。引起，招致謂之引承。

occur，兀承也。發生謂之兀承。

recur，亦呈也。重現謂之亦。呈，呈現。

curriculum，課易課錄

curriculum，課。課程表謂之課易課錄。

cursory，草率

cursory，草率呀也。

cure，*keus-，考

《廣雅》：考，問也。表關心。《詩》曰：考卜維王。

《增韻》：察，考也。

驗，證也。

甫語：keus-，考也。

拉：curare，察驗也。

cure，察也。或從通俗發音，考也。治。

curious，考異也。好奇謂之考異。異，奇異。

curiosity，考異心奇也。好奇心謂之考異新奇。

curator，考驗者也。館長，監護人謂之考驗者。

accurate，爾考驗也。精確謂之爾考驗。

manicure，摹摯考也。修甲謂之摹摯考。

pedicure，番底考也。修腳謂之番底考。

procure，卜考也。促成謂之卜考。

secure，祥考也。安全謂之祥考。祥，吉凶也，安全也。

《說文》：福也。

security，祥考驗態也。安全謂之祥考驗態。

panacea，盤考也。或，盤效也。靈丹妙藥謂之盤效。

***cuss，*kwet-，叩**

《玉篇》：叩，擊也。

甫語：*kwet-，叩也。

拉：cutere，叩頭也。t，取頭之首音。

concuss，顆叩也。腦震盪謂之顆叩。

percussion，片叩殳也。叩診，打擊樂器謂之片叩殳。

repercussion，亦片叩殳也。間接後果謂之亦片叩殳。

discuss，抵侃也。商談謂之抵侃。

custom，卡住

custom[1]，卡住也。海關謂之卡住。st 讀若 zh。

custom²，古祖也。風俗謂之古祖。

customer，客主民

customer，客主民也。顧客謂之客主民。

cut，*k^op-，砍

甫語：*k^op-，砍也。
希：κόπτω（kópto），砍頭也。
拉：caedere，砍斷也。
cut，砍也。切。

cute，可甜

cute，可甜也。可愛，機敏謂之可甜。

刺兒，尖也。《廣韻》：針刺也。以針㡓物曰刺。
拉：acutus，爾刺頭也。本義：尖。
acute，爾刺也。尖。極。

curve，弓彎

《釋名》：弓，穹也。
彎，彎曲。
拉：curvus，弓彎也。
curve，弓彎也。曲。

D 石 丁

丁，兼祧 t，d。音從 d，形從 t。t，d 常不區分。
T，象形，丁也。
d，δ 也。δ，象形，石（dan）也，連筆。

daggar，刀割

daggar，刀割也。小刀，匕首謂之刀割。

dance，蹈

蹈，舞蹈。《禮》曰：故不知手之舞之，足之蹈之也。

dance，蹈也。舞。

danger，殆岌

《說文》：殆，危也。

《集韻》：岌危也。岌岌可危。

danger，殆岌也。危險謂之殆岌。

dangerous，殆岌邪（ye）也。危機謂之殆岌邪。

dare，*dher-，膽

甫語：*dher-，膽也。膽量。

拉：audere，尒膽也。爾，象形，大覆小也。爾，同爾。

dare，膽也。

audacious，爾膽肆也。大膽，放肆謂之爾膽肆。

audacity，爾膽肆態也。同上。

dark，點

《說文》：點，小黑也。

dark，點也。黑暗謂之點。

dot，點也。

data，兌

兌，通也。

說者，言之通；悅者，心之通；銳者，金之通；稅者，財之通。

拉：datum，兌對也。本義：給。

data，兌也。數之通也。0,1，陰陽萬物之數。數據謂之兌。

date，對談

對，搞對象。

date[1]，對談也。談對象，約會謂之對談。

date[2]，旦天也。日期謂之旦天。

deaf，聽廢

《廣韻》：眺（tiao），耳疾。《集韻》：一曰耳鳴。

《集韻》：聤（ting），耳病。

德語：taub，聽背也。

deaf，聽廢也。或，眺也，聤也。聽力廢了即為聾。

dear，禱

《說文》：禱，告事求福也。

dear，禱也。親愛，可愛，珍愛謂之禱。

deep，底

deep，底也。深。

debt，*dheb^h-，貸

貸，借也。

甫語：*dheb^h-，貸也。

拉：debere，貸貝也。

debt，貸也。債。

delicious，啖樂食

拉：lacere，樂食也。la-，lure，樂也。

de-，diet，啖也。

delicious，啖樂食也。美味謂之啖樂食。

delight，悳朗

悳（de），會意，真心也。《說文》：外得於人，內得於己也。

《說文》：朗，明也。

delight，悳朗也。愉快，高興謂之悳朗。

delightful，悳朗豐也。令人愉快謂之悳朗豐。

derm，*der-，膻

《說文》：膻，肉膻也。

甫語：*der-，膻也。

希：δέρμα（derma），膻毛也。

拉：dermis，膻毛也。

derma，膻毛也。皮膚謂之膻毛。

dermatology，膻毛頭理經也。皮膚學。

deter，抵退

deter，抵退也。阻止謂之抵退。

detergent，滌條菌也。洗滌劑謂之滌條菌。

desk，闍几

《爾雅》：闍（du），台也。

《玉篇》：几，案也。

desk，闍几也。桌子謂之闍几。sk 讀若 j。

***dic[2]，典**

拉：indicare，引典書也。

index，引典也。索引謂之引典。

dictionary，典詞書聿也。

dictum，典兌也。格言謂之典兌。

sedition，煽動也。叛亂謂之煽諦叛亂。

dice，點色

色（sai），色子。

dice，點色也。骰子，色子謂之點色。

die，殆

die，殆也。

death，殆死也。

diet，啖

《廣雅》：啖，食也。

拉：dieta，啖淡也。

diet，啖也。飲食謂之啖。節食謂之啖淡。

dose，啖劑也。一副藥謂之啖劑。

difficult，對付抗

difficult，對付抗也。難。

dig，*dhēgʷh-，掏

掏，挖取也。

甫語：*dhēgʷh-，掏也。dh 讀若 t。

dig，掏也。挖。

dignity，*dek-，德

《正韻》：凡言德者，善美，正大，光明，純懿稱程也。

甫語：*dek-，德也。

拉：digus，德恭也。

dignity，德恭態也。威嚴，高貴，莊重謂之德恭態。

dignify，德恭仿也。抬高，顯貴謂之德恭仿。

digital，點指頭

點，計數也。

拉：digitus，點指頭也。本義：數手指。

digit，點指也。手指，腳趾，數字謂之點指。

digital，點指頭也。手指，數字，數碼謂之點指頭。

dinner，啗

《說文》：啗（dan），食也。

《爾雅》：餤（dan），進也。按，進食也。

dinner，啗也。晚餐謂之啗。-ner，鼻音，不譯。

dip，*d^heub-，澱

《說文》：澱，滓滋也。滋，表浸潤。

甫語：*d^heub-，澱也。

希：βαπτίζω（baptizo），波澱滓也。bap-，波。d^h 變為 t。

拉：tingo，澱也。

baptize，波澱也。洗禮謂之波澱禮。

dip，澱也。浸潤謂之澱。

dirt，玷

玷，玷污。《廣韻》：玷，玉瑕。

dirt，玷也。污。

disaster，遭災

災，災難。《說文》：災，天火也。

disaster，遭災也。災難謂之遭災。

disease，癲疾

《說文》：癲，病也。

《說文》：疾，病也。

disease，癲疾也。病。

dish，碟

dish，碟也。

divide，*dhe-，斷

《說文》：斷，截也。

《廣雅》：刓，斷也。

甫語：*dhe-，斷也。

拉：dividere，斷刓段也。

divide，斷刓也。分。除。

dividend，斷刓段也。股息，本金謂之斷刓段。

divisor，斷刓者也。除數，謂之斷刓者。

do，*d^he-，動，done，定

《說文》：動，作也。動，动之古字。

甫語：*d^he-，動也。

拉：durus，動搖也。

do，動也。作。

done，定也。完成謂之定。

doctor，大者

大（dai），大夫。

doctor[1]，大者也。大夫謂之大者。

doctor[2]，道者也。博士謂之道者。

doll，稻

稻，稻草人。

doll，稻也。玩偶謂之稻。

dollar，刀

刀者，錢也。《初學記》：黃帝採首山之銅，始鑄為刀。《史記．平准書》：龜貝金錢刀布之幣興焉。《註》索隱曰：刀者，錢也。以其形如刀。

dollar，刀鐮也。錢。

dome，*dem-，頂

《說文》：棟，極也。極者、謂屋至高之處。

甫語：*dem-，頂也。棟也。

希：δέμω（démō），頂也。

拉：domus，頂也。

dome，頂也。

domain，地畝

《易》曰：坤為地。

邸，官邸。《說文》：邸，屬國舍也。

《爾雅》：帝，君也。

甫語：*domo-，邸也。本義：house，home。

希：δόμος（dómos），邸也。

拉：domus，邸也。本義：house。

拉：dominus，帝孟也。本義：lord, master。

拉：dominium，地畝也。本義：ownership, control。

domain，地畝也。領域謂之地畝。

domestic，地畝家也。家裏，國內謂之地畝家。

kingdom，君地也。王國謂之君地。

《說文》：督，長也。

dominate，督命統也。統治謂之督命統。

madam，母督也。夫人謂之母督。

donate，*deh_3-，遞

遞，傳遞，遞給。《說文》：更易也。

《說文》：寧，所願也。

甫語：*deh_3-，遞也。

拉：donare，遞甯也。

donate，遞甯也。獻。贈。捐。

donor，遞寧兒也。捐贈者謂之遞寧兒。

pardon，盤遞也。寬恕謂之盤遞。

endow，胤嫡也。賦予謂之胤嫡。

dorm，*$dreb^h$-，盹眠

盹，打盹，睡覺也。《說文》：謹鈍目也。

眠，睡覺也。

甫語：*$dreb^h$-，盹也。

拉：dormire，盹眠也。

dormant，盹眠也。休眠謂之盹眠。

dormitive，盹眠態也。催眠謂之盹眠態。

dormitory，盹眠廳也。宿舍謂之盹眠廳。

dot，點

dot，點也。

doofus，呆瘋子

doofus，呆瘋子也。

door，$*d^hwer-$，鬥（門）

鬥（dou），像門。或將門誤抄為“鬥”。

甫語：*dhwer-，鬥也。

door，鬥也。門。

doubt，竇

竇，疑竇。

doubt，竇也。懷疑謂之竇。

dozen，打子

打，量詞，指十二個。

dozen，打子也。

drama，劇碼

drama，劇碼也。

draw[1]，$*d^hreug^h-$，篆

《說文》：篆，引書也。註：秦滅六國後，統一文字。秦丞相李斯所作曰篆書。史籀所作曰大篆。

撰，撰寫。

甫語：$*d^hreugh-$，撰也。

draw，篆也。撰也。二字並一音。畫，起草謂之撰。

draw[2]，拽

拽，拉也，牽引也。

draw，拽也。拉。抽。拔。

withdraw，位拽也。收回謂之位拽。

overdraw，兀支也。透支謂之兀支。

drawer，拽口也。抽屜謂之拽口。口，象形，像抽屜。

drawback，拽背也。缺點謂之拽背。

dream，做夢

dream，做夢也。

dress，裝

裝，服裝，着裝，裝飾。《說文》：裝，裹也。

dress，裝也。

drink，酌

《說文》：酌，盛酒行觴也。《禮》曰：酒曰清酌。

drink，酌也。喝。

drive，*drem-，逐

《說文》：逐，追也。追，逐也。

甫語：*drem-，逐也。

拉：dramein，逐也。

drive，逐也。駕駛謂之逐。

driver，逐往也。司機謂之逐往。

chauffeur，車伕也。

drome，駐，症

《說文》：駐，馬立也。表駐地。

drome，駐也。

aerodrome，惡駐也。飛機場謂之惡駐。

hippodrome，馵跑駐也。馬場謂之馵跑駐。馵，馬一歲也。

syndrome，巽症也。綜合症，症候羣謂之巽症。巽，具也。

drone，翥也。無人機謂之翥。

drop，墜

《爾雅》：墜，落也。

drop，墜也。

drug，毒蠱

drug，毒蠱也。毒。藥。

drum，撞

撞，撞擊。

drum，撞也。鼓。

dry，燥

《說文》：燥，乾也。

dry，燥也。乾。

***duce，*deuk-，導**

《說文》：導，引也。導，导之古字。

甫語：*deuk-，導也。

拉：ducere，導也。

deduce，遞導也。推導謂之遞導。

educe，逸導也。導出謂之逸導。

induce，引導也。勸說，催產謂之引導。

introduce，引出導也。引出，介紹謂之引出導。

produce，品導也。生產，製造謂之品導。

reduce，亦導也。減。還原謂之亦導。

seduce，色導也。誘惑，勾引謂之色導。

traduce，出導也。詆毀，誹謗謂之出導。

conduct，共導也。行為，傳導謂之共導。

deduct，遞導除也。扣除謂之遞導除。

induct，胤導也。就職謂之胤導。

product，品導產也。產品，結果謂之品導產。

oviduct，丸導也。輸卵管謂之丸導。

ventiduct，外頭導也。通風管謂之外頭導。

abduct，爾被盜也。綁架，拐賣謂之拐盜。盜，強盜。

docent，導師也。導生也。嚮導，講解員謂之導生。

docile，導順也。順從謂之導順。

due，到

《說文》：到，至也。

due，到也。

duty，到兌也。關稅，責任謂之到兌。兌，稅也。

dull，淡，鈍

《說文》：淡，薄味也。

《廣韻》：不利也。

dull，淡也。鈍也。

dur，*deru-，度

度，尺度。《書》曰：同律，度，量，衡。

甫語：*deru-，度也。

拉：durare，度也。

during，渡也。期間謂之渡。

durable，度備也。持久度，耐用度謂之度備。

duration，度延伸也。持續時間謂之度延伸。

endure，忍度也。忍耐謂之忍度。

perdure，片度也。忍受謂之片度。

indurate，硬度硬也。硬度謂之硬度硬。

dye，丹

丹，丹青，古代繪畫的兩種顏色。《正韻》：赤色丹砂也。

dye，丹也。染。染料謂之丹。

***dynast，*dheu-，奠**

《說文》：禰，親廟也。

《說文》：奠，置祭也。奠基。

甫語：*dheu-，奠也。

希：δυναμις（dynamis），奠禰也。

拉：dynastes, 奠禰也。

dynast，奠禰置也。朝代謂之奠禰置。

***dynam，動能**

摩，摩擦，原始的生火產能方式。《說文》：研也。

勱，會意，萬力也。《說文》：勉力也。

dynamo，動能摩也。發動機，精力充沛動能摩。

dynamic，動能勱也。動態，動力謂之動能勱。

dynamics，動能勱也。動能學。

dynamometer，動能勱米也。動力計。

hydrodynamics，雨注動能勱也。流體力學。

E 易 乙

易，陰陽動也。

e，象形，乙也，反起筆。乙，陰陽易也。

e，發音同 yi。

e，he 不分。

ease，易

易，容易。

ease，易也。

easy，易簡也。

early，昂臨

《類篇》：昂，日升也。

甫語：*ayer-，仰也。*ēr-，昂也。

early，昂臨也。早。

eat，咽吞

eat，咽吞也。吃。

***eco，*weikos-，圍郭**

圍，圍城。匡郭也。

《廣韻》：內城外郭。

甫語：*weikos-，圍郭也。

希：οἶκος（Oikos），圍郭也。

ecology，圍郭理經也。生態學。

ecosystem，圍郭系統也。生態系統謂之圍郭系統。

edge，沿尖

edge，沿尖也。邊緣謂之沿尖。dg 讀若 j。

education，易道傳授

拉：educare，易道傳也。

拉：docere，道傳也。

educate，易道傳也。教育謂之易道傳。

education，易道傳授也。教育謂之易道傳授。

electric，*$h_1$elektr-，赫了個赤

赫，赤，電也。《說文》：赫，火赤皃。火赤可發電，引申為電。

甫語：*$h_1$elektr-，*h_1e-，赫了個赤也。

希：(ēlektron)，赫了個赤也。去 h。he 與 e 不分。

拉：electricus，赫了個赤也。

electric，赫了個赤也。電謂之赫了個赤。

electron，赫了個赤也。電子謂之赫了個赤。

electronics，赫了個赤也。電子學。

elevator，仰戾彎

《說文》：仰，舉也。

《說文》：戾，曲也。丿，右戾也。乀，左戾也。

甫語：*legwh-，戾也。

拉：levare，戾彎也。

lever，戾彎也，槓桿謂之戾彎。

elevator，仰戾彎也。電梯謂之仰戾彎。

***empt，易免**

甫語：*em-，易也。

拉：emere，易免也。

exempt，逸易免也。免。-pt，未詳。

preempt，卜易免也。先佔謂卜易免。

emotion，意愐

《廣韻》：愐，思也。

emotion，易愐緒也。情緒，衝動謂之意愐緒。

embarrass，易閉月

閉月，羞也。閉月羞花。

embarrass，易閉月也。令人尷尬謂之易閉月。

empty，湮沒態，*med-，沒

甫語：*med-，沒也。

empty，湮沒態也。空。

vacant，無空也。

enemy，夷蠻

enemy，夷蠻也。敵人謂之夷蠻。-ne-，鼻音不譯。

engine，引機

引，引力。《說文》：開弓也。

機，機械。《說文》：機，主發謂之機。機，机之古字。

拉：ingenium，引機也。

engine，引機也。發動機謂之引機。

engineer，引機男也。工程師謂之引機男。

engineering，引機摯（nie）也。工程謂之引機摯。

English，嚳格律

《說文》：嚳，聲也。

格律，格式與規律。

English，嚳格律也。英語謂之嚳格律。

enjoy，悅愸

《類篇》：愸（jiu），悅也。

joy，愸也。或，悅也。

enjoy，悅愸也。享受謂之悅愸。

environment，圓圍域貌

environment，圓圍域貌也。環境謂之圓圍域貌。

equip，儀器品

《說文》：器，皿也。

equip，儀器品也。

equipment，儀器皿也。

erase，夷研石

《說文》：夷，平也。

《說文》：研，礦也。礦，磨之古字。

拉：erasus，夷研石也。

erase，夷研石也。擦掉，抹去謂之夷研石。

***error，異樣，*per-，否**

《說文》：否（pi），不也。

甫語：*per-，否也。

希：（plánē），否也。

拉：errare，異樣也。去 p。

error，異樣也。錯。

escalator，易階連梯

《釋名》：階，梯也。階，阶之古字。

scale，階也。sc 讀若 j。

escalator，易階連梯也。自動扶梯謂之易階連梯。

escape，逸潛跑

《正韻》：逸，隱也，遁也。《廣韻》：奔也。

潛，潛逃。

escape，逸潛跑也。逃跑謂之逸潛跑。sc 讀若 q。

essay，易試

《說文》：試，用也。

essay，易試也。試圖，嘗試謂之易試。

essay，易說也。論文謂之易說。

essence，義真實，*$h_1$es-，核

e-，義也。

甫語：*$h_1$es-，核也。

拉：esse，義真也。ss 讀若 z。

essence，義真實也。本質謂之義真實。

essential，義真素也。要素，必要謂之義真素。

estate，邑宅

《說文》：邑，國也。《正韻》：都邑也。

《爾雅》：宅，居也。

estate，邑宅地也。房產謂之邑宅地。

real estate，榮邑宅也。房地產謂之榮邑宅地。real，royal，榮也。

etiquette，儀態羣體

etiquette，儀態羣體也。禮節，規矩乃羣體之儀態。

exact，也正

《說文》：正，是也。

exact，也正也。確實，準確，正是謂之也正。

e-，yes，也也。

-xa-，正也。

exactly，也正了也。的確如此謂之也正了。

exam，驗檢

檢，查也。《說文》：檢，書署也。檢，检之古字。

驗，證也。考視也。

exam，驗檢也。考試謂之驗檢。

examine，驗檢明也。檢查，審查謂之驗檢明。

example，驗檢片也。例。

excellent，益熟絡

《說文》：益，饒也。

熟絡，即熟悉。

excel，益熟也。

excellent，益熟絡也。傑出，極好謂之益熟絡。

excuse，逸口藉

excuse，逸口藉也。藉口，理由，歉意謂之逸口藉。

exercise，毅學習

拉：exercere，毅學習也。

exercise，毅學習也。練。習。使。

explain，言平聊

拉：planus，平念也。

explain，言平聊也。解釋謂之言平聊。

exile，逸逐

《廣韻》：驅也。《正韻》：斥也，放也。

拉：exul，逸逐也。

exile，逸逐也。驅逐，流放謂之逸逐。

F 阜

阜，豐也，肥也，富也，大也，盛也，多也，長也。

F，象形，阜之簡化。阝，阜字旁。

f 有近音 p，b。

field，阜

《說文》：阜，大陸，山無石者，象形。《詩》曰：如山如阜。

field，阜也。-d，地也。

battlefield，捭鬥阜也。戰場謂之捭鬥阜。捭，兩手擊也。

-field 常用於姓氏中：

Springfield，興阜也。春興之地。舊譯：斯普林菲爾德。

Bloomfield，苞稂阜也。花苞之地。舊譯：布魯姆菲爾德。苞，花苞。《詩》曰：浸彼苞稂。

Mansfield，沔阜也。水濱之地。舊譯：曼斯菲爾德。本義：field by the river。

Garfield，戈阜也。習武之地。舊譯：加菲爾德。本義：spear。

Winfield，醞阜也。釀酒之地。舊譯：溫菲爾德。本義：wine。

Hatfield，瀚阜也。廣大之地。舊譯：哈特菲爾德。本義：heathland。

Canfield，甘阜也。甘蔗之地。舊譯：坎菲爾德。本義：

cane。

Wakefield，尾尻阜也。尾流之地。舊譯：韋克菲爾德。

Greenfield，果綠阜也。未開發之地。舊譯:格林菲爾德。

Sheffield，解阜也。分離之地。舊譯：謝菲爾德。本義：separate。

fable，誹編，*$b^he h_2$-, 諞

《說文》:誹，謗也。

《玉篇》:謗，誹也。

《說文》:諞，便巧言也。

甫語：b^heh_2-，諞也。

希：μύθος（mythos）, 迷信也。

拉：fari，誹言也。誹，作為中性乃至褒義辭使用。

fable，誹編也。謊言，寓言，神話謂之誹諞。

fabulous，誹編了也。難以置信謂之誹編了。

affable，愛誹編也。友善謂之愛誹編。

ineffable，言難誹編也。難言謂之言難誹編。

prefatory，朴誹編也。序文，卷首語謂之朴誹編。

defame，詆誹也。誹謗謂之詆誹。

fact，富

《說文》:實，富也。實，实之古字。

拉：facere，富實也。

fact，富也。事實，現實，真實謂之富。

profit，贫富也。利潤謂之贫富。

suffice，庶富也。富庶，足夠謂之庶富。

factor，分開子

factor，分開子也。因素，因子，商謂之分開子。

benefactor，裨賦者也。施惠者謂之裨賦者。

malefactor，氓犯者也。流氓謂之氓犯者。

facture，仿刻塗

facture，仿刻塗也。製造謂之仿刻塗。

manufacture，摹摯仿刻塗也。製造謂之摹摯仿刻塗。

factory，坊刻塗

factory，坊刻塗也。工廠，作坊謂之坊刻塗。

fast，麤

《說文》：麤（fu），疾也。

fast，麤至也。快。

facile，麤迅也。靈巧謂之麤迅。

facility，輔設力

輔，輔助。《廣韻》：毗輔，相助也，弼也。

拉：facilis，輔設力也。

facility，輔設力也。設備，設施，才能謂之輔設力。

faculty，夫共體

faculty，夫共體也。全體員工謂之夫共體。

fair，符，市，佛

《說文》：符，信也。

《說文》：市，買賣之所也。

《說文》：市（fu），韠也，上古衣蔽前而已，市以象之。

fair[1]，符也。合理，公正謂之符。

fair[2]，市也。集市，遊樂場，展銷會謂之市。或將市誤抄為市。

affair，爾符也。事務謂之爾符。

fairy，佛逸也。飄逸，仙子謂之佛逸。

fairy tale，佛軼談也。童話謂之佛軼談。

fail[1]，廢

廢，無用也，棄置也。《爾雅》：止也。舍也。

fail，廢也。失敗謂之廢。

failure，廢了也。失敗，衰退謂之廢了。

fail[2]，*phol-，負

甫語：*phol-，負也。

古德語：fallaną，負落也。

fail，負也。失敗，不及格謂之負。

fall，負落也。落。降。掉。墮。瀑布謂之負落。l 取落之首音。

false，fault，非，*peh²-，否

《說文》：否，不也。

《說文》：非，違也。

甫語：*peh²-，否也。

希：πιπτω（pipto），否否兌也。

拉：fallere，非理也。

false，非也。否也。錯。假。騙。

fallacy，非理辭也。謬論，謬誤推理謂之非理辭。

falsehood，非是謊也。謊言，虛假謂之非是謊。

falsify，非是仿也。偽造謂之非是仿。

falsity，非是態也。錯誤謂之非是態。

fault，非也。缺點，過錯，失誤謂之非。

default，遻非也。違約謂之遻非。

family，服裏，房裏

五服，五代以內親屬關係，含自己。

九族，五服之內親屬曰九族。《書・堯典》：以親九族。

拉：famulus，服禮也。

拉：familia，服裏也。

family，服裏也。或，房裏也。家。-m-，鼻音不譯。

famous，風靡

風靡，東方朔《七諫》:世從俗而變化兮，隨風靡而成行。

拉：famosus，風靡也。

fame，風靡也。名氣謂之風靡。

famous，風靡也。

fan[1]，奉

《說文》：奉，承也。

fan，奉也。粉絲，迷，仰慕者謂之奉。

feat，奉推也。功績謂之奉推。

defeat，躠奉也。打敗謂之躠奉。

fan[2]，風

風，風扇。

fan，風也。風扇。

fantasy，仿拓想

希：φαντασία（Phantasia），仿拓想也。

拉：phantasia，仿拓想也。

fantasy，仿拓想也。幻想謂之仿拓想。

far，藩

藩，域也。藩屬國。《莊子》：吾願遊於其藩。

藩服，古九服之一。古代分王畿以外之地為九服。其封國區域離王畿最遠的稱藩服。

far，藩也。遠。

foreign，藩域也。外國謂之藩域。

fare，赴，*per-，迫

《說文》：赴，趨也。

甫語：*per-，迫也。

希：φεϱο（fero），赴也。

拉：faram，赴也。

fare，赴也。票價，進行謂之赴。

ferry，赴艤也。渡船，擺渡謂之謂之赴艤。艤舟，停船靠岸。

warfare，武赴也。付諸武力，戰爭謂之武赴。

farewell，赴望也。告別謂之赴望。

welfare，旺福也。幸福謂之旺福。

feasible，赴之備也。可行謂之赴之備。

farm，圃，*per-，播

《說文》：圃，種菜曰圃。

《說文》：播，種也。

甫語：*per-，播也。

拉：firmare，圃民也。

farm，播也。

farmer，圃民也。農民謂之圃民。

fart，放，*perd-，屁

甫語：*perd-，*pezd-，屁也。

fart，放也。屁。

fashion，服飾

fashion，服飾也。時尚謂之服飾。

fat，肥

《說文》：肥，多肉也。

fat，肥也。

favor，忲慰

《說文》：忲，思也。《玉篇》：悅也。

《說文》：慰，安也。

拉：favere，忲慰也。

favor，忲慰也。喜歡，讚同謂之忲慰。

fake，仿刻

仿，仿造。《說文》：相似也。

拉：facere，仿似也。

fake，仿刻也。仿造，假冒謂之仿刻。

fax，仿訊也。傳真謂之仿訊。x 取訊之首音。

facsimile，仿似摹也。摹本謂之仿似摹。

fear，怫

《集韻》：怫愲，心不安也。

fear，怫也。恐。

afraid，爾怫憚也。怕。懼。

federal，符締域

《說文》：符，信也。締，結不解也。締約。

拉：foedus，符締也。

federal，符締域也。聯邦謂之符締域。

Federal Reserve，符締域亦蓄也。美聯儲謂之符締域亦蓄。

feature，富態

拉：facere，富實也。

feature，富態也。特徵謂之富態。

***fect，付**

《說文》：付，與也。

*fect，付也。

affect，爾付也。影響謂之爾付。

confect，共付也。混合謂之混付。

defect，遻付也。缺陷謂之遻付。

effect，逸付也。效果謂之逸付。

infect，染付也。感染謂之染付。

disinfect，抵染付也。消毒謂之抵染付。

prefect，朴傅也。學長，地方官謂之朴傅。

fee，費

《說文》：費，散財用也。

拉：feoh，費也。

fee，費也。

feed，哺

《說文》：哺，哺咀也。從口，甫（fu）聲。

feed，哺也。

feel，膚，*pal-，皮

《玉篇》：膚，皮也。

甫語：*pal-，皮也。碰也。觸碰。

feel，膚也。觸摸謂之膚。授受轉換，動名轉換。

fence，藩

《說文》：藩，屏也。

fence，藩牆也。柵欄謂之藩牆。

fend，犯，*g^wh^en-，攻

《說文》：犯，侵也。《玉篇》：牴觸也。

《說文》：攻，擊也。

甫語：*g^wh^en-，攻也。

拉：fandere，犯抵也。

fend，犯也。

defend，遰犯也。保護謂之遰犯。

defendant，遰犯懟也。被告謂之遰犯懟。

defense，抵犯肆也。防禦謂之抵犯。

offend，牾犯也。冒犯謂之牾犯。
offence，牾犯肆也。犯罪，冒犯謂之牾犯肆。

infest，殷泛也。氾濫謂之殷泛。

***fest，範**

範，模也。《爾雅》：法也。常也。
manifest，摹摯範也。證明謂之摹範。
manifesto，摹摯範帖也。宣言謂之摹摯範帖。

***fer，負，分，付，怤，咐，赴，賦**

《釋名》：負，背也。
《說文》：付，與也。
《玉篇》：怤（fu），悅也。
咐，吩咐，囑咐。
甫語：*b^h^er-，背也。
希：φέϱω（phérō），負也。
拉：ferre，負也。
*fer，負，分，付，怤，咐，赴，賦也。
suffer，受負也。遭受，忍受謂之受負。
defer，遰負也。推遲，延期謂之遰負。
afford，爾負擔也。承擔，提供謂之爾負擔。

differ，對分也。區別謂之對分。
different，對分異也。差。異。分。歧。

prefer，朴怤也。更喜歡謂之朴怤。

offer，與付也。給付謂之與付。

refer，亦咐也。參考、提起、稱呼謂之亦咐。
conference，共咐也。會議，商談謂之共咐。

transfer，傳赴也。運輸謂之傳赴。

confer，共賦也。授予謂之共賦。

suffrage，授賦給也。選舉權謂之授賦給。

***fervor，沸望**

《說文》：焚，燒田也。爆，灼也。

拉：fervēre，沸望也。

fervor，沸望也。熱忱謂之沸望。

***fess，咐**

咐，告也。吩咐，囑咐。

拉：fateri，咐談言也。

confess，共咐也。承認，自白謂之共咐。

profess，卜咐也。宣稱謂之卜咐。

professor，卜咐者也。教授謂之卜咐者

festival，氛祝，*$d^{h}eig^{wh}$-，禱

《說文》：氛，祥氣也。

《說文》：祝，祭主讚詞者。

甫語：*$d^{h}eg^{wh}$-，禱也。

希：(phoria)，氛也。

拉：festum，氛祝也。

festival，氛祝也。節日謂之氛祝。st 讀若 zh。

festoon，氛裝也。裝飾謂之氛裝。st 讀若 zh。

fetch，赴取

fetch，赴取也。取得，拿來謂之赴取。

feudal，封地

feudal，封地也。封建謂之封地。

fever，痡捂

《玉篇》：痡，熱生小瘡。《集韻》：熱瘍也。

fever，痡捂也。發燒，熱病謂之痡捂。

fiancé，夫婿，fiancée，婦媳

fiancé，夫婿也。未婚夫謂之夫婿。

fiancée，婦媳也。未婚妻謂之婦媳。

fict，誹，*d^heig-，誕

誹，會意，非真之言也。

《說文》：誕，詞誕也。妄言曰誕。

甫語：*d^heig-，誕也。

拉：fingere，誹構也。

fiction，fictional，誹構事。小說，虛構，想像曰誹構事。

feign，誹也。虛構、杜撰謂之誹。

figment，誹構貌也。想像物謂之誹構貌。

fate，訃，*b^heid^h-，卜

訃，會意，占卜之言。

甫語：*b^heid^h-，卜也。-d^h，篤也。

甫語：*b^heh_2-，卜也。

希：φάτος（phatos），訃兌也。本義：spoken。

拉：fātum，訃兌也。

fate，訃也。命運，天數，神喻謂之訃。

fatal，訃兌也。致命，災難謂之訃兌。

faith，訃信也。信仰，信任謂之訃信。

faithful，訃信豐也。忠誠謂之訃信豐。

訃，《正字通》：通作報。

篤，篤信。《禮記．中庸》：慎思之，明辨之，篤行之。

拉：fidere，fides，訃篤也。

confide，共訃也。吐露謂之共訃。

confident，共訃篤也。自信謂之共訃篤。

***fid，付**

《正韻》：付，授也。《說文》：與也。

fiducial，付託信也。託付謂之付託信。

fiduciary，付託信義也。信託謂之付託信義。

fidelity，付託良態也。忠誠謂之付託良態。

fight，反，*pek-，叛

叛，反叛。《廣雅》：亂也。

《說文》：鬥，兩士相對，兵杖在後，象鬥之形。

甫語：*pek-，叛也。

fight，反鬥也。鬥（鬥）。

defy，抵反也。違抗謂之抵反。

defiance，抵反斥也。

figure，*g^wh^i-，紡緄

《說文》：紡，網絲也。

《說文》：緄，織帶也。

甫語：*g^wh^i-，緄也。

拉：fingere，紡緄也。

figure，紡緄也。形狀謂之紡緄。

disfigure，抵紡緄也。破壞謂之抵紡緄。

prefigure，朴抵紡緄也。預想謂之朴抵紡緄。

file，符錄

《說文》：符，信也。漢制以竹，長六寸，分而相合。

拉：filum，符錄也。

file，符錄也。文檔謂之符錄。

profile，卜符錄也。圖。側面，形象，輪廓謂之卜符錄。

defile，灃腐也。污染謂之灃腐。

fill，豐

《說文》：豐，豆之豐滿者也。豐，丰之古字。

fiill，豐也。填。

full，富也。滿。

film，覆膜

膜，薄膜。《說文》：肉間胲膜也。

film，覆膜也。薄膜，膠片，電影謂之覆膜。

find，發

發，發現。《說文》：發，䠶發也。發，发之古字。

甫語：*pent-，撥也。

find，發到也。發現，發覺，找到謂之發到。

fine，罰，繁，服，福

《說文》：罰，辠之小者。罰，罚之古字。

$fine^1$，罰也。

forfeit，縛罰也。罰沒，沒收謂之縛罰。

$fine^2$，繁也。精良，細微謂之繁。

refine，亦繁也。精煉謂之亦繁。

$fine^3$，服也。好吧謂之服。

$fine^4$，福也。健康，身體好謂之福。

finger，分指

《易》曰：艮，止也。

止，趾也，指也。《廣韻》：止，足也。

finger，分指也。分艮也。指。-ger 讀若 zhi。

toe，頭也。腳趾頭謂之頭。

finance，豐財

《易》：豐，大也。《廣韻》：茂也，盛也。

finance，豐財也。金融，財務謂之豐廿財。

-an-，and 也。

finish，封匿，*d^hei-，定

封，閉也。《說文》：爵諸侯之土也。

《廣韻》：匿，藏也，亡也，隱也。

定，止也。

甫語：*d^hei-，定也。

拉：finire，封匿也。d^h 變為 f。

finish，封匿續也。完。結。終。

final，封匿也。結局，決賽謂之封匿。

finale，封匿樂也。終曲謂之封匿樂。樂，樂曲。

finite，封匿頭也。限。

infinite，異封匿頭也。無限謂之異封匿頭。

confine，共封也。界限，限制謂之共封。

define，定封也。定義謂之定封。

firm[1]，縛，*d^her-，丁

《說文》：縛，束也。

丁，實也。《說文》：夏時，萬物皆丁實。

甫語：*d^her-，丁也。

拉：firmus，縛也。d^h 變為 f。

firm，縛也。堅。強。固。

affirm，爾縛也。肯定，斷言謂之爾縛。

confirm，共縛也。證實，批准，確定謂之共縛。

refrain[1]，亦縛也。抑制謂之亦縛。

refrain[2]，亦複也。副歌，疊句謂之亦複。

firm[2]，府

law firm，律府也。律所謂之律府。

accountant firm，爾科徒府也。會計師事務所謂之爾科徒府。

fission，分解，*bhi-n-，別

《說文》：分，別也。《增韻》：裂也。

拉：findere，分斷也。

fission，分解也。裂變謂之分解。

fissure，縫隙也。

fit，符，附

符，合也。《說文》：信也。漢制以竹，長六寸，分而相合。

《玉篇》：附，依也，近也，著也。《廣韻》：寄附。

fit，符也。或，服貼也。符合之符。

affix，爾附也。黏上，詞綴謂之爾附。

infix，入附也。插入、注入謂之入附。

prefix，朴附也。前綴謂之朴附。

suffix，續附也。後綴謂之續附。

fix，縛系，*d^heik-，定

《說文》：縛，束也。

甫語：*d^heik-，定也。

拉：figere，縛裹也。

fix，縛系也。固定，安裝，修理謂之縛系。

fixate，縛系定也。固定謂之縛系定。

flag，帆

《集韻》：帆，舟上幔以帆風。

flag，帆也。旗。

flat，*pelə-，平

《說文》：坦，寬也，平也。

甫語：*pelə-，平也。

希：πλατύς（platys），平坦也。

flat，平坦也。p 變為 f。

flame，焚亮，*b^hel-，爆

《說文》：焚，燒田也。爆，灼也。

甫語：*b^hel-，爆也。

拉：flamma，flagrare，焚亮也。

flame，焚亮也。火焰，燃燒謂之焚亮。

flammable，焚亮備也。易燃謂之焚亮備。

flamboyant，焚亮爆耀也。炫耀，艷麗謂之焚亮爆耀。

inflame[1]，炎焚也。發炎謂之炎焚。

inflame[2]，引憤也。激怒謂之引憤。

flex，分手，*plek-，掰

掰，掰彎。從手分手。

甫語：*plek-，掰也。

希：πλεκό（plekō），掰開也。

拉：flexus，分手也。p 變為 f。

bend，掰也。彎。

flex，分手也。分手，掰也。

flict，犯，*plek-，摽

《說文》:犯，侵也。

《說文》:摽，擊也。讀 biao，亦讀 fan，《唐韻》符少切。

甫語：*plek-，摽也。

拉：fligere，犯幹也。

*flict，犯也。

afflict，爾犯也。折磨謂之爾犯。

conflict，抗犯也。鬥爭謂之抗犯。

inflict，引犯也。造成，帶來謂之引犯。

foul，犯也。

flow，浮流，*plew-，漂流

《廣雅》:浮，漂也。浮游也。

《說文》:流，水行也。

甫語：*plew-，漂流也。

拉：fluere，浮流也。

flow，浮流也。

flood，氾濫也。

fluid，浮流體也。液體謂之浮流體。

fluent，浮流態也。流暢謂之浮流態。
circumfluent，圜圇浮流也。環流謂之圜圇浮流。
confluent，共浮流也。合流謂之共浮流。
effluent，溢浮流也。流出謂之溢浮流。
inflow，入浮流也。流入謂之入浮流。
overflow，兀浮流也。溢出謂之兀浮流。
reflow，異浮流也。流回謂之異浮流。《廣韻》:異，退也。
flux，浮流勢也。通量，流量謂之浮流勢。
flu，influenza，衍浮流災也。流感謂之衍浮流災。

influence，影浮流勢也。影響力謂之影浮流勢。

affluent，爾富祿也。富裕謂之富祿。

floor，覆路

floor，覆路也。地面謂之覆路。

fly，飛

《說文》：飛，鳥翥也。
《說文》：翥，飛舉也。
《廣韻》：翉（ben），飛起。
甫語：*bheug-，翉也。
希：phuge，飛舉也。
拉：fugere，飛舉也。
拉：fuga，飛高也。
fly，飛也。
flight，飛旅也。飛行，航班謂之飛旅。
flee，飛離也。逃離謂之飛離。

focus，焚孔

focus，焚孔也。焦點，集中謂之焚孔。本義：fireplace。

folk，夫

folk，夫也。人們謂之夫。

follow，附連

甫語：*pel-，陪也。

甫語：*bholg’h-，伴也。

古英語：fylgan，附跟也。

follow，附連也。跟隨謂之附連。

font，方

方，方塊，方塊字。

font，方也。字體謂之方。音文起源於象文，象文為方塊字。

fool，瘋

fool，瘋也。迂腐，傻瓜謂之瘋。

folly，瘋了也。蠢。傻。

forbid，封閉

forbid，封閉也。禁止，阻止謂之封閉。

ford，泭

《說文》：泊，淺水也。

《說文》：泭，編木以渡也。

甫語：*pértus-，泊渡也。

ford，泭也。-d，渡也。本義：river crossings。

fore，甫

《玉篇》：甫，始也。

fore，甫也。前。

before，比甫也。在前謂之比甫。

forward，甫往也。往前謂之甫往。

front，甫頭也。前。

frontier，甫地也。邊境，邊界謂之甫地。

confront，共甫也。對抗謂之共甫。

forest，梵鬱

梵，會意，林盛貌。

《說文》：鬱（yu），木叢生也。鬱，從林，郁之古字。

forest，梵鬱也。

forget，弗掛

掛，記掛，掛念。

forget，弗掛也。忘記謂之弗掛。

fork，分開

fork，分開也。叉子謂之分開。

fort，防，*bhergh-，堡

《說文》：防，堤也。《戰國策》：有長城钜防，足以為塞。

《廣韻》：堡小城也。《玉篇》：隄也。《廣韻》：隄，防也。

甫語：*b^hergh-，堡也。

berg，堡也。

fort，防也。

fortress，防據塞也。要塞謂之防據塞。

fortitude，防堤凸度也。堅韌謂之防堤凸度。

comfort，共撫也。安慰謂之共撫。

effort，毅奮也。努力謂之毅奮。

fortune，福態

拉：fortuna，福態也。

fortune，福態也。幸運謂之福態。

forward，赴往

forward，赴往也。向前謂之赴往。

foul，腐

《說文》：腐，爛也。

foul，腐也。污臭，噁心，下流謂之腐。

fray，粉，煩，紛

粉，粉碎。

煩，煩躁。

紛，紛爭。

fray[1]，粉也。磨損謂之粉。

fray[2]，煩也。

fray[3]，紛也。爭鬥謂之紛。

fresh，鰒羊鮮

鮮，新鮮，會意，魚羊謂之鮮。《玉篇》：生也。

fresh，鰒羊鮮也。

f-，fish，鰒也。魚。

-re-，羊也。

-sh，鮮也。

friend，輔友，*priy-a-，朋友

《說文》：倗，輔也。倗，朋之古字。

《說文》：同志為友。

甫語：*priy-a-，朋友也。

friend，輔友也。朋友謂之輔友。

Friends，輔友志也。《老友記》謂之輔友志。

f-，輔也；-rien-，有也。

***fract，分，*b^hreg-，攽**

《說文》：攽（ban），分也。

甫語：*b^hreg-，攽也。

拉：frangere，分隔也。

*fract，分也。

fraction，分開體也。部分謂之分開體。

fracture，分割也。分裂謂之分割。

fragile，分割離也。嬌嫩，易碎謂之分割離。

fragment，分割貌也。碎片，片段謂之分割貌。

diffract，對分也。分散，衍射謂之對分。

suffrage，授賦也。投票，選舉謂之授賦。

front，甫頭

《玉篇》：甫，始也。

front，甫頭也。

proto，甫也。

frustrate，廢喪惆，*d^hreu-，堵

《爾雅》：廢，止也。

喪，沮喪。

《說文》：惆，失意也。

甫語：*d^hreu-，堵也。

拉：frustra，廢黜也。

frustrate，廢喪惆也。沮喪，灰心，阻撓謂之廢喪惆。

fun，瘋，風

瘋，瘋玩。

風，風趣。

fun，風也。瘋也。有趣謂之瘋。

fund，釜底，*d^he-，底

釜，底也。《易》曰：坤為釜。釜底抽薪。

甫語：*d^he-，底也。

拉：fundus，釜底也。

fund，釜底也。基金，儲備謂之釜底。

found，釜奠也。創建，鑄造謂之釜奠。

foundation，釜地申也。地申，坤也。基礎，根據謂之釜地申。

fundamental，釜底貌態也。基本，根本謂之釜底貌態。

profound，卜釜底也。巨大，強烈，深邃謂之卜釜底。

furnace，熌暖

《說文》：熌，火貌。

《說文》：鑪（爐），方爐也。凡然炭之器曰爐。

拉：furnere，熌暖也。本義：oven。

furnace，熌器也。暖爐謂之熌暖。

furniture，熌暖榻也。家具謂之熌暖榻。

furry，覆毬

《玉篇》：毬，細毛也。毬毛，常用絨毛。

furry，覆毬也。

fuse，熌淆

《說文》：熌，火貌。

淆，混淆。《說文》：殽，相雜錯也。殽，淆之古字。

甫語：*bheu-，皬也。

拉：fundere，熌動也。

fuse[1]，熌淆也。熔煉，核聚變謂之熌淆。

fuse[2]，熌絲也。保險絲謂之熌絲。

confuse，共熌淆也。混淆，迷惑謂之共熌淆。

diffuse，遰熌淆也。散佈謂之遰熌淆。

effuse，溢熌淆也。流出謂之溢熌淆。

infuse，入熌淆也。注入謂之入熌淆。

interfuse，央之熌淆也。充滿謂之央之熌淆。

perfuse，片熌淆也。充滿謂之片熌淆。

profuse，丕熌淆也。大量謂之丕熌淆。

suffuse，散熌淆也。佈滿謂之散熌淆。

transfuse，傳脯也。輸血謂之傳熌淆。

***fute，否，反，*bhu-，不**

《說文》：否，不也。

甫語：*bhu-，不也。

refute，亦反對也。反駁謂之亦反對。

refuse，亦反拒也。拒絕謂之亦反拒。

confute，共反對也。

future，弗初，*mel-，沒

《說文》：初，始也。

弗，不也。

甫語：*mel-，沒也。

希：μέλλων（méllon），沒來也。

拉：futurus，弗初也。

future，弗初也。弗初者，未始也。未來謂之弗初。

G 庚 戈

戈，象形。

Γ（ge），象形，戈也。

G，Γ 也。

gār，戈

古英語：gār，戈也。

gore，割也。

gallery，觀廊

gallery，觀廊也。

***gam，媾**

媾，婚媾。《說文》：媾，重婚也。《易》曰：匪寇，婚媾。

希：gamos，媾媒也。

bigamy，比媾也。重婚謂之比媾。

monogamy，枚媾也。一夫一妻謂之枚媾。

polygamy，沛媾也。一夫多妻謂之沛媾。

game，攻

攻，攻守。《說文》：擊也。

game，攻也。遊戲者，攻守道也。

gap，隔

gap，隔也。隙。

German[1]，隔民也。德國。本義一：neighbor。

German[2]，戈民也。德國。本義二：spear。

garage，關養厩

《說文》：厩，馬舍也。

garage，關養厩也。車如馬。車庫謂之關養厩。g 讀若 j。

garden，果佃

《正韻》：佃，治田也。

garden，果佃也。花園謂之果佃。

gain，g^henh_1-，歸

歸，歸屬。《集韻》：還也，入也。

甫語：*g^henh_1-，歸也。

拉：gagner，歸給也。

gain，歸也。收益，獲得謂之歸。

GDP，糴糶

糴糶，會意，入米出米也。《說文》：糴，市穀也。糶，出穀也。糴糶，粂粜之古字。

GDP，義譯，糴糶也。國民生產總值，曰糴糶。

gate，閡

閡，會意，關門也。

開，會意，開門也。

gate，閡也。門。

key，開也。鑰。

gel，膠

gel，膠也。

get，搞

get，搞也。

gather，歸集

gather，歸集也。集。

together，同歸集也。共同，一起謂之同歸集。

gear，工，轂，蠱

工，工具。

轂，輪轂。

gear[1]，工也。工具，設備謂之工。

gear[2]，轂也。齒輪，檔位謂之轂。

gear[3]，蠱也。毒品謂之蠱。

***gest，哽，*deik-，堵**

《韻會》：哽，咽塞也。

堵，堵塞。《說文》：垣也。

甫語：*deik-，堵也。

拉：gerere，哽也。

congest，共哽也。阻塞謂之共哽。

digest，遰哽也。消化謂之遰哽。

ingest，咽哽也。吸收謂之咽哽。

suggest，授告也。建議謂之授告。

gesture，姿勢態也。姿勢謂之姿勢態。

global，果粒包

甫語：*glob-，果粒包也。

拉：globus，果粒包也。

global，果粒包也。球。

glow，光亮，*h_2wḗs-，輝

《說文》：光，明也。煇，光也。

甫語：*h_2wḗs-，輝也。

希：φῶς（phōs），烽也。

glow，光亮也。

glad，高樂

glad，高樂也。高興快樂。

glass，光璃

《說文》：琉，石之有光，璧琉也。出西胡中。

《博雅》：琉璃，珠也。

glass，光璃也。玻璃謂之光璃。

glove，裹履

glove，裹履也。手套謂之裹履。

glue，固流

glue，固流也。膠水謂之固流。

go，*$\acute{g}^h eh_1$-，過

過，過去。《說文》：過，度也。

甫語：*$\acute{g}^h eh_1$-，過也。

拉：eo，is，移也。

go，過也。去。

went，往也。過去謂之往。

goal，闗

goal，闗也。目標謂之闗。本義：boundary，limit。

government，官府盟

《類篇》：盟，誓約也。

內，衙內，唐代稱擔任警衛的官員，五代和宋初這種職務多由大臣子弟擔任，後來泛指官僚的子弟。如，高衙內。

拉：gubernator，官辦內者也。

govern，官府也。

governor，官府內也。行政長官謂之官府內。

government，官府盟也。政府謂之官府盟。

mayor，牧尹也。市長謂之牧尹。

GPS，果布系

GPS，果布系也。

global，果粒包也。

position，佈置體也。

system，系統也。

gress，跬

《說文》：跬，半步也。

aggress，爾跬也。侵略謂之爾跬。

digress，�跬也。離題謂之遰跬。

egress，逸跬也。外出謂之逸跬。

ingress，入跬也。進入謂之入跬。

progress，甫跬也。進步謂之甫跬。

retrogress，異出跬也。倒退謂之異出跬。《廣韻》：異，退也。

gram^{2}，*g^{w}er-，穀

《說文》：穀，百穀之總名。

甫語：*g^{w}er-，穀也。

gram，穀也。克謂之穀。

grand，廣

廣，大也，闊也。《易》曰：廣，大配天地。

拉：grandis，廣地也。

grand，廣也。

grandeur，廣大也。壯麗，雄偉謂之廣大。多為後衍辭義。

grate，供

《說文》：供，設也。一曰供給。

拉：gratia，供也。

grate，供膛也。爐膛謂之供膛。

gratis，供提也。免費謂之供提。

gratify，供提仿也。滿足謂之供提仿。

grateful，供堂豐也。感激謂之供堂豐。

grace，*g^{h}er-，恭

《爾雅》：恭，敬也。

甫語：*gher-，恭也。

拉：gratus，恭也。

grace，恭也。優雅，得體謂之恭。-ce，肅也。

graceful，恭肅豐也。

gracious，恭肅沃也。親切謂之恭肅沃。

disgrace，抵恭肅也。恥辱謂之抵恭肅。

congratulation，共恭同樂也。祝賀謂之共恭同樂。

ingrate，陰恭也。忘恩負義之人謂之陰恭。

gratuity，恭糶也。小費謂之恭糶。糶，會意，出米也。

ingratiate，吟恭啼也。逢迎謂之吟恭啼。

ingratiation，吟恭啼呻也。討好謂之吟恭啼呻。

greet，恭也。迎接，問候謂之恭。

gravity，功磓

功，會意，重力也。

《集韻》：磑，礳石。

甫語：*gwere-，功也。

拉：gravis，功磑也。

gravity，功磑也。

grave，*$g^w rh_2$-nuH-，椁

《說文》：椁，葬有木郭也。墳墓。

《說文》：棺，關也，所以掩屍。

甫語：*$g^w rh_2$-nuH-，椁囊也。

grave，椁圍也。墳墓謂之椁圍。

graveyard，椁圍園也。墓地謂之椁圍園。

coffin，棺封也。棺材謂之棺封。

grief，悹

《說文》：悹（guan），憂也。

grief，悹也。悲傷謂之悹。

great，貴，廣

《說文》：貴，物不賤也。《玉篇》：高也，尊也。

great[1]，貴也。

great[2]，廣也。

***gregat，*ger-，公共**

《說文》：公，平分也。共，同也。

甫語：*ger-，共也。

拉：gregare，公共也。grex，共也。

gregarious，公共域也。羣居謂之公共域。

aggregate，爾公共也。合計謂之爾公共。

congregate，共公共也。集合謂之共公共。

segregate，解公共也。隔離謂之解公共。

egregious，異公共也。極端嚴重謂之異公共。

group，股

group，股也。羣。

grow，*ghre-，果

甫語：*ghre-，果也。

grow，果也。生長謂之果。

git，集

git，集也。計算機版本控制系統。

gin，酵，津，阱

《說文》：津，水渡也。

Celtic 語：Genava，津衞也。本義：河口。舊譯：日內瓦。

拉：juniperus，酵配也。

gin[1]，酵也。杜松子酒謂之酵。

gin[2]，阱也。陷阱之阱。

give，給

give，給也。

gift，給付也。禮物謂之給付。

guard，管

管，管理，管轄。

guard，管待也。保衞謂之管待。

guess，估

估，估計。《正韻》：市稅。

guess，估市也。猜。

guest，顧者

顧，顧客。

guest，顧者也。顧客謂之顧者。

guide，規導

《說文》：導，引也。導，导之古字。

guide，規導也。

guilt，辜

《說文》：辜，罪也。

過，罪過，過錯。

guilt，辜也。過也。罪。

guilty，辜諦也。有罪謂之辜諦。

guitar，琴彈

阿拉伯語：qitara，琴彈也。

guitar，琴彈也。六弦琴謂之琴彈。

gum，甘

甘，象形，從口含一。一為舌。

gum，甘也。牙齦謂之甘。

gun，幹

gun，幹也。槍。

guy，哥

哥，哥們兒。

guy，哥也。家伙謂之哥。

gymnasium，健男室，健女室

《增韻》：健，強有力也。

希：γυμνός（gymnos），健男也。

gymnasium，健男室也。健女室也。體操館。

gym，健也。健身房謂之健。

gym bag，健包也。健身包。

H 亥 互

H，像亥。H 一豎表陰，一豎表陽。

H，像互。側轉，中間簡化為一筆。

habit，好癖

好癖，癖好。

甫語：*skei-，習也。習慣。

拉：habere，好癖也。

habit，好癖也。習慣謂之好癖。

habitat，好癖地也。栖息地謂之好癖地。

inhabit，邑好癖也。居所謂之邑好癖。

exhibit，映展癖也。展覽謂之映展癖。

inhibit，抑好癖也。抑制謂之抑好癖。

prohibit，否好癖也。禁止謂之否好癖。否，读 pi。

hobby，好癖也。癖好謂之好癖。

hale，*h_2enh_1-，呼

《增韻》：一呼一吸為一息。

甫語：*h_2enh_1-，呼也。

hale，呼也。

inhale，入呼也。吸。

exhale，逸呼也。呼。

half，劃分

劃，劃分。《廣韻》：割也。

分，半也。

甫語：*skel-，削也。《說文》：削，析也。析，折也。

half，劃分也。半。

hall，宏

宏，大廳。《說文》：屋深響也。《玉篇》：大也。
hall，宏也。
huge，宏極也。極大謂之宏極。

lobby，窿壁也。大廳謂之窿壁。

handsome，漢子

handsome，漢子也。英俊謂之漢子。ds 讀若 z。

hang，環，*keng-，孔

《玉篇》：環，繞也。
甫語：*keng-，孔也。
hang，環也。

happen，或碰

happen，或碰也。發生謂之或碰。
perhaps，叵或也。可能謂之叵或。《說文》：叵，不可也。

hap，好

hap，好也。幸運謂之好。

happy，歡嚭

《說文》：歡，喜樂也。歡，欢之古字。
嚭，會意，大喜也。《說文》：嚭，大也。
happy，好嚭也。高興謂之好嚭。

hard，磺

《玉篇》：磺（huang），強也。
《正韻》：硬，強也。
hard，磺也。硬。

harm，害

《說文》：害，傷也。

harm，害也。

hat，帍

《玉篇》：帍（hu），婦人巾。

hat，帍也。帽。

hate，恨

hate，恨也。

haul，hold，薅

薅，拔拽也。《說文》：拔去田草也。

甫語：*segh-，伸也。

希：ἔχω，伸也。

甫語：*ten-，托也。

拉：tenere，托也。

haul，薅也。

hold[1]，薅托也。抓住謂之薅托。

hold[2]，候等也。暫緩謂之候等。

health，好身，*kailo-，康樂

甫語：*kailo-，康樂也。

heal，好也。愈。

healthy，好身也。健康謂之好身。

hear，*h_2ḱ$h_2$ows-，候

候，聽候。《說文》：伺望也。

甫語：*h_2ḱ$h_2$ows-，候候也。

hear，候也。聽。

heat，火，*kay-，烤

甫語：*kay-，烤也。

heat，火也。

hot，火燙。

heel，踝

《禮·深衣》：負繩及踝以應直。《註》：踝，跟也。

heel，踝也。腳後跟謂之踝。

help，護幫，*kelb-，看

甫語：*kelb-，看也。照看。

help，護幫也。幫助謂之護幫。

hero，豪勇

《正韻》：豪，英也。

《廣韻》：勇，猛也。

hero，豪勇也。英雄謂之豪勇。

heir，孩兒

《說文》：兒，孺子也。

《廣韻》：遺，投贈也。

《說文》：胤，子孫相承續也。

拉：heres，孩兒子也。

heir，孩兒也。繼承人謂之孩兒。

heirship，孩兒俞（shu）也。繼承權謂之孩兒俞。

heredity，孩兒嫡投也。遺傳謂之孩兒嫡投。

heritage，孩兒投贈也。遺產謂之孩兒投贈。

coheir，共孩兒也。共同繼承人謂之共孩兒。

inherit，胤孩兒也。繼承謂之胤還兒。

inherence，胤孩兒承也。天賦謂之胤孩兒承。

disinherit，抵胤孩兒時也。剝奪繼承權謂之抵胤孩兒時。

herb，禾

《說文》：禾，嘉穀也。二月始生，八月而孰，得時之中，故謂之禾。

《說文》：稗（bai），禾別也。本，木下曰本。

拉：herba，禾稗也。禾本也。二辭並一音。

herb，禾也。

herbal，禾本也。草本謂之禾本。

herbage，禾本集也。禾本植物謂之禾本集。

herbary，禾本邑也。藥禾園謂之禾本邑。

herbicide，禾本殺也。除草劑謂之禾本殺。

herbivore，禾本喂也。草食動物謂之禾本喂。喂，咽也。

hew，劐

《玉篇》：劐，裂也。

hew，劐也。砍。鑿。

***here，糊**

《說文》：黏，黏也。黏，糊之古字。

拉：haerere，糊也。-erere 為助音。

adhere，爾遞糊也。黏着謂之爾遞糊。

cohere，共糊也。附着謂之共糊。

hesitate，糊着忐忑也。猶豫謂之糊着忐忑。

hide，回遁

《廣韻》：遁，隱也，去也。

回，迴避。

hide，回遁也。隱。藏。掩。

high，暠，*keiə-，高

暠（hao），會意，日高也。

甫語：*keiə-，高也。

high，暠也。高。

height，暠度也。皓度謂之隺度。

hike，遠跬

古英語：hyke，遠跬也。hy 讀若 yu。

hike，遠跬也。遠足謂之遠跬。

hire，夥

夥，入夥，同夥。

hire，夥也。僱。

hit，拸

拸，方言，打也。《正韻》：拍也。

hit，拸也。打。

home，戶

戶，家家戶戶。《說文》：戶，半門曰戶。

窠（ke），居也。如：拋卻山中詩酒窠。《說文》：窠，鳥巢也。

甫語：*kei-，窠也。

希：οἶκος，圍也。

拉：*dem-，棟也。

home，戶也。家。

hometown，戶屯也。家乡謂之戶屯。

homeless，戶寥也。無家可歸謂之戶寥。

homework，戶為也。家庭作業謂之戶為。

homeland，戶陸也。祖國謂之戶陸。

house，戶子也。房子謂之戶子。

hole，回，*kel-，窟

回，象形，像中空，洞也。

甫語：*kel-，窟也。

拉：culus，窟窿也。

hole，回也。洞。

hollow，回輪也。空。

honey，好黏，*meld-，蜜

甫語：*meld-，蜜也。

希：methu，蜜酒也。

honey，好黏也。蜂蜜謂之好黏。

mead，蜜也。蜂蜜酒謂之蜜。

hope，候盼

盼，希望也。

hope，候盼也。希望謂之候盼。

hospital，候痞堂

《說文》：痞，痛也。

hospital，候痞堂也。醫院謂之候痞堂。

host，候主也。主人謂之候主。

horror，惶憂，*d^h^er-，憚

《說文》：惶，恐也。憚，忌難也。怫，鬱也。

甫語：*dher-，憚也。

希：φόβος（phobos），怫怖也。

拉：horrēre，惶憂也。

horror，惶憂也。恐。

horrible，惶憂備也。恐怖謂之惶憂備。

horrid，惶憂憚也。可怕謂之惶憂憚。

horrify，惶憂仿也。驚駭謂之惶憂仿。

abhor，惡必惶也。憎惡謂之惡必惶。

hot，火燙

hot，火燙也。熱。

hotel，*ghosti-，候棧

《說文》：候，伺望也。遘，遇也。

棧，客棧，酒店也。

甫語：*ghosti-，候棧也。遘棧也。*sti-，棧也。

hotel，候棧也。酒店謂之候棧。

guest，顧者也。顧客謂之顧者。

host，候主也。主人謂之候主。

howl，嚎

howl，嚎也。

hub，核

核，核心。

hub，核也。-b，包之首音。輪轂，中心，集線器謂之核。

humor，詼謾

《玉篇》：詼，調戲也。《增韻》：嘲也。

《說文》：謾，欺也。

humor，詼謾也。幽默謂之詼謾。

humble，諱卑

《說文》：諱，誋也。《玉篇》：隱也，忌也。

humble，諱卑也。

humility，諱麋粒也。像麋粒一樣渺小。謙卑。

humus，糊末

humus，糊末子也。腐殖質謂之糊末子。

__hume，荒漠__

exhume，逸荒漠也。發掘謂之逸荒漠。

inhume，垔荒漠也。埋葬謂之垔荒漠。《說文》：垔，塞也。

hug，護

hug，護也。抱。

huge，宏廣

《爾雅》：宏，大也。

huge，宏廣也。

hunger，荒饑

hunger，荒饑也。飢餓謂之荒饑。

hunt，獲[2]

《說文》：獲，獵所獲也。獲，获之古字。

hunt，獲也。獵。

hurry，忽然

《廣韻》：忽，倏忽也。

hurry，忽然也。急忙謂之忽然。

hurt，害

hurt，害也。

husband，戶主簿

husband，戶主簿也。丈夫謂之戶主簿。

I 寅 乙

idea，意點

idea，意點也。主意，點子謂之意點。

***idio，一獨**

《廣韻》：單，獨。獨，独之古字。

《說文》：痞，痛也。

拉：idios，一獨也。

idiographic，一獨卦也。個案研究謂之一讀卦。

idiomorphic，一獨模非也。形狀獨特謂之一獨模非。

idiopathic，一獨痞也。特發性謂之一獨痞。

idiom，一讀也。成語謂之一讀。

ill，疫

《說文》：疫，民皆疾也。

ill，疫也。病。

immune，疫免也。免疫謂之疫免。

imagine，影愐景

《廣韻》：影，形影。

《廣韻》：愐，思也。

imagine，影愐景也。想像，幻想謂之影愐景。

immediate，異媒遞

immediate，異媒遞也。立即謂之異媒遞。

index，引典

index，引典也。索引謂之引典。

***indi，原地**

indigen，原地根也。本地人謂之原地根。

indigenous，原地根妳也。土著謂之原地根妳。

india，原地也。通譯：印度。

industry，一動作

拉：industria，一動作也。

industry，一動作也。工業謂之一動作。工業生產，統一動作。

information，因符明

form，符也。

format，符明也。樣式謂之符明。

information，因符明也。信息，消息謂之因符明。

injure，因擊

《廣韻》：擊，打也。

《說文》：因，就也。

injure，因擊也。受傷，被打，損害謂之因擊。

ink，研

研，研墨。《說文》：磨也。

ink，研也。或，硯開也。墨。-k，開之首音。

insidious，陰險的

insidious，陰險的也。

insist，韌堅至

insist，韌堅至也。堅持，堅決謂之韌堅至。

intelligent，胤彖理根

《說文》：胤，子孫相承續也。

彖，彖辭，智慧之言也。

甫語：*leg-，理也。

拉：legere，理根也。

intelligent，胤彖理根也。才智謂之胤彖理根。

intel-，胤彖也。

-ligent，理根也。

instance，一展示

拉：instare，一展也。

instance，一展示也。例子，情況謂之一展示。

instead，一時代替

instead，一時代替也。替代謂之一時代替。

instruct，言囑

囑，囑咐，告誡。《玉篇》：付囑。

instruct，言囑也。教導，指示謂之言囑。

instrument，音奏鳴

拉：instruere，音築也。

instrument[1]，音奏鳴也。樂器謂之音奏鳴。

instrument[2]，音築名也。儀器謂之音築名。

instrument[3]，言註明也。說明，文書謂之言註明。

interest，益之益，悅之益

益，利益。《說文》：饒也。

《爾雅》：悅，樂也。

interest[1]，益之益也。利益謂之益之益。

interest[2]，悅之益也。愛好，興趣謂之悅之益。

introduce，引出導

《說文》：導，引也。導，导之古字。

introduce，引出導也。引出，介紹謂之引出導。

intro，引出也。前奏，介紹謂之引出。

outro，完出也。結尾，結束謂之完出。

invite，邀往

《正韻》：邀，招也。

invite，邀往也。邀請，徵求謂之邀往。

island，入水陸島

《說文》：陸，高平地。

甫語：*lend^{h}-，陸也。

拉：insula，入水陸也。

island，入水陸島也。島。i-，入也；-s-，水也；-land，陸也。

islet，入水裏也。小島謂之入水裏。

peninsula，半入水陸也。半島謂之半入水陸。

insular[1]，入水陸也。島嶼謂之入水陸。

insular[2]，隱舍離也。狹隘，保守謂之隱舍離。

insulate，隱舍離也。隔離謂之隱舍離。

insulator，隱舍離者也。絕緣體謂之隱舍離者。

isolate，隘舍離也。隔離謂之隘舍離。

***it，驛道**

《玉篇》：驛，道也。

甫語：*eit-，驛也。

拉：iter，驛道也。

itinerary，驛道念言也。旅行日程謂之驛道念言。

transit，穿驛道也。通過謂之穿驛道。

transitory，穿驛須臾也。短暫謂之穿驛須臾。

inn，驛也。小旅店，驛站谓之驛。

initial，一首

拉：initium，一首也。

initial，一首也。首字母，开始謂之一首。

J 甲 亅

甲，陽之始也。《說文》：東方之孟，陽氣萌動。

《說文》：亅（jue），鈎逆者謂之亅。

J，象形，亅也。

j 有近音 z。有時與 k 近音。

jacket，甲鎧

jacket，甲鎧也。夾克謂之甲鎧。

jar，爵

《說文》：爵，禮器也。象爵之形，中有鬯酒。

《說文》：斝（jia），玉爵也。妙玉有瓠瓟斝。

Jar，爵也。斝也。

jail，監，*keh$_2$u-，困

監，監獄。《說文》：臨下也。

甫語：*keh$_2$u-，困也。
拉：cavea，困口也。
古法語：jaiole，監臨也。
jail，監也。
cage，困監也。牢籠謂之困監。

jazz，緊奏

slang：jasm，緊張也。本義：strenuous activity，緊張。
jazz，緊奏也。爵士樂謂之緊奏。

jeans，緊身

jeans，緊身也。牛仔褲謂之緊身。

***ject[1]，賤，沮，拒，激，計，進，弜**

abject，爾悲賤也。悲慘謂之爾悲賤。

conjecture，共及測也。推測謂之共及測。

deject，低沮也。沮喪謂之低沮。

reject，應拒也。拒絕謂之應拒。

eject，溢激也。噴射謂之溢激。激，沖也。
inject，入激也。注射謂之入激。
ejaculation，溢激出乳也。射精謂之溢激出乳。

project，卜計也。計劃謂之卜計。

interject，央之進也。插入謂之央之進。

trajectory，出弜道也。彈道謂之出弜道。弜，弓有力也。

***ject[2]，角**

角，角色。
subject，首角也。主體，主題，主語謂之首角。
object[1]，物角也。客體，物品，目標謂之物角。

object[2]，牾拒也。反對謂之牾拒。

jewel，珠

《說文》：珠，蚌之陰精。琟（wei），石之似玉者。

jewel，珠也。-wel，琟之音。珠寶謂之珠琟。

珍，珍珠。《說文》：寶也。從玉，㐱聲。

gem，珍也。寶石謂之珍。

jest，譏

譏，譏笑。

jest，譏也。俏皮話，玩笑謂之譏。

joke，譏嗑也。笑話謂之譏嗑。嗑，方言，言也。

job，作班

作，工作。《說文》：作，起也。

job，作班也。工作謂之作班。

join，加

加，增也。《說文》：語相增加也。

拉：jungere，加高也。

join，加也。

adjoin，爾遞加也。毗鄰謂之爾遞加。

conjoin，共加也。聯合謂之共加。

disjoin，抵加也。分離謂之抵加。

rejoin，又加也。再加入謂之又加。

subjoin，續加也。補充謂之續加。

joint，臼

臼，關節。如，脫臼。

節，關節。《說文》：節，竹約也。

joint，臼也。節也。二字並一音。

***junct，接**

《說文》：接，交也。《廣韻》：合也，會也。

《廣雅》：構，合也。

拉：jungere，接軌也。

junction，接構也。連接謂之接構。ct 讀若 g。

juncture，接處也。關頭，接觸點謂之接處。

adjunct，爾遞接也。附屬物謂之爾遞接。

conjunct，共接也。聯合，連詞謂之共接。

disjunct，遰接也。分離謂之遰接。遰，去也。

jog，蹐

《說文》：蹐（ji），小步也。

jog，蹐也。慢跑謂之蹐。

journal，記念

journal，記念也。日記謂之記念。

adjourn，爾遞假也。延期，休庭謂之爾遞假。

journey，騎旎

《集韻》：旖旎，旌旗從風貌。

journey，騎旎也。旅行謂之騎旎。

sojourn，宿寄也。逗留謂之宿寄。

jump，躩

躩（jue），跳也。《淮南子》：胊浴猿躩。

jump，躩也。跳。

jungle，郊林

《說文》：野，邑外謂之郊，郊外謂之野。

jungle，郊林也。叢林謂之郊林。

jung-，郊也；-le，林也。

junior，子男兒，子女兒

《廣韻》：孨（ni），聚貌。尼立切。

junior，子男兒也。子女兒也。少年，年幼。

junk，圾殨

圾，垃圾。

《說文》：殨，爛也。

junk，圾殨也。垃圾謂之圾殨。

judge，貞決

《說文》：貞，卜問也。《易・乾》：元亨利貞。

甫語：*deik-，諦也。

拉：judicare，judex，貞諦也。

judge，貞決也。判決，法官謂之貞決。

judgment，貞決貌也。判斷力，看法謂之貞決貌。

judicial，貞諦司也。司法謂之貞諦司。

judicious，貞諦審也。審慎謂之貞諦審。

prejudice，偏見地也。偏見謂之偏見地。

***jur[1]，證**

《說文》：證，諫也。證明。諞，便巧言也。

拉：jurare，證也。

abjure，爾背證也。宣誓放棄謂之爾背證。

adjure，爾遞證也。命令謂之爾遞證。

conjure，共證也。召喚謂之共證。

perjure，諞證也。作偽證謂之諞證。

jury，證員也。陪審團謂之證員。

juror，證人也。陪審員謂之證人。

***jur[2]，貞，正**

《說文》：正，是也。訪，問也。

拉：iustus，正也。

jur-，正也。

just[1]，正是也。公正謂之正是。

justice，正是諦也。正義謂之正是諦。

justify，正是諦訪也。辯護謂之正是諦訪。

jurisdiction，證諦司。司法權謂之證諦司。

adjust，爾遞正也。調整謂之遞正。

injustice，陰正是諦也。不公正謂之陰證是諦。

unjust，無正也。不當謂之無正。

just[2]，就是

就，即也。

just[2]，就是也。正是也。即。就。

Jurassic，*yor-，岳山

甫語：*yor-，岳也。本義：hill。

Jurassic，岳山也。侏羅紀謂之岳山。

Jura-，岳也。本義：hill。

-ssic，山也。本義：Mountains。

K 坎 凵

《說文》：凵，張口也。象形。凵，通坎。

k，像凵，側轉。

keep，*kap-，看

看（kān），看守。

甫語：*kap-，看也。

keep，看也。保持，履行謂之看。

key，*keu-，開

甫語：*keu-，開也。

key，開也。鑰匙謂之開

kick，鏗蹴

《廣韻》：鏗，撞也。

蹴，踢也。一蹴而就。

kick，鏗蹴也。踢。

kill，刲，劊

《廣雅》：刲，屠也。

《說文》：劊，斷也。

Kill，刲也。劊也。殺。

kitchen，烤厨

kitchen，烤厨也。廚房謂之烤厨。

kite，鳲

《爾雅》：鳲，鳷鶅。

kite，鳲也。風箏謂之鳲。本義：bittern，痲鳲。

kn = q------------------------

knead，掐

掐，指切也。《說文》：爪刺也。

knead，掐也。揉。捏。

knee，膝

膝，髕骨也。《說文》：脛頭卩（節）也。從卩，桼（qi）聲。

knee，膝也。

knit，牽

《玉篇》：牽，連也。

knit，牽也。編織謂之牽。

knob，球

knob，球把也。球形把手。

knock，敲

《類篇》: 敲，擊也。

knock，敲也。-ck，磕也。

know，曉

《方言》: 知也。知曉。《說文》: 曉，明也。

know，曉也。kn 讀若 x。

knowledge，曉理也。知識謂之曉理

knight，騎

《說文》: 騎，跨馬也。《釋名》: 支也，兩腳支別也。

knight，騎也。騎士謂之騎。

knife，切

《廣韻》: 切，割也，刻也。

knife，切也。刀。-fe，鋒也。

L 離 了

labour，勞卑。L，象形，了也。倒轉

勞，勞動也。

《說文》: 卑，賤也。執事者。

《說文》: 勑（lai），勞也。

甫語：*leb-，勞也。

拉：labor，勞卑也。

labour，勞卑也。勞動謂之勞卑。

collaborate，共勞裨也。合作謂之共勞裨。

elaborate，毅勞裨也。苦心策劃。

lantern，籠燈

籠，燈籠。

lantern，籠燈也。燈籠謂之籠燈。

lake，*laku-，淪圐

圐（ku），圐圙，方言，圓圈也。

《說文》：淪，水波也。

甫語：*laku-，淪圐也。

lake，淪圐也。湖。

lamp，*lāmp-，爎

《說文》：爎，火貌。

甫語：*lāmp-，爎也。

希：lampas，爎也。

拉：lampa，爎也。

lamp，爎也。

lane，路

lane，路也。小路，車道謂之路。

lap，牢

《玉篇》：圈，牢也。

lap，牢也。跑道一圈謂之牢。

lick，䶩

䶩（lai），方言，舔也。

lick，䶩也。甜。

line，縷

《說文》：線，縷也。線，线之古字。
line，縷也。線。
Linux，縷紐系也。開源操作系統 Linux。
Unix，元紐系也。

***lapse，溜，落，流**

溜，滑也。《說文》：溜，水。澀，不滑也。
拉：lapsus，溜也。
lapse，溜失也。小錯謂之溜失。

collapse，共落陷也。倒塌謂之共落陷。
relapse，又落陷也。舊病復發謂之又落陷。

elapse，逸流逝也。流逝謂之逸流逝。

large，隆廣

《說文》：隆，豐大也。
拉：largus，隆廣也。
large，隆廣也。大。

late，last，lost，lose，loss，loose，low，落

落[1]（luo），後也。落後。
late，落也。遲。晚。
last，落至也。最後，持續謂之落至。至，極也。

落[2]（la），失也。丟三落四。
lost，落也。丟。
lose，落輸也。輸。落失也。失。
loss，落損也。損。
loose，落鬆也。鬆。

落[3]，下也。落下。
low，落也。低。

***late[1]，聯**

《說文》：聯，連也。

拉：latum，聯通也。

ablation，爾別聯也。切除謂之別聯。別，分解也。

collate，共聯也。校對謂之共聯。

dilate，遰聯也。擴張謂之遰聯。

elate，意聯也。得意謂之意聯。

oblate，扁聯也。扁圓謂之扁聯。

translate，傳謰也。翻譯謂之傳謰。謰（lian），會意，連言也。

ventilate，飈（wei）通聯也。通風謂之飈通聯。

delay，遞聯也。延期謂之遞聯。

relate，原聯也。關聯謂之原聯。《爾雅》：原，再也。

relative，原聯態也。相對，比較，有關謂之原聯態。

relation，原聯繫也。關係謂之原聯繫。

relationship，原聯繫侖也。關係，聯繫，關聯謂之原聯繫侖。

***late[2]，連**

《說文》：連，負車也。

拉：latus，連同也。

lateral，連同也。側面謂之連同。

bilateral，比連同也。雙邊謂之比連同。

collateral，共連同也。抵押物謂之共連同。

multilateral，茂連同也。多邊關係謂之茂連同。

unilateral，元連同也。單方謂之元連同。

latitude，連凸度也。緯度謂之連凸度。

laugh，樂

《正韻》：樂，喜樂也。

laugh，樂也。笑。

lave，*leu-，淋

《說文》：淋，以水沃也。《廣雅》：漬也。

甫語：*leu-，淋也。

拉：lavare，淋沃也。

lave，淋沃也。淋浴謂之淋沃。

launder，淋滌也。洗滌謂之淋滌。

laundry，淋居也。洗衣店謂之淋居。

lava，流矾

《說文》：流，水行也。

lava，流矾也。熔巖謂之流矾。矾，沙石隨水貌也。

lavatory，流物桶也。抽水馬桶謂之流物桶。

deluge，大流聚也。大洪水謂之大流聚。

dilute，兌流也。稀釋謂之兌流。

loose，*leu[1]-，落鬆

鬆，放鬆。

甫語：*leu[1]-，落也。

希：luein，落也。

拉：laxus，落鬆也。

loose，落鬆也。鬆。

lax，落鬆也。放鬆謂之落鬆。

laxity，落鬆態也。放縱謂之落鬆態。

relax，亦鬆也。放鬆謂之亦落鬆。

***lysis，*leu[2]-，裂析**

《廣雅》：裂，分也。

析，分也。《說文》：破木也。

甫語：*leu2-，裂析也。

*lysis，裂析也。裂解謂之裂析。

analyze，爾臯裂析也。分析謂之爾臯裂析。

analysis，爾臯裂析也。

dialysis，對裂析也。透析謂之對裂析。

laxative，拉稀

laxative[1]，拉稀停也。瀉藥謂之拉稀停。

laxative[2]，痢瀉態也。腹瀉謂之痢瀉態。

lay，磊，留，卵，詸，輪

lay[1]，磊也。放。鋪。設。置。

lay[2]，留也。存。

lay[3]，卵也。產卵，性交謂之卵。

lay[4]，詸也。詛咒謂之詸。

lay 有多重辭組：

lay（about），lay（into），擂也。打。

lay（by），lay（in），留也。存。

lay（down），落也。放。磊也。鋪。

lay（off），裂也。裁員。

lay（on），磊也。

rely，依賴也。依靠謂之依賴。

relay，易輪也。輪換，接力，轉播謂之易輪。

lazy，懶

《說文》：懶，懈也，怠也。

lazy，懶也。-zy，倦也。

lean，臨，膦

《說文》：臨，監臨也。臨，临之古字。

嶙，瘦骨嶙峋。

lean[1]，臨也。傾。靠。

lean[2]，膦也。瘦。改嶙為膦，從肉字旁。

learn，了

了，明了。《廣韻》：慧也，曉解也。

learn，了也。學習謂之了。

lease，賃

賃，租也。租賃。《說文》：庸也。《玉篇》：借傭也。

lease，賃也。租。

least，*lei-，寥，零

甫語：*lei-，寥也。零也。

least，零至也。最小謂之零至。寥至也。最少謂之寥至。

leave，*leubh-，離

《玉篇》：離，散也。又，違也。

甫語：*leubh-，離也。

leave，離違也。離開謂之離違。

release，亦離釋也。釋放謂之亦離釋。

***lect，*leg-，遴**

遴，謹選也。《漢書》：遴柬布章。

甫語：*leg-，遴也。

拉：legere，遴詰也。

lecture，遴詁也。演講，閱讀謂之遴詁。詁，告也。ct 讀若 g。

collect，籌遴也。收集謂之籌遴。籌，籌集。

elect，易遴也。選舉謂之易遴。

intellect，胤彖遴也。智力謂之胤彖遴。

neglect，逆遴也。忽略謂之逆遴。

recollect，亦共憐也。回憶起謂之亦共憐。

select，選遴也。選擇謂之選遴。

elegant，溢遴恭也。優雅謂之溢遴恭。

eligible，溢遴格備也。合格謂之溢遴格備。

negligent，逆遴戇也。疏忽。戇（gang），愚也。

diligent，砥礪勤也。勤勉謂之砥礪勤。

lead，*leg-，領

《韻會》：領，統領也。

甫語：*leg-，領也。

lead，領導也。

***leg[1]，令**

《說文》：令，發號也。

甫語：*leg-，令也。

拉：legare，令告也。

legate，令告也。教皇使節謂之令告。

Pope，爸爸也。保羅謂之爸爸。

delegate，遞令給他也。派遣謂之遞令給他。

relegate，亦令給他也。降職謂之亦令給他。

legion，令軍也。軍團謂之令軍。

***leg[2]，留給**

legatee，留給他也。受遺贈人謂之留給他。

legacy，留給襲也。遺產謂之留給襲。襲，承襲。

legend，嘮詭

《玉篇》：詭，欺也，謾也。

legend，嘮詭也。傳說，傳奇謂之嘮詭。

leak，漏

《集韻》：漏，滲漏也。

leak，漏潰也。

leak，裂口也。

less，寥

寥，少也。《說文》：廖，空虛也。廖，寥之古字。

less，寥也。少。

unless，勿寥也。除非謂之勿寥。

useless，用寥也。沒用謂之用寥。

lesson，了識

lesson[1]，了識也。理識也。課。

lesson[2]，禮訓也。教訓，經驗謂之禮訓。ss 讀若 x。

let，履

《爾雅》：履，禮也。

let，履也。讓。

lethal，*lē-to-，罹逝

《類篇》：罹難，遭也。

《正韻》：逝，亡也。

甫語：*lē-to-，罹歿也。

拉：lethum，罹逝也。

lethal，罹逝也。致命謂之罹逝。

level，量位

拉：libra，量比也。

level，量位也。水平，高度，等級謂之量位。

lever，*legwh-，拎握

《玉篇》：拎，手懸拈物也。

甫語：*legwh-，拎也。

拉：levare，拎握也。levis，凌也。

lever，拎握也。槓桿謂之拎握。

light，凌

凌，升也，在上也。凌雲，凌空，凌厲。

拉：levis，凌也。

light，凌也。輕。

levitate，凌磓天也。懸浮謂之凌磓天。-vi-，weight，磓也。

levity，凌磓態也。輕率謂之凌磓態。

alleviate，爾凌磓態也。減輕謂之爾凌磓態。

elevate，逸凌磴態也。提高謂之逸凌磴態。

relief，亦凌也。減輕謂之亦凌。

library，曆簿

《說文》：籍，簿，書也。

《說文》：歷，過也。歷，曆与历之古字。

拉：liber，曆簿也。

library，曆簿院也。圖書館謂之曆簿院。

liberal，曆簿也。自由謂之厲簿。

libel，譎謗也。誹謗謂之譎謗。

license，*leik-，履呈示

《易》曰：履者，禮也。禮，允許也。

甫語：*leik-，履也。

拉：licere，履呈也。

license，履呈示也。或，履顯示也。執照。

illicit，異履行也。違法謂之異履行。

lieu，輪

輪，輪換。

lieu，輪也。in lieu of，替代謂之輪。

ligate，*leig-，絡

絡，網也，繞也。《廣雅》：纏也。

甫語：*leig-，絡也。盧各切。g-，各之音。

ligate，絡構也。纏。綁。

oblige，務必絡也。束縛謂之務必絡。

obligate，務必絡裹也。義務謂之務必絡裹。

religion，亦絡教也。宗教謂之亦絡教。

league，絡構也。共同聯絡，聯盟謂之絡構。

colleague，共絡哥也。同事謂之共絡哥。

ally，爾絡也。聯盟謂之爾絡。

rally，人絡也。集會謂之人絡。

liable，絡備也。傾向謂之絡備。

lie[1]，*leug^{h}-，譎

《玉篇》：譎，欺謾之言也。

甫語：*leug^{h}-，譎也。

lie，譎也。撒謊謂之譎。

lie[2]，賴

賴，依也。依賴。《類篇》：賴，一曰恃也。

lie，賴也。躺。

paralyze，痞賴症也。癱瘓謂之痞賴症。

like，樂

樂，喜歡也。《集韻》：喜樂也。《論語》：仁者樂山。

like，樂也。

laugh，樂也。

link，聯，連

《說文》：聯，連也。

link，聯也。-k，取贖之首音。

link，連也。-k，取軻之首音。

list，列

《廣韻》：列，行次也，位序也。

list，列子也。

listen，*klew-，聆

《說文》：聆，聽也。

甫語：klew-，聆也。

listen，聆聲也。聽。

litter，垃圾

拉：lectus，垃圾也。

litter，垃圾也。tt 讀若 j。

little，粒頭

粒，小固體。

little，粒頭也。小。

***lith，礫石**

《說文》：礫，小石也。

希：lithos，礫石也。

megalith，莽礫石也。巨石謂之莽礫石。

monolith，枚礫石也。單塊巨石謂之枚礫石。

neolithic，嫩礫石也。新時期時代謂之嫩礫石。

local，立坤

《說文》：立，住也。

《廣韻》：住，止也，立也，居也。

甫語：*stel-，住也。駐也。

拉：locus，立坤也。st 變為 c。

local，立坤也。

location，立坤地也。位置謂之立坤地。

allocate，爾立饋也。分配謂之爾立饋。饋，餉也。

collocate，共立昆也。搭配謂之共立昆。昆，同也。

dislocate，抵立坤也。擾亂，脫臼謂之抵立坤。

relocate，亦立坤也。遷移謂之亦立坤。

load，磊

《說文》：磊，眾石也。

load，磊也。摞也。載。裝。

lock，落扣

lock，落扣也。鎖。

log[1]，錄

《集韻》：錄，記也。

log，錄也。日誌，計程儀謂之錄。

log in，錄入也。登錄謂之錄入。

log out，錄外也。登出謂之錄外。

log[2]，櫐

《說文》：櫐（lei），木也。

幹，樹幹。

log，櫐幹也。原木謂之櫐。

long，老

《廣雅》：長，老也。

long，老也。長。

longly，壟

《說文》：壟，丘壟也。壟，垄之古字。

longly，壟離也。孤獨謂之壟離。

alone，爾壟也。獨自謂之爾壟。

lot，壟田也。地塊謂之壟田。

look，瞜看

《玉篇》：瞜，視也。方言，瞜一眼。

look，瞜看也。看。

blind，不瞜也。盲。

lot[1]，老

老，方言，很多也。

lot，老也。

lot[2]，籠

《博雅》：簽，籯，籠也。簽，签之古字。

lot，籠也。簽，抽籤謂之籠。

lottery，籠摶也。彩票謂之籠摶。-tery，turn，摶也。

loop，輪

loop，輪也。圈。環。-p，盤之首音。

loud，亮

亮，響亮。《説文》：明也。

loud，亮大也。大聲謂之亮大。

love，*lewb^{h}-，戀

《説文》：戀，慕也。

甫語："*lewb^{h}-，戀也。

love，戀也。愛。

loyal，良譽

loyal，良譽也。忠誠謂之良譽。

luck，利銛

利，吉利。《廣韻》：吉也。《説文》：銛也。

《玉篇》：銛（kuo），利也。

luck，利銛也。吉。

又

利，稅利。

levy，利往也。稅。

luggage，李裹聚

李，行李。

baggage，包裹聚也。包裹謂之包裹聚。

luggage，李裹聚也。行李謂之李裹聚。

lunch，淩餐

luncheon，淩餐也。本義：light mid-day meal。

lunch，淩餐也。午餐謂之淩餐。

***lure，*leid-，撩**

撩，挑逗也。《說文》：理也。

甫語：*leid-，撩也。

拉：ludere，撩逗也。

lure，撩也。引誘謂之撩。

allude，暗撩逗也。暗指謂之暗撩逗。

collude，共撩逗也。共謀謂之共撩逗。

delude，遰撩逗也。欺騙謂之遰撩逗。

elude，逸撩逗也。逃避謂之逸撩逗。

prelude，朴撩逗也。前奏謂之朴撩逗。

interlude，央之撩逗也。間奏曲謂之央之撩逗。

postlude，背至撩逗也。後奏曲謂之背至撩逗。p 讀若 b。

illusion，意乱神也。幻想謂之意乱神。

ludicrous，撩逗可愚也。荒唐可笑謂之撩逗可愚。

***lumin，*leuk-，亮明**

《說文》：亮，明也。晟，明也。

《玉篇》：㬮（nan），赤也。會意，明亮赤熱。

甫語：*leuk-，亮光也。

拉：lumen，亮明也。

luminance，亮明㬮也。亮度謂之亮明㬮。

luminosity，亮明㬮晟也。光度謂之亮明㬮晟。

illumine，熠亮明也。照亮謂之熠亮明。

relumine，亦亮明也。再照明謂之亦亮明。

lust，浪子

lust，浪子也。強烈慾望謂之浪子。

***lust，*lewk-，亮**

《說文》：亮，明也。

甫語：*lewk-，亮也。

拉：lustris，亮澤也。

lustre，亮澤也。光澤謂之亮澤。澤，光潤也。st 讀若 z。

illustrate，藝亮諄也。插圖解釋謂之藝亮諄。諄，告曉之熟也。

lucent，亮晟也。明亮謂之亮晟。

lucid，亮晰也。清晰謂之亮晰。晰，明也。

Lucifer，亮晟夫也。金星，撒旦。

luculent，亮曠眼也。鮮明謂之亮曠眼。

elucidate，易亮析道也。闡明謂之易亮析道。析，分析。

pellucid，朴亮晰也。清澈謂之朴亮晰。

translucent，穿亮晰也。半透明謂之穿亮晰。

lynch，凌遲

lynch，凌遲也。私刑謂之凌遲。

M 卯

m，象形，卯也。

main，孟

《說文》：孟，長也。

拉：major，孟級也。

main，孟也。主要謂之孟。

major，孟主也。主。

remain，亦孟也。留。

majesty，孟君主也。陛下謂之孟君主。st 讀若 zh。

majestic，孟敬尊也。高貴謂之孟敬尊。st 讀若 z。

majority，孟主一統也。多數謂之孟主一統。

拉：maximus，孟極盂也。

max，孟極也。極，最也。x 讀若 j。
maxim，孟極銘也。座右銘謂之孟極銘。
maximum，孟極孟也。最大量謂之孟極孟。
climax，靠臨孟極也。巔峰謂之靠臨孟極。

amazon，爾孟仲也。本義：fight together，兄弟並肩作戰。孟仲叔季。

mac-，孟也。本義：son。《禮緯》：嫡長曰伯，庶長曰孟。
McDonald ‘s，孟帝男子也。

machine，摹械

《廣韻》：摹，以手摹也。
《說文》：械，器之總名。
希：μηχανή（mēxanē），摹械也。
拉：machina，摹械也。
machine，摹械也。機械謂之摹械。

mad，魔

《說文》：魔，鬼也。
mad，魔癲也。瘋。
magic，魔技也。魔法謂之魔技。
Mars，魔也。

mail，墨

《說文》：墨，書墨也。郵，境上行書舍。
mail，墨也。信。

mane，顢

《玉篇》：顢頇，大面。顢，顢之古字。
mane，顢也。鬃毛謂之顢。

mall，*mer-，貿

《說文》：貿，易財也。《爾雅》：貿，市也。

《說文》：賈（gu），賈市也。
甫語：*mer-，貿也。
拉：merere，貿易也。
拉：merces，mercari，merx，貿商也。
mall，貿也。購物中心謂之貿。
market，貿賈也。市場謂之貿賈。k 讀若 g。
mercer，貿商也。商人謂之貿商。
merchant，貿財也。商人謂之貿財。
commerce，共貿商也。貿易謂之共貿商。

***maga，*meg-，莽**

《小爾雅》：莽，大也。
《廣韻》：廣，闊也。
甫語：*meg-，莽也。
梵語：mahat（महत्，great），莽宏也。
希：megas（μέγας），莽廣也。
拉：magnus，莽廣也。
magnify，莽廣仿也。放大謂之莽廣仿。
magnificent，莽廣霓豐絢也。壯觀謂之莽廣霓豐絢。
magnitude，莽廣凸度也。

paramount，朴莽也。至高無上謂之朴莽。para-，pre，朴也。

mask，面器

mask，面器也。面具謂之面器。sk 讀若 q。

***mand，*man-，命**

《說文》：命，使也。
甫語：*man-，命也。
拉：mandare，命諦也。
command，共命也。命令謂之共命。

mandate，命諦也。授權謂之命諦。
demand，遰命也。要求謂之遰命。
remand，亦命也。還押候審謂之亦命。

make，*man-，摹

《廣韻》：摹，以手摹也。
摯（nie），會意，手執也。
甫語：*man-，摹也。
拉：manus，摹摯也。
make，摹刻也。做。使。
manual，摹摯也。手工謂之摹摯。
manner，模摯也。方式謂之模摯。
manacle，摹銬也。手銬謂之摹銬。
manage，摹摯管也。管理謂之摹摯管。
manager，摹摯者也。管理者謂之摹摯者。
manifest，摹摯範也。明顯謂之摹摯範。
manipulate，摹摯番孿也。操縱謂之摹摯番孿。《說文》：孿，係也。
manufacture，摹摯仿製也。製造謂之摹摯仿製。
manumit，摹摯免也。釋放奴隸謂之摹摯免。
manuscript，摹摯鍥也。原稿謂之摹摯挈。《廣韻》：挈，刻也。
emancipate，逸摹解轡也。解放奴隸謂之逸摹解轡。

menu，摹也。菜單謂之摹。

map，邁譜

《說文》：邁，遠行也。邁，迈之古字。
map，邁譜也。地圖謂之邁譜。

mark，*merg-，杪

杪（miao），標也。《說文》：杪，木標末也。標，木杪末也。

甫語：*merg-，杪也。

mark，杪刻也。印記謂之杪刻。

remark，亦杪也。言論，注意，議論謂之亦杪。

match，媒契

契，合也。契合。《廣韻》：約也。

match[1]，媒契也。配。tch 讀若 q。

match[2]，磨柴也。火柴謂之磨柴。

match[3]，猛強也。比賽，較量謂之猛強。

matter，卯頭

《說文》：卯，冒也。二月，萬物冒地而出。象開門之形。

拉：Materia，卯頭也。

matter，卯頭也。事，物，麻煩，要緊，關係皆曰卯頭。

material，卯頭有也。材料，物質，內容謂之卯頭有。

maze，迷折

maze，迷折也。迷宮謂之迷折。

amaze，爾迷醉也。大為驚奇謂之爾迷醉。

mean，名，明，命，敏，每

《說文》：名，自命也。

《增韻》：每，常也，各也，凡也。

mean[1]，名也。名義謂之名。

mean[2]，明也。意思謂之名。

mean[3]，命也。注定謂之命。

mean[4]，敏也。刻薄謂之敏。

mean[5]，每也。平均數謂之每。

marry，*mei-，媒

媒，婚姻也。《說文》：媒，謀也。謀合二姓。

甫語：*mei-，媒也。

marry，媒也。結婚謂之媒。

-ry，姻也。

media，*mei-，媒遞

媒，中也，介也。

拉：medius，媒遞也。

middle，媒也。中。

media，媒遞也。媒體謂之媒遞。遞，傳遞。

medium，媒等也。中等，平均謂之媒等。

median，媒點也。中間數，中等謂之媒點。

mediate，媒咄也。調解，仲裁謂之媒咄。咄，相謂也。

mediocre，媒地庸坷也。平庸謂之媒地庸坷。

immediate，異媒遞也。立刻謂之異媒遞。

intermediate，央之媒遞也。中級謂之央之媒遞。

拉：mittere，missus，媒說也。

message，媒信告也。信息謂之媒信告。

merry，美

《正韻》：美，嘉也，好也。

merry，美也。禖也。快樂謂之美。

meter，*meh$_1$-，米

《說文》：米，粟實也。

甫語：*meh$_1$-，*mē-，米也。

拉：metiri，米也。

meter，米也。表。計量器。

measure，米數也。測量謂之米數。

metric，米尺也。公制謂之米尺。

math，米算也。數學。

metrology，米尺理經也。度量衡學。

metronome，靡尺諾也。節拍器謂之靡尺諾。

barometer，把兒米也。氣壓計謂之把兒米。

centimeter，程米也。厘米謂之程米。

chronometer，圭臯米也。精密計時器謂之圭臯米。

diameter，對米也。直徑謂之對米。

heliometer，曜暸米也。太陽儀謂之曜暸米。

hydrometer，雨注米也。液體比重計謂之雨注米。

hygrometer，雨汩米也。濕度計謂之雨汩米。

perimeter，盤米也。周長謂之盤米。

seismometer，巽震米也。地震儀謂之巽震米。

thermometer，燒然米也。溫度計謂之燒然米。

voltmeter，渦米也。電壓表謂之渦米。Volta，渦也。

symmetry，巽米也。對稱，共長謂之巽米。巽，具也。

geometry，垓米也。幾何學。

trigonometry，川弓米也。三角學。tri-，川也。川，象形，三也。

meet，面談

meet，面談也。

member，盟伴

《類篇》：盟，誓約也。

《廣韻》：伴，侶也。伴侶。

拉：membrum，盟伴也。

member，盟伴也。

mend，彌[1]

彌，彌合，彌補，更加。《廣韻》：益也。

mend，彌也。修補，改進，痊癒謂之彌。

mesh，罞

《說文》：罞（mei），網也。

mesh，罞也。網。

mess，痲

痲，痲亂。

《說文》：殽，相雜錯也。殽，淆之古字。

mess，痲也。亂。

messy，痲淆也。混亂謂之痲淆。

mind，*men-，愐

《廣韻》：愐，思也。

《說文》：態，意也。態，态之古字。

甫語：*men-，愐也。

拉：ment，mens，愐也。

mind，愐也。

remind，亦愐也。提醒謂之亦愐。

reminder，亦愐提也。提醒者謂之亦愐提。

reminiscent，亦愐念情也。懷舊謂之亦愐念情。sc 讀若 q。

mood，愐動也。心情謂之愐動。

emotion，意愐緒也。感情謂之意愐緒。

mental，愐態也。心理謂之愐態。

mention，愐提也。提到謂之愐提。

amentia，囈愐態也。精神錯亂謂之囈愐態。囈，睡語。

comment，共愐也。評論謂之共愐。

dementia，遻愐也。癡呆謂之遻愐。

vehement，忨愐也。熱情謂之忨愐。忨（wan），愛也。

《說文》：銘，記誦也。

拉：memor，銘愐也。

memory，銘愐也。記憶謂之銘愐。

commemorate，共銘愐也。紀念謂之共銘愐。

remember，亦愐伴也。緬懷謂之亦愐伴。

mercy，美心

拉：merces，美心也。

mercy，美心也。仁慈謂之美心。

merit，美譽

拉：meritum，美譽

merit，美譽也。榮譽，價值，良好謂之美譽。

merge，*meik-，沒

沒（mò），沒入。《說文》：沈（沉）也。

甫語：*meik-，*merg-，沒也。

拉：mergere，沒進也。

merge，沒進也。合併為之沒進。

emerge，逸沒進也。出現謂之逸沒進。

emergency，溢沒急也。緊急謂之溢沒急。

emersion，溢沒升也。浮出謂之溢沒升。

immerge，湮沒進也。浸入謂之湮沒進。湮，沒也。

immersion，湮沒逝也。沉浸謂之湮沒逝。

submerge，深沒進也。淹沒謂之深沒進。

submarine，深沔艅也。潛水艇謂之深沔艅。艅，舟如魚也。

mere，*moi-ro-，末

末，薄也。《左傳》：三數叔魚之惡，不為末減。

甫語：*moi-ro-，末也。

mere，末也。僅僅謂之末。

method，摹術

術，方法也。

method，摹術也。方法謂之摹術。

might，*magh-，命

命，命令。《說文》：使也。

甫語：*magh-，命也。

might，命也。威力，強權謂之命。

migrate，*mei-，邁跬

《說文》：邁，遠行也。

《玉篇》：跬，舉一足也。舉足一次為跬，舉足兩次為步。

甫語：*mei-，邁也。

拉：migrare，邁跬也。

migrate，邁跬也。遷徙謂之邁跬。

emigrate，移邁跬也。移民謂之移邁跬。

immigrate，入邁跬也。歸化謂之入邁跬。

transmigrate，傳邁跬也。轉世謂之傳邁跬。《廣韻》：傳，轉也。

mild，緩

《廣韻》：緩，緩緩。

mild，緩也。溫和，緩慢謂之緩。

mile，米裏

《說文》：千，十百也。

甫語：*smi-lo-，千里也。sm 讀若 q。

拉：milia passuum。milia，米也。去 s。

mile，米裏也。英里謂之米裏。

milk，*melg-，泌

泌，泌乳。《說文》：俠流也。

甫語：*melg-，泌也。

希：Amelgo，爾泌汩也。

milk，泌也。乳。奶。-k，孔之首音。

***millit，命令**

《說文》：矛，酋矛也。建於兵車，長二丈。

《廣韻》：厲，烈也，猛也。

拉：milit，矛厲也。

militant，矛厲也。好戰謂之矛厲。

拉：miles，命令也。

military，命令驖也。軍事謂之命令驖。驖（tie），會意，金戈鐵馬。

militia，命令團也。民兵團謂之命令團。

demilitarize，�媘命令驖也。解除武裝謂之�媘命令驖。

remilitarize，亦命令驖也。再武裝謂之亦命令驖。

***min，*men-，冒**

冒，出也。

《說文》：【走翼】（yi），趨進【走翼】如也。

甫語：*men-，冒也。

拉：minere，冒也。

eminent，逸冒也。傑出謂之逸冒。

imminent，【走翼】冒也。迫近謂之【走翼】冒。

preeminent，朴逸冒也。卓越謂之朴逸冒。

prominent，亽冒也。顯著謂之亽冒。

mine，埋

mine，埋也。礦。

***mini，*men-，尛孨**

渺，渺小。

《博雅》：藐，小也。

尛（mo），會意，微小。

尛，渺，藐，三字彙一音，從尛。

孨（孴），會意，多了也。《廣韻》：匿，微也。二字彙一音，從孨。

甫語：*mei-，藐也。

拉：minutus，尛孨也。

mini-，尛孨也。或，藐匿也。小。

minimal，尛孨末也。最小謂之尛孨末。

minor，尛孨兒也。小者謂之尛孨兒。

minute，尛孨天也。秒。

minister，尛孨者也。部長謂之尛孨者。st 讀若 zh。

ministry，尛孨主也。牧師，內閣謂之尛孨主。

miniature，尛孨兒圖也。微縮模型謂之尛孨兒圖。

minus，尛逆也。減。

diminish，斷尛逆也。減少謂之斷尛逆。

administer，爾遞尛孨主也。管理者謂之爾遞尛孨主。

administration，爾遞尛孨主事也。政府部門謂之遞渉主事。

***mir，慕，*smēi-，羨慕**

慕，羨也。羨慕，仰慕。《說文》：習也。

《廣韻》：羨，貪慕也。

甫語：*smēi-，羨也。sm 讀若 x。

拉：mirari，慕仁義也。

admire，爾惦慕也。羨慕謂之惦慕。惦，惦記。

miracle，慕仰看也。奇跡謂之慕仰看。

marvel，慕望也。驚訝謂之慕望。

commend，共慕也。稱讚謂之共慕。

recommend，亦共慕也。推薦謂之亦共慕。

mirror，明映

mirror，明映也。鏡。

miss，彌失

《廣韻》：失，錯也，縱也。

妙，會意，少女。

miss[1]，彌失也。錯過，未擊中謂之彌失。

Miss[2]，妙子也。少女謂之妙子。

miss[3]，愐思也。思念謂之愐思。

***miss，*mit，*mei-，命**

《說文》：命，使也。

《說文》：諟，理也。會意，言是，同意也，允許也。

甫語：*mei-，命也。

拉：mittere，missus，命使也。

mission，命使也。使命謂之命使。

missionary，命使沺儒也。傳教士謂之命使沺儒。或從 Nereus。

admit，爾遞命也。承認謂之爾遞命。

admission，爾遞命審也。錄取謂之爾遞命審。

commit，共命也。犯，承諾謂之共命。

committee，共命堂也。委員會謂之共命堂。

commission，共命授也。委託謂之共命授。

demise，殆命也。死亡謂之殆命。de-，die，殆也。

dismiss，抵命也。解散謂之抵命。抵抗命令。

permit，片命也。許可謂之片命。

premise，朴命也。前提謂之朴命。

promise，卜命也。約定謂之卜命。

compromise，共卜命也。妥協謂之共卜命。

remit，亦命也。減免，重審，職權範圍謂之亦命。

submit，申命也。提交，主張，投降謂之申命。

***mit，彌[2]**

彌，會意，射出，放出。《說文》：馳弓也。

missile，彌射也。導彈謂之彌。

emit，逸彌也。溢彌也。射。噴。散。

intermit，央之彌也。間斷謂之央之彌。

manumit，摹奴彌也。解放奴隸謂之摹奴彌。-nu-，摯，奴並音。

omit，兀彌也。遺漏謂之兀彌。

permit，片彌也。允許謂之片彌。

transmit，傳彌也。傳播謂之傳彌。

mix，*meik-，糜淆

《說文》：糜（mi），碎也。

《說文》：殽，相雜錯也。殽，淆之古字。

甫語：*meik-，糜淆也。淆，混淆。

mix，糜淆也。混。

admix，爾糴糜淆也。混合謂之爾糴糜淆。

intermix，央之糜淆也。融合謂之央之糜淆。

premix，朴糜淆也。預先混合謂之朴糜淆。

mixture，糜淆團也。混合謂之糜淆團。

mob，氓

氓，會意，流亡之民也。

mob，氓也。暴民謂之氓。-b，暴之首音。

mobocracy，氓暴承襲也。暴民政治謂之氓暴承襲。

modern，莫等

莫等，無需等待，就是現在。

拉：modō，莫等也。本義：just now, recently。

modern，莫等也。當今，現代謂之莫等。

mod，*med-，模

模，模型，模式。《說文》：法也。徐曰，以木為規模也。

當，適當。《易・履》：夬履貞厲，位正當也。

甫語：*med-，模也。

拉：modus，模定也。

mode，模也。

model，模定也。模型，模特謂之模定。

moderate，模定域也。適度謂之模定域

modest，模定至也。適中，簡朴，謙虛謂之模定至。

modify，模遞仿也。變更謂之模遞仿。

commodity，共模定也。商品謂之共模定。

accommodate，爾共模定也。適應謂之爾共模定。

outmoded，外模定也。過時謂之外模定。

modulate，模對聯也。變換，調節，轉調謂之模調對聯。

modish，髦遞時也。時髦謂之髦遞時。

moment，秒貌

moment，秒貌也。瞬間謂秒貌。

momentum，秒勸動也。動力謂之秒勸動。

money，*mon-，貿乃

《說文》：貿，易財也。

money，貿乃也。錢。

***mon，*men-[1]，鳴**

鳴，警鳴。《說文》：鳥聲也。《玉篇》：聲相命也。

甫語：*men-，鳴也。

拉：monēre，鳴鳥也。

monitor，鳴鳥者也。監視者謂之鳴鳥者。

monition，鳴鳥呻也。警告謂之鳴鳥申。

monument，鳴鳥銘也。紀念碑謂之鳴鳥銘。

admonish，爾遞鳴鳥也。責備謂之爾遞鳴鳥。

premonish，朴鳴鳥也。預先警告謂之朴鳴鳥。

summon，頌鳴也。召喚謂之頌鳴。

***monstr，*men-[2]，明**

《說文》：示，大垂象，見吉凶，所以示人也。

甫語：*men-，明也。
show，示也。
demonstrate，旳明示也。證明謂之旳明示。
remonstrate，亦明示也。抗議謂之亦明示。

motif，明題也。主題謂之明題。

moral，睦仁

《說文》：仁，親也。睦，目順也。一曰敬和也。和睦。
拉：mor，mos，睦也。
moral，睦仁也。道德謂之睦仁。
amoral，異睦仁也。非道德謂之異睦仁。
immoral，陰睦仁也。不道德謂之陰睦仁。

morale，睦容也。士氣謂之睦容。
morality，睦仁禮悌也。道德規範謂之睦仁禮悌。
demoralize，遻睦仁禮也。敗壞道德謂之遻睦仁禮。

moron，蒙愚

蒙，蒙昧。
愚，愚蠢。
希：μωρός（mōros），蒙愚也。
拉：mōrus，蒙愚也。
moron，蒙愚也。

***morph，模非**

《說文》：非，違也。《玉篇》：不是也。
希：morphē，模非也。
morph，模非也。變形謂之模非。
morphology，模非理經也。形態學。
amorphous，異模非也。無定形謂之異模非。
metamorphosis，模態模非形也。變態謂之模態模非形。
polymorphic，沛模非也。多形態謂之沛模非。

mort，歿

《廣雅》：歿，終也。

拉：mors，mortalis，歿也。

mort，歿也。死。

mortal，歿胎也。凡身謂之歿胎。

immortal，異歿胎也。永生體謂之異歿胎。

mortify，歿胎仿也。羞辱謂之歿胎仿。

morgue，歿棺也。歿椁也。停尸房謂之歿棺。

morbid，歿病也。病態謂之歿病。

mortgage，歿胎該貢也。抵押，抵押貸款謂之歿胎該貢。

murder，歿殆也。謀殺謂之歿殆。

move，*meuH-，邁

邁，行也。《詩》曰：行邁靡靡。《正韻》：往也。

甫語：*meuH-，邁也。

希：kinein，跬捻也。本義：move。

拉：movēre，邁往也。

move，邁也。移動謂之邁。-ve，往也。

remove，亦邁也。挪走謂之亦邁。

mobile，邁步也。移動謂之邁步。

motion，邁動也。動。

demobilize，遰邁步離也。遣散謂之遰邁步離。

locomotion，立坤邁動也。運動謂之立坤邁動。

demote，低邁也。降級謂之低邁。

promote，甫邁也。擢升謂之甫邁。

remote，亦邁也。遙遠謂之亦邁。

motivate，邁提為也。激發謂之邁提為。

***muni，牧**

《廣韻》：牧，使也。《說文》：養牛人也。

《說文》：尹，治也。

拉：munus，牧農也。

mayor，牧尹也。市長謂之牧尹。

municipal，牧農市堡也。自治權謂之牧農市堡。

common，共牧也。公地，共同謂之共牧。

community，共牧農體也。社區謂之共牧農體。

communicate，共牧農傳也。傳達，交流謂之共牧農傳。

mural，*muro-，墁隅

《廣韻》：墁（man），牆壁之飾也。

《說文》：隅，陬也。城隅。牆隅。

甫語：*muro-，墁隅也。

拉：murus，墁隅也。

mural，墁隅也。壁畫謂之墁隅。

muralist，墁隅臨者也。壁畫家謂之墁隅臨者。

extramural，逸出墁隅也。校外謂之逸出墁隅。

immure，役墁隅也。監禁謂之役墁隅。

museum，模展

《廣韻》：模，又形也。

展，展覽也。《周禮》：大祭祀，展犧牲。

museum，模展也。博物館謂之模展。

muscle，脢肌

《說文》：肌，肉也。

《說文》：脢（mei），背肉也。

muscle，脢肌也。肌肉謂之脢肌。sc 讀若 j。

mutual，*mei-，媒通

《說文》：媒，謀也。

甫語：*meu-，媒也。

拉：mutare，媒通也。

mutate，媒通也。突變謂之媒通。

mutual，媒通也。互相謂之媒通。

commute，共媒通也。通勤謂之共媒通。

immutable，陰媒通也。不可改變謂之陰媒通。

permute，片媒通也。重排謂之片媒通。

transmute，穿媒通也。變質謂之穿媒通。

must，*mōd-，命至

命，會意，口令也。命令。《說文》：使也。

甫語：*mōd-，命也。

must，命至也。必須謂之命至。命令所至，必須必定。

***myst，*meu-，祕之**

祕，世不知也。《說文》：祕，神也。祕密。神祕。

甫語：*meu-，祕也。

希：mythos，祕曉也。

拉：mysticus，祕之恐也。st 讀若 zh。

mystery，祕之疑也。神祕謂之祕之疑。

mystical，祕之恐也。神祕主義謂之祕之恐。

mystify，祕之仿也。迷惑謂之祕之仿。

myth，祕說也。迷思也。傳說謂之祕說。

N 臬乃

乃，象形，陰陽連也。

N，象形，乃也。

n，會意，臬也。臬，乃也。

***nat，娘，妳，奶**

娘，母稱。

《博雅》：妳（nai），母也。楚人呼母曰妳。

拉：nasci，娘生也。本義：born。
拉：natio，娘姓也。女姓也。本義：race，people，tribe。

nation，妳姓也。民族，國家謂之妳姓。
native，妳同也。原著民，本地謂之妳同。

naïve，奶幼也。幼稚謂之奶幼。

nature，娘出也。本性，自然謂之娘出。

natal，娘胎也。新生兒謂之娘胎。或，嫩童也。
prenatal，朴娘胎也。產前謂之朴娘胎。
agnate，爾根娘胎也。男系氏族謂之爾根娘胎。
cognate，共根娘胎也。同根同源謂之共根娘胎。
connate，從娘胎也。天賦謂之從娘胎。
innate，胤娘胎也。天生謂之胤娘胎。
neonate，嫩娘胎也。新生謂之嫩娘胎。

née，娘也。娘家姓謂之娘。

naked，*negw-，內裏

《說文》：內，入也。
《玉篇》：內，裏也。
甫語：*negw-，內裏也。
naked，內開也。裸體謂之內開。

name，*nó-mn̥-，諾名

《說文》：諾，應也。名，自命也。
甫語：*no-，諾也。
甫語：*nó-mn̥-，諾也。
拉：nomin，諾名也。
name，諾名也。名。呼之以名，應之以諾。
surname，姓諾名也。姓。

nominal，諾名諾也。名義謂之諾名諾。
nominate，諾名揑也。提名謂之諾名揑。揑，指揑也。
nominee，諾名男也，諾名女也。被任命者。
denominate，定諾名也。定名，結算謂之定諾名。
binomial，比諾模也。二項式謂之比諾模。
renown，亦諾也。名聲謂之亦諾。

noun，諾也。名辭謂之諾。
pronoun，甫諾也。代辭謂之甫諾。

acronym，爾魁諾名也。頭字語謂之爾魁諾名。
anonymous，爾匿諾名也。匿名謂之爾匿諾名。
antonymous，遏抵諾名也。反義辭謂之遏抵諾名。
cryptonym，窺偷諾名也。化名謂之窺偷諾名。
eponymous，一配諾名也。同名謂之一配諾名。
matronymic，母出諾名也。母系姓謂之母出諾名。
onymous，偶諾名也。別名謂之偶諾名。
paronym，配諾名也。同源辭謂之配諾名。
pseudonym，諼瀆諾名也。假名謂之諼瀆諾名。
synonym，巽諾名也。同義辭謂之巽諾名。

nail，撓

nail，撓也。指甲謂之撓。

***nav，*nau-，橈**

橈，船槳也。《方言》：楫謂之橈。《說文》：曲木也。
橈客，船家也。又作【舟堯】。
甫語：*nau-，橈也。
希：naus，橈也。
拉：navis，橈塢也。塢，船塢也。
nautical，橈逖（ti）也。逖，遠也。
aeronaut，忢橈也。飛艇謂之忢橈。

astronaut，爾宿橈也。宇航員謂之爾宿橈。宿，星宿也。

navy，橈衞也。海軍謂之橈衞。

navigate，橈衞卦也。導航謂之橈衞卦。

circumnavigate，圐圖橈衞卦也。環航世界謂之圐圖橈衞卦。

necro，*nek-，匿殨

《說文》：匿，亡也。

《說文》：殨，爛也。殆，枯也。

甫語：*nek-，匿也。

希：nekros，匿殨也。

necrology，匿殨理經也。訃告謂之匿殨理經。

necromancer，匿殨冥師也。巫師謂之匿殨冥師。

necropolis，匿殨堡壘也。公共墓地謂之匿殨堡壘。

necrosis，匿殨死也。壞死謂之匿殨死。

necrophobia，匿殨怫怖也。死亡恐怖謂之匿殨怫怖。

necrotomy，匿殨剔也。尸體解剖謂之匿殨剔。

net，*ned-，紐

《說文》：紐，系也。

甫語：*ned-，紐也。

拉：nectere，紐系也。ct 讀若 x。

net，紐也。網。

connect，共紐也。聯接謂之共紐。

disconnect，斷共紐也。分開，切斷謂之斷共紐。

interconnect，央之共紐也。互連，相通謂之央之共紐。

annex，爾紐也。附屬物謂之爾紐。

nexus，紐系也。聯繫謂之紐系。

nectar，釀酴

《說文》：釀，醞也。作酒曰釀。

《說文》：酴，酒母也。

nectar，釀酴也。酒，花蜜謂之釀酴。

nerd，訥

《說文》：訥，言難也。

nerd，訥也。書獃子謂之訥。

neuro，腝耎，*（s）neu-，（稍）肖

肖，象形，下骨肉，上神經。《說文》：骨肉相似也。

稍，末稍。神經末梢。《說文》：出物有漸也。

腝（ni），從肉，從耎。

耎（ruan），象形，肖前大也，而為肖之倒轉。《說文》：稍前大也。

甫語：*（s）neu-，此處（s）可有多種辭源：

*（s）neu-，稍也。

*sneu-，肖也。sn 讀若 x。

*s-neu-，稍腝也。

*neu-，腝也。

希：neuron（νεῦρον），腝耎也。去 s。

neural，腝肉也。或，腝肉也。神經。

neuralgia，腝肉痁也。神經痛謂之腝肉痁。

neuritis，腝肉痛也。神經炎謂之肖肉痛。

neuroscience，腝肉慎思也。神經科學。

neurotransmitter，腝肉穿彌也。神經遞質謂之腝肉穿彌。

neurosis，腝肉疧也。神經病謂之腝肉疧也。疧（qi），病也。

又，

耎（nuo），古同懦，《廣韻》：耎，弱也。

拉：nervus，耎畏也。

nerve，耎也。神經，神經質謂之耎。

nervous，耎畏也。神經緊張謂之耎畏。

nest，鳥築，*nisdós-，鳥洞

甫語：*nisdós-，蔦洞也。
nest，鳥築也。鳥巢謂之鳥築。

nice，暖心

nice，暖心也。有好，愉快謂之暖心。

nod，腦點

nod，腦點也。點頭謂之腦點。

noise，鬧聲

noise，鬧聲也。

***nox，*nek-，虐**

《說文》：虐，殘也。
甫語：*nek-，虐也。
拉：nocere，虐殺也。
noxious，虐嗅也。有毒，有害謂之虐嗅。
innocent，異虐殺也。無辜謂之異虐殺。

obnoxious，牾背鬧心也。討厭謂之牾背鬧心。

noble，念愊

《說文》：念，常思也。
《說文》：愊（bi），誠志也。
拉：nobilis，念愊禮也。
noble，念愊也。本義：高尚。
Noble，諾愊也。諾貝爾謂之諾愊。

nostalgia，念舊家

nostalgia，念舊家也。懷舊謂之念舊家。

note，聿拓，*gneh₃-，記

《說文》：聿（nie），手之疌巧也。

《說文》：聿（yu），所以書（書）也。

《說文》：書，著也。書，從聿。書，书之古字。

《廣雅》：記，書（書）也。

甫語：*$gneh_3$-，記也。

拉：nota，聿拓也。或將聿誤抄作聿。

note，聿拓也。符號，筆記，音符謂之聿拓。

notebook，聿拓簿也。筆記本謂之聿拓簿。

notable，聿拓備也。著名謂之聿拓備。

notary，聿拓樣也。公證謂之聿拓樣。

notify，聿提訪也。公告謂之聿提訪。

notation，聿題也。標記，註解謂之聿題。題，記也。

***nounce，*neu-，念聲**

《說文》：念，常思也。

拉：nuntiare，念叨也。

announce，念聲也。宣佈謂之念聲。

denounce，詆念嘶也。譴責謂之詆念嘶。

pronounce，卜念聲也。發音謂之卜念聲。

renounce，亦念聲也。放棄謂之亦念聲。

notice，念提示也。注意謂之念提示。

notion，念思也。觀念謂之念思。

nourish，*nu-，農養飼

《說文》：農，耕也。

炊，燒火做飯也。

甫語：*nu-，農也。

拉：nutrire，農炊也。

nourish，農育飼也。養育謂之農育飼。

nutrient，農炊也。營養物謂之農炊。

nutrition，農炊膳也。營養品謂之農炊膳。

novel，*newo-，嫩謂

嫩，幼也，新也。

《廣韻》：告也，言也。

甫語：*newo-，嫩謂也。

拉：novus，嫩謂也。

novel，嫩謂也。小說謂之嫩謂。

novelty，嫩謂態也。新奇謂之嫩謂態。

novice，嫩娃子也。新手謂之嫩娃子。

innovate，引嫩為也。革新謂之引嫩為。

renovate，亦嫩為也。翻新謂之亦嫩為。

nurse，女侍

nurse，女侍也。護士謂之女侍。

nut，*kneu-，殼

殼（qiao），堅硬外殼也。《說文》：從上擊下也。

甫語：*kneu-，殼也。

古德語：*khnut-，殼也。kn 讀若 q。

nut，殼也。

O 圓口

圓，象形，〇也。會意，元也，圜也，原也，緣也，環也，太極也。

O，象形，〇也，圓也。

o，w，u，v 皆為中宮簇音。同簇之音常互變。

obey，勿背

《說文》：勿，非也。

《集韻》：背，違也。

obey，勿背也。遵守謂之勿背。不要違背。

ocular，*okw-，瞀看瞵

《說文》：瞀（wo），短深目貌。

《類篇》：瞵，視貌。《說文》：目精也。

《說文》：看，睎也。《博雅》：視也。

甫語：*okw-，瞀看也。

拉：oculus，瞀看瞵也。

ocular，瞀看瞵也。眼部，目鏡謂之瞀看瞵。

binocular，並瞀看瞵也。雙筒望遠鏡謂之並瞀看瞵。

odor，味道

odor，味道也。

office，王府室

office，王府室也。辦公室謂之王府室。

officer，王府使也。警察，軍官謂之王府使。

old，*ol-，酉

《廣韻》：酉，老也。

《說文》：耋，年八十曰耋。

甫語：*ol-，酉也。

old，酉耋也。老。o 讀若 yo。

open，兀闢

《說文》：闢，開也。

open，兀闢也。開。

***oper，*op-[1]，為番**

《爾雅》：作，造，為也。

番，手掌也。《說文》：獸足謂之番。從釆，田，象其掌。

甫語：*op-，為番也。

拉：oper，為番也。
operate，為番也。操作謂之為番。
o-，work，為也。
-per-，palm，番也。
-ra-，運也。用也。營也。r 讀若 y。
-tion，使也。
operation，為番用使也。運用，經營謂之為番用使。
cooperate，共為番也。合作謂之共為番。

opera，謳配吟

《說文》：謳，齊歌也。
《增韻》：詠，詠歌謳吟也。詠，同詠。
拉：opus，謳配吟也。
opera，謳配吟也。歌劇謂之謳配吟。

opinion，吾偏念

opinion，吾偏念也。看法，觀念謂之吾偏念。

opt，*op-²，吾番挑

番，手掌也。
挑，挑選。
甫語：*op-²，吾番也。
拉：optare，吾番挑也。
opt，吾番挑也。選擇謂之吾番挑。
adopt，爾盜番挑也。採用謂之爾盜番挑。
optimum，吾番挑貌也。優化謂之吾番挑貌。

optimism，吾番挑命擇也。樂觀謂之吾番挑命擇。
pessimism，悲傷命擇也。悲觀謂之悲傷命擇。

optic，眼瞳孔

《正韻》：盼，視也。
希：ὄψις（ópsis），眼視也。

拉：opticus，眼瞳孔也。o 讀若 yo。

optic，眼瞳也。眼。視覺謂之眼瞳。

optical，眼瞳孔也。視覺，光學謂之眼瞳孔。

oral，*os-，吻

《説文》：吻，口邊也。《玉篇》：口吻。

甫語：*os-，吻也。

拉：orare，吻也。

oral，吻也。口。

orate，唯言

《説文》：唯，諾也。祰，告祭也。

orate，唯言也。演説謂之唯言。

oratory，唯言談也。演講術謂之唯言談。

oracle，悟空

甫語：*or-，悟也。

拉：orare，悟也。

oracle，悟空也。神諭者謂之悟空。區別於孫悟空。

Oracle，悟空也。舊譯：甲骨文公司。

orblt，彎邊道

拉：orbis，彎邊也。

orbit，彎邊道也。軌道，繞行謂之彎邊道。

order[1]，*ōrd-，王諦

《廣韻》：王，大也，君也，天下所法。

《説文》：臬，射准的也。

甫語：*ōrd-，王諦也。

拉：ordo，王諦也。

古法語：ordre，王等也。

order[1]，王諦也。命令謂之王諦。

ordinary，王的奴役也。平凡，普通謂之王的奴役。

ordinance，王謚臯也。法令謂之王謚臯。

ordination，王謚臯授也。授聖職謂之王謚臯授。

order²，緯等

緯，經緯。《說文》：緯，橫織絲也。

order²，緯等也。順序謂之緯等。

ordinate，緯等臯也。縱坐標謂之緯等臯。

coordinate，共緯等臯也。坐標，協調謂之共偶等臯。

orient，元陽

《說文》：元，始也。

拉：oriri，元日陽也。

orient，元陽也。東方，朝向謂之元陽。

Oriental，元陽曈也。東方謂之元陽曈。曈曨，日欲明也。

disorient，斷元陽也。失去方向謂之斷元陽。

origin，元一甲

《說文》：元，始也。

《說文》：甲，東方之孟，陽氣萌動。

元，一，甲，皆始也。

origin，元一甲也。起源，最初謂之元一甲。

original，元一甲臯也。元始，最初，創新謂之元一甲臯。

***orn，*or-，紋**

《玉篇》：紋，綾紋也。紋飾。

《玉篇》：霓，雲色似龍也。霓虹，霓裳。

甫語：*or-，紋也。

拉：ornare，紋霓也。

ornate，紋霓也。華麗謂之紋霓。

ornament，紋霓貌也。裝飾謂之紋霓貌。

adornment，黛霓貌也。裝飾謂之黛霓貌。

***ortho，午是**

午，正中也。午時，日正南。《廣韻》：交也。

是，日正也。《說文》：直也。

希：ὀρθός，午是也。本義：right，straight。

orthodox，午是道也。正統謂之午是道。

orthogonal，午是弓也。直角謂之午是弓。角謂之弓。

orthography，文聲卦也。拼字法。聲音文字之道理方法。

orthopedic，午形痞也。整形外科謂之午形痞。

***osteo，*ost-，咼**

冎有肉曰骨。《說文》：肉之覈也。從冎，有肉。

骨無肉曰冎。《說文》：象形，頭隆骨也。

咼，像冎；會意，口冎也。讀 wo，亦讀 he。

《說文》：髓，骨中脂也。

甫語：原始版，*$h_2$ost-，*$h_2$est-，*$h_2$ast-，咼（he）也。

甫語：*ost-，咼也。或將冎誤作咼。

希：osteon，咼髓也。

拉：oss，咼也。

ossicle，咼髓骨也。小骨謂之咼髓骨。

ossify，咼髓仿也。骨化謂之咼髓仿。

osteoarthritis，咼髓厄髓炎痛也。骨關節炎。

arthritis，厄髓炎痛也。關節炎。厄，關節。

osteoblast，咼髓胞也。造骨細胞謂之咼髓胞。

osteology，咼髓嘮卦也。骨學。

osteopathy，咼髓痞也。整骨術。

bone，棒也。骨棒。

oven，甕

《說文》：甕，罌也。罌，缶也。

oven，竈也。烤爐謂之竈。

oath，約誓

oath，約誓也。誓。

P 片

片，象形，《玉篇》：半也，判也。
π，象形，片也，爿也，側轉。
p，π 也。又，從番，像手掌。
p 有近音 b，f。

part[1]，*pere-，片

片，部分也。《說文》：片，判木也。
甫語：*pere-，片也。判也。
拉：partem，片段也。
part，片也。
partial[1]，片段也。部分謂之片段。
participate，片段受配也。參加謂之片斷受配。
particle，片段顆也。分子謂之片段顆。
particular，片段顆例也。特別謂之片段顆例。

portion，片份也。部分謂之片份。
proportion，配片份也。比例謂之配片份。

pack，鞄，批

鞄（páo），會意，革包也。《說文》：獸皮治去其毛。
皰（pào），會意，皮包也。有毛曰皮，去毛曰革。
pack[1]，鞄也。包。-ck，革也。
pack[2]，批也。一批。
parcel[1]，鞄獸也。包裹謂之鞄獸。

purse，鞄飾也。手提包謂之鞄飾。

pat，拍

pat，拍也。

pact，*peg-，配 [1]

《玉篇》：配，對也，合也。配合。

甫語：*peh_2g-，配也。

拉：Pactum，配諦也。

pact，配也。協定謂之配。

compact[1]，共轡也。緊實謂之共轡。轡，系縛繩子。

compact[2]，共譬也。協議謂之共譬。譬，諭也。

compact[3]，共軿也。小型汽車謂之共軿。軿（ping），輕車也。

impact，硬碰也。衝擊謂之硬碰。

pair，配 [2]

《玉篇》：配，匹也，媲也。

pair，配也。對。雙。

repair，亦配也。修理謂之亦配。重新匹配。

prepare，朴配也。準備謂之朴配。朴，先也。

parade，配隊也。行列謂之配隊。

separate，解配也。分開謂之解配。解，判也。

parent，配人也。雙親謂之配人。

paragraph，配卦也。段落謂之配卦。

***pend[1]，配 [3]**

append，爾配也。附加謂之爾配。

appendix[1]，爾配典也。附錄謂之爾配典。

appendix[2]，爾配胴也。闌尾謂之爾配胴。《玉篇》：胴，大腸也。

compendium，共配典也。簡明手冊謂之共配典。

depend，定配也。依賴謂之定配。

independent，陰定配對也。獨立謂之陰定配對。陰，表否定。

***pli，配[4]**

comply，恭配也。服從謂之恭配。恭敬的配合，即服從。

compliment，恭配貌也。恭維謂之恭配貌。

supply，巽配也。供應謂之巽配。

accomplish，爾共配也。達成謂之爾共配。

***pound，配[5]**

compound，共配也。混合謂之共配。

expound，意配也。解釋謂之意配。

opponent，牾配也。對手謂之牾配。

page，*pag-，片箋

《說文》：箋，表識書也。古者紀事於箋，以竹編之。

甫語：*pag-，片也。

拉：pāgina，片箋也。

page，片箋也。頁。

pain，*pe（i）-，痞

《說文》：痞，痛也。

甫語：*pe（i）-，痞也。

拉：pati，痞痛也。

pain，痞也。痛。

patient，痞生也。病人謂之痞生。

patience，痞深思也。耐心謂之痞深思。

compatible，共痞痛備也。兼容共處謂之共痞痛備。

pathology，痞傷理經也。病理學。

neuropathy，腝（ni）痞也。神經病謂之腝痞。

psychology，神兒悝理經也。心裏學。悝，會意，心裏也。

paint，*peik-，噴[1]

噴，散射出也。《說文》：噴，咤也。《玉篇》：鼓鼻也。

甫語：*peik-，噴也。

拉：pingere，噴鼓也。

paint，噴也。t，塗之首音。

pal，朋

朋，朋友。《廣雅》：朋，比也，朋，類也。

pal，朋也。朋友。

party[1]，朋黨也。吾黨曰黨，彼黨曰黨。

party[2]，朋佻也。聚會謂之朋佻。佻，愉也。

partner，朋男也，朋女也。夥伴。

counterpart，抗朋也。對手謂之抗朋。

friend，甫友也。朋友謂之甫友。甫，人之美稱也。

palace，房窿

房（pang），《廣韻》：阿房，秦宮名。

拉：Palatium，房窿亭也。

palace，房窿也。宮。

pantry，庖厨

《說文》：庖，厨也。

拉：panis，庖饢也。饢，烤製麵餅。

pantry，庖厨也。儲食間謂之庖厨。

pare，刐

《集韻》：刐（pi），剝也。

拉：parpare，剝皮也。

pare，刐也。削。

par[1]，平

《玉篇》：平，齊等也。《增韻》：均也。

媲，媲美，比較也。《說文》：媲，配也。

拉：par，平也。

par，平也。票面價值，同等水平，標準杆數，曰平。

parity，平勻態也。平等謂之平勻態。

disparity，邋平勻態也。不等謂之邋平勻態。

poise，平鎮也。鎮定謂之平鎮。

compare，共媲也。比較謂之共媲。

park，坪[1]

《說文》：坪，地平也。

park，坪壙也。公園，停車場謂之坪壙。

parcel[2]，坪敞也。一塊地謂之坪敞。

*__parous，胚育__

《說文》：胚，婦孕一月也。肧，胚之古字。

育，生也。《說文》：養子使作善也。

拉：parere，胚育也。

-parous，胚育也。

biparous，並胚育也。雙生謂之並胚育。

multiparous，茂胚育也。一胎多子謂之茂胚育。

oviparous，丸胚育也。卵生謂之丸胚育。ov 讀若 w，丸也。

uniparous，元胚育也。一胎一子謂之元胚育。

viviparous，物物胚育也。胎生謂之物物胚育。

*__part[2]，判__

《說文》：判，分也。

partition，判劙也。分割謂之判劙。

apart，爾判也。分開謂之爾判。

compart，共判也。分隔謂之共判。

department，遷片門也。部門謂之遷片門。

***part[3]，偏**

partial[2]，偏袒也。

impart，益偏也，或益配也。傳授謂之益配。

pace，步，頻

《說文》：步，行也。

pace[1]，步也。

pace[2]，頻也。節奏，速度謂之頻。

per，頻也。每。

pass，*pet-，票，【走票】

票，通行憑證。票證，票據。

《說文》：【走票】（piao），輕行也。

甫語：*pet-，【走票】也。

拉：pandere，【走票】動也。

path，【走票】也。徑。小路謂之【走票】。

pass[1]，【走票】行也。動辭。過。

pass[2]，票也。名辭。

past，【走票】昔也。昔日，過去謂之【走票】昔。

passage，票行過也。同行，通過謂之票行過。

passenger，票行者也。乘客，旅客，憑票同行者。

passport，票闢也。護照謂之票闢。闢，開也。

passion，嚭喜

《說文》：嚭，大也。

《說文》：喜，樂也。

passion，嚭喜也。激情謂之嚭喜。

compassion，共嚭喜也。同情謂之共嚭喜。

dispassion，抵嚭喜也。冷淡謂之抵嚭喜。

impassion，殷嚭喜也。使感動謂之殷嚭喜。

passive，被受

《說文》：被，寢衣，長一身有半。從衣，皮（pi）聲。

passive，被受也。被動，消極，順從謂之被受。

impassible，湮被受備也。無知覺謂之湮被受。湮，沒也。

impassive，湮被受也。沒感情謂之湮被受。

***path，悲**

pathos，悲傷也。傷感謂之悲傷。

pathetic，悲傷啼哭也。可憐謂之悲傷啼哭。

apathy，湮悲傷也。冷淡謂之湮悲傷。沒有悲傷。湮，沒也。

sympathy，巽悲傷也。同情謂之巽悲傷。巽，具也。

antipathy，遏抵悲傷也。反感謂之遏抵悲傷。

pay，賠

賠，付也。

《說文》：贖，貿也。

pay，賠也。付。

pension，賠給贖也。養老金謂之賠贖。

compensate，共賠贖也。賠償謂之共賠贖。

dispense，遭賠也。分予謂之遭賠。dis- 當做 de-。

recompense，亦共賠也。報酬，賠償謂之亦共賠。

expend，溢賠也。花費謂之溢賠。

expense，溢賠支也。支出謂之溢賠支。

expensive，溢賠贖也。昂貴謂之溢賠贖。

peace，平順

peace，平順也。和平，安寧謂之平順。

peal，彭

《說文》：彭，鼓聲也。

peal，彭也。

***pear，瞥**

《說文》：瞥，過目也。魄，陰神也。

peer[1]，瞥也。看。

appear，爾瞥也。出現謂之爾瞥。

appearance，爾瞥眼也。出現謂之爾瞥眼。

transparent，穿瞥也。透明謂之穿瞥。

apparition[1]，一瞥魂神也。幽靈謂之一瞥魂神。

apparition[2]，一瞥入神也。幻影謂之一瞥入神。

***ped[1]，*pod-，番**

《說文》：番，獸足謂之番。從釆，田，象其掌。釆，爪也。

《說文》：【走真】(dian)，走頓也。《類篇》：走也。

甫語：*pod-，番也。

拉：pes，番也。

pedal，番蹬也。腳蹬子謂之番蹬。

pedestal，番蹬座也。底座謂之番蹬座。

pedestrian，番【走真】逐人也。行人謂之番【走真】逐人。

pedometer，番【走真】米也。計步器謂之番【走真】米。

biped，並番也。二足動物謂之並番。

centipede，科番也。蜈蚣謂之科番。科，百也。

multipede，茂番也。多足謂之茂番。

quadruped，塊番也。四足謂之塊番。塊，四也。

tripod，川番也。三腳架謂之川番。川，象形，三也。

expedite，逸番遞也。加速謂之逸番遞。

expedition，逸番隊師也。遠征隊謂之逸番隊師。

impede，礙番也。阻礙謂之礙番。

***ped[2]，*pou-，褓**

《說文》：緥，小兒衣也。緥，同褓。保，養也。

甫語：*pou-，褓也。

拉：pais，褓也。

pediatrics，褓犢處科也。小兒科謂之褓犢處科。

pedophilia，褓犢非禮也。戀童癖謂之褓犢非禮。

***pedia，*pau-，培讀**

《說文》：培，一曰益也，養也。

《說文》：讀，誦書也。

《玉篇》：陪，助也，益也。

甫語：*pau-，培也。

希：παιδεία（paideia），培讀也。

encyclopedia，元圓圖培讀也。百科全書。

Wikipedia，網快陪讀也。維基百科。

pee，泡

泡，撒泡尿。

pee，泡也。尿尿。

peer[2]，陪

《增韻》：陪，伴也。

peer，陪也。伴。

company，共陪也。夥伴謂之共陪。

peel，皮[1]

peel，皮也。

***pel，*pel-，迫[1]**

《廣韻》：迫，逼也，近也。

《廣雅》：排，推也。

甫語：*pel-，迫也。

拉：pellere，迫臨也。

compel，共迫也。強迫謂之共迫。

dispel，抵迫也。驅散謂之遻迫。

expel，逸迫也。驅逐謂之逸迫。

impel，引迫也。迫使謂之引迫。

propel，排迫也。推進謂之排迫。

repel，亦迫也。驅逐謂之亦迫。

impend，迎迫也。迫近謂之迎迫。

pen，翍

《集韻》：翍（po），羽也。

pen，翍也。羽毛筆謂之翍。

pencil，翍削也。鉛筆謂之翍削。

***pend[2]，*pen-，佩**

佩，掛也，戴也。《說文》：佩，大帶佩也。

甫語：*pen-，佩也。

拉：pendere，佩戴也。

pendant，佩戴也。垂飾謂之佩戴。

pending，佩定也。未定謂之佩定。

pendulum，佩錠鈴也。鐘擺謂之佩錠鈴。

penal，炮虐

炮（pao），灼也。炮烙。《說文》：炮，毛炙肉也。

拉：poena，炮虐也。

penal，炮虐也。形罰謂之炮虐。

punish，炮虐刑也。懲罰謂之炮虐刑。

repent，亦炮也。懺悔謂之亦炮。

penny，片

penny，片也。便士謂之片。

percent，頻程

頻，頻率。《廣雅》：比也。

程，百分之一。《說文》：十程為分。

分，十分之一，如，分米。

百分之一謂之程。

cent，程也。

percent，頻程也。百分比謂之頻程。

perfect，盤豐

《廣韻》：茂也，盛也。

perfect，盤豐也。完美謂之盤豐。

peri，*per-，否夷

《說文》：否（pi），不也。

夷，安也，悅也。《詩》曰：即見君子，雲胡不夷。

甫語：*per-，否也。

拉：periri，否夷也。

peril，否夷也。危險，不安全謂之否夷。

imperil，嚴否夷也。危及謂之嚴否夷。

***per，癖**

癖，癖好。嗜好之病。《白居易詩》：人皆有一癖，我癖在章句。

expert，易癖也。專家謂之易癖。

experience，逸癖驗試也。經驗謂之逸癖驗試。

experiment，逸癖驗模也。實驗謂之逸癖驗模。

empirical，依癖驗考也。經驗主義謂之依癖驗考。

period，片與段

period，片與段也。一段時間謂之片與段。

pet，陪同

pet，陪同也。寵物謂之陪同。

pet，拍貼也。撫摸謂之拍貼。

***pet[1]，*pete-，盼**

盼，望也。盼望。《詩》曰：美目盼兮。

甫語：*pete-，盼也。

拉：petere，盼也。

appeal，盼也。呼籲謂之盼。

petition，盼討申也。請願書謂之盼討申。

***pet[2]，匹**

匹，比也，匹敵。配也，匹配。《爾雅》：匹，合也。

compete，共匹也。競爭謂之共匹。

competence，共匹同也。能力謂之共匹同。

incompetence，異共匹同也。無能力謂之異共匹同。

impetus，殷匹推也。動力謂之殷匹推。

repeat，亦頻也。重複謂之亦頻。

***petro，磐磣**

《廣韻》：磐，大石。《易・漸》：鴻漸於磐。

《廣韻》：磣（chen），物雜沙也。

希：petros，磐磣也。

petrify，磐磣仿也。石化謂之磐磣仿。

petrography，磐磣卦也。巖石記載學。

petroleum，磐磣流也。石油謂之磐磣流。

petrology，磐磣理經也。巖石學。

petrologist，磐磣理經者也。巖石學家。

***phan，*fan，氛**

《說文》：氛，祥氣也。

《玉篇》：騰，上躍也，奔也。

《說文》：魋（tui），神獸也。

希：φαίνω（phainō），氛也。

phantom，氛魋也。幽靈謂之氛魋。

phantasm，氛騰象也。幻覺謂之氛騰象。sm 讀若 x。

phenomenon，氛濃謐甯也。非凡謂之氛濃謐寧。寧，所願也。

fantasy，氛騰想也。幻想謂之氛騰想。

fantasia，氛騰像也。幻想曲謂之氛騰聲。

fantastic，氛騰極也。太棒了！謂之氛騰極。

fancy，氛兮也。奢華昂貴。氛想也。

Tiffany，帝氛妮也。蒂芙妮。

emphasize，印氛申也。強調謂之印氛申。

pharmacy，方，房

方，藥方。

房，藥房。

希：φάρμακον（pharmakon），方末膏也。

pharmacy[1]，方末也。藥方謂之方末。末，藥粉末。

pharmacy[2]，房末也。藥房謂之房末。

pharmaceutical，方末術兌膏也。藥。術，醫術。膏，藥膏。

phase，份

phase，分子也。階段，時期，月相謂之分子。

Philip，福

《說文》：福，祐也。

，庇，庇祐。

甫語：*b^hel-, 庇也。本義：love，like。

希：philein，福臨也。

拉：amor，愛慕也。

Phillips，福臨也。十字謂之福臨。

philanthropy，福臨繈褓也。慈善。-thropy，-thropos，繈

裸也。

philosophy，福臨羲伏也。哲學。

-phile，福郎也。愛好者謂之福郎。

fond，福也。喜愛謂之福。福，祝福。

phone，諷

《詩經》有三部，風，雅，誦。風，諷也。雅，嚷也。誦，聲也。

《說文》：諷，誦也。聲，音也。

phone，諷也。

yell，嚷也。

song，誦也。

甫語：$*b^{h}eh_{2}$-，叭也。《集韻》：叭，聲也。

希：phone，諷也。

phone，諷也。手機謂之諷。

phonics，諷念也。拼讀法。

phonemics，諷念鳴也。音位學。

phonetics，諷念兌也。語音學。《說文》：兌，說也。

phonetician，諷念兌士也。語言學家。

Phoenician，諷念士也。首先發明拼音字符之語言學家。舊譯：腓尼基人。phonetician，Phoenician，二詞同源同義。

phonogram，諷念掛也。音標謂之諷念掛。掛，畫也。

phonograph，諷念卦也。留聲機謂之諷念卦。

phonology，諷念理經也。音韻學。

phonometer，諷念米也。音波測定儀。

euphony，優諷念也。悅耳之音謂之優諷念。

homophone，和諷也。同音謂之和諷。和，與也。

megaphone，莽廣諷也。擴音器謂之莽廣諷。莽，大也。

microphone，尛圭諷也。麥克風謂之尛圭諷。

symphony，巽諷也。交響樂謂之巽諷。巽，具也。

telephone，迢遼諷也。電話謂之迢遼諷。迢，遠也。千里迢迢。

xylophone，栽諷也。木琴謂之栽諷。栽，草木之殖曰栽。

prophecy，卜諷筮也。預言謂之卜諷筮。筮，《易》卦用蓍也。

prophet，卜諷者也。預言家謂之卜諷者。

phoenix，鳳霓

phoenix，鳳霓也。鳳凰謂之鳳霓。

photo，昐晪

《玉篇》：昐（fen），日光。

《廣韻》：晪（tian），明也。

《廣韻》：暴，日乾也。俗作曝。《小爾雅》：暴，曬也。

甫語：*bhā-，曝也。

希：phot，phos，昐也。

bright，曝也。

shine，曬也，曬（shai）也。

light，亮也。

photo，昐晪也。照片謂之昐晪。

photograph，昐晪卦也。照片謂之昐晪卦。

photochromic，昐晪光也。見光逆變色謂之昐晪光。

photoconduction，昐晪共導也。光電導謂之昐晪共導。

photocopy，昐晪抄配也。影印謂之昐抄擴配。

photocurrent，昐晪湰也。光電流謂之昐晪湰。

photodetector，昐晪邇探者也。光偵測器謂之昐邇晪探者。

photoelectric，昐晪赫赤也。光電謂之昐晪赫赤。

photometer，昐晪米也。光度計謂之昐晪米。

photophobia，昐晪怫怖也。怕光謂之昐晪怫怖。怫，鬱也。

photosynthesis，盼喚巽形淆也。光合作用謂之盼喚巽形淆。

phototube，盼喚筒篦也。光電管謂之盼喚筒篦。篦，導也。

phrase，分言說

希：φϱάσις（phrasis），分言說也。

拉：phrasis，分言說也。

phrase，分言說也。詞組，習語謂之分言說。

piano，平拈

《說文》：拈，指拈也。

piano，平拈也。鋼琴謂之平拈。

pick，剟開

《玉篇》：剟，刺。

peck，剟開也。啄。

pick，剟開也。挑選謂之剟開。

picnic，剟開餒烤也。野餐謂之剟開餒烤。《說文》：餒，饑也。

pie，盤，片

pie，π 也。π，象形，片也。

piece，片子也。

圓周率 π，盤也。

pict，*peyH-，篇

《說文》：篇，書也。

書（書）畫（畫）同源，皆從聿。

甫語：*peyH-，篇也。

拉：pingere，篇掛也。《說文》：掛，畫也。

picture，篇圖也。

pigment，篇圖貌也。色素謂之篇圖貌。

pictograph，篇圖卦也。象形文字。

depict，昀篇也。描述謂之昀篇。昀，明也。

pierce，剟

《玉篇》：剟（po），刺。

拉：pertundere，剟通也。

bore，剟也。穿。

pierce，剟穿也。穿。

poke，剟開也。戳。捅。插。

pill，片兒

pill，片兒也。藥片。

pillar，棚立

拉：pila，棚立也。

pillar，棚立也。柱。

pilot，鵬領頭

希：πηδόν（pēdon），鵬舵也。

拉：pilota，鵬領頭也。

pilot，鵬領頭也。領航員，飛行員謂之鵬領頭。

pioneer，闢男，闢女

《說文》：闢，開也。

pioneer，闢男，闢女也。開闢者謂之闢男，闢女。

place，坪[2]

《說文》：坪，地平也。

place，坪也。地點，場所謂之坪。

plain，平

平，平淡，平白無奇。

plain，平也。簡朴，平淡，素色，直接，坦率等皆謂之平。

plan，譜錄

譜，計劃也。《說文》：譜，籍錄也。

《集韻》：錄，記也。錄，录之古字。

拉：planum，譜錄也。

plan，譜錄也。計劃謂之譜錄。

program，譜掛也。計劃，節目，程序謂之譜掛。

programmer，譜掛兒也。計劃者，程序員謂之譜掛兒。

plastic，播築

築，澆築。

希：πλαστικός（plastikos），播築孔也。本義：fit for molding。

plastic，播築也。塑料謂之播築。st 讀若 zh。

plaint，*pleh$_2$-，怖【黎心】

《說文》：怖（pei），恨怒也。

《說文》：【黎心】（li），恨也。

甫語：*pleh$_2$-，怖【黎心】也。

拉：plangere，怖【黎心】慼也。

plaint，怖【黎心】也。抱怨謂之怖【黎心】。

plaintiff，怖【黎心】提夫也。原告謂之怖【黎心】提夫。

complain，共怖【黎心】也。抱怨謂之共怖【黎心】。

plate，*plāk-，盤

《說文》:盤，承槃也。《正字通》:盛物器。盤，盘之古字。

甫語：*plāk-，平也。

希：πλατύς（platýs），盤也。

拉：planus，盤也。

plate，盤也。

plant，*pleth$_2$-，圃，播，棚

《說文》：圃，種菜曰圃。

《說文》：播，種也。

甫語：*pleth$_2$-，播撒也。

拉：planta，圃也。播也。

plant[1]，圃也。植物謂之圃。

plant[2]，播也。種植謂之播。

plant[3]，棚也。工廠謂之棚。

play，皮樂

皮，頑皮，調皮。

play，皮樂也。

player，皮樂兒也。演員，選手謂之皮樂兒。

playground，皮樂垓地也。操場，遊樂場謂之皮樂垓地。

please，*plāk-ē-，平舒

《說文》：平，語平舒也。語平舒，安撫溫靜之貌。

甫語：*plāk-ē-，平易也。

拉：placere，平舒也。

please，平舒也。請！謂之平舒。

placate，平寬也。安撫，安靜謂之平寬。

placid，平息也。平和謂之平息。

pleasure，平順也。快樂謂之平順。

pleasant，平爽也。愉快謂之平爽。

unpleasant，勿平爽也。不愉快謂之勿平爽。

complacent，康平愷也。自滿謂之康平愷。愷，樂也。

***plode，噴[2]**

《說文》：噴，咤也。

explode，溢噴也。爆炸謂之溢噴。

implode，由噴也。內爆謂之由噴。由，自也。

***ple，*pelh$_1$-，沛**

沛，豐也。豐沛。《易．豐》：豐其沛，日中見沬。

《說文》：頖（pi），傾首也。

甫語：*pelh$_1$-，沛也。

拉：plere，plenus，沛也。

plenty，沛也。

complete，共沛也。完成謂之共沛。

complement，共沛貌也。補充謂之共沛貌。

deplete，邐沛也。耗盡謂之邐沛。

replete，溢沛也。飽食，裝滿謂之溢沛。

replenish，亦沛續也。再裝滿謂之亦沛續。

amplify，般沛豐也。放大謂之般沛豐。《廣雅》：般，大也。

***plore，漂泪**

《說文》：漂，浮也。

拉：plorare，漂泪也。

deplore，大漂泪也。強烈譴責謂之大漂泪。

implore，咽漂泪也。懇求謂之咽漂泪。咽，哽咽。

explore，逸漂流也。探索謂之逸漂流。

plus，配聯

plus，配聯也。加。

surplus，盛配聯也。過剩謂之盛配聯。

ply，倍，皮[3]，彼，聘

倍，量詞，倍數。

《說文》：彼，往，有所加也。

《廣韻》：聘，問也。

拉：plicare，倍也。

ply[1]，倍也。巡迴，持續，不斷。

ply[2]，皮也。層。股。

ply[3]，彼也。定期航行謂之彼。

ply[4]，聘也。不斷提問謂之聘。

***ply，譬，品**

《說文》：譬，諭也。

imply，陰譬（pi）也。暗指謂之陰譬。陰，暗也。

explicit，溢譬析也。明確謂之溢譬析。

replicate，釐品臨刻也。複製品謂之釐品臨刻。

complicate，共品臨刻也。複雜謂之共品臨刻。

***ple，倍**

simple，單倍也。簡單謂之單倍。

duple，對倍也。雙拍謂之對倍。

triple，川倍也。川，象形，三也。

quadruple，塊倍也。塊，四也。

multiple，茂倍也。

plait，辮

plait，辮也。

pleach，編

pleach，編也。

pocket，包口

pocket，包口也。口袋謂之包口。

poem，賦

賦，詩歌體裁。《周禮》：教六詩：曰風，曰賦，曰比，曰興，曰雅，曰頌。

希：poiēma，賦鳴也。

拉：poema，賦鳴也。

poem，賦也。

poet，賦也。

polar，曝輪

polar，曝輪也。極地，截然相反謂之曝輪。見 Apollo。

polite，彬禮

《說文》：彬，文質備也。《論語》：文質彬彬。

拉：polire，彬禮也。

polite，彬禮也。禮貌謂之彬禮。

polish，*polo-，披亮

披，覆蓋或搭衣於肩。

甫語：*polo-，披亮也。本義：fuller of cloth。

polish，披亮也。拋光謂之披亮。

Polish，披亮也。通譯：波蘭。

pollute，破爛

拉：polluere，破爛也。

pollute，破爛也。污染謂之破爛。

porn，嫖

嫖，財色交易也。

porn，嫖也。色情謂之嫖。

port[1]，*per-，浦

《說文》：浦，瀕也。《玉篇》：水源枝注江海邊，曰浦。

甫語：*per-，浦也。

拉：portare，浦頭也。

port，浦也。碼頭謂之浦。

porter，浦者也。腳夫謂之浦者。

deport，遷浦也。驅逐謂之遷浦。

export，逸浦也。出口謂之逸浦。

import，入浦也。進口謂之入浦。

transport，傳浦也。運輸謂之傳浦。

airport，悉翺也。飛機場謂之悉翺。《說文》：翺，高飛也。

***port[2]，報[2]**

report，亦報也。報告謂之亦報。

support，授報也。支持謂之授報。

port[3]，闢

闢，會意，開門。《說文》：開也。

《廣韻》：闉，門樓上屋也。闉，闉只古字。

拉：porta，闢闉也。

port，闢闉也。城門謂之闢闉。

portal，闢闉也。正門，出入口，門戶網站謂之闢闉。

portico，闢闉口也。門廊謂之闢闉口。

porch，闢敞也。走廊謂之闢敞。

***portant，否泰**

《說文》：否，不也。

《易·泰》：泰者，通也。天地交，泰。

否極泰來。

殷，大也。《爾雅》：中也，正也。

拉：portare，否泰也。

important，殷否泰也。重要謂之殷否泰。否泰之交，重大轉折。

importance，殷否泰勢也。重大謂之殷否泰勢。

opportunity，兀否泰也。機會謂之兀否泰。

possible，迨行備

《說文》：叵，不可也。

拉：posse，迨行也。

possible，迨行備也。可能謂之迨行備。

impossible，異叵行備也。不可能謂之異叵行備。

***pos，曝**

《廣韻》：暴（pu），日乾也。俗作曝。

positive，曝也。陽。

expose，逸曝也。曝露謂之逸曝。

post[1]，布

布，佈置，分佈，陳列。《玉篇》：列也。《廣雅》：散也。

拉：ponere，布也。部也。

post，布政也。郵政謂之布政。

postal，布駐也。郵局謂之布駐。

postman，布至民也。郵遞員謂之布至民。

poster，布張也。海報，廣告謂之布張。

posit，布設也。假設謂之布設。

deposit，遭布設也。放下，存款謂之遭布設。

position，佈置所也。位置謂之佈置所。

dispose，遞佈置也。佈置謂之遞佈置。

compose，共佈置也。組成。共譜也。作曲謂之共譜。

post[2]，部

部，部分，部署。

post，部駐也。駐。部職也。職位謂之部職。

pose，部姿也。姿勢謂之部姿。

composite，共部質也。合成物謂之共部質。

depose，遭部職也。免職謂之遭部職。

deposit，羅部置也。押金。存款。沉澱物。

disposal，抵部置也。棄。

interpose，央之部置也。插入。干預謂之央之部置。

impose，役部置也。役。

oppose，opposite，牾部置也。反。

propose，甫部置也。提議，建議謂之甫部置。

repose，亦部置也。休。

suppose，設部置也。設。

transpose，傳部置也。移。

pause，部止也。止。

pot，盆

《說文》：盆，盎也。盎，盆也。

pot，盆也。盆。罐。壺。鍋。

potent，*poti-，霸

《說文》：霸（po），月始生，霸然也。《玉篇》：霸王也。

甫語：*poti-，菩提也，卜帝也，霸道也。本義：lord，powerful。

拉：potens，霸道也。

potent，霸道也。有力謂之霸道。

potential，霸道勢也。潛力謂之霸道勢。

potentiate，霸道授也。強化謂之霸道授。

omnipotent，完霸道也。無所不能謂之完霸道。

pound，磐錠

《廣韻》：磐，大石也。

錠，古時計量單位。金錠，銀錠。

拉：libra，量比也。

pound，磐錠也。磅。

power，霸王

《說文》：掊，把也。把，握也。

power，掊握也。霸王也。權力謂之霸王。二詞並一音。

powerful，霸王豐也。強大謂之霸王豐。

poor，貧

《說文》：貧，財分少也。

poor，貧也。

pop，普，泡，砰

pop[1]，普也，普通，流行音樂謂之普。

pop^{2}，泡也。氣泡水謂之泡。

pop^{3}，砰也。砰，擬聲辭。

pour，潑

《玉篇》：潑，水漏也。一曰棄水也。潑，泼之古字。

pour，潑也。

practice，朴行

希：πρᾶξις（praxis），朴行也。

拉：praxis，朴行也。

practice，朴行也。實行謂之朴行。ct 切，讀若 x。

pray，*prek-，祊

《說文》：祊（beng），門內祭先祖，所以彷徨。

《唐韻》：禜（ying），祭名。

甫語：*prek-，祊也。

拉：prec，prex，祊也。-re-，禜也。

pray，祊也。祈禱謂之祊。

deprecate，�祊也。反對謂之遞祊。

imprecate，陰祊也。詛咒謂之陰祊。

***preci，*per-，賠**

賠，益財也。益人曰陪；益物曰培；益財曰賠。

《說文》：培，一曰益也，養也。

《玉篇》：陪，助也，益也。

甫語：*per-，賠也。

拉：pretium，賠貼也。貼，以物為質也。

precious，賠重也。貴重謂之賠重。

appreciate，爾賠賞也。賞識謂之賠賞。

depreciate，抵賠賞也。貶低謂之抵賠賞。

praise，賠讚也。讚。

present，朴在，朴贈

present[1]，朴在也。在場謂之朴在。

present[2]，朴贈也。禮物謂之朴贈。

prey，捕

《增韻》：捕，擒捉也。

《正韻》：逮，追也。

拉：preada，捕逮也。

prey，捕也。獵物，受害者謂之捕。

predator，捕逮者也。掠奪者謂之捕逮者。

press，攴，迫 [2]

《說文》：攴（po），迮也。

迮（ze），壓也。《齊民要術》：迮取汁，如飴餳。

迫，壓也。壓迫。《廣韻》：迫，逼也，近也。

迫近之迫，曰迫；手壓之攴，曰攴。攴，通迫。

拉：premere，攴抹也。

print，攴也。

press，攴也。壓。-ss 讀若 z，迮也。

compress，共攴也。壓縮謂之共攴。

depress，遞攴也。按。

express，議攴也。表達謂之議攴。逸迫也。快遞謂之逸迫。

impress，印攴也。印。

oppress，牾攴也。壓。

repress，抑攴也。抑。

suppress，下攴也。鎮。

pressure，迫使也。壓力謂之迫使。

pretty，漂甜

《說文》：美，甘也。《正韻》：甘，甜也。

pretty，漂甜也。漂亮謂之漂甜。

price，賠財

price，賠財也。價格謂之賠財。

prize，賠讚也。獎。

pride，魄義膽

魄，膽魄。

膽，膽量，勇氣。

拉：prodesse，魄膽識也。

pride，魄義膽也。驕傲謂之魄義膽。

proud，魄勇膽也。自尊，自豪謂之魄勇膽。

prime，朴孟

《說文》：孟，長也。

《玉篇》：朴，本也。

拉：primus，朴孟也。

prime，朴孟也。首。一。

primacy，朴孟首也。第一位，卓越謂之朴孟首。

primary，朴孟一也。主要，最初謂之朴孟一。

primate，朴孟帝也。總主教，靈長動物謂之朴孟帝。

prince，朴嗣也。王子謂之朴嗣。

principal，朴首丕也。主。

principle，朴首本也。原則謂之朴首本。

premier，朴牧也。總理，首相謂之朴牧。牧，使也。

print，片拓

print，片拓也。打印謂之片拓。

***pri，捕**

《增韻》：捕，擒捉也。

桎梏，囚禁也。《說文》：梏，手械也。桎，足械也。

拉：prendere，捕逮也。

拉：carcer，梏械也。

*pris，捕也。

prison，捕桎也。監獄謂之捕桎。

imprison，因捕桎也。囚禁謂之因捕桎。因，象形，囚也。

reprisal，亦捕捉也。報復謂之亦捕捉。

surprise，速捕也。驚訝謂之速捕。速，疾也。

prehension，捕獲識也。捕捉，理解謂之捕獲識。

apprehend，爾捕獲也。同前。

comprehend，共捕獲也。理解，包含謂之共捕獲。

misapprehend，迷失捕獲也。誤解謂之迷失捕獲。

reprehend，亦捕獲也。指責謂之亦捕獲。

apprentice，爾捕徒子也。學徒謂之爾捕徒子。

***prise，誧**

《說文》：誧，一曰人相助也。

apprise，爾誧知也。通知謂之爾誧知。

comprise，共誧之也。組成謂之共誧之。

enterprise，業同誧之也。企業謂之業同誧之。

private，*per-，僻圍

《說文》：僻，辟（避）也。避，回也。

甫語：*per-，僻也。

拉：privus，僻畏也。

private，僻圍也。私。

privilege，僻圍律也。特權謂之僻圍律。

deprive，遰僻圍也。剝奪謂之遰僻圍。

pros and cons，偏 與 抗

偏，偏向。《說文》：頗也。

《增韻》：抗，抵也。

pros，偏也。支持謂之偏。
cons，抗也。反對謂之抗。

***proxim，*pro-，迫**[3]

《說文》：迫，近也。
密，近也。《書》曰：密邇王室。
甫語：*pro-，迫也。
proximal，迫近密也。近。x 讀若 j。
proximity，迫近密也。接近謂之迫近密。

approach，爾迫近也。接近謂之爾迫近。
reproach，亦迫斥也。責備謂之亦迫斥。

prompt，甫邁

拉：promere，甫邁也。
prompt，甫邁也。及時，準時謂之甫邁。

proper，匹配，*per-，媲

《說文》：媲，配也。
《玉篇》：配，匹也，媲也。
單音節用媲，雙音節用匹。匹，媲，此處同義。
甫語：*per-，媲也。
拉：proprium，匹配也。
proper，匹配也。合適，適當，得體謂之匹配。
property，匹配體也。財產謂之匹配體。
appropriate，爾匹配也。合適，佔有謂之爾匹配。
expropriate，逸匹配也。沒收，徵用謂之逸匹配。
impropriety，異匹配也。不當行為謂之異匹配。
misappropriate，迷失媲配也。不當使用謂之迷失匹配。

province，僻外省

province，僻外省也。省，領域謂之僻外省。
Provence，僻外省也。普羅旺斯謂之僻外省。

public，品聯

品，會意，眾口也，很多人。《說文》：眾庶也。

public，品聯也。公眾謂之品聯。

publish，品聯示也。公佈謂之品聯示。

popular，品品流

拉：populus，品品聯也。

popular，品品流也。流行，大眾，通俗謂之品品流。

populous，品品聯也。人口眾多謂之品品聯。

popularity，品品流怡也。廣受歡迎謂之品品流怡。

population，品品類氏也。人口，族羣謂之品品類氏。

***pugn，*peuk-，摽**

《說文》：摽，擊也。《正韻》：紕招切，從音漂（piao）。

《說文》：斡，犯也。

甫語：*peuk-，摽也。

拉:pugnere，摽斡也。g，n 位置互換以區別於 pungere。

pugnacious，摽斡盛也。爭強好勝謂之摽斡盛。

impugn，疑摽斡也。質疑謂之疑摽斡。

punch，摽擊也。拳擊謂之摽擊。

pounce，勡也。猛撲謂之勡。勡，劫也。

***punct，*peug-，剽**

《說文》：剽，砭刺也。砭，以石刺病也。針砭。

激，急沖也。

甫語：*peug-，剽也。

拉：pungere，剽激也。

pungent，剽激也。刺激謂之剽激。

punctuate，剽注也。標註謂之剽注。ct 讀若 zh。

puncture，剽穿也。穿孔謂之剽穿。

acupuncture，爾刺剽穿也。針灸謂之爾刺剽穿。
compunction，共剽心也。內疚謂之共剽心。
expunge，逸剽也。除。

point，剽也。劖也。尖。劖，刺也。
appoint，爾剽定也。任命，指定謂之爾剽定。
disappoint，抵失剽定也。失望謂之抵失剽定。

pure，*peu-，樸

樸，純樸。
甫語：*peu-，樸也。
拉：purus，樸爾也。
pure，樸也。純。
impure，異樸也。不純謂之異樸。

purge，*peue-，漂

漂，漂洗。《廣韻》：水中擊絮也。
甫語：*peue-，漂也。
拉：purgare，漂潔也。
purge，漂潔也。清。
expurgate，逸漂垢也。清除，修訂謂之逸漂垢。

***pute，憑讬**

《說文》：憑，依幾也。《廣韻》：依也，讬也。
《玉篇》：讬，憑依也。憑，凭之古字。
拉：putare，憑讬也。
compute，科憑讬也。計算謂之科憑讬。科，計算。
computer，科憑讬兒也。計算機謂之科憑讬兒。
depute，代憑託也。委託謂之代憑託。
dispute，抵憑讬也。爭。
impute，因憑讬也。歸咎謂之因憑讬。
repute，亦憑讬也。名聲謂之亦憑讬。

***pul，搏**

搏，脈搏。《說文》：搏，索持也。

pulse，搏血也。脈搏謂之搏血。

repulse，亦搏也。擊退謂之亦搏。

pull，捊

《說文》：捊（pou），引取也。

pull，捊也。拉。引。

push，抪

《集韻》：抪（po），推也。

《說文》：抪，撻也。一曰擊也。註：今人用拂拭字當作此抪。許作抪飾也。

希：πιέζω（piezo），抪撻也。

拉：pulsare，抪飾也。

push，抪也。推。-sh，取飾之首音。

purpose，偏頗想

purpose，偏頗想也。目的，用途謂之偏頗想。

put，鋪

《廣雅》：鋪，陳也。陳，列也。

拉：ponere，鋪也。

put，鋪也。

Q 乾 乞

乞，象形，氣上出也。會意，乾。

Q，象形，乞也。

q，濁音，j，q，z，x屬同簇。

q，有近音k。

quick，快，*bhers-，驃

快，迅也。《廣韻》：稱心也，可也。

《集韻》：驃，馬行疾貌。

quick，快也。

quiet，悄

悄，靜悄悄。

拉：quies，悄也。

quiet，悄也。安靜謂之悄。

quite，確

確，的確，確實。

quite，確也。

quarrel，譙嬈

《廣韻》：譙（qiao），責也。《說文》：嬈譊也。

《說文》：嬈（rao），苛也。一曰擾，戲弄也。

拉：queri，譙嬈也。

quarrel，譙嬈也。爭吵謂之譙嬈。

quest，求，豈

《增韻》：求，乞也。

豈，表示反問，相當於難道，怎麼。豈，或通乞。

拉：quaerere，豈也。

西：que，豈也。sera，是呀也。

quest，求至也。追求謂之求至。

quiz，求證也。考。

inquest，因求也。訊。

request，亦求也。討。

question，豈詢也。問題謂之豈詢。《說文》：詢，謀也。

query，豈疑也。問。

quota，豈定也。額。

quire，取

acquire，爾取也。獲。

inquire，因取也。詢。

require，亦取也。要。

queue，羣

queue，羣也。排隊謂之羣。

tail，條也。一條尾巴。

quarry，礦

礦，礦石，礦藏，礦場。

quarry，礦也。

quit，卻

《廣韻》：卻，退也。

quit，卻也。

exit，逸也。

acquit，爾卻也。放。

quill，翑

《說文》：翑（qu），羽曲也。

quill，翑也。羽。

R 壬 人

《說文》：人，天地之性最貴者也。象臂脛之形。

R，象形，人也，見篆書，臂脛部相觸。

r，多讀若 y，又有近音 l。

***rad，*rēd-，揉**

《集韻》：揉，撓之也。

手搓曰揉，腳蹭曰蹂。

甫語：*rēd-，揉也。

拉：radere，蹂地也。

abrade，爾擘揉也。擦，刮，磨謂之爾擘揉。擘，大指也。

abrasive，爾擘揉消也。磨。

erase，易揉也。消。湮，沒也。

raze，揉則也。剃刀謂之揉則。則，刀裁也。

***radi，*wrād-，入柢**

《說文》：入，內也。

《說文》：柢（di），根也。

甫語：*wrād-，往柢也。

希：ῥάδιξ（rhádix），入柢也。

拉：radix，入柢也。

radix，入柢也。根。

radical，入抵抗也。激進謂之入抵抗。

radish，入柢食也。紅蘿卜謂之入柢食。

eradicate，夷入柢坎也。根除謂之夷入柢坎。夷，平也。

***radi，銳旳**

銳，光也，發射也。《說文》：芒也。

芒，光芒。《晏子》：列舍無次，變星有芒。

《說文》：旳，明也。

拉：radius，銳旳也。

ray，銳也。光線，射線謂之銳。

radium，銳旳物也。鐳。

radius，銳道也。半徑謂之銳道。

旳（di），會意，從日，發光也。

炟（da），會意，從日從火，發熱也。

昳（die），會意，從日從失，失能量而衰變也。

發光曰銳昀；發熱曰銳炟；輻射曰銳昳。

radiate，銳昀也。銳昳也。

radiator，銳昀也。銳炟也。

radiant，銳昀也。銳昳也。銳炟也。

radiance，銳昀也。

radio，銳電也。無線電謂之銳電。

radiology，銳昳嘮卦也。放射學。

X-ray，揆銳也。X 射線，X 光片謂之揆銳。X，癸也，揆也。

irradiate，熠銳昀也。熠銳昳也。照射。輻射。熠，盛光也。

irradiant，熠銳昀也。

rail，韌

《說文》：韌，柔而固也。

甫語：*wegh-，韋也。

拉：regula，韌固連也。

rail，韌也。欄杆，鐵軌謂之韌。

raise，*rei-，揚

《說文》：揚，飛舉也。

甫語：*rei-，揚也。r 讀若 y。

rise，揚升也。升。

raise，揚至也。起。提。

random，*reidh-，搖動

《說文》：搖，動也。

甫語：*reidh-，搖動也。

random，搖動也。隨機謂之搖動。搖動產生隨機。r 讀若 y。

rape，*rep-，淫嫖

《小爾雅》：男女不以禮交，謂之淫。

《說文》：嫖，輕也。漂，浮也。

甫語：*rep-，淫嫖也。r 讀若 y。

拉：rapere，淫嫖也。

rape，淫嫖也。強姦謂之淫嫖。

拉：raptus，淫勡也。

rapt，意漂也。出神兒謂之意漂。

raptor，鷹勡

《說文》：勡，劫也。

raptor，鷹勡也。猛禽謂之鷹勡。

ravage，擾騖

《說文》：擾，煩也。騖，亂馳也。務，強（強）也。

ravage，擾騖也。破壞謂之擾騖。

ravish，擾務也。強搶謂之擾務。

rapid，逸嘌

《說文》：嘌（piao），疾也。《集韻》：車行疾無節也。

《廣韻》：逸，奔也，縱也。

rapid，逸嘌也。快速謂之逸嘌。

ratio，*re（i）-，因

《說文》：因，就也。調，和也。和，相應也。

圭臬，標準也。《博雅》：臬，法也。

甫語：*re（i）-，因也。

ratio，因調也。比例謂之因調。

ratify，因定也。批准謂之因定。

rational，因性臬也。理論，合理謂之因性臬。

rationalize，因性臬理至也。合理化謂之因性臬理至。

irrational，異因性臬也。無理謂之異因性臬。

reckon，原歸也。歸因謂之原歸。

reach，銍至

《說文》：銍（ri），到也。從二至。人質切。

reach，銍至也。到。達。夠。

recent，亦新

甫語：$*k^wen-$，坤也。

拉：recens，亦新也。

recent，亦新也。最新，最近，不久前謂之亦新。

recipe，亦食譜

拉：recipere，亦食譜也。

recipe，亦食譜也，即食譜。

***rect，*reg-，應**

《說文》：應，當也。應，应之古字。當，直也，主也。

甫語：*reg-，應也。

拉：regere，應該也。

rectangle，應當鈎也。矩形謂之應當鈎。

rectify，應當仿也。修正謂之應當仿。

rector，應當者也。牧師長，校長謂之應當者。

correct，改應當也，改正。共應也，正確，合適。

direct，導應當也。直。指。

direction，導應向也。指導謂之導應向。

director，導演者也。導演，指揮者謂之導演者。

erect，屹應也。立。屹，山直立也。

《說文》：腸（腸），大小腸也。從肉，昜（yang）聲。

rectal，腸道也。直腸謂之腸道。

read，*re（i）-，閱讀

閱，閱讀。《正韻》：觀也。

《說文》：讀，誦書也。

甫語：*re（i）-，閱也。

read，閱讀也。

rea-，閱也。r 讀若 y。-d，讀也。

ready，預定

預，預先。《玉篇》：豫，早也，逆備也。預，經典通用豫。

ready，預定也。預備，準備謂之預定。

already，爾預定也。已經謂之爾預定。

rear，尾，養，仰

尾（yi），末後稍也。尾巴。《易・未濟》：狐濡其尾。

rear[1]，尾也。後。

rear[2]，養也。

rear[3]，仰也。

reason，元生

《說文》：元，始也。

原，源，圓，圜，緣，皆元之衍生字。

reason，元生也。原因謂之元生。

refugee，異附寄

refugee，異附寄也。難民謂之異附寄。

regard，源歸

regard，源歸也。考慮，關於謂之源歸。

regular，原規律

regular，原規律也。常規謂之原規律。

regulate，原規律定也。規定謂之原規律定。

regret，怨乖

《廣韻》：怨，恨也。

《說文》：乖，戾也。

regret，怨乖也。懊悔謂之怨乖。

reign，禦[1]

《正韻》：禦，統也。

拉：regere，禦管也。r 讀若 y。

reign，禦也。統治謂之禦。

regime，禦政也。政權謂之禦政。

regiment，禦政盟也。軍團謂之營禦盟。

Regina，禦政娘也。女王謂之禦政娘。娘，娘娘。

rent，約，*deh$_3$-，佃，當

約，租約。合約。契約。

佃，租種土地。佃租。

當，典當。

甫語：*deh$_3$-，佃也。當也。

rent，約也。租。

rept，*rep-，蹂爬

《說文》：内，獸足蹂地也。内（rou），蹂之古字。

爬，會意，爪巴而行。

《說文》：蹏（ti），足也。

甫語：*rep-，蹂也。

拉：repere，蹂爬也。

reptant，蹂爬蹏也。爬。

reptile，蹂爬蹏類也。爬行動物謂之蹂爬蹄類。

rest，*erə-，養着

《說文》：養，供養也。

甫語：*erə-，養也。

rest[1]，養着也。

rest[2]，餘者也。

restaurant，飪饌

飪，烹飪。

《玉篇》：饌，飯食也。

restaurant，飪饌也。餐館謂之飪饌。

reveal，原委

本曰原，末曰委。《禮・學記》：或原也，或委也。

reveal，原委也。披露謂之原委。

rhyme，韻

《玉篇》：聲音和曰韻。

rhyme，韻鳴也。韻。

rhythm，韻奏也。節奏謂之韻奏。

rich，裕財

裕，富也，富裕。《說文》：裕，衣物饒也。

rich，裕財也。富。

ride，*reidh-，馭

《廣韻》：馭，使馬也。

甫語：reidh-，馭也。

ride，馭駎也。騎。《玉篇》：駎（du），馬走也。

rein，馭也。駕馭，韁繩謂之馭。

rigid，*reig-，硬堅

《廣韻》：硬，堅牢也，強也。

甫語：*reig-，硬也。

拉：rigēre，硬堅也。

rigid，硬堅也。堅硬謂之硬堅。

ring，圓

ring，圓也。環。

round，圓的也。

risk，邪

《廣韻》: 邪，不正也。亦讀 ye，《正韻》: 餘遮切，音耶。

《玉篇》: 險，邪也。

risk，邪也。sk 切，讀若 q。q，取奇之首音。

retire，亦退

retire，亦退也。退休謂之亦退。

road，驛道

《玉篇》: 驛，道也。

road，驛道也。

robe，帤袍

《說文》: 帤（ru），巾帤也。

robe，帤袍也。長袍，禮服謂之帤袍。

robot，如卑

《說文》: 如，從隨也。卑，賤也，執事也。

捷克語：robota，如卑也。本義：農奴。

robot，如卑也。機器人謂之如卑。

rock，巖砢

巖，會意，山石也。

《說文》: 砢，磊砢也。

rock，巖砢也。巖石謂之巖砢。

***rod，*red-，茹**

茹，吃也，《爾雅》: 啜，茹也。

咬，亦讀 jiao，《說文》: 齧骨也。從齒，交聲。

《玉篇》: 齻（dian），牙也。

甫語：*red-，茹也。咬也。二字並一音。

拉：rodentia，茹齻也。

rat，咬也。老鼠謂之咬。

gnaw，咬也。gn 讀若 j。

rodent，茹齟也。嚙齒動物謂之茹齟。

corrode，瘡茹也。腐蝕謂之瘡茹。蝕，敗創也。創，瘡也。

erode，逸茹也。風化，侵蝕謂之逸茹。《說文》：逸，矢也。

***rog，*rog-，諭**

《說文》：諭，告也。

甫語：*rog-，諭也。

拉：rogare，諭告也。

rogation，諭告也。祈禱謂之諭告。

abrogate，爾辟諭告也。廢止，取消謂之爾辟諭告。

arrogate，愛諭告也。霸佔，獨裁謂之愛諭告。

derogate，詆諭告也。減損謂之抵諭告。

interrogate，央之諭告也。審。訊。

prerogative，朴諭告也。特權謂之朴諭告。

role，演

role，演也。角色謂之演。

***rot，*ret-，繞**

《說文》：繞，纏也。團，圓也。

甫語：*ret-，繞也。

拉：rota，繞團也。

roll，繞也。滾。

rotate，繞團也。旋。

rotation，繞團旋也。轉。輪。

rotunda，繞堂棟也。圓形建築謂之繞堂棟。

room，*reue-，入門

《說文》：入，內也。

甫語：*reue-，入也。

room，入門也。房間謂之入門。

root，入土

root，入土也。根。

rook，轢軻

《說文》：軻，連軸車也。

rook，轢軻也。象棋：車。

rope，紉

《說文》：紉（ren），繟繩也。

rope，紉紕也。繩。

rose，若紫

rose，若紫也。玫瑰色，嫣紅若紫。

route，驛途

route，驛途也。

routine，驛通也。常規謂之驛通。

royal，榮耀

《爾雅》：木謂之華，草謂之榮。

《說文》：耀，照也。

royal，榮耀也。皇族謂之榮耀。

rub，揉

rub，揉也。

rubbish，隕敗

rubbish，隕敗也。廢物，垃圾謂之隕敗。

rude，*reu-，魯

魯，粗魯。《說文》：魯，鈍詞也。

甫語：*reu-，魯也。

rude，魯鈍也。粗魯謂之魯鈍。

erudite，異魯鈍也。博學謂之異魯鈍。

rug，褥

褥，毯褥，毯子。

rug，褥也。毯。

ruin，隕

《爾雅》：隕，墜也。《玉篇》：落也，墮也。

ruin，隕也。毀。

rule，*reg-，禦[2]

《正韻》：禦，統也。

甫語：reg-，禦也。

拉：regalis，禦國也。

rule，禦也。規則，統治謂之禦。

rex，禦世也。國王謂之禦世。

raja，禦駕也。印度國王謂之禦駕。

regal，禦國也。帝王謂之禦國。

regency，禦國攝也。攝政謂之禦國攝。

regent，禦國替也。攝政王謂之禦國替。

regicide，禦國弒也。弒君者謂之禦國弒。弒，臣殺君也。

run，逸

《廣韻》：逸，奔也。

run，逸也。跑。

rupt，*reup-，涌破

《廣雅》：涌，出也。

《說文》：破，石碎也。

甫語：*reup-，剡也。

拉：rumpere，涌破也。

rupture，涌破出也。斷絕，破裂謂之涌破出。

abrupt，爾孌涌破也。突然謂之爾孌涌破。

bankrupt，貝庫涌破也。破產謂之貝庫涌破。

corrupt，潰涌破也。貪污，腐敗謂之潰涌破。

disrupt，斷涌破也。中斷，破裂謂之斷涌破。

erupt，溢涌破也。噴發，爆發謂之溢涌破。

interrupt，央之涌破也。打斷，妨礙謂之央之涌破。

irrupt，入涌破也。闖入謂之入涌破。

rust，鋤滓

《說文》：鋤（yu），鉏鋤也。《集韻》：機具也。

《說文》：滓，澱也。

rust，鋤滓也。鏽。st 讀若 z。

rush，涌勢

rush，涌势也。沖。促。

S 申巳

申，巳，象形，陰陽旋也，見甲骨文。

s，象形，巳也。見甲骨文。

s 有近音 q，x，z。

s 為超級切音：

sc 切音，讀若 j，q；

sk，sw 切音，讀若 q；

sl，sm，sn，sp，st 切音，讀若 x；

st 切音，讀若 zh。

sacred，*sakro-，聖饋

《說文》：聖，通也。

《說文》：汝潁之間謂致力於地曰聖。

《說文》：餽（kui），吳人謂祭曰餽。

甫語：*sakro-，聖饋也。

拉：sacer，聖饋也。

sacred，聖饋也。神聖謂之聖饋。

sacrifice，聖餽奉也。獻祭謂之聖餽奉。奉，獻也。

sacrilege，聖饋掠也。褻瀆謂之聖饋掠。

sacrament，聖饋米也。聖餐謂之聖饋米。

sanction，聖饋許也。准許，制裁謂之聖饋許。

sad，傷

傷，痛也。《爾雅》：思也。《小雅》：我心憂傷。

sad，傷也。

saga，頌歌

saga，頌歌也。長篇小說謂之頌歌。

salary，餉祿

餉，薪水，俸祿，軍餉。《說文》：饟也。

salary，餉糧也。餉祿也。s 讀若 x。

subsidy，續餉也。補貼謂之續餉。

sale，售

《說文》：售，賣去手也。

sell，售也。

sale，售了也。

shop，商，市

《說文》：商，行賈也。

《說文》：買，市也。

shop，商舖也。商店謂之商舖。

shopping，市也。買。

saliva，涎

涎，口水。垂涎三尺。《說文》：慕欲口液也。

saliva，涎流也。口水謂之涎流。

savage，塞外

《廣韻》：塞，邊界也。

savage，塞外也。野蠻，未開化謂之塞外。

Siberia，塞北也。西伯利亞。

sally，襲

襲，襲擊。《說文》：左衽袍也。

sally[1]，襲獵也。襲擊謂之襲獵。s 讀若 x。

sally[2]，嬉撩也。俏皮話謂之嬉撩。

assail，爾襲也。攻擊謂之爾襲。

assault，爾襲突也。擊。侵。

salute，肅禮

《說文》：肅，持事振敬也。戰戰兢兢也。《廣韻》：恭也，敬也。

salute，肅禮也。敬。

solemn，肅立也。嚴肅謂之肅立。

salutary，*solwos-，善

《說文》：善，吉也。

甫語：*solwos-，善為也。

拉：sanare，善念也。

salutary，善良也。有益謂之善良。

same，單

單，《廣韻》：常演切（shan）。《玉篇》：一也，支也。

甫語：*sem-, 單也。

拉：sanus，單也。

same，單也。同。

sample，單品也。樣品謂之單品。

single，單個也。

singular，單個例也。

solo，單例也。獨。

sole[3]，單兒也。唯一，僅有，獨佔謂之單兒。

sanguine，三歸

人有三元，精，氣，神。三元所歸，是為血。

希：haima，號脈也。

拉：sanguin，三歸也。

sanguine，三歸也。血。

sail，洐

洐，會意，水行也。《說文》：溝水行也。

sail，洐也。航行謂之洐。

satiate，塞填

塞，充也，滿也。《正韻》：填也。《廣韻》：邊界也。

拉：satiare，塞填也。

satiate，塞填也。充分滿足謂之塞填。

satisfy，塞填仿也。滿足，信服謂之塞填仿。

satire，塞懟也。諷刺謂之塞懟。

saturate，塞穿也。浸透，飽和謂之塞穿。

safe，守防

《玉篇》：守，收也，護也。

safe，守防也。守護方得平安。

safety，守防態也。安全，保險謂之守防態。

save，贖，省

贖，救贖。《說文》：貿也。《玉篇》：質也。以財拔罪也。

省，省錢。

save[1]，贖也。救。

save[2]，省也。

sentence，說兌

sentence[1]，說兌也。句子謂之說兌。

sentence[2]，殺頭也。處決謂之殺頭。

sc = j，q ------------------------

scan，覵

覵（jian），會意，兩見之間。《博雅》：視也。

scan，覵也。掃描謂之覵。

***scend，遷**

《說文》：遷，登也。

拉：scandere，遷登也。

ascend，爾遷也。登。升。-d，登之首音。

ascension，爾遷升也。

descend，低遷也。降。下。

condescend，共低遷也。屈尊謂之共低遷。

transcend，穿遷也。超越謂之穿遷。

scale，階

《玉篇》：階，登堂道也，級也。

scale，階也，級也。二字並一音。sc 切，讀若 j。

escalator，易階樓梯也。自動扶梯謂之易階樓梯。

scare，怯，劫

《說文》：怯，多畏也。

scare，怯也。畏。

scary，怯憂也。可怕謂之怯憂。

scarf，裘

《說文》：裘，皮衣也。

《玉篇》：帉（fen），拭物巾也。《說文》：楚謂大巾曰帉。

scarf，袭帉也。圍巾，披肩謂之袭帉。

scene，景，境，鏡，界

景，場景，景象。

境，現場，地點。

鏡，鏡頭。《說文》：鏡，景也。

《說文》：界，境也。

scene[1]，景也。

scene[2]，境也。現場，地點謂之境。

scene[3]，鏡也。鏡頭，片段謂之鏡。

scene[4]，界也。

scissors，剪子

scissors，剪子。sc 切，讀若 j。ss 讀若 z。

score，記，紀，擊

score[1]，記也。得分，根據，總譜謂之記。

score[2]，紀也。

score[3]，擊也。擊中。

scope，見瞟

《說文》：【票見】，目有所察省見也。【票見】，同瞟。

希：σκοπέω（skopeō），瞧瞟也。

scope[1]，見瞟也。考量謂之見瞟。sc 切，讀若 j。

scope[2]，局坪也。範圍謂之局坪。

scope[3]，鏡片也。

telescope，迢遼鏡片也。望遠鏡謂之迢遼鏡片。

microscope，尛圭鏡片也。或，密窺鏡片也。顯微鏡謂之密窺鏡片。

screen，鏡

《說文》：鏡，取景之器也。

screen，鏡也。屏幕，熒屏，銀幕謂之鏡。

scribe，記簿

《廣韻》：契，約也。《易》曰：上古結繩而治，後代聖人易之以書契。

《廣韻》：鍥，刻也。同契。

scribe，鍥巖壁也。或，記簿也。寫。

script，記簿也。手抄本謂之記簿。

scripture，記簿彖也。經。《易》曰：彖者，言乎象者也。

inscribe，印鍥巖壁也。或，印記簿也。刻寫謂之印記簿。

ascribe，爾記簿也。歸因謂之爾記簿。

circumscribe，圐圙記簿也。限制謂之圐圙記簿。

conscribe，共記兵也。徵兵謂之共記兵。

describe，昀記簿也。描述謂之昀記簿。

prescribe，朴記簿也。開藥謂之朴記簿。

proscribe，卜記簿也。禁。

subscribe，續記簿也。連續訂購，捐助謂之續記簿。

transcribe，轉記簿也。謄。轉寫，改編謂之轉記簿。

manuscript，摹記謄也。摹抄本謂之摹記謄。

postscript，背至記謄也。跋。

prescript，朴記謄也。令。

scheme，想謀

希：σχῆμα（skhēma），想謀也。

拉：schema，想謀也。

scheme，想謀也。計劃，密謀謂之想謀。

seal，綬

綬，印綬，系印絲帶。《說文》：綬，紱維也。縌，綬帶。

seal，綬也。印。

signet，綬縌也。印章謂之綬縌。

search，搜查

search，搜查也。

*__sect，*sek-，折__

《說文》：折（she），斷也。

甫語：*sek-，折也。

拉：secare，折砍也。

bisect，比折也。平分謂之比折。比，二也。

intersect，央之折也。相交謂之央之折。

transect，穿折也。橫斷謂之穿折。

vivisect，物物折也。活體解剖謂之物物折。

section，折開體也。區。部。段。分。

segment，折面也。分。截。節。段。瓣。

dissect，對解也。解。剖。ss 讀若 x。

secret，隙窺

《玉篇》：隙，間也。

《廣雅》：窺視也。

secret，隙窺也。自間隙窺視之，祕密也。

secrete[1]，隙窺探也。隱匿謂之隙窺探。

secretary，隙窺徒也。祕書謂之隙窺徒。

secrete[2]，泄潰也。分泌謂之泄潰。

seat，*sed-，席

席，坐也，座也。《論語》：必正席。

榻，坐榻。

甫語：*sed-，席也。
拉：sedere，席地也。
sit，席也。坐。
seat，席也。座。t，取榻之首音。
dissident，斷席也。分歧謂之斷席。
preside，朴席也。主席謂之朴席。
president，朴席帝也。總統謂之朴席帝。
supersede，勝丕席也。代替謂之勝丕席。勝，任也。

situate，席榻也。位於，置於謂之席榻。
situation，席榻勢也。形勢，處境，地點，狀況謂之席榻勢。

sedate，息定

《廣雅》：息，安也。《釋言》：休也。
sedate，息定也。安詳謂之息定。
sediment，息澱貌也。沉澱謂之息澱貌。

assiduous，爾習讀也。勤勉，刻苦謂之爾習讀。

see，*sekw-，視

視，看也。《說文》：瞻也。
《玉篇》：瞳，目珠子也。
甫語：*sekw-，視也。
see，視也。看。
sight，視瞳也。視力謂之視瞳。
observe，兀被視也。觀察謂之兀被視。
observatory，兀倍視望台也。瞭望台，天文臺謂之兀倍視望台。

seek，尋看

seek，尋看也。尋。

seem，似

seem，似也。像。

seed，*sēH-，生

生，生命。種，生命之源。

甫語：*sēH-，生也。

拉：semin，生命也。

荷蘭語：zaad，種也。

seed，生也。種。

semen，生命也。精液謂之生命。

seminar，生命譊也。研討會謂之生命譊。譊（nao），爭辯也。

seminarian，生命男人也。神學學生謂之生命男人。

disseminate，灃生命夅也。傳播謂之灃生命夅。

inseminate，淫生命夅也。受精謂之淫生命夅。

seize，攜捉

《說文》：攜，提也。

seize，攜捉也。抓。奪。拘。攫。

seldom，少的

seldom，少的也。

send，送

send，送也。-d，遞之首音。

sense，*sen-，身受

《說文》：受，相付也。感，動人心也。

甫語：*sen-，身也。

拉：sentire，身體也。

sense，身受也。感，同身受。

sensible，身受備也。明智，感到謂之身受備。

sensitive，身受惕也。敏感謂之身受惕。

sensation，身受體也。感。覺。

sentiment，身體蒙也。情緒謂之身體蒙。

nonsense，逆身受也。愚蠢謂之逆身受。

***sent，授**

《說文》：授，予也。

assent，爾授同也。同意謂之爾授同。

consent，共授同也。同意，准許謂之共授同。

consensus，共授說也。一致意見謂之共授說。

dissent，抵授同也。異議謂之抵授同。

《廣韻》：嗔，本作瞋，怒也。亦讀 zhen，之刃切。

resent，亦嗔也。憤怒謂之亦嗔。

senior，*sen（e）-，叟

《說文》：叟，老也。

甫語：*sen（e）-，叟也。

拉：senex，叟男也。

senior，叟男也，叟女也。老人謂之叟男，叟女。

senate，叟團也。元老院，參議院謂之叟團。

senator，叟男者也，叟女者也。參議員謂之叟男者，叟女者。

serious，慎嚴

《玉篇》：嚴，威也。《韻會》：戒也。

《說文》：慎，謹也。

拉：serius，慎嚴也。r 讀若 y。

serious，慎嚴也。嚴肅，嚴正謂之慎嚴。

***sess，晌，想，享**

晌，一段時間。《說文》：曏，不久也。曏，晌之古字。

想，思也。《說文》：冀思也。

享，受也。享有。

session，晌時也。一段時間謂之晌時。

assess，爾想也。估。ss 讀若 x。

obsess，牾背想也。妄想謂之牾背想。

possess，賦享也。擁有謂之賦享。

dispossess，奪賦享也。剝奪謂之奪賦享。

repossess，亦賦享也。收回謂之亦賦享。

sequ，*sekw-，隨去

《說文》：隨，從也。《易・雜卦》：隨，無故也。

甫語：*sekw-，隨故也。

拉：sequi，隨去也。

sequel，隨去也。結果如何，隨他去吧！

sequence，隨去序也。順序謂之隨去序。

consequence，共隨去事也。結果謂之共隨去事。

subsequence，續隨去事也。隨後謂之續隨去事。

consecutive，共隨出體也。連續謂之共隨出體。

ensue，因隨也。接着發生謂之因隨。

execute，刈隋刲也。處死謂之刈隋刲。隋，裂肉也。

***sert，*ser-，系**

《說文》：設，施陳也。系，約束也。

甫語：*ser-，系也。

拉：serere，系約也。

series，系也。

serial，系約也。連續，連載謂之系約。

assert，爾誓也。主張，斷言謂之爾誓。

reassert，亦爾誓也。重申謂之亦爾誓。

desertion，遻誓也。擅離職守，背棄謂之遻誓。

concert，共聲也。音樂會謂之共聲。

desert，抵生也。沙漠謂之抵生。

dessert，點心也。甜點謂之點心。ss 讀若 x。

exert，運施也。運用，施行謂之運施。x 合併 s。

insert，入矢也。插入謂之入矢也。矢，箭也。

***serv，*ser-，侍**

侍，服侍。《說文》：承也。

甫語：*ser-，侍也。*ser-，甫語有五個同音不同義的孖根。

拉：servire，侍圍也。servare，侍衞也。

serve，侍服也。服侍謂之侍服。v 或源自 f。

servant，侍衞也。僕人謂之侍衞。

service，侍圍也。服務謂之侍圍。

serf，侍俘也。農奴謂之侍俘。

serfdom，侍俘等也。農奴制謂之侍俘等。等，等級。

sergeant，侍官也。警官，中士謂之侍官。

conserve，共侍服也。保。存。

conservative，共侍衞敵也。保守謂之共侍衞敵。

deserve，得侍也。受，應得謂之得侍。

preserve，朴侍也。保。

reserve，亦蓄也。留。儲。積。

set，設

set，設也。

sew，*syuH-，縫

《爾雅》：縫，紩也。

甫語：*syuH-，縫也。

sew，縫也。縫。

several，少微有

several，少微有也。少許謂之少微有。

shake，顫

顫，顫抖。

shake，顫（chan）也。抖。甩。搖。

shock，顫（zhan）也。震驚，撞擊謂之顫。

shame，羞

《廣韻》：羞，恥也。

羞眯，方言，害羞也。

shame，羞眯也。羞愧謂之羞眯。sh 讀若 x。

shy，羞也。

shampoo，膻撲

《說文》：羴，羊臭也。羴，今作膻（shan）。

拉：sapo，膻撲也。

soap，膻也。皂。

shampoo，膻撲也。洗髮水謂之膻撲。洗去身上膻味兒。

shape，形

《說文》：形，象形也。型，鑄器之法也。

shape，形坯也。形。

share，享

享，分享。

些，量辭。

share[1]，享也。分享。

share[2]，些也。楔也。份。

shelf，殳

《說文》：殳（shu），鳥之短羽飛也。讀若殊。市朱切。

《說文》：殳（ji），踞殳也。《玉篇》：案也。

shelf，幾也。架。

shell，蜃，*skel-，殼

辰，蜃之古字。《史記．律書》：辰者，言萬物之蜃也。

《禮》曰：雉入大水為蜃。《註》大蛤曰蜃。

甫語：*skel-，殼也。

古英語：sceall，殼也。sc 切，讀若 q。

shell，蜃也。

sharp，楔

《說文》：尖，楔也。

甫語：*sker-，尖兒也。sk 讀若 j。

拉：acutus，爾戳透也。

sharp，楔也。尖。

shine，曬，閃

《說文》：曬，暴也。

shine，曬也。閃也。

shirt，衫

《說文》：衫，衣也。

T-shirt，丁衫也。T 恤謂之丁衫。

shoe，鞮

《說文》:鞮（shi），革履也。從革，是聲。革履，即皮鞋。

shoe，鞮也。鞋。

short，縮

《廣韻》：縮，短也。

short，縮也。短。

shoot，射

shoot，射也。

shout，囂

《玉篇》：囂，喧嘩也。

shout，囂也。大喊謂之囂。

show，示

示，顯示。《說文》：示，天垂象，見吉凶，所以示人也。

show，示也。

shower，灑滏

《說文》：灑，滌也。

shower，灑滏也。洗澡謂之灑滏。

shut，閂

閂，門橫關也。

shut，閂也。關。

sick，*seug-，邪疾

邪，致病因素。《素問》：邪之所湊，其氣必虛。

《說文》：疾，病也。

甫語：*seug-，邪也。

sick，邪疾也。

***sid，栖**

栖，栖息。

reside，亦栖也。居住謂之亦栖。

resident，亦栖丁也。居民謂之亦栖丁。

side，脅

《說文》：脅，兩膀也。膀，通旁。脅，肋之古字。

side，脅地也。旁邊謂之脅地。

inside，入脅地也。裏。

outside，外脅地也。外。

siege，塞擊

《說文》：塞，隔也。

siege，塞擊也。圍困謂之塞擊。

sign[1]，示

示，顯示。《說文》：示，天垂象，見吉凶，所以示人也。

拉：signare，示也。

sign[1]，示也。徵兆，記號謂之示。

signal，示告也。信號謂之示告。

signify，示擬仿也。表示謂之示擬仿。

design，昀示也。設計，圖案謂之昀示。

ensign，昂示也。旌旗謂之昂示。

sign[2]，署

署，簽署，署名。《廣雅》：署，置也。

拉：signum，署也。

sign[2]，署也。簽。

signature，署聿也。簽名謂之署聿。聿（nie），手之捷巧也。

consign，共署也。委託謂之共署。

assign，爾署也。分配，指定謂之爾署。

resign，亦署也。辭職謂之亦署。

silent，息聆

《爾雅》：休，息也。

《說文》：聆，聽也。聽，听之古字。

silent，息聆也。-t，聽之首音。無聲謂之息聆。

silk，絲

《說文》：絲，蠶所吐也。

拉：sericum，絲綢也。

silk，絲也。-k，纊之首音。纊，絮也。

silly，傻了

《廣韻》：傻，輕慧貌。

silly，傻了也。

similar，像模

similar，像模了也。像。

since，新始

《說文》：始，女之初也。

since，新始也。始。

sing，*sengwh-，頌

甫語：*sengwh-，頌歌也。

song，名辭，頌也。歌。

sing，動辭，頌也。唱。

singer，頌歌兒也。歌手謂之頌歌兒。

***sist，*sta-，站，助，致，止，堅，計**

《廣韻》：站，久立也。

甫語：*sta-，站也。

希：sthn，站也。

拉：stare，站也。

stand，站也。

assist，爾助陣也。幫助謂之爾助陣。

consist[1]，共致也。一致謂之共致。

consist[2]，共組也。組成謂之共組。

consist[3]，共站也。相容謂之共站。

desist，氐止也。止。氐，至也。

resist，抑止也。抵。抵，拒也。

insist，意堅也。堅持，堅決謂之意堅。堅，剛強也。

persist，偏堅也。堅持不懈謂之偏堅。

subsist，生計也。

sin，刑

《說文》：荆，罰辠也。辠也。荆，刑之古字。辠，罪之古字。

sin，刑也。罪。

size，適之

《說文》：適，之也。適，适之古字。

size，適之也。

sk = q ————————————

skate，橇

橇，雪橇。陸行乘車，水行乘船，雪行乘橇。橇，翹也。

skate，橇也。滑冰謂之橇。

ski[1]，跂

跂，會意，支行也。《說文》：行貌。

ski，跂也。滑雪謂之跂。

-ski[2]，旗，騎

旗，遊牧民族之建制。如，八旗。

騎，跨馬也。《增韻》：馬軍曰騎。遊牧民族之特徵。

馬兵曰騎，師都建旗，旗騎相通也。

-ski，東歐人名後綴，旗也，騎也。舊譯：斯基。

skew，傾

傾，斜也。《說文》：仄也。

skew，傾也。斜。歪。

skill，巧

《說文》：巧，技也。

skill，巧也。技巧，技術謂之巧。

skirt，裙

《說文》：裙，下裳也。

skirt，裙也。

skull，頃，*kel-，顆

《說文》：頃，頭，不正也。

《說文》：顆，小頭也。【乇頁】（duo）顱，首骨也。

甫語：*kel-，顆也。

skull，頃也。顱。sk 或讀若 x，頁（xie）也。頁，頭也。

slay，殺戮

slay，殺戮也。

sl，sm，sn = x---------------

sleep，息

息，睡也。《廣雅》：安也。《釋言》：休也。

《說文》：睡，坐寐也。《廣韻》：寐，息也。

sleep，息也。睡了也。

slice，削

削，片也，動辭。《說文》：析也。《增韻》：刮削也。

《說文》：片，判木也。

slice，削析也。切片，薄片謂之削析。

slip，水留

水留，會意，溜也。溜滑。《說文》：溜，水。

slip，水留也。滑

slide，水留動也。滑行水留動。

slim，細

《說文》：細，微也。《廣雅》：小也。

slim，細也。許也。-m，渺之首音。

slow，*swel-，徐

《說文》：徐，安行也。《廣韻》：緩也。《廣雅》：遲也。

甫語：*swel-，徐也。

slow，徐也。緩。慢。

small，小

small，小也。

smart，曉

smart，曉得也。聰明謂之曉得。

smell，臭，嗅

臭，亦讀 xiu。

《廣韻》：嗅，以鼻取氣。

smell，嗅也，臭也。

smile，笑

smile，笑了也。

smoke，*smeug（h）-，薰

《說文》：薰，火煙上出也。

甫語：*smeug（h）-，薰也。

smoke，薰烤也。煙。

smooth，順

順，平順，流暢，光滑等。《說文》：理也。《玉篇》：從也。

smooth，順勢也。平坦，光滑謂之順勢。

snack，小口

snack，小口也。小吃謂之小口。

snow，雪

snow，雪也。

soccer，攝蹴

蹴鞠，足球也。

《說文》：蹴，躡（nie）也。

《釋名》：躡，攝（she）也。

soccer，攝蹴也。足球謂之攝蹴。

so-，攝也；-ccer，蹴也。

sock，束跟

《類篇》：襪，所以束衣也。

跟，腳跟。

sock，束跟也。襪。

social，*seh$_1$-，社祠

《說文》：社，地主也。曰，人非土不立，封土立社，示有土也。

《正韻》：祠，祭也。

甫語：*seh$_1$-，社也。

拉：socius，社祠也。

sect，社也。教派謂之社。

social，社祠也。社交謂之社祠。

society，社祠體也。社會謂之社祠體。

associate，爾社祠也。聯繫，交往謂之爾社祠。

consociate，共社祠也。聯合謂之共社祠。

soft，酥

酥，軟也。酥軟。

soft，酥也。或，舒服也。

sofa，酥方也。沙發謂之酥方。

soil，社

社，祭土。《正韻》：土地神主也。《說文》：社，地主也。

soil，社也。土。

sole，疋

《說文》：疋（shu），足也。

sole[1]，疋也。足底謂之疋。

sole[2]，鱓也。鰨（ta）謂之鱔。

solve[1]，釋

釋，消也，散也，放也。《說文》：解也。

拉：solvere，釋也。

solve，釋也。解。

solution，釋離也。答案，辦法謂之釋離。

resolution，亦釋離也。解決，堅定謂之亦釋離。

dissolve，遰釋也。溶解，解除，解散謂之遰釋。

resolve，亦釋也。決。解。

dissolute，盪褻浪也。放盪謂之盪褻浪。

solve[2]，赦

《說文》：赦，置也，釋也。

absolve，爾背赦也。赦免謂之爾背赦。

absolution，爾摒赦令也。赦罪謂之爾摒赦令。

***somn，*swep-，睡**

睡，睡眠。

《玉篇》：眠，寐也。

甫語：*swep-，睡也。

拉：somnus，睡眠也。

somnolence，睡蒙矓也。昏昏欲睡謂之睡蒙矓。

somnambulate，睡喃步履也。夢遊謂之睡喃步履。

somniferous，睡迷符暈也。催眠謂之睡迷符暈。

insomnia，湮睡眠哪也。失眠謂之湮睡眠哪。湮，沒也。

song，誦

誦，歌誦。《周禮》：以樂語教國子：興、道、諷、誦、言、語。《註》倍文曰諷，以聲節之曰誦。《詩》曰：誦言如醉。

拉：sonus，誦諾也。

sing，嗓也。唱。

song，誦也。歌。

consonant，共誦念也。誦音謂之共誦念。誦音，舊譯輔音。

dissonant，抵誦念也。不和諧謂之抵誦念。

sonnet，誦念也，申廿也。

son-，誦也，申也，二字並一音。

-net，念也，廿也，二字並一音。

廿，二十並也，表和並。申（sept），七也。7*2 = 14。

故，申廿：十四也。sonnet，十四行詩也。

soon，瞬

瞬，瞬間。《說文》：瞚，開合目數搖也。瞚，瞬之古字。

soon，瞬也。

sudden，瞬動也。突然謂之瞬動。

sort，*ser-，屬

《說文》：屬，連也。《增韻》：系屬也。又，類也，託也。

甫語：*ser-，屬也。

拉：sort，屬託也。

sort，屬也。類。

assort，爾屬也。分類謂之爾屬。

assorted，爾屬兊也。什錦謂之爾屬兊。

consort，共屬也。配偶謂之共屬。

consortium，共屬團也。財團謂之共屬團。

resort[1]，野墅也。度假村謂之野墅。

resort[2]，亦訴也。訴諸謂之亦訴。

sp = x ----------------

spare，閒

spare，閒也。備。免。簡。

***spect，*spek-，省**

《說文》：省（xing），視也。《爾雅》：察也。

《說文》：觀，諦視也。

甫語：*spek-，省觀也。

拉：spectare，省觀也。c 讀若 g。

spectator，省觀者也。觀眾謂之省觀者。

aspect，爾省觀也。觀。

circumspect，圐圙省觀也。慎重謂之圐圙省觀。

expect，預省觀也。預期，期待謂之預省觀。x 合併 s。

inspect，入省觀也。查。

perspective，片省觀也。觀點，透視法謂之片省觀。

prospect，盼省觀也。希望，機會，景色謂之盼省觀。

respect，亦省觀也。尊敬謂之亦省觀。

retrospect，亦出省觀也。回顧謂之亦出省觀。

suspect，嫌省觀也。嫌。疑。猜。

speculate，省猜聯也。猜，投機謂之省猜聯。

conspicuous，共省視也。顯著謂之共省視。

perspicuous，破省視也。明白謂之破省視。破，识破。

transpicuous，穿省視也。透明謂之穿省視。

suspicious，嫌省視也。可疑謂之嫌省視。

despise，睇省視也。鄙視謂之睇省視。睇，目小衺視也。

despite，睇省唾也。侮辱，儘管謂之睇省唾。

special，稀少

《說文》：稀，疏也。

special，稀少也。特別，獨特謂之稀少。

specify，稀少仿也。詳。

specialist，稀少力者也。專家謂之稀少力者。

especially，異稀少也。特別，尤其謂之異稀少。

species，系生

《爾雅》：系，繼也。

生，生物。

species，系生也。種。

specimen，系生模也。標本，樣品謂之系生模。

speed，迅度

《說文》：迅，疾也。

speed，迅度也。速度謂之迅度。

spend，消

消，消耗，消滅，消化。《說文》：消，盡也。

銷，花銷，開支，出售。《說文》：銷，鑠金也。

spend[1]，銷也。花銷，花錢謂之銷。

spend[2]，消也。用完，耗盡謂之消。

***sper，*spe-，希**

《說文》：睎，望也。睎，希之古字。

甫語：spe-，希也。

拉：sperare，希仰也。

despair，灃希也。沒希望謂之灃希。

desperate，灃希鬱也。絕望謂之灃希鬱。

prosper，盼希也。有希望謂之盼希。

prosperity，盼希榮也。繁榮謂之盼希榮。

***spers，*sperg-，稀**

《說文》：稀，疏也。《玉篇》：疏，闊也。

散，分散，散播。《博雅》：散，布也。《集韻》：撒，散之也。

甫語：*sperg-，稀也。散，撒，稀，疏四字並一音。

拉：spargere，稀闊也。

sparse，稀疏也。

sparsity，稀疏態也。

asperse，爾稀訕也。誹謗謂之爾散訕。《說文》：訕，謗也。

disperse，遻稀散也。散。

dispersal，遻稀疏也。

intersperse，央之稀散也。散佈，點綴謂之央之稀散。

sphere，旋風域

希：σφαῖρα（sphaira），旋風域也。

拉：sphaera，旋風域也。

sphere，旋風域也。球體，領域謂之旋風域。

atmosphere，悉貌旋風域也。氣。a-，air，悉也。

hemisphere，劃劘旋風域也。半球。劃，劘（mo），分也。

***spir，*speis-，息**

《增韻》：一呼一吸為一息。

《說文》：吸，內息也。羲，氣也。

甫語：*speis-，息也。息，吸，羲多字並一音，從息。

拉：spirare，息然也。

spirit，息然也。精神，靈魂謂之息然。

dispirit，遻息然也。沮喪謂之遻息然。

inspirit，引息然也。鼓舞，激勵謂之引息然。

aspire，爾息也。渴望謂之爾息。

conspire，共息也。共謀謂之共息。

expire，已息也。期滿，呼出，熄滅謂之已息。

inspire，入息也。啟發謂之入息。

perspire，皮息也。汗。皮肤的呼吸。

respire，一息也。呼吸謂之亦息。

respiratory，一息一吐也。呼吸謂之一息一吐。

suspire，噓息也。歎息謂之噓息。

transpire，穿息也。出現，蒸騰謂之穿息。

splendid，炫爛旳

《說文》：炫，爛耀也。

《廣韻》：爛，明也。爛，烂之古字。

《說文》：旳，明也。

拉：splendere，炫爛旳也。炫，或從絢。

splendid，絢爛旳也。

split，析離

析，分也，分析。《說文》：析，破木也。一曰折也。

split，析離也。劈。分。

***spond，*spend-，許**

《廣韻》：許，可也。《廣雅》：與也。

甫語：*spend-，許定也。

拉：spondere，許定也。

sponsor，許施也。讚助，資助，教父謂之許施。-sor，施，施捨。

despond，�許也。沮喪謂之遻許。

respond，應許也。反應，回答謂之應許。

responsible，應許是備也。負責謂之應許是備。

correspond，共應許也。符合，相當謂之共應許。

sponge，絮

絮，棉絮。《說文》：絮，敝綿也。

sponge，絮股也。海綿謂之絮股。

spoon，匙匕

《說文》：匙，匕也。從匕，是聲。是支切。

spoon，匙匕也。

sport，迅

《說文》：迅，疾也。

sport，迅也。sp 讀若 x。或分拆，s + port，迅迫也。體育。

spot，穴

《玉篇》：穴，孔穴也。

spot，穴點也。點。

spread，泄

泄，散也。《詩》曰：俾民憂泄。《傳》：泄，去也。

spread，泄滴也。開。散。

spy，鬩

《說文》：鬩，恆訟也。從鬥，從兒，兒善訟者也。《詩》曰：兄弟鬩於牆。奸細之細，或源自鬩。

spy，鬩也。間諜謂之鬩。

square，*k（w）etwer-，塊

塊，方塊。《說文》：凷，墣也。凷，塊，块之古字，即，土塊。

甫語：*k（w）etwer-，塊頭也。

拉：quadrus，塊頭也。

square，s + quare，四塊也。方。

stair，階

《釋名》：階，梯也，如梯之有等差也。階，阶之古字。

stair，階也。st 讀若 j。

steal，賊

《廣韻》：賊，盜也。

steal，賊也。st 讀若 z。

st = x --------------------

start，興

《說文》：興，起也。

start，興也。開始謂之興。

study，學道

《廣雅》：學，識也。《說文》：覺悟也。迪，道也。

《廣韻》：道，理也。

拉：studēre，學道也。

study，學道也。或，學迪也。學。

student，學丁也。學生謂之學丁。

style，形，型

《說文》：形，象形也。型，鑄器法也。

style，形也。型也。式。風格謂之形，型。

string，*streig-，線

《說文》：線，縷也。弦，弓弦也。

甫語：*streig-，弦也。str 切，讀若 x。

拉：stringere，弦弓也。

string，線也。弦也。繩。帶。串。

st = zh ------------------

staff，*stebh-，眾夫

《國語》：人三為眾。《說文》：眾，多也。

甫語：*stebh-，眾輩也。

staff，眾夫也。全體職員謂之眾夫。

stage，築閣

築，建築。

閣，《集韻》：觀也；《玉篇》：樓也。

stage，築閣也。台。

stall，座，寧，滯，裝

寧（zhu），間也。《爾雅》：門屏之間謂之寧。

《說文》：滯，凝也。間，隙也。

甫語：*stel-，座也，寧也。*sta-，滯也。

stall[1]，座也。座位。車位。

stall[2]，寧也。隔間。攤位。亭子。

stall[3]，滯也。拖延。失速。熄火。拋錨。

install，入裝也。安裝謂之入裝。

stamp，黏，章，躅

《說文》：黏，相著也。著，着也。

章，印章。

《荀子》：躑躅焉。《註》：躑躅（zhu），以足擊地。

stamp[1]，黏票也。郵票謂之黏票。

stamp[2]，躅也。跺。

stamp[3]，章也。印章，戳記，鋼印謂之章。

stand，*$steh_2$-，站

《廣韻》：站，久立也。

甫語：*$steh_2$-，站也。

stand，站地也。

stance，站勢也。站立姿勢。

state，州，狀，譸

《廣雅》：州，國也。《說文》：水中可居曰州。昔堯遭洪水，民居水中高土，或曰九州。

《玉篇》：狀，形也。

《集韻》：譸（zhou），詞也。

拉：status，州土也。

state[1]，州土也。

state[2]，狀態也。

state[3]，譸兑也。陳述謂之譸兑。兑，說也。

statement，譸明也。聲明謂之譸明。

statesman，政治民也。政治家謂之政治民。

statistic，狀態佔也。統計學家謂之狀態佔。佔，占卜。

status，階態也。階級，身份，地位謂之階態。st 讀若 j。

station，站，駐

站，車站，驛站，交通轉遞之所。

《說文》：駐，馬立也。

station[1]，站署也。車站，驛站謂之站署。

station[2]，駐署也。駐軍，警局謂之駐署。

statue，尊祧

尊，敬也。《說文》：高稱也。

《廣雅》：祧（tiao），祭先祖也。《禮》曰：遠廟為祧。

statue，尊祧也。雕像謂之尊祧。

stay，住，滯

《廣韻》：住，止也，立也，居也。

stay[1]，住也。停留，停止謂之住。

stay[2]，滯也。延緩，推遲謂之滯。

abstain，爾悖住也。戒除謂之爾悖住

steady，鎮定

steady[1]，鎮定也。穩。

steady[2]，均等也。

***sti，建，妓，繼**

《廣雅》：建，立也。《韻會》：置也。

妓，娼妓。

《說文》：繼，續也。

constitute，共建彖也。成。st 讀若 j。
constitution，共建彖圖也。憲法謂之共建彖圖。
institute，入建團也。署，機構謂之入建團。
prostitute，嫖妓徒也。娼妓謂之嫖妓徒。
substitute，續繼替也。代替謂之續繼替。

stipend，津賠也。津貼謂之津賠。

***sta，駐廦，住備**

《說文》：駐，馬立也。《廣韻》：廦，室屋。
stable[1]，駐廦也。厩。
stable[2]，住備也。穩。

establish，屹著備立也。設立，制定謂之屹著備立。

obstacle，牾背障也。障礙謂之牾背障。

***stin，*stan，至**

至，極也，《廣韻》：到也，《玉篇》：達也。
destine，定至也。指定謂之定至。
distant，遰至也。遠。
instant，已至也。即。

***stan，質**

substance，實質也。

stereo，築樣

希：στερεός（stereos），築樣也。st 讀若 zh。
stereo，築樣也。立體謂之築樣。
stereotype，築樣態也。刻板印象謂之築樣態。

stick，枝

《說文》：枝，木別生條也。杈，杈枝也。
stick，枝杈也。

still，只，止，蒸

只，只是，只不過。《說文》：只，語已詞也。

止，靜止。

still[1]，只也。語氣轉折謂之只。如，只不過，表然而。

still[2]，蒸也。

still[3]，止也。靜止，定格謂之止。

static，止態也。靜止謂之止態。

stop，止

《廣韻》：止，停也，息也。

stop，止步也。停。

store，貯

《說文》：貯，積也。

store，貯也。倉庫。儲存。商店。

restore，亦貯也。複。還。

story，著軼

著，寫作，著作。《報任安書》：僕誠已著此書。

撰，撰寫，撰述。《增韻》：造也。

story，著軼也。故事謂之著軼。

stupid，*steup-，拙笨

拙，笨也。《說文》：不巧也。《廣雅》：鈍也。

甫語：*steup-，拙也。

拉：stupere，拙笨也。

stupid，拙笨蛋也。笨。蠢。

str = zh ------------------------

straight，*strenk-，直

《說文》：直，正見也。

甫語：*strenk-，直也。

straight，直也。

strain，種，紖，怔，掙

種，類也。《說文》：先種後熟也。

紖（zhen），會意，引系也。《玉篇》：索也。

《玉篇》：怔（zheng）忪，懼貌。

strain[1]，種也。類。

strain[2]，紖也。拉緊謂之紖。

strain[3]，怔也。緊張謂之怔。

strain[4]，掙也。作用力謂之掙。

constrain，共紖也。限制，強迫謂之共紖。

distrain，定紖也。強制執行謂之定紖。

restrain，亦制也。止。制。

strait，窄

strait，窄也。海峽謂之窄。

strange，狀怪

《說文》：奇，異也。

strange，狀怪也。奇怪謂之裝怪。

strategy，戰鬥計

《說文》：戰，鬥也。鬥，今简化为斗。二字本不同。

希：στρατός（stratos），戰鬥也。

strategy，戰鬥計也。戰略謂之戰鬥計。

street，直道

馳道，亦名直道，始皇帝時期始建。《史記》：築甬道，自咸陽屬之。是歲，賜爵一級。治馳道。

street，直道也。馳道也。街。二辭並一音。

stress，忡

《說文》：忡，憂也。

【忄重】(zhong)，會意，心重也。《說文》：遲也。

stress，忡也。【忄重】也。二字並一音，從忡。

stretch，展抻

《集韻》：抻，展也，抻物長也。

stretch，展抻也。抻。撐。

strong，壯

strong，壯也。強。

***struct，*streu-，築，助，阻**

築，建築。《說文》：築，擣也。築，筑之古字。

甫語：*streu-，築也。

拉：struere，築也。

structure，築構也。結構謂之築構。ct 切，讀若 g。

construct，構築也。建築，組成謂之構築。

reconstruct，亦共築也。重建，改造謂之亦共築。

destroy，斷築也。毀。壞。

instruct，益助也。教授，指導謂之益助。

obstruct，牾背阻也。阻擋，妨礙謂之牾背阻。

strict，制

《說文》：制，止也。

《集韻》：禁，制也，戒也，止也。

strict，制也。禁也。二字並一音。

constrict，共制也。縮。束。

district，地制也。地區謂之地制。

restrict，抑制也。限。

stubborn，死呆板

stubborn，死呆板也。死板，固執謂之死呆板。

***suade，說動**

說（shui），勸也。說服。

拉：suadere，說動也。

suasive，說申也。說服謂之說申。

dissuade，抵說也。勸阻謂之抵說。

persuade，骗說也。勸說謂之骗說。

suck，吮

suck，吮也。

sue，訴

《說文》：訴，告也。

sue，訴也。

persecute，迫訴控也。迫害，糾纏謂之迫訴控。控，控訴。

prosecution，捕訴控也。起訴謂之捕訴控。

prosecutor，捕訴控者也。檢察官謂之捕訴控者。

pursue，迫訴也。追。

suffer，受負

suffer，受負也。遭受謂之受負。

suit，適，訴，飾，順，隨

suit[1]，適也。

suit[2]，訴也。訟。

suit[3]，飾也。套裝謂之飾。

suit[4]，順也。同花順謂之順。

suite，隨套也。隨員，套房謂之隨套。

supply，授配

supply，授配也。供應謂之授配。

***sult，*sel-，騷**

《說文》：騷，擾也。《爾雅》：動也。

甫語：*sel-，騷也。

insult，淫騷也。侮辱謂之淫騷。

exult，逸騷也。興高採烈謂之逸騷。

result，已造也。結果謂之已造。造，就也。

***sume，設，攝**

《玉篇》：設，置也。

《說文》：攝，引持也。

拉：sumere，設模也。

assume，爾設模也。假設謂之爾設模。

presume，朴設模也。假定謂之朴設模。

résumé，人設模也。簡歷謂之人設模。

consume，共攝也。消耗謂之共攝。

resume，亦攝也。重新開始謂之亦攝。

sum¹，束，數

《說文》：總，聚束也。

《說文》：數，計也。

sum¹，束也。總和謂之束。

sum²，數也。算數謂之束。

summary，束明也。總結，大綱謂之束明。

sum²，盛

《博雅》：盛，多也。《廣韻》：長也。《增韻》：大也。茂也。

拉：summus，盛滿也。

summit¹，盛滿也。巔峰謂之盛滿。

summit²，盛盟也。首腦峰會謂之盛盟。

summit³，山莽也。山頂謂之山莽。

sure，順

《廣韻》：順，從也。《說文》：順，理也。

sure，順也。當然，確定謂之順。

assure，爾順也。保證謂之爾順。

ensure，應順也。確保謂之應順。

insure，蔭順也。保險謂之蔭順。

reassure，亦爾順也。寬慰謂之亦爾順。

surf，涉

涉，會意，沖浪也。《說文》：涉，徒行瀝水也。

surf，涉也。沖浪謂之涉。-f，浮之首音。

surge，升高

《玉篇》：陞，上也，進也。陞，升之古字。

拉：surgere，升高也。

surge，升高也。

insurgent，異升高也。暴動，造反謂之異升高。

resurgent，亦蘇高也。復甦謂之亦蘇高。

resurrect，亦蘇陽也。復活，恢復謂之亦蘇陽。

surrender，舍讓投

舍，捨棄。

投，投降。

古法語：surrendre，舍讓降也。dr 讀若 j，

surrender，舍讓投也。投降謂之舍讓投。

surveillance，戍衞臨

《說文》：戍，守邊也。

《爾雅》：臨，視也。《說文》：監臨也。

surveil，戍衞也。

surveillance，戍衞臨也。監視謂之戍衞臨。

source，生出

source，生出也。源。

resource，亦生出也。資源，才智謂之亦生出。

suspend，系懸

suspend，系懸也。懸掛謂之系懸。

suspense，系懸思也。懸念謂之系懸思。

suspension，系懸止也。中止。系懸支也。懸架。

sw = q---------------------

sweater，裘毯

《說文》：裘，皮衣也。

sweater，裘毯也。毛衣謂之裘毯。

sweep，清

清，清掃。排，排除。

sweep，清也。-p，排之首音。

sweet，親，恰

《廣韻》：親，愛也。《廣雅》近也。

《說文》：恰（qia），用心也。

sweet，親也。甜。美。善。

swift，輕

《集韻》：輕，疾也。

swift，輕也。迅速，雨燕謂之輕浮。-f-，浮之首音。

swing，千

千，鞦韆。杜甫《清明》：十年蹴踘將雛遠，萬里鞦韆習俗同。

swing，千也。揮。搖。盪。

swim，泅

游泳曰泅，泅渡。《說文》：浮行水上也。

swim，泅也。

sword，槍

槍，古代兵器。刀槍劍戟槊。

sword，槍也。劍。或從通俗音，槊也。

symbol，像標

symbol，像標也。符號謂之像標。

symbolic，像標例也。象徵性謂之像標例。

symbolize，像標例子也。像征謂之像標例子。

symbiosis，巽胞生

《說文》：巽，具也。

symbiosis，巽胞生也。

symmetry，巽米尺

symmetry，對稱謂之巽米尺。

symphony，巽諷

symphony，巽諷也。交響樂謂之巽諷。

symposium，巽品鑒

symposium，巽品鑒也。專題研討會謂之巽品鑒。

sync，巽

sync，巽也。同步謂之巽。

synchronic，巽圭臬也。共時謂之巽圭臬。

synchronize，巽圭臬准也。同時發生謂之巽圭臬准。

syndrome，巽征也。綜合征謂之巽征。

synonym，巽諾名也。同義詞謂之巽諾名。

syntax，訓兌

《正字通》：訓，古言可為法也。

《說文》：兌，說也。

syntax，訓兌也。句法謂之訓兌。

synergy，協能聚

synergy，協能聚也。協同合作謂之協能聚。

T 丁 兌

《爾雅》：丁，當也。

T，象形，丁也。

table，台板

《說文》：台，觀四方而高者。

《玉篇》：牀狹而長謂之榻。牀，會意，木板也。

拉：tabula，台板也，榻板也。

table，台板也，榻板也。桌。

tacit，*tak-，坦心

《說文》：坦，安也。

甫語：*tak-，坦也。

拉：tacere，坦心也。

tacit，坦心也。沉默謂之坦心。

take，挑

挑（tiāo），《康熙字典》：取也。

甫語：*deh$_3$-，得也。

take，挑也。拿。

mistake，迷失挑也。錯誤，過失謂之迷失挑。

tale，譚

《玉篇》：譚，誕也。

tale，譚也。故事，流言謂之譚。

talent，天祿

《說文》：祿，福也。

希：τάλαντον（talanton），天祿也。

拉：talentum，天祿也。

talent，天祿也。天賦，天才謂之天祿。

talk，談

《說文》：談，語也。

talk，談也。

retail，亦談也。轉述，零售謂之亦談。

tall，挑，

挑（tiǎo），挑高，高挑。

《廣韻》：躿，身長貌。

tall[1]，挑也。高。

tall[2]，躿也。身長曰躿。

tap，聽，提，搭，頭

tap[1]，聽也。竊聽謂之聽。

tap[2]，提也。提取謂之提。

tap[3]，搭拍也。輕拍謂之搭拍。搭，擬聲，搭也。

tap[4]，頭也。水龍頭謂之頭。

tape，條帊

帊，布帛也。《說文》：帛三幅曰帊。帊，同帕。

tape，條帊也。帶。

***tail，剸**

《韻會》：剸（tuan），裁也。

《廣雅》：裂，裁也。

拉：talea，剸裂也。

tailor，剸裂也。裁縫謂之剸裂。

detail，氐剸也。細節謂之氐剸。氐，至也，細緻。

tag，*tag-，貼

《說文》：貼，以物為質也。《增韻》：裨也，依附也，黏置也。

甫語：*tag-，貼也。

拉：tangere，貼薵也。

tag，貼也。

touch，貼觸也。

touché，貼切也。

tangent，貼接也。接觸，切線謂之貼接。

tactile，貼觸也。觸覺謂之貼觸。

contact，共貼觸也。接觸，聯繫謂之共貼觸。ct 讀若 ch。

intact，湮貼也。完整謂之湮貼。湮，沒也。

contagious，共貼接也。接觸傳染謂之共貼接。

contingency，共貼薵也。偶發事件謂之共貼薵。

attain，爾貼也。達到，實現，獲得謂之爾貼。

taint，貼塗也。瑕疵，污染謂之貼塗。

三角函數：

勾股定理：勾三，股四，弦五。

正弦：sine，弦也。

余弦：cosine，勾弦也。

正切：tangent，貼接也。

餘切：cotangent，勾貼接也。

正割：secant，解坎也。

余割：coseccant，勾解坎也．

tangible，體積備

體，實體。

tangible，體積備也。有形資產，實質，可觸摸謂之體積備。

intangible，陰體積備也。無形資產，虛，不可接觸謂之陰體積備。

integrity，一體耿也。正直謂之一體耿。

integrate，一體積也。融為一體謂之一體積。

tact，韜

韜，韜略，《六韜》。《說文》：韜，劍衣也。《廣韻》：藏也。

拉：tagere，韜光也。

tact，韜也。圓滑謂之韜。

tactics，韜套也。策略，戰術謂之韜套。

detect，遭韜也。查明，發現謂之遭韜。

protect，排他也。保。

***tain[1]，塡**

《說文》：塡，塞也。

contain，共塡也。包含，容納謂之共塡。

content，共塡體也。內容謂之共塡體。

detain，抵塡也。阻止，拘留謂之抵塡。

maintain，摹塡也。養。維持謂之摹塡。

obtain，牾背塡也。獲得，流行謂之牾背塡。

pertain，片塡也。有關謂之片塡。

***tain[2]，挺**

retain，延挺也。留。持。挺，直持也。

sustain，豎挺也。維持，支撐謂之豎挺。

task，圖企

task，圖企也。任務，企圖謂之圖企。

taste，舔滋

taste，舔滋也。味道謂之舔滋。

tattoo，拓圖

tattoo，拓圖也。紋身謂之拓圖。

tax，稅

稅，亦讀 tui，《集韻》:吐外切。《說文》:租也。《爾雅》:舍也。

拉：taxa，稅舍也。

tax，稅也。

taxi，稅行也。出租車謂之稅行。

tear，啼，*dakru-，大哭

《說文》：嗁，號也。嗁，啼之古字。

甫語：*dakru-，大哭也。

tear，啼也。

cry，哭也。

team，團

團，團隊。

team，團也。團隊謂之團。

teamwork，團為也。團隊合作謂之團為。

temper，*temp-，膽脾

甫語：*temp-，膽脾也。

拉：temperare，膽脾也。

temper，膽脾也。脾氣謂之膽脾。

temperament，膽脾樣貌也。性情謂之膽脾樣貌。

temperance，膽脾癮掣也。節制，戒酒謂之膽脾癮掣。

temperature，膽脾醞度也。溫度謂之膽脾醞度。

temporal，*tem-，天柄

北斗有七星。玉衡、開陽、搖光為斗柄，古曰杓。古人據初昏時斗柄指向定時節：斗柄指東，天下皆春；斗柄指西，天下皆秋；斗柄指南，天下皆夏；斗柄指北，天下皆冬。

甫語：*tem-，天也。

拉：tempus，天柄也。temporalis，天柄日曆也。

temporal，天柄日也。時間，現世謂之天柄日也。

contemporary，共天柄日曆也。同時代，當代謂之共天柄日曆。

tempt，貪圖

《說文》：貪，欲物也。《釋名》：貪，探也。

拉：temptare，貪圖也。

tempt，貪圖也。引誘謂之貪圖。

attempt，爾貪圖也。企圖謂之爾貪圖。

tenant，*ten-ē-，佃農

佃，多音，讀 dian，亦讀 tian。《正韻》：亭年切，治田也。

甫語：*ten-ē-，佃也。田也。

拉：tenere，佃農也。

tenant，佃農也。

tenancy，佃農襲也。租。襲，承襲。

lieutenant，吏佃農也。陸軍中尉，海軍上尉謂之吏佃農。

tenable，佃農備也。保持謂之佃農備。

tenet，佃農祧也。信條謂之佃農祧。《廣雅》：祧，祭先祖也。

tenure，佃農有也。保有權，終身職位謂之佃農有。

tend，坦，探，途，討，攤，圖，託，投，腆

tend[1]，坦待也。服侍謂之坦待。《說文》：坦，安也。

tend[2]，探遭也。趨向謂之探遭。《說文》：探，遠取之也。

tendency。探澧斜也。傾。

pretend，朴探也。假裝謂之朴探。

attend，爾途也。參加謂之爾途。

contend，共討也。辯。爭。

distend，澧攤大也。膨脹謂之澧攤大。《說文》：攤，開也。

extend，extent，溢攤大也。擴大謂之溢攤大。

intend，intent，意圖也。

portend，portent，卜圖也。預示謂之卜圖。

tender[1]，託帶也。託運車船謂之託帶。

tender[2]，投遞也。投標謂之投遞。

tender[3]，腆也。溫柔，善良謂之腆。《廣韻》：腆，善也。

***tent，填，腆**

《廣雅》：腆，美也。

content[1]，共填也。內容謂之共填。

content[2]，夠腆也。滿意謂之夠腆。

entertain，娛之腆也。娛樂謂之娛之腆。

tense，態時

tense[1]，態時也。時態謂之態時。

tense[2]，態勢也。緊張謂之態勢。

tent，幬

《爾雅》：幬謂之帳。幬（tao），《廣韻》：徒到切。

tent，幬也。帳。

tenuity，條紐

tenuity，條紐也。細。

thin，細也。

terror，憚憂

《增韻》：憚，畏也。

《說文》：惔（tan），憂也。

terror，憚憂也。憚，惔二字並一音，從憚。

terrible，憚憂備也。可怕謂之憚憂備。

term，停，條，調，提

《說文》：停，止也。

末，終也。《玉篇》：端也，盡也。

甫語：*ter-，停也。

拉：terminus，停末也。

term[1]，停也。任期，期限謂之停。

term[2]，條也。項，條款，術語謂之條。

term[3]，調也。關係謂之調。調，和也。

term[4]，提也。提及謂之提。

terminate，停末匿也。終。匿，沒也。

terminal，停末闌也。終點。碼頭。航站樓。闌，會意，終點門。

terminator，停末者也。終結者謂之停末者。

terminus，停末也。終點謂之停末。

determine，定停明也。查明，確定謂之定停明。

terminology，條名臬嘮卦也。專門術語。臬，標準也。

test，探試

《爾雅》：探，試也。《說文》：遠取之也。

test，探試也。

tentative，探討圖也。猶豫，試驗謂之探討圖。

tentacle，探頭觸也。觸鬚謂之探頭觸。

testify，探試仿也。作證謂之探試仿。

testimony，探試明也。證明謂之探試明。

testament，探囑明也。遺囑謂之探囑明。

attest，爾探證也。證。

contest，共探爭也。競爭謂之共探爭。

detest，抵探憎也。憎惡謂之抵探證。

protest，排探爭也。抗議謂之排探爭。

Protestant，排探爭徒也。新教徒謂之排探爭徒。

textile，綸

《集韻》：綸，帛也。

拉：texere，綸繡也。

textile，綸綸也。紡織品謂之綸綸。

texture，綸綡也。質地，質感，質料謂之綸綡。

tissue，綸絜也。紙巾謂之綸絜。

th = x --------------------

theater，戲臺

theater，戲臺也。戲劇院謂之戲臺。

theatre，戲場也。

theme，戲碼

希：θέμα（thema），戲碼也。

theme，戲碼也。主題謂之戲碼。

therapy，休養培

《爾雅》：休，息也。

《說文》：養，供養也。

《說文》：培，一曰益也，養也。

拉：therapia，休養培也。

therapy，休養培也。治療謂之休養培。

thesis，釋相

釋，解釋，分析，論證。《說文》：解也。

相，表像。《金剛經》：凡所有相，皆是虛妄。
甫語：*dhi-dhə-，叨叨也。
希：tithenai，題釋也。
拉：thesis，釋相也。
thesis，釋相也。論點，論文謂之釋相。
thetic，釋題也。論題謂之釋題。
antithesis，遏抵釋相也。對立物謂之遏抵釋相。
hypothesis，逾樸釋相也。假說謂之逾樸釋相。
parenthesis，配應釋相也。括號謂之配應釋相。
synthesis，巽釋相也。綜合，合成謂之巽釋相。

thick，*teg-，屯高

《廣韻》：屯，厚也。《易・屯》：屯者，盈也。
甫語：*teg-，屯高也。
thick，屯高也。粗。厚。
town，屯也。鎮。

thief，偷夫

攜，帶也。《說文》：提也。
thief，偷夫也。或從通俗音，攜夫也。小偷謂之攜夫。

thin，細

thin，細也。th 讀若 x。

thing，形，實，事

實，實物。
事，事物。
thing，形也。實也。事也。

think，想

think，想也。或，思考也，th 讀若 s。

thirsty，涸

《說文》：涸，渴也。下各切（xie）。

thirsty，涸盡也。渴。

thrill，興

興，興奮，高興。《說文》：起也。

thrill，興也。興奮謂之興。

through，行入

行，穿行。《說文》：人之步趨也。《韻會》：從彳，左步。從亍，右步也。

through，行入也。穿行，通過謂之行入。

throw，嗖，*terə-，投

嗖，擬聲辭，擲也。

甫語：*terə-，投也。

throw，嗖也。或，投也，th 讀若 t。

ticket，帖括

《廣韻》：帖，券帖。

唐制，帖試士曰試帖。舉人總括經文，以應帖試，曰帖括。

ticket，帖括也。票。

tide，灘地

《廣韻》：灘，水灘。

tide，灘地也。潮汐謂之灘地。

tidy，汰滌

汰，淘洗也。滌，洗滌。

tidy，汰滌也。整潔，清理謂之汰滌。

tie，綎

《說文》：綎（ting），糸綬也。

tie，綎也。捆。系。領帶。平局。

till，停

《說文》：停，止也。

till，停也。止。

tim，惕，*trem-，怵

《玉篇》：惕，懼也。又，疾也。

《說文》：怵，恐也。《廣雅》：懼也。

甫語：*trem-，怵也。

拉：timere，惕敏也。

timid，惕敏也。怯懦，膽小謂之惕敏。

intimidate，淫惕敏恫也。恐嚇謂之淫惕敏恫。淫，淫威。

***tin，田**

continental，共田農土也。大陸謂之共田農土。

***tin，替**

《說文》：更，改也。注，更訓改。亦訓繼。不改為繼。

替，代也。

continue，更替也。繼續謂之更替。

tiny，少

少，去右點，讀 ta，《說文》：蹈也。

《說文》：少，不多也。

tiny，少匿也，音從 ta。或將少誤抄為少（ta）。

tire，頹，胎

頹，委靡，消沉。

tire[1]，頹也。疲勞謂之頹。

tire[2]，胎也。

token，*deyǵ-，兌轂

兌，兌換。

甫語：*deyǵ-，兌也。

token[1]，兌殼也。代幣謂之兌殼。-ken，coin，殼也。

token[2]，兌開也。詞元謂之兌開。

toll，投，頭

toll[1]，投也。過路費，長途電話費，需投幣。

toll[2]，頭也。死亡人數謂之頭。

top，頭，*dewb-，頂

頭，頂也。

《說文》：頂，巔也。

甫語：*dewb-, 頂也。

top，頂也。

toast，炭炙

《說文》：炙，炮肉也。

toast，炭炙也。烤。

toilet，桶漏

toilet，桶漏也。馬桶謂之桶漏。

lavatory，流物桶也。抽水馬桶謂之流物桶。

tone，*ten-，鼜

《說文》：鼜（tang），鼓聲也。鼜，通嗵。

《博雅》：扽，引也。

甫語：*ten-, 扽也。

希：τόνος（tonos），鼜也。

拉：tonus, 鼜也。

tone，鼜也。調。

intone，吟鼜也。吟誦謂之吟鼜。

monotone，枚鼜也。單調謂之枚鼜。

semitone，扇門鼜也。半音謂之扇門鼜。

topic，*dhē-，題譜

題，題目。

甫語：*dhē-，題也。

topic，題譜也。題目謂之題譜。

total，*teutā-，同統

《說文》：同，合會也。《玉篇》：共也。

統，總括。

甫語：*teutā-，同也。

拉：totus，同統也。

total，同統也。總。

torch，焞持

《說文》：焞（tun），明也。

torch，焞持也。火炬謂之焞持。

tort，*$terh_1$-，摶

《說文》：摶，圜也。以手圜之也。

甫語：*$terh_1$-，摶也。

拉：torquere，摶曲也。

twist，摶轉也。轉動謂之摶轉。st 讀若 zh。

tort，摶也。侵權行為謂之摶。

torque，摶曲也。扭轉力謂之摶曲。

torsion，摶行也。扭轉謂之摶行。

torture，摶團也。折磨，虐待，將身體扭曲摶團。

torment，摶貌也。折磨，煩惱謂之摶貌。

contort，共摶也。扭曲謂之共摶。

distort，抵摶也。曲。畸。

extort，忞摶也。勒索謂之忞摶。忞（yi），懲也。

retort，亦摶也。駁。

turbine，摶柄也。渦輪謂之摶柄。

turbo，摶爆也。渦輪增壓謂之摶爆。

turn，摶扭也。轉。

turbid，方言，摶吧也。渾濁，混亂謂之摶吧。

return，亦退也。回。《廣韻》：巽，退也。

turbulence，湍並亂也。亂。湍並流也。湍流。湍，疾瀨也。

disturb，抵忐也。擾。攪。

perturb，片忐也。煩擾謂之片忐。

tool，筩

《說文》：筩（tong），斷竹也。《廣韻》：竹筒也。

tool，筩也。工具謂之筩。

tour，途

《廣韻》：途，道也。《玉篇》：路也。

tour，途也。

contour，共途也。輪廓謂之共途。

detour，遰途也。繞道謂之遰途。

attorney，爾託你也。代理人謂之爾託你。託付給你。

touch，貼觸

touch，貼觸也。

touché，透徹

touché，透徹也。

tow，拖

拖，拽也。

扽，猛拉。

甫語：$*deh_2$-，扽也。

tow，拖也。

tower，塔望

tower，塔望也。塔。

town，屯

屯，村莊。《廣韻》：厚也。聚也。

town，屯也。鎮。

ton，屯也。噸。大量，許多謂之屯。

tr = ch ----------------------

tract，*tragh-，抽，喘，叢，冊，抻，除，瘡

《說文》：從，隨行也。從，从之古字。

蹤，從，皆為从之古字。名辭曰蹤，動辭曰從。

《說文》：抽，引也。

甫語：*trek-，抽也。

拉：trahere，抽也。

tract[1]，喘也。呼吸道謂之喘。

tract[2]，叢也。區域謂之叢。

tract[3]，冊也。小冊子曰冊。

contract[1]，共抽也。縮。

contract[2]，共從也。合同謂之共從。

contract[3]，共瘡也。感染謂之共瘡。

abstract，爾被抽也。抽象謂之爾被抽。

attract，爾抽也。吸引謂之爾抽。

extract，逸抽也。取出謂之逸抽。

retract，異抽也。回。收。《廣韻》：異，退也。

subtract，下抽也。減。除。

detract，遭除也。減損謂之遭除。

distract，斷憧也。分心謂之斷憧。《說文》：憧，意不定也。

protract，甫抻也。伸。延。

trait，犬态也。特點謂之犬态。《说文》：狀，犬形也。

portrait，谱犬态也。肖像，描繪謂之谱犬态。

《說文》：牽，引前也。

traction，牽可伸也。牽引謂之牽可伸。

tractor，牽軻拖也。拖拉機謂之牽軻拖。

trail[1]，牽也。拖。拽。tr 讀若 q。

trail[2]，蹤也。跡。

trail[3]，徹也。徑。《集韻》：徹，道也。

trail[4]，從也。落後謂之從。

trail[5]，垂也。

《玉篇》：蹤（cong），跡也。

trace[1]，蹤此也。痕跡謂之蹤此。

trace[2]，從繩也。韁繩謂之從繩。

track[1]，徹也。道。跡。路。

track[2]，從跟也。跟蹤謂之從跟。

tradition，傳遞祀

祀，祭祀。《左傳》：祀，國之大事也。

tradition，傳遞祀也。傳統謂之傳遞祀。

treat，處

處，處理，對待。《廣韻》：處，留也，息也，定也。處，处之古字。

treat，處也。處理，對待謂之處。

treaty，處締也。締約，條約謂之處締。

treatment，處貌也。待遇，治療謂之處貌。

treatise，闡題釋也。論文謂之闡題釋。闡，闡述。

entreat，殷求也。啃求謂之殷求。

retreat，亦處也，或，亦撤也。撤退謂之亦處，亦撤。

maltreat，黴處也。折磨謂之黴處。

trade，財兌

財，錢財。

兌，兌換。

trade，財兌也。交易謂之財兌。

traffic，穿赴

traffic，穿赴也。交通謂之穿赴。

tragedy，慘絕地

tragedy，慘絕地也。悲劇謂之慘絕地。慘，悲慘。

trash，殘食

trash，殘食也。垃圾謂之殘食。

treasure，儲蓄，財貹

《集韻》：貹（sheng），財富也。

treasure，財貹也。儲蓄也。財寶謂之財貹。資金謂之儲蓄。

treasury，儲蓄衙也。財政部謂之儲蓄衙。

tribe，簇部

《白虎通》：簇者，湊也。

tribe，簇部也。部族謂之簇部。

trigger，觸弓

trigger，觸弓也。扳機謂之觸弓。

trip，差

trip，差（chai）也。旅行謂之差。

travel，差往也。

trouble，愁倍

倍，量詞，倍數。

trouble，愁倍也。麻煩，問題，困難謂之愁倍。

trou-，愁也，差也。二字並一音。

trousers，裳衫

《說文》：裳（chang），下裙也。《釋名》：下曰裳。

trousers，裳衫也。

troop，*treb-，卒兵

卒，兵也。亦讀 cu。

甫語：*treb-，卒兵也。

troop，卒兵也。軍隊謂之卒兵。

tropics，*trep-，赤偏

赤，赤道。

偏，中之兩旁曰偏。

甫語：*trep-，赤也。

tropics，赤偏也。熱帶，回歸線謂之赤偏。

subtropic，下赤偏也。亞熱帶謂之下赤偏。

tribute，*tri-，呈裨

呈，敬送。《廣韻》：示也，見也。

《說文》：裨，益也。

甫語：*tri-，呈也。

tribute，呈裨也。貢。

attribute，爾呈裨也。歸因。屬性。標誌。

contribute，共呈裨也。捐。獻。

distribute，抵呈裨也。分。

retribution，亦懲弊也。罰。報。

trud，*treud-，出

甫語：*treu-，出也。

abstruse，爾背出也。看不出，深奧謂之爾背出。

extrude，壓出也。擠。壓。

protrude，甫出也。突出，伸出謂之甫出。

intrude，入闖也。闖入，侵擾謂之入闖。

threat，怵

《說文》：怵，恐也。《廣雅》：懼也。

threat，怵也。恐嚇，凶兆謂之怵。

threaten，怵恫也。威脅謂之怵恫。恫，嚇也。

through，穿

through，穿也。

thrust，插

《廣韻》：插，刺入也。

拉：trudere，插洞也。

thrust，插也，刺也，多字並一音。猛推。動力。擠。主旨。

trunk，材

《說文》：材，木梃也。

trunk，材也。樹幹謂之材。

trust，誠志

《增韻》：誠，真實也。《說文》：信也。

true，誠也。

trust，誠志也。信任謂之誠志。

try，測

測，試也。《說文》：測，深所致也。

拉：triare，測也。

try，測也。試。

tumor，*teue-，痛滿

《說文》：痛，病也。

《增韻》：腫，脹也。《廣韻》：脹，脹滿。

甫語：*teue-，痛也。疼也。

拉：tumere，痛滿也。

tumor，痛滿也。腫脹之瘤，疼痛滿滿。

tumefy，痛滿仿也。腫脹謂之痛滿仿。

tumid，痛滿也。

tutor，談者

tutor，談者也。師。

type，揩，拓，態

揩，打字也。指揩曰揩，足踏曰踏。《說文》：縫指揩也。

拓，印也。《集韻》：手推物。

type[1]，揩也。打字，鍵入曰揩。

type[2]，拓片也。古代有活字印刷，拓印之術，西方謂之拓片。

type[3]，-ty，態也。類型謂之態。

U 午 兀

ugly，西鬼

西鬼，醜也。《說文》：醜，可惡也。醜，今作醜。

ugly，西鬼也。醜。醜。

u-，西也；-gly，鬼也。

***ultim，*ud-，尾底**

尾，末也，終也。《詩》曰：瑣兮尾兮，流離之子。

甫語：*ud-，尾底也。

拉：ultimus，尾底末也。

ultimate，尾底末也。終。最。根。

ultimo，尾底朦也。上個月謂之尾底朦。朦，月也。

penultimate，伴尾底末也。倒數第二謂之伴尾底末。

antepenultimate，遏抵伴尾底末也。倒數第三謂之遏抵伴尾底末。

***umbr，陰蔽，*andh-，暗蔽**

《說文》：暗，日無光也。《玉篇》：不明也。

《廣雅》：蔽，障也，隱也。

甫語：*andh-，暗淡也。

umbral，陰蔽也。陰影謂之暗蔽。

umbrage，陰蔽感也。不愉快謂之陰蔽感。

umbrella，雨蔽笠也。傘。笠，遮雨帽也。

penumbra，半影蔽也。半影謂之半影蔽。

upset，嗚喪

喪，沮喪。

upset，嗚喪也。沮喪謂之嗚喪。

whine，嗚也。哭喪，哀號謂之嗚。

***urban，塢堡**

《說文》：隖，小障也。一曰庳城也。隖，坞之古字。庳城，防衛用小城堡。

拉：urbs，塢堡也。

urban，塢堡也。城市謂之塢堡。

urbanize，塢堡擬制也。城市化謂之塢堡擬制。

suburban，隨塢堡也。郊。隨，從也。

use，*eud-，用

《說文》：用，可施行也。《廣韻》：使也。

甫語：*eud-，用也。

拉：usare，用也。

use，用也。

user，用者也。

useful，用着富也。有用謂之用着富。富，豐富。

useless，用着寥也。無用謂之用着寥。

usury，用賒益也。高利貸謂之用賒益。賒，賒貸。

utensil，用途盛也。器皿謂之用途盛。盛，黍稷在器中以祀者也。

utilize，用途利也。利用謂之用途利。

utilitarian，用途利他人也。功利主義者謂之用途利他人。

abuse，爾悖用也。虐待，濫用謂之爾悖用。悖，違也。

disuse，抵用也。不用謂之抵用。

misuse，迷用也。濫用，錯用謂之迷用。

peruse，片用也。細讀謂之片用。

usurper，忤弑辟

《說文》：弑，臣殺君也。

《廣韻》：辟，君也。

usurper，忤弑辟也。篡位者謂之忤弑辟。

usual，*ew-，庸俗

《爾雅》：庸，常也。《說文》：用也。

拉：usualis，庸俗了也。

usual，庸俗也。常。

unusual，無庸俗也。不平常謂之無庸俗。

V W 未戊

《說文》：戊，中宮也。故稱o，w，u，v為中宮簇音。

W，double U也，U之長音。

V，未之簡化，甲骨文，像樹冠枝條上翹。《小爾雅》：未，無也。

***va，*vi，*ve，*voy，*wa，*wed-，往**

《說文》：往，之也。《玉篇》：行也，去也。

甫語：*wed-，往也。

拉：vadere，往趯也。

evade，逸往也。逃。避。

invade，入往也。侵。

pervade，片往也。遍佈，瀰漫謂之片往。

avenue，爾往逆也。大道謂之爾往逆。往逆，往來也。

revenue，銀往逆也。資金往來謂之銀往逆。

souvenir，送往念也。紀念品謂之送往念。

visit，往至也。問，望，往多字並一音。

invite，邀往也。

convoy，共往也。護送謂之共往。

envoy，尹往也。使者謂之尹往。尹，官名。

wade，往渡也。跋涉謂之窪渡。

waddle，往踱也。蹣跚謂之往踱。

waggle，往晃也。晃動謂之往晃。晃（guang），方言，晃盪。

wagon，往軲也。帶斗車謂之往軲。《廣韻》：軲，車也。

walk，往跬也。走路謂之往跬。跬，半步也。

-ward，往也。

vague，wander，*wegh-，惘

《集韻》：惘悵，失志貌。

甫語：*wegh-，惘逛也。

拉：vagus，惘逛也。

vague[1]，惘逛也。茫然，恍惚謂之惘逛。

vague[2]，無固也。不確定，模糊謂之無固。

vague[3]，微觀也。微。

vagrant，惘逛徒也。流浪漢謂之惘逛徒。

divagate，�惘逛也。走失，離題謂之遰惘逛。

extravagance，逸出惘逛也。奢侈，揮霍謂之逸出惘逛。

extravaganza，逸出惘逛展也。出格表演謂之逸出惘逛展。

wander，惘動也。遊盪謂之惘動。

valid，*wal-，威力

《呂氏春秋》：威也者，力也。

甫語：*wal-，威也。

拉：valere，valens，威力也。

valid，威力也。有效謂之威力。

invalid，湮威力也。無效謂之湮威力。

validate，威力定也。生效，確認謂之威力定。

valor，威凜也。英勇，勇猛，威風凜凜。

valerian，威凜人也。

valence，威力系也。化合價謂之威力系。系，聯繫。

Valentia，威力屯也。瓦倫西亞，巴倫西亞謂之威力屯。

Valencia，威力村也。瓦倫西亞謂之威力村。

Valence，威力邨也。瓦倫撒。邨，村也。

Valentine ‘s Day，威力挺之旦也。情人節謂之威力挺之旦。

avail，爾威也。有用，有效謂之爾威。

available，爾威備也。可用謂之爾威備。

countervail，抗威也。抵消謂之抗威。

prevail，朴威也。流行，佔優謂之朴威。

warn，威也。

value，*wel-², 贎

贎（wan），會意，萬貫家財，富也。《說文》：貨也。

甫語：*wel-[2]，購也。

value，購祿也。價值謂之購祿。

devaluate，底購祿也。貶值謂之底購祿。

evaluate，議購祿也。評估價值謂之議購祿。議，議價。

undervalue，凹底購祿也。低估價值謂之凹底購祿。

wealth，購貹也。財。富。《玉篇》：貹，財也。

worth，購值也。價值謂之購值。

invest[2]，入購也。投資謂之入購。

investor，入購者也。投資者謂之入購者。

vary，*wer-，彎易

易，變也。《說文》：日月為易，象陰陽也。

《說文》：變，更也。《小爾雅》：易也。

彎，曲也，折也。《說文》：持弓關矢也。

甫語：*wer-，彎也。變也。變，或誤抄為彎，二字並一音。

拉：varius，variare，彎易也。

vary，彎易也。變。

variable，彎易變也。可變，變量謂之彎易變。

variant，彎易體也。變體謂之彎易體。

variety，彎易態也。多樣性謂之彎易態。

variometer，彎易米也。磁力偏差計謂之彎易米。

veggie，菩荄

《說文》：菩，草也。荄，草根也。

veggie，菩荄也。蔬菜謂之菩荄。

vegetable，菩荄吞備也。蔬菜謂之菩荄吞備。

-etable，eatable 之變形。

***velop，*wel-，圍**

《廣雅》：圍，裹也。《說文》：圍，守也。

《說文》：幃，囊也。

甫語：*wel-，圍也。

拉：volvere，圍幃也。

develop，澧圍攏也。突圍：發展，形成，產生，出現。

envelop，入圍攏也。入圍：包圍，掩蓋，籠罩

wrap，圍也。

vent，外

外，內之對。《說文》：外，遠也。

拉：venire，外逆也。

vent，外通也。出。

advent，爾到外也。出現謂之爾到外。

advance，爾到外升也。升。晉。漲。先。

adventure，爾到外出也。冒險，奇遇謂之爾到外出。

advantage，爾到外條件也。有利條件謂之爾到外條件。

disadvantage，抵爾到外條件也。不利條件謂之抵爾到外條件。

circumvent，圐圙外也。繞。避。勝。

event，意外也。事件，活動謂之意外。

prevent，朴外也。阻。防。

invent，穎物也。發明，虛構謂之穎物。

***vene，違**

*vene，違也。

contravene，抗出違也。違。反。抵。

intervene，央之違也。介入，干涉謂之央之違。

supervene，隨違也。迸發謂之隨違。

venge，謂告

《說文》：謂，報也。《廣韻》：告也。

《說文》：報，當罪人也。報，报之古字。報仇。𠬝，治也。

《說文》：告，牛觸人。角着橫木，所以告人也。

拉：vengier，謂告也。

vengeance，謂告仇也。報仇謂之謂告仇。

avenge，爾謂告也。報復謂之爾謂告。

avenger，爾謂者也。復仇者謂之爾謂者。

revenge，亦謂告也。報復心謂之亦謂告。

verb，*wer-，謂[1]

《廣雅》：謂，說也。

甫語：*wed-，謂也。

梵語：vādah，謂也。

拉：verbum，謂報也。

verb，謂也。動辭，即謂語。

verbal，謂報也。口頭謂之謂報。

adverb，爾帶謂也。副詞謂之爾帶謂。帶，附帶。

proverb，卜謂也。諺語，格言謂之卜謂。

vow，*wek^{w}-，謂[2]

《廣雅》：謂，說也。

《廣韻》：吵，聲也。

甫語：*wek-，謂也。

拉：vocare，謂吵也。vox，謂聲也。

vow，謂也。誓。

avow，爾謂也。公開承認謂之爾謂。

vowel，謂文也。謂音。舊譯：元音。

voice，謂聲也。

vocal，謂吵也。聲。

advocate，爾昀謂倡也。提倡。支持。擁護。

vouch，謂證也。保證謂之謂證。ch 讀若 zh。

vote，謂投也。投票謂之謂投。

vocabulary，謂辭簿錄也。-bulary，Bible，Babylon 多辭

同源，簿錄也。

convoke，共謂開也。召開謂之共謂開。

equivoque，而癸謂可也。雙關語為之而癸謂可。可，兩可。

invoke，引謂也。援引謂之引謂。

invoke，禋謂也。祈求謂之禋謂。禋（yin）, 潔祀也。

provoke，劉謂也。刺激。煽動。挑釁。-pro，劉，刺也。

revoke，亦謂也。取消，廢除謂之亦謂。

advert，爾謂也。談及謂之爾謂。

controvert，抗謂也。爭論謂之抗謂。

convey，共謂也。表達謂之共謂。

converse[2]，共謂說也。交談謂之共謂說。

conversation，共謂說說也。交談謂之共謂說說。

obvert，牾背謂也。反轉命題謂之牾背謂。

pervert，偏謂也。曲解謂之偏謂。

revert，又謂也。回覆，重提謂之又謂。

verge[1]，隈

隈（wei），崖外也。《爾雅》：隩，隈，厓內為隩，外為隈。

拉：vergere，隈也。

verge，隈也。邊緣，傾向謂之隈

verge[2]，丸聚

《說文》：丸，圜，傾側而轉者。

converge，共丸聚也。聚合謂之共丸聚。

diverge，灃丸聚也。分歧，差異謂之灃丸聚。

verse，文詩

拉：versus，文詩也。

verse，文詩也。文。詩。

versify，文詩仿也。作詩謂之文詩仿。
version，文式也。說法，版本謂之文式。

versatile，萬事通

versatile，萬事通也。多才多藝謂之萬事通。

vertex，兀頭

《說文》：兀，高而上平也。
vertex，兀頭也。頂點謂之兀頭。-tex，top，頭也。
vertical，兀頭朝也。垂直謂之兀頭朝。

***ver，*wert-，渦[1]，違，吾，位，彎，牾**

渦，漩渦。《廣韻》：渦，水回也。
甫語：*wert-，渦也。
芓根 *wer-，渦也。
拉：vertere，渦摶也。-t，turn，摶也，取摶之首音。
vortex，渦摶也。旋。
convert，共渦也。轉變謂之共渦。
divert，遰渦也。轉移，轉向謂之遰渦。
diversity，遰渦形態也。多樣性謂之遰渦形態。
evert，逸渦也。外翻謂之逸渦。
reverse，易渦也。反。背。倒。逆。
subvert，下渦也。顛覆謂之下渦。
transverse，穿渦也。横。
traverse，出渦也。穿。折渦也。折行謂之折渦。
universe，圓渦也。宇宙，尤其星系銀河系，為圓渦。

avert，爾違也。防止，避開謂之爾違。
revolt，異違也。背叛，反抗謂之異違。
converse[1]，共違也。相反，逆命題謂之共違。違，反也。
converse[2]，共謂也。交談謂之共謂。

extrovert，逸出吾也。外向的人謂之逸出吾。

introvert，入出吾也。內向的人謂之入出吾。

invert，易位也。倒。

retrovert，亦出彎也。後彎謂之亦出彎。

averse，爾惡也。厭惡謂之爾惡。
pervert，癖惡也。墮落之人，變態者謂之癖惡。

adverse，爾敵牾也。不利，敵對謂之爾敵牾。
adversary，爾敵牾手也。仇敵，對手謂之爾敵牾手。

vest，*wes-，褽

《說文》：褽（wei），衽也。《玉篇》：衣衽也。
《說文》：衺，衣帶以上也。
甫語：*wes-，褽也。
拉：vestis，褽體也。
vest，褽也。背心謂之褽。
vestment，褽衺也。祭衣謂之褽衺。
divest，遰褽也。脫掉謂之遰褽。

***vis，*weid-，望**[1]

《玉篇》：望，遠視也。
《說文》：睹，見也。
甫語：*weid-，望也。
拉：videre，望睹也。
vision，望視也。視力謂之望視。
vista，望展也。展望，遠景謂之望展。
visa，望示也。簽證謂之望示。-sa，sign，示也。
devise，度望示也。度量。計算。推測。設計。發明。遺贈。
envision，臆望示也。想像謂之臆望示。
previse，朴望示也。偵。

provide，配物也。供。備。

revise，亦望修也。修訂，校訂謂之亦望修。

supervise，盛丕視望也。監督，管理謂之盛丕視望。

survey，審望也。審視，調查謂之審望。

television，迢遼望視也。電視謂之迢遼望視。

TV，迢望也。

advise，爾叮謂示也。叮囑，通知，勸告謂之爾叮謂示。

view，望也。

interview，央之望也。面試謂之央之望。

review，亦望也。檢查，複審謂之亦望。

purview，片圍也。範圍謂之片圍。片兒，範圍。

video，望眈

《說文》：眈，視近而志遠也。《易・頤》：虎視眈眈。

video[1]，望碟也。錄像謂之望碟。

video[2]，望眈也。視頻謂之望眈。

vigil，寤覺，wake，悟

覺（jue），覺悟。有知狀態。《廣韻》：曉也。

覺（jiao），睡覺。無知狀態。《說文》：寤也。

寤，覺也。《說文》：寐覺而有言曰寤。

悟，《說文》：覺也。

甫語：*weg-，寤也。

拉：vigil，寤覺也。

vigil，寤覺也。值夜，守夜謂之寤覺。

vigilant，寤覺聆聽也。警惕謂之寤覺聆聽。

wake，悟也。睡醒謂之悟。

awake，爾悟也。醒。

villa，屋

《說文》：屋，居也。

拉：villa，屋也。

villa，屋鄰也。

village，屋鄰居也。村。

***viv，物**

物，生物。《說文》：物，萬物也。牛為大物。天地之數，起於牽牛，故從牛。

《說文》：特，朴特，牛父也。

字根 viv，w，物也。w 拆開為 v v，v v 合併為 w。

拉：vita，物也。-ta，特也。

live，靈物也。

vital，物特也。生機，致命謂之物特，從牛。

vivid，物物動也。生動，鮮明謂之物物動。

revive，亦物也。復活，甦醒謂之亦物。

survive，甡物也。生物已有定義，避之，受之以甡，猶再生也。

vitamin，物特蒙（meng）也。維他命謂之物特蒙。

-min，-amine，Ammon，蒙也。本義：hidden。《說文》：冡（蒙），覆也。

viva，萬萬

viva，萬萬也。萬歲謂之萬萬。

violin，挽拉

《小爾雅》：挽，引也。

violin，挽拉也。小提琴，挽拉可奏。

virus，巫液

《說文》：巫，祝也。女能事無形，以舞降神者也。

virus，巫液也。病毒謂之巫液。

venom，巫濃也。毒液謂之巫濃。

voodoo，巫毒也。巫術謂之巫毒。

voyage，*wegh-，【舟胃】

《集韻》:【舟胃】(wei)，運舟也。

濟，渡水。《楚辭》: 濟乎江湖。

甫語：*wegh-，【舟胃】也。

voyage，【舟胃】游濟也。航行謂之【舟胃】游濟。

vogue，【舟胃】舸也。時尚謂之【舟胃】舸。本義：row，navigate。

volleyball，腕力包

volleyball，腕力包也。排球謂之腕力包。ball，包也。球。

volve，渦圍

《說文》: 囗(wei)，回也。囗，围之古字。

渦，旋也。《廣韻》: 渦，水回也。《字林》: 旋，回也。

甫語：*wel-，渦也。

拉：volvere，渦圍也。

volve，渦圍也。回。

convolve，共渦圍也。卷。盤。繞。

devolve，遞渦圍也。下放，移交謂之遞渦圍。

evolve，易渦圍也。發展，晉化謂之易渦圍。

involve，入渦圍也。牽涉，捲入謂之入渦圍。

revolve，亦渦圍也。旋轉謂之亦渦圍。

volute，渦輪

拉：valutate，渦輪體也。

volute，渦輪體也。渦旋形謂之渦輪體。

evolution，易渦輪也。晉(進)化論謂之易渦輪。晉，進也。

involution，入渦輪也。退化，捲入謂之入渦輪。

revolution，亦渦輪也。革命謂之亦渦輪。

volume[1]，渦量也。量。

volume^2，韋錄

《廣韻》：韋，柔皮。《說文》：獸皮之韋，可以束枉戾相韋背，故藉以為皮韋。《史記·孔子世家》：讀易，韋編三絕。韋，韦之古字。

《說文》：彔，刻木錄錄也。彔，錄之古字。

volume^2，韋錄也。卷。冊。

***vor，喂**

《玉篇》：餧，飼也。餧，喂之古字。

啯，方言，吞咽也。

甫語：*gwerə-，啯也。

拉：vorare，餵養也。r 讀若 y。

carnivore，啃嚙喂也。食肉動物謂之啃嚙喂。

herbivore，禾本喂也。食草動物謂之禾本喂。

omnivore，完喂也。雜食動物謂之完喂。

voracious，餵養飼吃也。貪吃謂之餵養飼。

carnivorous，啃嚙餵養也。食肉謂之啃嚙餵養。啃，從肯。

granivorous，穀嚙餵養也。食草謂之穀嚙餵養。

omnivorous，完謂養也。雜食謂之完謂養。

piscivorous，鮇鮇謂養也。食魚謂之鮇鮇謂養。鮇鮇，魚也。

devour，啖喂也。吞食謂之啖喂。啖，食也。

wait，衞聽

聽，聽候。

《說文》：衞，宿衞也。衞，卫之古字。

wait，衞聽也。等候謂之衞聽。

waiter，衞者也。

wall，*wel-，圍

《說文》：囗（wéi），回也。囗，围之古字。

甫語：*wel-，圍也。圍牆。

wall，圍也。牆。

wallet，*wel-[3]，幃

《說文》：幃，囊也。

《類篇》：廋語謂錢曰賿（liao）。

wallet，幃賿也。錢包謂之幃賿。

want，望[2]

望，希望。《說文》：望，出亡在外，望其還也。

want，望也。要。

watch，望察也。看。

war，*wers-[1]，武

《說文》：楚莊王曰，夫武，定功戢兵。故止戈為武。

甫語：*wers-[1]，武也。

war，武也。

warrior，武勇兒也。勇士，戰士謂之武勇兒。

weapon，武兵也。武器謂之武兵。

versus，武試也。比。對。

violent，武力也。暴力謂之武力。

vigor，武功也。活力，元氣謂之武功。

vigorous，武功陽也。陽氣驅動健康活力。

ward，*worH-，衞

《說文》：衞，宿衞也。衞，卫之古字。

甫語：*worH-，衞也。

ward[1]，衞也。擋。捍。辟。

ward[2]，慰也。病房謂之慰。

ward[3]，圍也。區。

***ware，物**

ware，物也。器皿謂之物。

software，酥物也。軟件謂之酥物。

hardware，磺物也。硬件謂之磺物。《玉篇》：磺，強也。

warm，溫

溫，溫暖。

warm，溫也。

warn，*wer-⁵，威

甫語：*wer-⁵，威也。

warn，威也。威脅，警告謂之威。

wash，*wed-¹，滗洗

《說文》：滗，清水也。

甫語：*wed-¹，滗也。

wash，滗洗也。洗。

Washington，滗洗屯也。

way，*vi，*wegh-，緯¹

緯，路也。《周禮》：南北之道謂之經，東西之道謂之緯。

甫語：*wegh-，緯也。

拉：via，緯也。

way，緯也。路。

always，爾緯也。

deviate，遴緯也。偏離謂之遴緯。

obviate，牾背緯也。避免，防止謂之牾背緯。

previous，朴緯也。先前謂之朴緯。

trivia，川微也。細微，瑣事謂之川微。

waste，污濁

甫語：*euə-，淤也。

waste，污濁也。廢物謂之污濁

wave，窪兀

wave，窪兀也。浪。波浪形狀，一凹窪，一突兀。

weak，痿

痿，痿弱。《說文》：痿，痹也。

weak，痿也。弱。

web，網

web，網也。緯編也。

website，網席也。網站謂之網席。

wear，*wes-[4]，褘

《說文》：褘（wei），重衣皃。

甫語：*wes-[4]，褘也。

wear[1]，褘也。衣着謂之褘。

weave，*webh-，緯[2]

《說文》：緯，織横絲也。緯，纬之古字。

甫語：*webh-，緯編也。

weave，緯也。織。編。

well，*wel-，旺，窪

甫語：*wel-，旺也。窪也。

well[1]，旺也。好。

well[2]，窪也。井。

weight，*wegh-，磑

磑（wei），磨（mò）也。《說文》：䃺（磨），石磑也。《爾雅》：石謂之磨。

今，磨字合併摩，䃺之義：

磨（mó），動辭，摩也。

磨（mò），名辭，䃺也。

wear[2]，磑也。磨。

weight，磑也。重量謂之磑。

heavy，宏磑也。重。

wheat，穩

《說文》：穩，蹂穀聚也。從禾。禾，嘉穀也。

wheat，穩也。麥。《說文》：麥，芒穀。麥，麦之古字。

wheel，囗

囗，像輪形。

甫語：$*k^wek^wlos$-，滾軲轆也。

wheel，囗也。輪。

whole，囫圇

《說文》：梱（hun），梡木未析也。梱，囫圇切。

甫語：*kóylos-，窟窿也。

whole，囫圇也。全部，整體謂之囫圇。如，囫圇吞棗。

wide，*weid-，屋大

《說文》：寬，屋寬大也。從宀。從見。

甫語：*weid-，屋大也。

希：eurus，宥也。

wide，屋大也。寬。

wild，外地

《說文》：野，郊外也。段註：邑外謂之郊，郊外謂之野。

wild，外地也。野。

win，*weik-，王

王，君也，主也。《說文》：王，天下所歸往也。《史記》：

先入定關中者，王（wàng）之。

甫語：*weik-，王也。

拉：vincere，王勝也。

win，王也。贏。

victory，王冠也。勝利謂之王冠。ct 讀若 g。

window，*wē-，屋洞

甫語：*wē-，屋也。

window，屋洞也。屋洞為窗。

wing，翁

翁，會意，羽也。《說文》：頸毛也。

wing，翁也。或，嗡也。翅膀謂之翁。翅膀震動嗡嗡聲。

wire，韋

《字林》：韋，柔皮也。如，韋編三絕。

wire，韋也。線。絲。

wonder，悟道

wonder，悟道也。驚奇謂之悟道。

wonderful，悟道豐也。了不起，絕妙謂之悟道豐。

wondering，悟道悠也。思忖謂之悟道悠。《爾雅》：悠，思也。

wrist，腕子

《玉篇》：腕，手腕也。

wrist，腕子也。st 讀若 z。

work，*werg-，為

《爾雅》：作，造，為也。

甫語：*werg-，為工也。

work，為也。-k，g 近音，取工之首音。

worry，*wer-，惡憂

惡（wu），忌也。

甫語：*wer-，*wers-，惡也。

worry，惡憂也。擔心謂之惡憂。

worse，惡申也。更差謂之惡申。

worst，惡至也。最差謂之惡至。

wound，*wen-，刎

《玉篇》：刎，割也。

甫語：*wen-，刎也。

wound，刎也。傷。

X 癸 辛 巽

癸，象形，陰陽交也，見甲骨文。

辛，象形，從辛，陽入陰也。

巽，會意，共巳，陰陽並也。

X，象形，癸也。見甲骨文。會意，辛也，巽也。

x 有近音 q，j，z，th，s，sh。

sl 切，sm 切，sn 切，sp 切，st 切，讀若 x。

X 屬混音簇，為超級混音，總括癸 g，揆 k，魁 k，淆 x，四種狀態：

淆（xi）：混也，輕音，陰陽交之臨界狀態；

揆（kw）：度也，濁音吐音，陰陽交之臨界動態；

魁（kw）：首也，濁音吐音，陰陽交之後果狀態；

癸（g）：歸也，濁音收音，陰陽交之前因狀態。

X-ray，癸 - 昱

《廣韻》：日光也。

ray，昱也。光線謂之昱。

X-ray，癸昱也。X 射線謂之癸昱。

Y Ƴ

丫，象形，分叉也。《廣韻》：丫，象物開之形。像發音之兩可，冠或不冠於謂音之前，發音幾無差別。
Y，象形，丫也。
y 有近音 r。
ya，a 近音；yi，e 同音，與 ye 近音；yu，ü 同音；yo，o 近音。

yard，園，院，囿

yard，園也。院也。囿也。

yell，嚷

yell，嚷也。喊。

yield，*gheldh-，讓，育

《說文》：讓，相責讓也。讓，让之古字。
《廣雅》：育，生也。
甫語：*gheldh-，讓也。
yield[1]，讓也。投降，屈服謂之讓。
yield[2]，育也。產。

yoga，*yeug-，元功

元，元氣。
甫語：*yeug-，元也。
yoga，元功也。瑜伽謂之元功。

young, *yeu-，幼

《說文》：幼，少也。麼，小也。
甫語：*yeu-，幼也。
拉：juvenis，幼年也。
young，幼也。麼也。二字並一音。
youth，幼時也。年輕，青年謂之幼時。
youngling，幼齡也。

juveniles，幼吾年也。少年謂之幼吾年。

Ü 亐

《說文》：虧（ü），於也。象氣之舒。羽具切。今常作於。

Ü，hy，yu，亐也。

hybrid，與胞

《增韻》：與，及也。

胞，胎也，種也。《說文》：兒生裹也。《博雅》：人四月而胞。

拉：hybridā，與胞也。

hybrid，與胞也。混血，雜交謂之與胞。

-brid，breed，胞也。繁殖謂之胞。

hygiene，淤淨

淨，乾淨。

希：ὑγιεία（hygieía），淤淨也。

拉：hygieia，淤淨也。

hygiene，淤淨也。衞生謂之淤淨。

hyphen，與夫

夫，語助辭。

hyphen，與夫也。連字符謂之與夫。

hymn，韻

《說文》：韻，和也。《玉篇》：聲音和曰韻。韻，韵之古字。

hymn，韻也。聖歌，讚美詩謂之韻。

hysteria，孕胎樣

《說文》：孕，裹子也。

《廣韻》：娩（wan），亡運切，生也。

《說文》：胞，兒生裹也。

希：ὑστέρα（hystéra），孕胎育也。本義：womb。

hysteria，孕胎樣也。歇斯底里謂之孕胎樣。

uterus，孕胎育也。子宮謂之孕胎育。

womb，娩胞也。子宮謂之娩胞。

Z 子 之

Z，像子，像之，折也。

z 有近音 j。

st 切，讀若 z，zh。

zebra，鬃斑

《韻會》：鬃，馬鬃也。

斑，斑文。《韻會》：雜色曰斑。

zebra，鬃斑也。馬鬃有斑紋相間，曰斑馬。

zenith，直是

《說文》：是，直也。從日正。

zenith，直是也。

zigzag，之折

之，象形。

zigzag，之折也。曲折謂之之折。

zodiac，眾道

希：ζῷον（zoon），眾也。眾，指黃道十二動物。

zodiac，眾道也。黃道謂之眾道。

zone, 縱

《集韻》：東西曰衡，南北曰從。從，纵之古字。

希：ζώνη（zōnē），縱也。

zone，縱也。地帶謂之縱。

zoo 眾物

zoo，眾物也。動物園謂之眾物。

z-，眾也。-oo 讀若 wu，物也。

zion 藏

zion，藏也。舊譯：錫安山。

漢甫英

宮彥甲 著

責任編輯 俞笛
裝幀設計 鄭喆儀
排版 黎浪
印務 劉漢舉

出版 開明書店
香港北角英皇道 499 號北角工業大廈一樓 B
電話：（852）2137 2338 傳真：（852）2713 8202
電子郵件：info@chunghwabook.com.hk
網址：http://www.chunghwabook.com.hk

發行 香港聯合書刊物流有限公司
香港新界荃灣德士古道 220-248 號荃灣工業中心 16 樓
電話：（852）2150 2100 傳真：（852）2407 3062
電子郵件：info@suplogistics.com.hk

版次 2025 年 7 月初版

規格 32 開（179mm×111mm）

ISBN 978-962-459-354-9